JN228153

明治殺人法廷

芦辺拓

東京創元社

目次

主要登場人物

筑波新十郎……御家人の家に生まれた仮名文字新聞社の探訪記者
迫丸孝平……島之内の商家生まれの免許代言人。通称コマルさん
琴鶴……北陽《キタ》の民権芸者
《自由楼》の女将……土佐堀の料理旅館の主
権三……東雲新聞社のお抱え車夫
富塚金蔵……無免許時代からのたたき上げの代言人
お吉……迫丸家の賄いの老女
阿久津又市……大阪府警察本部付の探偵吏
番藤百之進……天王寺警察署の警部補
水町満左衛門……両替商にして町人学者
森江春七……理科教育品店店主

堀越作治郎……堀越質舗店主
堀越モヨ……作治郎の妻
堀越甚兵衛……作治郎の父
毛島佐吾太……堀越質舗の番頭。モヨの兄
岡欣二……堀越質舗の手代《てだい》

額田せい……………………堀越家の女中
堀越信……………………堀越家の親族の子
堀越千代吉………………作治郎の息子

兼重晋之輔………………大阪重罪裁判所裁判長
水津頴作…………………同陪席判事
宇佐川乃武三……………同陪席判事

中江兆民…………………自由民権派の指導者。東雲新聞社主筆
幸徳伝次郎………………高知県出身の少年
葛城思風…………………写真師
ウォレス・テイラー……長春病院のアメリカ人宣教医
土倉庄三郎………………奈良県の林業家
宮武外骨…………………操觚家《ジャーナリスト》を目指す若者
手塚太郎…………………検察官

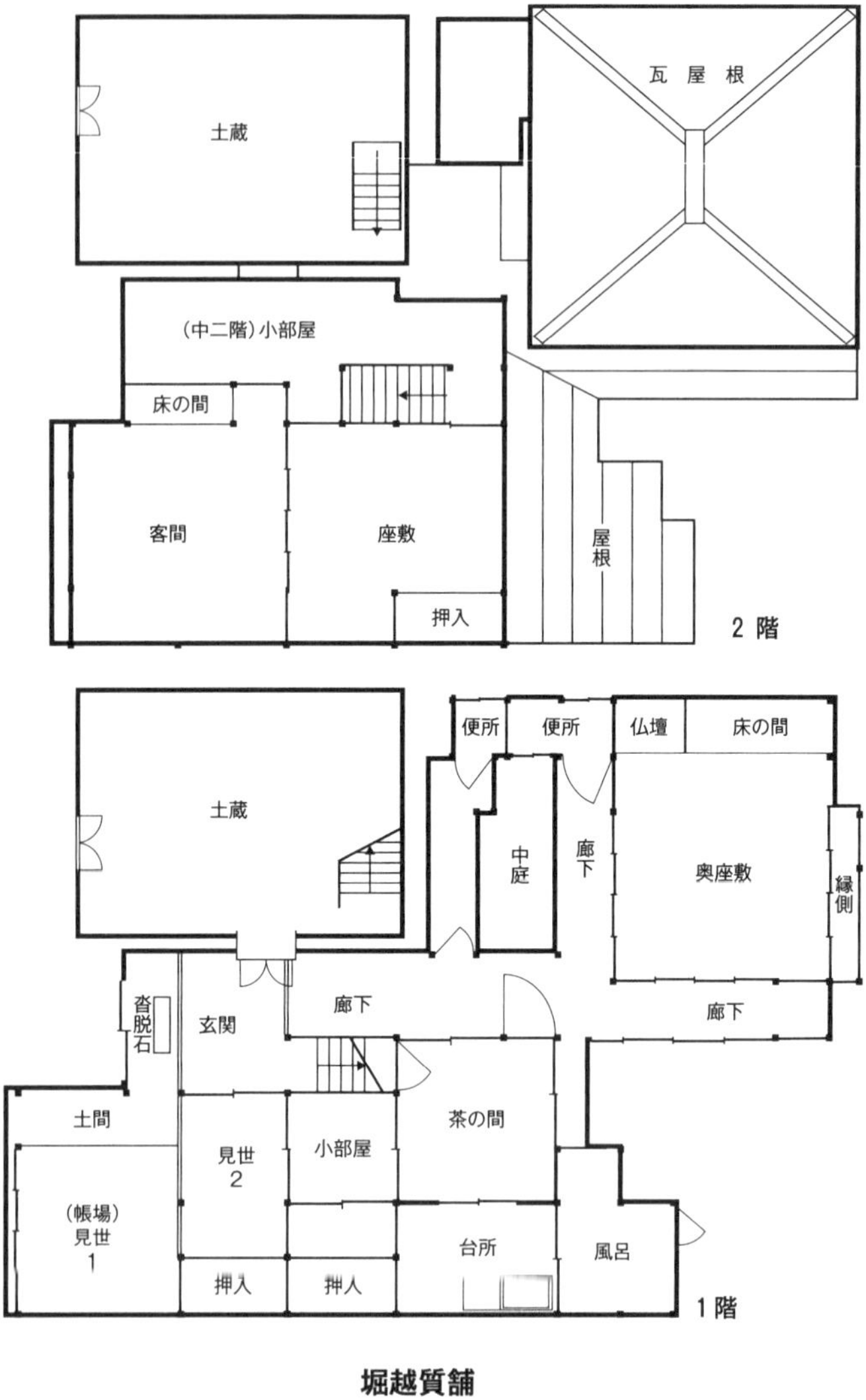
瓦 屋 根
土蔵
(中二階)小部屋
床の間
客間
座敷
押入
屋根
2 階
土蔵
便所
便所
仏壇
床の間
中庭
廊下
奥座敷
縁側
沓脱石
玄関
廊下
廊下
土間
茶の間
見世
2
小部屋
(帳場)
見世
1
台所
風呂
押入
押入
1 階

堀越質舗

明治殺人法廷

プロローグ

少年は、石油ランプの火屋《ほや》の下についたネジを回すと、灯芯を長く出した。と同時に、にわかに明るさを増した炎が、座り机の上に広げられた本のページを照らし出した。

——そこには、冒頭からして、まるで呪文のような文章が書かれていた。

The ape and the ant.《ゼ・エープ・アンド・ゼ・アント》 The ape has hands.《ゼ・エープ・ハス・ハンズ》 The ant has legs.《ゼ・アント・ハス・レグス》 Can the ant run?《キャン・ゼ・アント・ラン》——猿《さる》と蟻《あり》。猿には手があり、蟻には足がある。蟻は走ることができるか？

何だかよくわからない問いかけだ。にもかかわらず、少年は横文字の行列を小さくだが、せいいっぱい原音を想像しつつ声に出して読み上げ、次の項目に移った。

The bat and the boy.《ゼ・バット・アンド・ゼ・ボイ》 Can the bat fly?《キャン・ゼ・バット・フライ》 Can the boy run?《キャン・ゼ・ボイ・ラン》 See the moon.《シー・ゼ・ムウン》——蝙蝠《こうもり》と少年。蝙蝠は飛べるか。少年は走れるか。月を見よ。

いよいよわけがわからない。猿と蟻の取り合わせと同様、いや、それ以上に意味不明だ。しかも、いきなり月を見よと言われても、キョトンとするほかないではないか。

その次は cat と cow、猫は鼠を持ち《ゼ・ケャット・ハス・エ・マウス》、乳を牛はくれる《ゼ・カウ・ギーヴス・ミルク》。そのまた次は dog と duck、elk と egg……と、だんだん読んでゆくにつれ、同じ頭文字の単語を二つずつ、ＡＢＣ順に並べていることがわかるが、それでも唐突さと強引さは否めない。とりわけ、ここで英語というものに初めて出会う日本人にとっては……。

『ウィルソン第一読本《ファースト・リーダー》』と通称されるこの本は、アメリカの学校と家庭での児童教育のため編まれ、最初の文部省国語教科書『小学読本』の種本にもなった名著。だが、英米の子供ならともかく、外国人が学ぶにはいささか簡略すぎた。

これでは、せっかく明治の世となり、今や新時代の象徴ともなっている英語さえ学べば道が開けると信じている人々を、早々に挫折《ざせつ》させてしまいかねなかった。でも、この本の持ち主である少年は、幸い最初の壁を乗り越え、ずいぶん先まで読み進んでいるようだった。

英語ばかりではない。かたわらに置かれているのは、マッケイの地理書を訳し、世界の珍しい風景だけでなく、天体の運行や各地の高い山、長い川比べの図などを満載した『輿地誌略《よちしりやく》』だ。そのほかに数術、幾何、博物の本もあり、少年が勉強好きであることばかりでなく、ここの一家の教育熱心さをも示していた。

——ふいに朗読の声がやんだ。

少年は体を妙にモゾつかせ、だがなおも勉強に集中しようと、ことさら背筋をのばした。だが、だんだんと上の空《うわ》になり、とうとう本を置いて立ち上がった。

少年は顔をしかめていた。それも何となく情けない表情に……。

そのまま股間に軽く手を添えるようにし、やや前かがみになりながら廊下に出、小走りに向かった先は——何のことはない、家の外れに置かれた便所だった。

つい生理現象をこらえていたのには、勉強を中断したくないこともあったが、それ以上にここまで足をのばすのが億劫なことがあった。遠くて暗くて、おまけにちょっと気味が悪い。

だが、これ以上我慢もできず、どんなに清潔にしていても臭気漂う小屋根の下に入った。

窓格子から射しこむ月や星の光のほか、何の灯りもない中、朝顔形をした木桶《きおけ》に向かって前をはだけ、同性の誰もがそうするやり方で用を足した。

　ほどなくして水音がやみ、少年はブルッと体を震わせ、ほっとため息をついた。その端正で聡明そうな風貌がフッとゆるみ、どこか滑稽《こっけい》なものに変じた瞬間だった。

　かたわらの鉢にくまれた手水《ちょうず》を使い、少年は軽く指を清めた。そのあと来たときと同様小走りに、でもさっきよりは軽やかですっきりとした気分で、元の部屋へ戻ろうとした。

　家の中は暗く、恐ろしいような沈黙に包まれている。草木も眠り、屋《や》の棟も三寸下がる――と何かで聞き覚えた丑三《うしみ》つ時には早かったが、少年以外、目覚めているものはいないようだった。

　家内はもとより、塀の向こう側も深い眠りの中にあった。いつもなら思い出したように聞こえてくる犬の吠え声もなく、まして人通りはとうに絶え果てていた。

　少年は一刻も早く、ランプの灯りのもとに戻りたかった。あの暖かな光のもとで、いまだ見ることなく、とうてい行き着けそうにない国々、粗《あら》い木版挿絵《さしえ》でしか知ることのない風景や事物と、せめて紙の上で対面したくてならなかった。

（…………？）

　その途上、少年はけげんな顔になりながら、ふいに立ち止まった。彼の机まわり以外、どこもかもが夜闇にのみこまれた中で、ほんのりと光のもれている個所があったからだった。

　その先に、少年はあるものを見た。思いがけず、そして恐ろしく、何よりおぞましく忌わしい何かを。

　少年は息をのんだ。のんだきり、息ができなくなった。思わず二、三歩後ずさった拍子に、足が何かを引っかけ、けたたましい音を立てた。

　少年は見た、そして気づいた。だが、このちょっとした失敗をきっかけに、彼は見られ、気づかれる存在ともなってしまった。

そのとき、彼の運命を変える扉が開かれた。あいにく読本《リーダー》に出てくる西洋の家にあるようなdoor《ドアー》ではなく、ガタピシと音を立てて開けたてされる戸だったが、その敷居の向こうに足を踏み入れた瞬間、彼にとって全ては取り返しのつかないものとなった。

そこで起きた出来事は、彼をあの猿や蟻、少年と蝙蝠と月、猫や牛、そして鼠のいる、よくわからないなりに優しい世界に帰らせず、それどころか永久に遠ざけてしまうものだった……。


古風な燭台に立てられた蠟燭《ろうそく》がジジジ……と瀕死の虫のような音を立て、やがてフッとその焔《ほむら》を消した。

と同時に、灯影に照り映えていた刃が輝きを失い、それを持つ少年の悲痛に引き攣《つ》った表情も闇にのみこまれた。

だが、それらの存在までが消えてしまったのでない証拠に、何か異様な気合とともに、何かが何かを突き刺し、切り裂いたような音がした。

と同時に、血なまぐさい臭気とともに、生温かい霧のようなものがあたりに立ちこめた。それはまるで「窮理《きゆうり》」の本に載っている〝サイフヲン〟や〝喞筒《ポムプ》〟の原理でも応用したかのようだった。

暗闇の中に一人いて、少年は自分が今どんな姿をしているのか見ることができなかった。だが、その手がついさっきの厠《かわや》帰りのように、さっぱりと清らかでないことだけはわかっていた。いくらぬぐってもこすり合わせても、ヌルヌルとした感触から逃れることはできなかった。

——たった今まで激しく暴れ、刃を突き刺されたあとものたうち回っていたものは、もうピクりとも動かなかった。あれほど勢いのよかった赤い噴水もすでにやんで、ただポタリ、ポタリと粘っこい何かがしたたる音だけが響いていた。

そのまま時が止まってしまえばよかったかもしれないが、ほかならぬその音こそが確実に時が過ぎていることを示していた。

少年はハッと身じろぎした。

さっきまで静まり返っていた家の中に、人の気配が立ち上り始めた。ざわめき、足音、呼び交わす声。

(みんなが、起きてきた――!)

これだけの騒ぎがあった以上、近隣に気づかれないはずはなかった。どのみち、夜が明ければ全てが明るみにさらされてしまうのだが、それでもこれは早すぎた。

気がつけば、誰かが、いや誰もが自分の名を呼んでいた。

逃げようか。いや、ここからは逃れようがない。ならば申し開きをしようか。いや、どう申し開きをすれば納得してもらえるというのか。

どうしよう、どうしよう……気ばかり焦ったが、どうにもならない。胸は激しく高鳴り、総身は小刻みに震えた。

しだいに声と足音が間近に迫る中で、少年は無意識に、すでに凝固しかけた血まみれの手にグッと力をこめていた――そのとき初めて、少年は自分が凶器の刀の柄《つか》を握りしめ続けていたことを知ったのだった。

――どこかで赤ん坊の泣く声が聞こえた。

第一章　銀座煉瓦街の耶蘇降誕日後宮《ボキシング・デヰ》

1

——明治二十年（一八八七）十二月二十六日、東京・銀座煉瓦《れんが》街。

それは、十五年前の銀座築地《つきじ》大火の焼け跡に、忽然《こつぜん》と出現した洋風二階建ての大通りであり、京橋《きょうばし》から新橋《しんばし》までほんの一キロ足らずに造られた西洋の箱庭だ。さらに似ているのはパノラマやジオラマの中に作られる模型《ミニチュア》や書き割りの都市だが、それらは、まだこの国には存在していない。

不燃都市をめざして地元住民に従来の形での再建を許さず、煉瓦工場を建て職人を養成するところから泥縄《どろなわ》式に始めた。主任技師となった英国人建築家ウォートルスの奮闘のおかげで、明治六年夏には大通りの一部が完成し、しだいに初の洋風市街が形になっていった。

ロンドンのリージェント・ストリートを模したというが、あいにく似ても似つかない。それでも十五間（二十七メートル）もの道幅や、車馬道と人道の区別をつけたのも、初めてのことだった。

翌年の末には東京初のガス灯がともり、八十五本もの街灯が立てられた。十五年には、一か所だけだが二千燭光《しょっこう》のアーク灯が真昼の明るさをもたらした。同じ年には鉄道馬車が開通して、それからというもの蹄《ひづめ》と車輪の響きは絶え間なく、合間を縫う人力車の往来も激増していた。

まさに三世広重《ひろしげ》描く、何もかも色鮮やかで珍奇で、繁華をきわめた開化錦絵《にしきえ》そのもの……。中でもにぎわう銀座四丁目交差点の南西角に、もとは絹フランネル販売店だった赤煉瓦張り二階建ての小さな建物があった。

道路の角に面して斜めに切られたその玄関から、今しも一人の青年が出てきたかと思うと、

「ちょっと取材に出てくる。社用車、借りてくよっ」

ふりむきざま、威勢よく声をかけた。

そのまま青年——探訪《たんぼう》記者・筑波新十郎《つくばしんじゅうろう》は鍔《つば》なしの利休帽《りきゅうぼう》を頭にのっけると、《仮名文字《かなもじ》新聞社》と右横書きに記した看板の下を通って、往来へと出た。

——旧幕時代は尾張町《おわりちょう》四ツ辻《つじ》と呼ばれたかいわいは、年の瀬を迎えて、いつもにも増したにぎわいに満ちていた。

何より目立つのは、数寄屋橋通りをはさんで向かいの朝野《ちょうや》新聞社だ。前面には柱廊、二階にはバルコニーをめぐらすなど、ひときわ堂々とした石と漆喰《しっくい》造りの建物だ。より堂々としているのはその紙面で、故・成島柳北《なるしまりゅうほく》が創刊し、彼のもとで名編集長として鳴らした末広鉄腸《すえひろてっちょう》が引き継いだ今も、政論の鋭さでは第一流、政府ににらまれることでも筆頭の大《おお》新聞である。

そこと銀座大通りを隔《へだ》てて建つのが、姉妹紙でより民衆向けの絵入《えいり》朝野新聞で、以前は言論弾圧で廃刊させられた東京曙《あけぼの》新聞が入っていた。その向かいが横浜毎日《よこはままいにち》新聞改め東京横浜毎日新聞改め毎日新聞であり、ぐるりとめぐって大通りの対面が仮名文字新聞——すなわち筑波新十郎の勤め先という並びになっていた。

あいにく四丁目の十字路を囲む中で、仮名文字は最も弱小。とはいえ硬軟《こうなん》取り混ぜた内容は決して負けてはおらず、特に世相諷刺《ふうし》や政府批判をこめた戯画や戯文は他紙にない特色となっていた。あと、記者の一人が使っている移動手段についても。

新十郎が路地から引っ張り出してきた〝社用車〟——といっても、ほかに乗り手のいないしろものにまたがろうとしたとき、京橋方向からカーン、カーン……と甲高い鐘の音が鳴り響いた。

ふりかえると、一町ほど離れた京屋《きょうや》銀座支店の高楼で、瑞西《スイス》ファーブルブラント製の四面大時計が正午をさしていた。わざわざ確かめなくとも、腹時計が昼餉《ひるげ》どきであることを告げている。

カーン、カァーン、カァァーン……腹の虫よりはるかに耳に心地よく芸術的に、なおも続く時打ちの音に急《せ》かされるように、

「あらよっ！」

と新十郎が掛け声もろとも飛び乗ったのは、このかいわいでもまだまだ目新しい自転車――それも前輪が極端に大きく後輪がひどく小さい、ペニーファージング（車輪の大小を一ペニー貨と四分の一ペニー貨にたとえた呼称）とか高車輪《ハイホイール》式という型で、日本では〝だるま車〟と呼ばれる珍奇な形のものだった。

仮名文字新聞がこの地に社屋を持ったとき、建物内に放置されていたという話もあり、取材先から押しつけられたとも聞くが、とにかく誰も乗れるものがなくて持て余されていた。

そこに新十郎が申し出て稽古《けいこ》してみたところ、何度もスッテーンと引っくり返った果てに何となく乗りこなせてしまい、以来彼の専用のようになっている。彼にすれば、こんな便利で快適なものを誰も使わないのが不思議なぐらいだった。

「あっ、馬鹿車だ」

行きずりの子供の声にムッとしたが、とっさには足が地につかない自転車の構造上、降りて説教するのも手間だった。馬車や人力車と違い、自分で汗をかいて漕ぐのが馬鹿だというわけだ。

だが、そこがこの乗り物のいいところだった。どこへでも自由気ままに行ける――お迎えの俥《くるま》に乗り、ビロード張りの席にふんぞり返って取材先に向かう記者様にはなりたくもなかった。

そう、このころは紙面を統括《とうかつ》し、論説を執筆する「記者」と、その手足となって働く「探訪」とは別もの。探訪といえば縞《しま》の着物を着流して、角帯《かくおび》に腰下げの煙草入れと矢立て、尻端折《しりはしょ》りの

股引《ももひき》姿に麻裏草履《ぞうり》で街を歩き回り、警察の旦那方にペコペコして種をいただく。自ら記事を書かせてもらえず、記者に口頭で伝えた内容を美文に仕立てていただく。

新十郎はこちらもごめんだった。この目で見、耳で聞き、人と会い、知られざる事実を掘り起こす喜びも、それを自分の頭と手で記事に書き記す楽しさのどっちも手放すつもりはなかった。

そんなわけで、彼は「探訪記者」を名乗っているという次第なのだった。

その、子供も笑う馬鹿車を駆る探訪記者のいでたちはといえば、全て古着か代用品ながら一応は洋装の三つ揃い。立 襟《スタンドカラー》のシャツに蝶襟締《ボウタイ》を我流で結び、靴はくるぶしまでの深護謨靴《サイドゴアブーツ》。利休帽はラッコの毛皮製ときている。

見るからに西洋かぶれの軽薄才子、ハイカラならぬ灰殻《はいがら》で中身は何もなく、見る人が見れば野暮の極み。西洋人が見たら笑いだしてしまうかもしれない。

論客《ろんかく》気取りや悲憤慷慨《ひふんこうがい》家の多い同業者からは、社会の木鐸《ぼくたく》であり民の覚醒をうながす記者が、その格好は何だと言われたこともある。逆に、街々を駆け回る探訪ごときが生意気だ、とそしられたことも一再ではなかった。

「生意気、か」

と新十郎は、そう言われるたび苦笑いしたものだ。

――一昔前の色刷りのおもちゃ絵に「新版開花勉強出世双六《すごろく》」というのがあり、小学校の授業をふりだしに、「小ぞう」「若者」「ばんとう」はたまた「徴兵」「しけん」さらには「懲役人」に落ちたりしながら「洋行」「大学校」「官員」を経て「恩賜」で上《あが》りとなるものだが、途中なぜか「新聞」というマスがあり、よく見ると洋館二階建ての看板に「東京生意気新聞」と書いてあるのに、思わず笑ってしまった。

生意気！　それがおれたち新聞屋だと世間は考え、子供たちにまで教えさとしているらしい。生意気なだけでなく、反抗的で鼻《はな》っ柱《ぱしら》だけは強く、殴られ足蹴《あしげ》にされてもへらず口をたたくことは忘れない。

だから、これに関する限り新十郎は馬耳東風《ばじとうふう》だった。世の穴を探り出す稼業をしながら、身分相応で模範的な格好などしていられるものか。

言わば、一種の風狂《ふうきょう》。だが、そこにはもう一つの意味と思いがこめられていた。世間一般はおろか、友人たちですら理解してくれないであろうそれは――元幕臣の意地というやつだった。

（もっとも、まさに幕臣として生き幕臣として死んだ親父どのの目には、はたしてどう映るやら。いっぺんぐらい『無役といえど天下の直参《じきさん》。御家人《ごけにん》筑波家の跡取りともあろうものが、その格好は何だ。いったいどこで働いているのだ』とお説教を食らってもよかったかもしれないな）

新十郎は車軸に直結したペダルをこぎながら、一抹《いちまつ》の感傷とともにふと苦笑した。

もっとも銀座勤めと聞けば、日本橋蛎殻町《かきがらちょう》の銀座役所で極印《ごくいん》打ちでもしていると勘違いされたかもしれない。少なくとも、こんな光景を夢にも想像しなかったろう。かつては川柳に、
尾張町通りぬけるとひっそりし
と詠《よ》まれたぐらいで、街並みは早々に尽きてしまった。それが今はなかなか銀座が終わらない。舶来雑貨の専門店にビールや葡萄酒を扱う洋酒商、瓶詰缶詰をずらり並べた食品店、最新の和洋書を扱う書肆《しょし》もあれば、糸屋に小間物屋、呉服屋といった昔ながらの業種も繁盛している。珍しいところでは、秋葉大助《あきばだいすけ》の人力車製造所なんてのもあった。

当初こそ、壁の乾ききらないうちに入居した茶葉商が商品を台なしにしたり、日本人が住むと青ぶくれの病になると言われたり、実際湿気で脚気《かっけ》になる人が続出したりで空《あ》き家だらけ。やむ

なく香具師《やし》に熊相撲や犬の踊り、貝細工の見世物を出させたり、外国人に興行を許可したりといかがわしい雰囲気が漂いかけたが、おいおい高級上等な店が進出するようになってきた。

これも西洋式に街路樹をというので、車道側には桜や楓《かえで》、辻々には松を植えたが、あまりの往来の激しさのためか、どれも次々と枯れてしまい、かわりに選ばれた柳が意外に長持ちして、近年はすっかり柳並木が目印となった。

一方、うさん臭い見世物小屋は去っても、この煉瓦街に当初から寄り集まったもう一つの鼻つまみ者たちは、相変わらず根を張っていた。古いのが立ち枯れたかと思えば、また新たな種が飛んできて、しつこくしたたかに生え続けるのだった。

それこそは、主張も紙面もさまざまな新聞社であり、新十郎たちのような探訪だの記者だの呼ばれる新しい人種だった。

その皮切りは、英国人ジョン・レディ・ブラックが築地で創刊した「日新真事誌《にっしんしんじし》」で、明治六年には芝増上寺源興院《しばぞうじょうじげんこういん》から銀座四丁目九番、今の朝野新聞の場所に移転した。翌年五月には東京日日《にちにち》新聞の日報社が浅草茅町《あさくさかやちょう》の借り店から銀座二丁目表通りへと本拠地を移した。

板垣退助《いたがきたいすけ》、後藤象二郎《ごとうしょうじろう》らの「民撰《みんせん》議院設立建白書」を特報するなどジャーナリズムのあり方を示した日新真事誌が、明治八年になって外国人による新聞発行を禁じた新聞紙条例により廃刊に追いこまれると、その跡地に朝野が京橋尾張町二丁目から移転してきた。明治九年十一月のことで、その翌月には東京曙新聞の前身「あけぼの」が向かいの七番地に入った。

同じ明治九年十二月、東京日日が五丁目の元は呉服屋だった一等石造の洋館に本社を移した。小林清親《こばやしきよちか》が東京名所図の一つとして描いた「東京銀座街日報社」であり、その重厚な外観は朝野のハイカラな明るさとみごとな対照をなしており、それは政府に対する姿勢でも同様だった。

横浜が発祥だった「かなよみ」は、新橋を経《へ》て十年三月に京橋弥左衛門町《やざえもんちょう》に落ち着き、翌々月には読売《よみうり》新聞の日就社が虎《とら》の門外柴琴平町《もんがいしばことひらちょう》から京橋際の銀座一丁目一三番地に進出した。

明治十二年には、日刊紙としては最古の横浜毎日新聞も京橋西紺屋町《にしこうやちょう》を仮本局とし、東京横浜毎日を経て、昨年五月に「毎日新聞」となると同時に、今の尾張町新地《しんち》七番に移ってきた。残る例外は明治五年創刊の老舗《しにせ》・郵便報知《ほうち》新聞ぐらいで、これは長らく日本橋薬研堀《やげんぼり》にとどまった。

こうして銀座一帯は新聞街となり、明治十年代には主なものだけでも延べ三十社を超えた。もっとも、その消長は激しく、めまぐるしく生まれては消えていった。

とりわけ、明治十六年四月の新聞紙条例の改正強化の際には、全国で一か月以内に約五十紙が廃刊し、一年後には五割強にまで激減した。

それでも、かなりの社が生き残り、「平仮名絵入」改め東京絵入新聞、絵入自由新聞、諷刺雑誌の「團團珍聞《まるまるちんぶん》」などが大通りにがんばり続けている。ほかに時事新報、やまと新聞、西洋種の探偵小説で売り出す今日《こんにち》新聞などがあり、新創刊の話も後を絶たない。中でも気になるのは、大新聞と小新聞の中間を行くという大阪朝日《おおさかあさひ》と大阪毎日の両紙が東京に進出するとの噂で、上方贅《かみがたぜい》六《ろく》にかき回されてなるものかと息巻いたり、早くも尻尾を巻きかけたりしている。

「だが、まぁ何とかなるさ」新十郎は独りうそぶいた。「どんなときも生意気でありさえすれば、どんな目にあおうと平気の平左《へいざ》な顔でいれば、決して負けるもんか！」

今日は月曜、勤め人なら憂鬱《ゆううつ》な週明けにもかかわらず、彼が意気軒高《いきけんこう》なのにはわけがあった。明治六年の改暦《かいれき》で曜日というものが定まり、九年の太政官《だじょうかん》布告で日曜が休みと決まってからというもの、日本人にとって月曜は気鬱の種となった。何しろそれまでは「一と六のつく日」とかいって五日に一ぺんは休んでいたのだから。

世間とは違う働き方をしている新十郎も、その点は同感だった。だが、今日がいつもの月曜と違っていたのは、昨日と一昨日が耶蘇降誕日《クリストマス》とその宵宮《イヴ》に当たっていたことだった。

築地や横浜の外国人居留地や洋式のホテルではおごそかに、華やかに会が開かれたし、新十郎が訪れた街の教会では、子供たちを招いて、あれは門松に当たるものなのか植木に七夕《たなばた》のような飾り付けをし、提灯《ちょうちん》をさげて歌をうたったりお話をしたりした。きわめつけはさんたくろうとかいって、西洋の大黒様のようなのが大袋をかついで出てきて、菓子やおもちゃをふるまった。

何だか楽しくなってしまって、新十郎もいろいろ手伝ったが、日ごろ世の不正に憤《いきどお》りつつ、人の不幸を飯の種にしていると言われてもしかたない身としては心洗われる思いがした。

おかげで、クリストマスの後宮《あとみや》――なんてものがあるのかと訊いたら、祭日も働かされる召使たちを箱に詰めた贈り物でねぎらうBoxing Day《ボキシング・デイ》というのがあるそうだ――に当たる今日の月曜は気持ちよく迎えられた。

いつもにも増して快適にペダルをこぎ、口笛か端唄《はうた》の一つも出そうになったところへ、

「おっとっと！」

筑波新十郎は頓狂《とんきょう》な声をあげると、あわててハンドルを切った。

あやうくとんでもないものを踏みつけるところだった。大事な自転車を汚すだけでなく、派手に転倒して煉瓦道にたたきつけられてしまい、ついでに馬車に轢《ひ》かれていたかもしれない。

（ふぅ、危ないところだった……）

彼にそうつぶやかせ、冷や汗さえかかせたもの――はなはだ尾籠《びろう》な話ではあるが――それは路上にコンモリと放置された馬糞《ばふん》で、往来の鉄道馬車がまきちらしていったものだった。

その臭気といい、不潔さといい被害は大変なもので、専門の線路掃除人を雇わねばならないほ

どだった。だが、それらが錦絵や名所図に登場することは決してなかった。

そう……広重も清親も、決して描くことのないものが、この東京にはあるのだった。馬車道の馬糞のように、はっきりと目や鼻で感じることはできないが、それらを見つけ、嗅ぎだして歩くのが自分の仕事だと筑波新十郎は心得ていた。

自転車は銀座を突っ切り新橋を渡り、京橋区から芝区へ入った。街並みから西洋っぽさは消えてゆき、まるで夢から冷めたかのよう。歩けば一時間はかかるが、馬鹿車だと楽なものだ。

ほどなく緑こんもりと生い茂った目的地の近くまで来たとき、自転車を降りて居合わせた人たちにたずねた。

「芝公園内の弥生社《やよいしゃ》まで行きたいんだが、どこから入ればいい？」

芝公園は明治六年の太政官布達《ふたつ》によって上野、浅草、深川《ふかがわ》、飛鳥山《あすかやま》とともに日本初の「公園」として強制的に指定されたが、もとは徳川《とくがわ》家の菩《ぼ》提寺《だいじ》・増上寺の寺域だった。明治の神仏分離令により、長らく寺内に社殿のあった芝東照宮《とうしょうぐう》が切り離された。

町内の人々は、新十郎の洋装に加え、見たこともない自転車に目をパチクリさせながらも、

「ああ、弥生神社の境内にある西洋館か。それなら、まずはこの道をまっすぐ……で、その先の通りから入って石段を上ってゆくといい」

と口々に答えてくれたが、そばからこんな言葉を付け加えたものがあった。

「あんた、神信心なら止めはしないが、あんまり今日はあのへんを、そんな変な——あ、いや、悪目立ちする格好でうろつかない方がいいぜ」

「ほう。それはまた何で？」

新十郎は、その答えを知っていながら、空とぼけて訊いた。

「だって今日は弥生社《あそこ》に巡査が五万と詰めかけているからさ。坊さんや尼さんの大会《だいかい》ならともかく、ポリスの総寄り合いなんざ聞いたことがねぇ」

新十郎は「へぇえ」とことさら驚いてみせて、

「そりゃあ剣呑《けんのん》だ。といっても、おれは泥棒でも強盗でも、まして人殺しでもなけりゃ、掏摸《すり》詐欺師ゆすりタカリ美人局《つつもたせ》のどれでもないが、せいぜい気をつけるとするよ」

「そのどれでもなくとも、とっ捕まるのはいるぜ。むしろ、ずっと危ない手合いがな」

皮肉っぽく口をはさんだものがあった。新十郎はなおもとぼけて、

「ほう、それは?」

「自由党とか民権家とか壮士《そうし》とか、とにかくそういった輩《やから》だよ!」

吐き棄《す》てるような答えが返ってきた。その言い方は、彼らより彼らを取り締まる側の方に反発を覚えているようだった。

「だいじょうぶ、だっておれは新聞屋だから」

そう言い置いて、自転車に乗った。ふりかえると、彼らの心配げな顔は、一様にこう言っているように見えた。

——新聞屋?　それも相当に危なっかしかぁないかい。

2

「二十六日の昼日中から、芝公園内の弥生社で警視庁の忘年会があるそうだ。それも府下の巡査や警部たちが総員——とまではいかなくとも、相当数が集められるらしい」

そんな話を聞きこんだのは、つい数日前だった。といっても、いきなりここまで知れたのではなく、日時や場所がバラバラに浮かび上がってきただけだった。

それが一まとまりになったのは、昨日の耶蘇《やそ》のお祭りでのこと。宴《えん》もたけなわ、子供たちと外に出ると、野暮というか疑り深いというのか、巡査が一人、監視していた。

彼らにとってはキリスト教など、いまだに異国の邪教として白眼視の対象なのだろう。そこでことさら、

「寒いでしょう。紅茶でもいかが。体の温まる葡萄酒や三鞭酒《シャンパン》もありますよ」

と持ちかけると、巡査は痩せ我慢気味に「いやいや、職務中であるから遠慮する」と断わる。こちらは、その職務をやめてほしいのだから、なおもすすめると、巡査は困ったようすで、

「いや、ほんとに無用で……何しろ明日、芝の方で忘年会があって、そちらでいくらでも飲み食いはできるのでな」

と思わぬ事実を口にした。新十郎はハッとしたが、それは面《おもて》には出さず、足りない断片をさりげなく聞き出した。その結果が、銀座四丁目からここまでの自転車旅行《サイクリング》というわけだった。

――弥生神社が芝公園に置かれたのは、実はつい先月のこと。本郷《ほんごう》区向ケ岡《むこうがおか》弥生町（文京区弥生）に創建されたあと、たった二年でこちらに遷座《せんざ》してきた。

西南《せいなん》戦争では多数の警官が戦死し、招魂社《しょうこんしゃ》（後の靖国神社）に祀《まつ》られた。だが、警察や消防業務での殉職者が顕彰されないのは不公平だという声を受けて作られた、いわば〝警視庁招魂社〟だ。

そこに併設された木造下見板張り、一部三階建ての瀟洒《しょうしゃ》な洋館が「弥生社」で、警官の訓練が行なわれたほか、撃剣《げっけん》や柔道など警視庁主催の武術大会も催されていた。

もっともそれだけが用途でないことは、遠くからでも聞こえるワッハッハという笑い声や手拍子、放歌高吟《こうぎん》の声でも明らかだった。

(明るいうちから、ずいぶん派手にやっていやがるな)

新十郎は軽く舌打ちした。とにかく予想をはるかに超える大人数で、東京じゅうの警察吏《り》の大半——ことによったら留守番以外の全員が集められたのではないかと疑われるほどだった。

はたしてこれが歌なのか、何かを踏んづけたみたいな騒音が鳴り響く。そのあと、またひとしきりと高笑いし、やんややんやと叫ぶ声に、

(長唄に端唄歌沢《うたざわ》、常磐津《ときわづ》に清元《きよもと》何でもいいが、江戸の地に来たからは、ちっとは三味《しゃみ》に合わせて渋くのどでも響かせたらいいかが……あと下《しも》がかったことでしか笑えないのはどうにかなりませんかね、ポリス諸君)

筑波新十郎は顔をしかめ、心ひそかにぼやいた。

なぜ、そんな警官たちの忘年会に興味を抱いたかといえば、薩摩《さつま》出身が多くを占める彼らに日ごろから反発を覚えていたからだ。

何かといえばお上《かみ》の権威を振り回し、しばしば乱暴でもある。そのくせ四角四面で融通《ゆうづう》が利かず、上司に常にビクビクしている分、市民への当たりはきつい。

だが、そういった連中ほど、一度酒が入ると乱れに乱れ、馬鹿な姿をさらすものと決まっている。飲むほどに仕事への不満があふれ、思わぬ秘密を暴露しないとも限らない。それを隙見《すきみ》し、醜態あればこれを大いに紙面で報じてやろうという腹づもりだった……。

しかし、相手が相手だけに、潜入には細心の注意を要した。曲者《くせもの》見つけた！　となっても困るし、捕まったらただではすまないだろう。

幸い、彼らの声は傍若無人《ぼうじゃくぶじん》なまでに大きく、忘年会が開かれている広間の窓を通してびんびんと響いた。おかげで新十郎は、その下の板壁に張りついているだけで、十分に室内の会話を聞き取ることができた。たとえば、こんな具合に——。

「さ、そこが薩摩示現流《じげんりゅう》ん腕ん見せどころじゃ。さんざん打っ据えて半死半生になったところを、分署ずい引っこずっていったんじゃ」

「そや大手柄であったなぁ」

「とこいが、あいにくそうではなかった。盗人と思て捕まえたのは盗《おっと》られた側で、本物《ほんまもん》の方はとうに逃げ去っちょったのじゃっで、大笑《ひたわれ》いだ」

「何だそん馬鹿話は。そいで、お前に捕まって打たれた方はどうなった」

「なぁに、今さら引っこみもつかんから、『お前がそげなぜいたくな格好をしちょっから、賊に狙われるはめになったのだ』と説諭してやった」

「そや、よかこつをしたのう」

何がよかこつだ——と新十郎は独り憤っていたが、被害者と加害者を取り違え、暴行を加えたばかりか、その過《あやま》ちをわびるどころか自慢話か笑いものにするとは何ごとだ。

だが、これは瓦解《がかい》——維新という言葉はなるべく使いたくなかった——からこちら、この東京のみならず日本全国で起きていることだった。

新十郎たち江戸っ子にせよ、日本国中どこに住む人々にせよ——秋田、福島、高田、群馬、加《か》波《ば》山《さん》、秩父《ちちぶ》、飯田《いいだ》、名古屋、近くは静岡の人々はいっそう強く感じているだろうが——まるで薩《さっ》長《ちょう》という言葉も文化も、とりわけ人を人らしく扱うという考え方からして違う異国の軍勢に征伐され、その支配下に生きているようなものだ。

言わば薩長を除く日本全体が、れっきとした独立国であることを勝手に否定され、一介の藩に落とされ、次いで県としてのみこまれた琉球《りゅうきゅう》国のようなものだ――という寓意《ぐうい》を幾重《いくえ》にも韜晦《とうかい》にくるんで戯画に仕立てたら、てきめんに発行停止を食らったことがあった。

今日のこの出来事を、どう書いてやろうかと思案するうち、洋館の入り口付近が騒がしくなった。人の声にまじって馬のいななき、蹄の音まで聞こえてきた。

はて、ここに車馬の乗り入れなんかできたのかと、建物の角越しにのぞくと、何やらおつきのものを大勢連れた、やたら顔がデカく、四角張った体軀をキンキラした制服にくるんだ男が、それに劣らぬキンキラ馬車から降り立つところだった。

迎える警官たちもそこそこ上の役職のようだが、キンキラ制服に向かってへへーッとかハハーッとか恐懼《きょうく》の叫びをあげながら、コメツキバッタか折れ釘のようにお辞儀をくり返している。その合間合間に、

「ようこそお越しを、閣下！」

「一同まことに光栄に存じております、閣下」

「閣下、いざまずこちらへご光臨《こうりん》を……さささ閣下！」

のどに痰《たん》でもからんだみたいにカッカカッカ言っているところを見ると、ただものではなさそうだ。しょせんは同じ人間だからただのものなのだが、星の数だけはたくさんあるようだった。

（と、いうことは……いや、まさかあいつが？）

新十郎は、特報をつかんだとき独特の胸の高鳴りを覚えながら壁沿いに移動し、再び忘年会場の窓の下で耳をすましたが、〝閣下〟のご到来を受けてか喧騒は瞬時に静まり返っていた。

ガタタタッと音がして、全員がいっせいに立ち上がった気配。次いで、おそらくはさっき閣下閣

下と、はいつくばらんばかりにしていた連中の一人らしいのが、のどをからして呼ばわった。

「警視総監閣下に敬礼っ！」

そ、総監？　と、いっそうそばだてた彼の耳を、ザッ！　という音とも気配ともつかないものが鋭い錐《きり》のように突いた。あの制服を着た乱暴者どもが、一気に統制され、忠義な駒と化す。

こうなっては、立ち聞きではなくこの目で確かめたかった。あたりを見回し、手ごろなクスノキを見つけると、下枝に背広を掛け、子供のころを思い出しつつヒョイヒョイとよじのぼった。

横に張り出した大枝にまたがり、窓ガラス越しに目を凝《こ》らした。その顔が嫌悪に歪み、めくれた唇の間から一つの名が、それこそ痰でも吐き出すようにこぼれ出た。

「三島《みしま》、通庸《みちつね》……だが、どうしてあの鬼めがこんなところに？」

——三島通庸、元薩摩藩士、五十二歳。幕末の血風をくぐり抜け、精忠組《せいちゅうぐみ》の一員として寺田屋《てらだや》騒動に関与し、鳥羽《とば》伏見《ふしみ》の戦いにも加わった。だが、何といってもその名を轟《とどろ》かせたのは新政府の県令としてであった。

明治七年というから四十にもならないとき、大久保《おおくぼ》利通《としみち》により旧庄内《しょうない》藩を治める酒田《さかた》県令に任じられたが、そこでいきなり断行したのが、新しい税制と旧来の年貢《ねんぐ》労役の二重取りに苦しむ農民たちによる、いわゆるワッパ騒動の鎮圧であった。以来、彼の赴任するところ、農民は搾取《さくしゅ》され、自治は踏みにじられ、老若男女が強制労働に駆り出されて鬼県令と恐れられた。

中でも目の敵《かたき》にしたのは自由民権運動で、福島県令となるや否や、縁故者を起用しての強引な開発工事を始め、残忍な思想弾圧の一方で御用政党・御用新聞をつくりあげる悪辣《あくらつ》さだった。

民意を無視する血も涙もない態度は一貫していて、意に従わない県会議長・河野《こうの》広中《ひろなか》を逮捕投獄することまでして、ついに福島事件と呼ばれる住民蜂起《ほうき》が勃発した。その鎮圧後も、彼の暗殺を目的とする加波山事件が起きるなど、その名は常に怨嗟《えんさ》の的となっていた。

だが、それが官僚としての傷にはならなかった証拠に、政府は彼に内務省土木局長を兼任させ、二年前の十二月には第五代警視総監に任じた。こんな男が東京のみならず全国の警察権を掌握しようものなら、どんな恐ろしいことになるか、誰もが危惧《きぐ》していたのだが……。

（まさか、その恐ろしいことがいよいよ今日起こるのでは……いや、まさかそんなことが！）

新十郎の不安をよそに、三島通庸は部下たちをゆっくりと見回し、おもむろに口を開いた。

「なんじら、忠良なる警察官諸君。今日、東京府内の全警察署——すなわち麴町《こうじまち》署をはじめ、小《お》川町《がわまち》、和泉橋《いずみばし》、京橋、久松《ひさまつ》、坂本、芝愛宕《あたご》、高輪《たかなわ》、麻布《あざぶ》、赤坂、四谷、牛込《うしごめ》、小石川、本郷、下《した》谷《や》、浅草田町《たまち》、浅草猿屋町《さるやちょう》、本所元町《ほんじょもとまち》、吾妻橋《あづまばし》、富岡門前《とみおかもんぜん》、深川八名川町《やながわちょう》、板橋、千住《せんじゅ》、新宿、品川、そして水上《すいじょう》の各署から、ここに諸君を招き、酒食を提供したのはほかでもない。諸君に国家の大命を下し、存分に働いてもらうべきときが来たからである！」

明治十八年七月の巡査屯所併合でできた二十六警察署を、わざわざ列挙したのはバカバカしいようで、そのよどみない暗誦《あんしょう》ぶりで警察官たちを感激させたようだった。そのあとも、文筆稼業の筑波新十郎からすれば空疎きわまりない美辞麗句を並べたてたあげくに、

「さて、不肖三島もまた諸君と同様、微力ながら畏きあたりの一兵卒として国家のため尽力してまいった。ことに思い出深きは、福島県において県令の大役を仰せつかったときのことで、吾輩《わがはい》は赴任早々かく宣言した——『某《それがし》が職に在らん限りは、火付け強盗と、自由党とは、頭を抬《もた》げさせ申さず』と。むろん坦々たる道ではなかったが、吾輩の断固たる意志と切々たる説諭はついに実り、今や同県は帝国において最も忠実恭謙《きょうけん》なる地の一つとなったのである！

そして今日ここに、吾輩は諸君ら愛国忠義の警察官に号令する——今日ただ今、この東京より

臣民の分際をわきまえず自由を唱え、権利とやらを求むる不逞《ふてい》の輩を一掃せよと！　逆らうものあらば容赦なく斬れっ、二念なく斬り捨てよ！　警視総監たるこの三島が差し許す！」

ガラス越しにもビンビンと伝わってきた三島通庸の声に、新十郎は総身が凍りつく思いだった。激しい嫌悪とともに、得体の知れない恐怖が彼をとらえていた。

かろうじて枝にしがみつくのがせいいっぱいの新十郎の耳に、オーッと　警官たちの鬨《とき》の声が地鳴りのように渦巻いた――。

気がつくと、彼はめまぐるしく手足を動かしてクスノキから降りていた。そのさなか、

「おやぁ、今、窓の外で何か動いたような……」

「なに、さては曲者？」

「民権派のネズミが入りこみしか」

「小癪《こしゃく》な、門出の血祭りにしてくれん！」

「ああいや、待て待て。大事の前の小事、深追いは無用じゃ」

などと明治の世とも思えない声が背後でしたが、新十郎にはふりかえる余裕はなかった。

幸い、彼らは総監閣下の号令一下、隊伍を組んでどこかに向かうらしく、追手が放たれる気配はなかった。とはいえ彼らの殺気はすさまじく、捕まればただではすまないに違いなかった。

まだ状況は読めないが、警視庁がかつてない大弾圧に乗り出したことだけは確かだ。その出陣式が忘年会の形をとったことの意味に気づいたとき、彼はゾッとしないではいられなかった。

荒くれ男どもにふんだんに酒を飲ませ、あらかじめ冷静さと常識を殺しておいたうえで、敵を討ち果たせと煽り立てる。逆らえば斬り捨ててよいと無法な許可を下す。

今の藩閥《はんばつ》専制政府がいかに横暴であろうとも、斬り捨て御免とはいかない。それをあえてさせ

るための酒だ。明治の世となって久しく、太政官制度にかわって初の内閣が成立した今になって、尊王倒幕のころのような無差別殺人を行なわせるための宴だったのだ。

もはや鬼県令どころではない。鬼畜だ、人面獣心の怪物が警視総監になりすましているのだ。

もっとも、今の総理大臣だって、地方の道端で見かけた少女を馬車に連れこみ、東京まで拉致《らち》して無理やり愛人にするような色狂いだし、大臣連中も人斬りや暗殺、陰謀でのし上がってきたような極悪人ばかり。国を私物化することなど、もとより何とも思っていない。

諸外国の目もあって、表向きは民衆の意見を入れ、議会開設、憲法制定を約束しているものの、その前提として自分たちに刃向かうものを根絶やしにしようとしていても不思議ではなかった。

(と、とにかく社に戻ろう。みんなにこのことを知らせなくちゃ。そして、あいつらが何をしようとしているのか、一刻も早く突き止めるんだ)

石段下に停めた自転車を猛然と漕ぎだしながら、彼はつぶやいた。あいつらとは警視庁だけでなく藩閥専制政府まるごとであり、みんなには仮名文字新聞社以外の記者が含まれていた。

3

銀座四丁目角の社まで戻り、とりあえず午後五時の締切——これを越えて改版することはまずありえず、せいぜい欄外に一行記事で組むだけだった——に合わせて一報を書き飛ばした。

といっても、「芝公園内弥生社に府下各署の警察吏忘年会に事寄せて集結し三島警視総監到来しての激励後、緊急なる様子にて打揃《うちそろい》て何処かへ出動したり」うんぬんという程度だったが。

「そういえば、出先で気になることがあるにはあったな」

同僚の一人が、ふと思い出したように言った。

「今日、幸橋《さいわいばし》門内の東京府庁を回ったら、何だかやたら巡査がいて、憲兵まで中にまじってた。彼らは忘年会に招かれなかった口かね。あとで、すねたりはしないかね」

するると、また別の記者がやや深刻な表情になりながら、

「まぁ、そんなのんきなことではないと思うがな。それより、さっき永代橋《えいたいばし》を渡ろうとしたら、巡査が数名立番していて、何となくものものしかった。通行人の一人が『何だ、ここも両国橋も同じか』とぼやくと、『あんたもか。新大橋もこんなだったよ』とかため息をついていたから、主な橋で同じことをやっているんじゃないか」

「おれが出くわしたのは新橋駅だ。だとすると、逃亡犯に網でもかけてるのか。だとしても、警視総監が発破をかけるような件でもなさそうだな」

などと目を丸くしたり、半信半疑だったりする同僚たちに、なるべく市中の情勢や諸官庁の動向を探るよう頼んだあと、新十郎は再び外の街路へと飛び出した。ちょうどそのとき、

「おっと……やぁ、これは筑波さん。お久しぶりです」

玄関先で声をかけてきたのは、二十歳そこそこの若者だった。

頭はモジャモジャと波打ち、粗末な書生姿だが首元には白い襟巻をのぞかせている。胸には風呂敷包みを抱き、楕円形の眼鏡レンズの下では、細く鋭いが愛嬌《あいきょう》のある目が輝いていた。

「ああ、君か……」

それは、彼自身が自転車乗りである縁で、「日本で日本人が自転車を買った第一号」として取材した相手だった。

――その青年は、讃岐《さぬき》小野村の庄屋の四男坊。父は生家から見渡す限りの田畑や山林を有する

大地主で、自由気ままに、そしていささかつむじまがりに育った。十四歳で学問のため初めて上京した際、外国人が二人乗り自転車を乗り回しているのを見て無性にほしくなり、東京・横浜・大阪と探し回り、ついに神戸の外国人居留地で見つけたガス灯付き三輪車を、「親元に帰る」からと母親に無心した三百円で買ったというから、相当な道楽者だ。

だが、どうにも憎めぬところがあり、その後、操觚家《そうこか》（ジャーナリスト）を目指して再度上京してきたというし、実際文章に才気も感じられたので、折々に付き合ってはいた。

だが今日は、さすがに相手をしている暇はなかった。そこでことさらそっけなく、

「今はちょっと忙しくて、また今度な」

そう言い捨てて新十郎が去ろうとすると、モジャモジャ頭の眼鏡青年は「そうですか……」と残念そうに口をとんがらかせたが、

「すると、やはり何かあったんですね、そんなにお急ぎということは。道理でおかしいと思った」

「どうかしたのか？」

ハッとして聞き返した新十郎に、青年は「ええ」とうなずいて、

「僕は神田駿河台《するがだい》の兄宅に居候《いそうろう》してるんですが、ここへ来る前に同じ神田の小川町警察署の巡査が二百人ばかり、えらい勢いで駆け出すのを見たんですよ。もし真正面から出くわしてたら、馬車道のカエルみたいに踏みつぶされてたろうな。とにかくびっくりしましたよ」

実はこのとき小川町署を筆頭に、愛宕署からは百名、京橋署からは八十名を超す警察官が出動し、総数一千名に達していた。とはいえ、そこまでは知らなくても状況を読むには十分だった。

「そうか。そんなことが……やはり警視庁全体が動いているんだな」

独語するようにつぶやいた新十郎を、青年はいぶかしげに見やると、

「あんな大人数なんて、よっぽどの大捕物でもあるんですかね。あ、そう言えば、それから……」

「それから？　まだ何か見たとでもいうのかい」

「ええ」青年はうなずいた。「筑波さんは気づきませんでしたか？　あちこちで陸軍の工兵らしいのが電線を引いたり、あちこちに電信機を据えたりして、あれは何の演習なんでしょうね？」

「えっ」

新十郎は、不意打ちを食らった思いで声をあげた。

彼の観察が正しければ、警察だけではなく陸軍まで動いている。この二つに関係はあるのか。偶然とは思えなかったが、かといって何が起きようとしているのかはわからなかった。

三島警視総監の演説では、標的は自由党、民権派その他の現政権への不満分子らしいのだが、軍警共同で動かなければならないほどの、何が起きたというのか。

あの悲劇の秩父事件――三年前の明治十七年十月三十一日、埼玉県秩父郡で起きた空前の農民蜂起に匹敵するような事態が、この東京に起きようとしているというのか。

とてもそうは考えられなかった。〝自由自治元年〟という私年号をかかげて政府に対して果敢な戦いを挑んだものの、最終的には総理・田代栄助《たしろえいすけ》をはじめとする大量の人々が絞首台の露《つゆ》と消えて終わったあの大騒擾《そうじょう》を最後に、自由民権運動や権力への抵抗姿勢は急速にしぼみつつあった。

何しろ、その中心となるべき自由党にしてからが、秩父での蜂起の二日前に内部対立で解党していた。そうとも知らず筵旗《むしろばた》を押し立てた秩父の人々は、すでに見捨てられていたのだ。

そんなていたらくなのに、何を今さら、そんな取り締まりの必要があるだろう――そう考える新十郎の顔を、気がつくと青年が不思議そうに見ていた。新十郎はあわてて取りつくろって、

「あ、すまん。貴重な知らせをありがとう。今度何かうまい洋食でも食わせるよ。天麩羅炙牛《フライビステキ》な

んてどうだ」

焼くのか揚げるのかどっちかにしろ、と言いたくなる献立《メニュウ》だが、実のところ新十郎もまだ食べたことはなかった。

青年は「いや、そんな」と手を振りかけてから、胸に抱えた風呂敷包みを見下ろして、

「あ、それだったら、これをもらってやってください。いや、無代でけっこうです。まぁ新聞に紹介記事を書いてもらえればうれしいですが……」

言いながら包みから冊子を一部、取り出した。筑波新十郎は、その色鮮やかな表紙を見るなり、

「お、『頓智《とんち》協会雑誌』というのはこれかい。噂には聞いていたが、新しいのが出たんだね。まだ若いのに雑誌の編集発行とは、大したもんだなぁ」

「いや、そんな」

すると青年――後の諷刺と反骨のジャーナリストであり、本名・亀四郎《かめしろう》から改名してまもない宮武外骨《みやたけがいこつ》は、モジャモジャ頭をかき回しながら、

「おほめにあずかったお礼に、一冊と言わず二冊三冊、いや、この際全部どうぞ持ってっちゃってください。何だったら、ご自身で売ってもらって、もうけはそちらの取り分ということで」

新十郎がおやおやと思う間に、できたてらしい「頓智協会雑誌」を何冊も押しつけてきた。

「あ、おい……！」

弱ったことになったと思ったときには、宮武外骨はもうスタスタと煉瓦街の歩道を歩き始めていた。むろん、この時点ではこの雑誌上で明治天皇の憲法発布を〝骸骨〟に見立てて不敬罪に問われ、投獄される運命にあろうとは、新十郎はもちろん当人も夢想さえしてはいなかった。

――あのあと真っ先に入った情報は、赤坂仮皇居に関するものだった。皇城すなわち旧江戸城が明治六年に焼失したため、赤坂に置かれた仮皇居に一大異変が起きているというのだ。

「驚いたぜ。まるで謀叛《むほん》だ。いや、あれが近衛兵の制服とわからなきゃ、てっきり彼らこそ謀叛軍かと勘違いするところだったよ。仮とはいえ、もとは紀州《きしゆう》藩中屋敷だったから、とにかくだだっ広い周囲を二大隊でがっちり包囲し、宮門という宮門には、宮内省皇宮《こうぐう》警察署の警手《けいしゆ》が張りついている。世の中は平穏そのものなのに。異様きわまりない光景というほかない……」

かと思うと、官庁方面から拾われてきた情報では――

「各大臣の官邸じゃあ、護衛の巡査をふだんの倍に増やしたそうだ。しかも永田町《ながたちよう》一帯は一丁ごとに制服私服の巡査三、四名を置いて巡回させてる。うっかり通り抜けもできないありさまだ」

「大手町《おおてまち》の大蔵省ときては、それ以上さ。憲兵と巡査のほか二小隊の兵を派遣する非常警戒ぶりだ。いったい何におびえ、何に備えているっていうんだろう」

「三宅坂《みやけざか》の陸軍省では宿直員を増加し、陸軍病院は医官を召集して負傷者に備えてる。昨日つかんだ情報なんだが、陸軍の各兵営は外来者の面会を謝絶中だ。何のためか首をかしげたんだが、いま思えば今日のこの事態の一環だったんだな」

「これも昨日、二十五日の話なんだが、山県有朋《やまがたありとも》内務大臣と大山巖《おおやまいわお》陸軍大臣が憲兵本部長を呼び出して訓令を発し、本部長は昨夜から今朝にかけて各屯所長に訓示した。だから憲兵本部はこんなにも迅速に、隊を配置することができたわけか」

「おいおい、ただごとではなくなってきたな。まさに国家的一大事じゃないか。こうなってくると、警視庁だの三島だのもしょせんは将棋の駒の一つ、あるいは手足に過ぎないのではないかね」

「そう見るべきかもしれんな。そうそう、筑波君の知り合いが見たというのは、やはり軍事通信用の電線と電信機だったよ。出動してたのは、赤羽《あかばね》工兵隊の野戦電信隊だな」

「あと、小石川の砲兵工廠《こうしょう》には一小隊を派遣し、その他、陸海軍の火薬庫や兵器貯蔵庫でも備えを固めているそうだ……で、敵はどこから来るというんだ。まさか海の向こうからか？」

「少なくとも戦争じゃなさそうだな。というのは、丸《まる》の内《うち》二丁目の東京始審《ししん》裁判所の予審局では、徹夜態勢で変事に備えていた。司法官が敵兵の法手続きを取ったりはしないだろうに」

「じゃあ、いったい何だというんだ」

「さあ……」

仮名文字だけでなく取材先で遭遇した各社の記者と情報を交換し、共有した。そうすることで官憲の異常な動きが浮き彫りになる一方、その向こう側にある権力の意思が見えなくなった。

「ところで、警視総監の三島はその後、どうしたかわかるか」

筑波新十郎の質問に、返ってきた答えはこうだった。

「うむ。弥生社での忘年会を切り上げたあと、鍛冶橋《かじばし》の警視庁に戻ってそのまま一歩も動いていない。一説には撃剣と柔道に長じた巡査三十余名からなる別動隊を組織して、いつでも出動できるよう二十四時間で半数交代制にして待機させているらしい。まあ、話がここまで大きくなった以上は、警察の役割は後衛部隊以外にないのじゃないかな」

（三島、動かず……少なくとも動く姿は見せず、か）

新十郎は、思案投げ首するほかなかった。やはり彼は巨大な何かの一翼を担うだけなのか。あの弥生社で見た光景——とりわけ三島通庸に抱いた畏怖は、買いかぶりではなかったのか。

だが、そのあと気づいた——もし彼にとって全てはすんでいるのだとしたら？　蜘蛛《くも》が巣の真ん中に陣取って獲物を待つように、自分の城に立てこもっているのだとしたら——？

そう、このときすでに弾圧の網は東京の隅々まで張り巡らされていた。三島通庸を総指揮官とする前代未聞の作戦――いや、卑劣きわまりない陰謀は、諸官庁の動きのさらに水面下に隠れて、とっくに実行段階にあったのだ……。

ふと気づけば、煉瓦街に林立するガス灯に、次々と明かりが灯ろうとしていた。いつ見ても美しい光の列だ。法被《はっぴ》姿の点灯夫が、先に硫黄《いおう》の火種をつけた長い棒で火をつけて回っているのだが、やがてその姿も深まる闇の中に溶けて見えなくなってしまった。

4

筑波新十郎が、日本橋区南茅場町《みなみかやばちょう》の下宿に帰ったのは、その日遅くのことだった。

さすがにくたびれきって、二階借りをしている古道具屋の夫婦に、どうあやまって板戸を開けてもらおうか、もうとっくに寝入っているのを起こすのも気の毒だし――と思案しながらたどり着いてみると、意外にも店の戸は半開きになっていて、そこから煌々《こうこう》と灯りがもれていた。

(何ごとだろう。こんな遅くまで起きているはずはなし、あのご主人か、おかみさんに何かあったのではないか)

胸騒ぎを覚えながら、板戸のあわいに手を差し入れた。

と同時に店の土間で人影が動いたかと思うと、ガラッと戸が開かれ、中から真っ黒な大入道《おおにゅうどう》が姿を現わした。しかもその背後にも、もう一つ人影が――。

これにはギョッとしたが、それは背後から光を受けていたせいで、その大入道が足元に置いていたカンテラを左手で新十郎に差し向けると、その照り返しで相手の人相風体がわかった。

それは、外套《がいとう》をまとった巡査二名だった。ヘチマのような面長《おもなが》とお盆のような真ん丸顔と、体つきもずいぶん違うのに、ほぼ同じ角度に口ひげをピンと立てているのが、時計屋の店頭のようでおかしかった。

（ふん、午後十時十分ってところか）新十郎は心中毒づいた。（だいぶ遅れてるぞ。京屋時計店にでも持ちこんで直してもらえ）

そんな冗談が通じそうな相手ではないので、黙っていると、ヘチマ面《づら》の方の巡査が、

「職権をもって相《あい》たずねるが、その方の姓名は何と申すか」

「筑波新十郎、ですが」

彼は、極力平静を装《よそお》い、笑みさえ含みながら、きっぱりと答えた。

「まちがいあるまいな」

「まちがいっこないんですがね」

しつっこい問いかけに、つい中っ腹で答えると、ヘチマ面の巡査はややムッとしたようだったが、それをなだめるように後ろに控えていた丸顔の方が、

「それでは、これから久松警察署までご同行願おう」

「それはまた、なぜ――？」

言いかけて新十郎は、その続きをのみ下した。二人の巡査の右手が、ともに腰の日本刀の柄《つか》にかかっていたからだった。

――明治九年の廃刀令《はいとうれい》で、警官も帯刀を禁じられ、かわって木製の長い警棒が支給された。しかし鎮台《ちんだい》の召集兵が刀を吊っていることへの不公平感は強く、また西洋の警察では佩剣《サーベル》が常識であることから十五年末に帯刀が解禁された。

あいにく現場の巡査たちに支給されたのは、切っ先にだけ刃をつけた刺突《しとつ》専用の洋式サーベル。それを引きずるようにして駆け回る〝お廻りさん〟の姿は、すでにおなじみとなっていた。だが、このとき二人の巡査が腰に挿《さ》していたのは、本格的な日本刀だった。

ふいに、今日の真昼、弥生社で聞いた三島通庸の言葉がよみがえった。

——逆らうものあらば容赦なく斬れっ、二念なく斬り捨てよ！

なるほど、そういうことだったのかと新十郎は思い、いつもの彼にも似ず素直に答えた。

「わかりました。参るとしましょうか」

ふと気づくと、家主である古道具屋の夫婦が、店の奥から心配げにこちらを見ている。

いきなりの巡査二人組の訪問、しかもどうせ「コリャ主人、そちらの止宿人《ししゆくにん》のことでちと尋ねたき儀がある」とか何とか、犯罪人の拘引《こういん》に来たような態度で接したに決まっているから、昔気質《かたぎ》の彼らはどれほど狼狽《ろうばい》し、また不安にかられたことだろうか。

「ご心配は無用、きっと何かのまちがいですから、じきに帰りますよ。あ、それまで起きてられては悪いから、寝ていてくださいね」

新十郎はことさら、彼らにそう言って笑いかけると、二人の巡査に従って夜道を歩み始めた。

何かとお上に逆らう輩ということで、とかく鼻つまみ者の新聞記者に部屋を貸してくれたばかりか、いろいろと親切にしてくれた彼らに迷惑をかけたことに胸がチクチクと痛んだ。

やがてたどり着いた警察署の玄関をくぐろうとしたとき、ここから帰れるとは限らないと覚悟を決めた。中に入ったが最後、殴られようが蹴られようが表に出ることはないし、人目の届かないところでこっそり殺されたり、未来永劫拘禁されたりすることだって、ありえなくはなかった。

だが、この一方的に強《し》いられた訪問に対し、久松署の対応はひどく穏便で、暴力的なところは何もなかった。にもかかわらず、彼に加えられた措置《そち》は冷血冷淡きわまりなかった。うるさく身元をただされ、正真正銘の筑波新十郎であることを確認されたあと、副署長あたりらしい中年の警部の前に連れて行かれた。その制服姿を見て、

（こいつもあの忘年会にいたのかな。だとしたら三島総監を出迎えてペコペコしてた一人だな）

などと考えていると、いきなりこんな命令書を手渡された。

それは薄っぺらでお粗末な官用の罫紙《けいし》で、そこにはこんな文字が墨書《ぼくしょ》されていた。

東京府
　　筑波新十郎
保安條例第四條
ニ拠《ヨ》リ満一ヶ年半
退去ヲ命ス
　但《タダシ》明治二十年十二月三十一日
　午後三時ヲ限リ退去スヘシ
　　明治二十年十二月廿六日　警視庁

＊

「ほんまに長いこと待たしよるな。僕はともかく、訴え手のことを何と考えとるのや。人の時間

をいったい何やと……ふわぁ、思て……ふわぁぁ、んのや、ふわあァァ……おっとっと！」

迫丸孝平《さこまるこうへい》は、出かけた生あくびをあわててのみこんだ。昨日も徹宵《てつしょう》調べ物をしていて、寝不足だったこともあったが、あまりにむなしく待たされ過ぎて、緊張の糸が切れてしまったのだ。

だが、居眠りするには場所が悪かった。大阪・中之島《なかのしま》一丁目、淀屋橋《よどやばし》を渡ってすぐの大阪始審裁判所——その控所《ひかえじょ》とはいえ、どこで小意地の悪い奴が見ているか知れたものではなかった。

とかく在野の人間が軽視されがちなこうした場では、毅然《きぜん》と、堂々としている必要があった。もう少し貫禄《かんろく》がつき実績を積めば、どこでもグーガーと高いびきをかけるのかもしれないが。

あいにく迫丸孝平は、まだ三十手前、この仕事では自他ともに認める駆け出しだった。

身なりにも金はかけられず、二子《ふたご》の羽織に茶縞の袴《はかま》をはいて、足元だけは洋靴。書面ではちきれそうな風呂敷包みのそばには山高帽を置いているから、頭のてっぺんも洋風とはいえた。

もっとも、頭の中身は北洲舎《ほくしゅうしゃ》仕込みの新知識、ふだん読む本も横文字の方が多いぐらいだった。

出頭命令に出向いてきたものの、それっきりで放っておかれ、むなしく時を過ごした。他人の貴重な時間を容赦なく食いつぶして平気な役人気質には、毎度うんざりさせられていた。

「こっちは、御用納めというので、今日を逃してはならじと大急ぎで駆けこんできた、いうのに、司法官諸氏は、まさかもう正月気分……そんなことではかなんな」

しかたなく周囲を見回すと、片隅のテーブルに書類綴《つづ》りのようなものが置いてあった。退屈のあまり引き寄せてみると、それは政府が日々発行している「官報」だった。

なぁんだと思ったが、しかたがない。この際どんな文字でも時間つぶしだと綴りをめくった。

それは「明治二十年十二月二十五日　日曜日」付というから最新の官報で、しかも「号外」とある。よほど重大な知らせかと見れば、冒頭には「勅令《ちょくれい》」の二文字もものものしく、朕惟《チンオモ》フニ今ノ時ニ当リ大政ノ進路ヲ開通シ臣民ノ幸福ヲ保護スル為ニ妨害ヲ除去シ安寧ヲ維持スルノ必要ヲ認メ茲《ココ》ニ左ノ条例ヲ裁可シテ之ヲ公布セシム

　御名《ギョメイ》　御璽《ギョジ》

と記されたあとに「内閣総理大臣伯爵伊藤博文《いとうひろぶみ》　司法大臣伯爵山田《やまだ》顕義《あきよし》　内務大臣伯爵山県有朋」の連署がつき、やっとそれに続けて条文が掲載されていた。

勅令第六十七号

保安条例

　第一条

凡《オヨ》ソ秘密ノ結社又ハ集会ハ之ヲ禁ス犯ス者ハ一月以上二年以下ノ軽禁錮《ケイキンコ》ニ処シ十円以上百円以下ノ罰金ヲ附加ス其首魁《ソノシュカイ》及教唆者ハ二等ヲ加フ

内務大臣ハ前項ノ秘密結社又ハ集会又ハ集会条例第八条ニ載《ノ》スル結社集会ノ聯結《レンケツ》通信ヲ阻遏《ソアツ》スル為ニ必要ナル予防処分ヲ施《ホドコ》スコトヲ得……

　そこまで読んだところで、正直「またか」と思った。政府による言論弾圧、思想統制はあまりに続き、いちいち覚えていられないほど積み重ねられすぎて、いつのまにか感覚がマヒしていた。どうせ自分たちには止められず、藩閥専制政府に勝手に決められてしまうのなら、逆らうよりうまく立ち回り、権力が振り下ろす棍棒から身をよけるかに発想が向いてしまっていた。

第二条は「屋外ノ集会又ハ羣集《グンシユウ》」に関する規制で、あらかじめ警察の許可を得ていようといまいと、警察はいつでもこれを禁止できること。逆らえば主催者はもちろん、これを助けたものも罰せられると定めていた。

第三条は「内乱ヲ陰謀シ又ハ教唆シ又ハ治安ヲ妨害スルノ目的」で文書や図画《とが》を印刷したものへの罰則。これも恣《し》意《い》的な運用が可能だし、やっかいなのは自分を含めた被支配者側に、「そんなお上に逆らうようなことをしたら、罪になるのは当然だな」という納得ができてしまっていること。

だから、本来なら憤り、反対の声を上げるべき孝平にしてからが、これに引っかかった人間をどう助けるか、そちらばかりを考える方に回ってしまうのだった。

だが、目がその次の項目に移ったとき、彼の眉はピクリと動いた。

え、これは……とパチパチと目をしばたたきながら、信じられぬ思いで何度も読み返した。

第四条

皇居又ハ行在所ヲ距《ヘダ》ル三里以内ノ地ニ住居又ハ寄宿スル者ニシテ内乱ヲ陰謀シ又ハ教唆シ又ハ治安ヲ妨害スルノ虞《オソレ》アリト認ムルトキハ警視総監又ハ地方長官ハ内務大臣ノ認可ヲ経《ヘ》期日又ハ時間ヲ限リ退去ヲ命シ三年以内同一ノ距離内ニ出入寄宿又ハ住居ヲ禁スルコトヲ得

退去ノ命ヲ受ケテ期日又ハ時間内ニ退去セサル者又ハ退去シタルノ後更ニ禁ヲ犯ス者ハ一年以上三年以下ノ軽禁錮ニ処シ仍《ナオ》五年以下ノ監視ニ付ス

監視ハ本籍ノ地ニ於《オイ》テ之ヲ執行ス

「皇居または天皇のお出まし先から三里以内に住むものが、内乱を謀《はか》ったりそそのかしたり、治安を侵す恐れがあると疑われるときには、警視総監または地方長官、内務大臣の認可により期限つきで退去を命じ、三年間は同距離内への立ち入りを禁止することができる——？」

孝平は、官報の綴りをテーブルに置くと、半ば茫然となりながら、

「何やこれは、さしずめ江戸所払いというとこやないか。おいおい、今はまだ徳川時代か？　しかも第七条によれば『本条例ハ発布ノ日ヨリ施行ス』——いうことは、ついこの間、東京でこれをめぐる騒ぎがあった、ということや。こらえらいことになるんと違《ちゃ》うんかな……」

自分にはかかわりないことながら、妙に心がざわつき、浮足立つ思いで、孝平は立ち上がった。

そのとき、控所に続く廊下の奥から声があった。

「代言人《だいげんにん》迫丸孝平、判事閣下がお呼びじゃ。何をしておる、さっさと出ませい！」

まさに〝江戸所払い〟の時代と変わらない高飛車な物言いに、

「承知しました。では、ただちに」

決して卑屈ではなく、虚勢も張ることもなく、彼——大阪府免許代言人・迫丸孝平は立ち上がった。読みさしの官報号外のことはすっかり忘れ、そこに記された法律に、自分がかかわろうなどとは予測しないままに。

第二章　〽君が高知へナア　行かんすならば

1

赤坂《あかさか》仮皇居内、内閣庁舎――旧紀州《きしゆう》藩邸時代そのままの大門脇、これまた昔ながらの築地《ついじ》塀《べい》越しに見える木造二階建ての西洋館がそれだ。

当初は太政官《だじようかん》のため建てられ、一昨年発足した内閣に引き継がれたその一室では、今しも耳をつんざく大声と豪傑笑いが鳴り響いていた。

「……というような次第で、わが警視庁の精鋭一千余名を総動員いたし、皇居の三里四方に起き臥《ふ》しする不逞《ふてい》の輩《やから》をことごとく網にかけ、そこに住居せるものは三日ないし五日間、宿その他に寄留せるものは二十四時間以内の退去を命令したのであります。対象者はおよそ五百七十名、帝都への立ち入り禁止期間は三年間、二年間、一年六か月、一年間に分かれ、その最長の宣告を受けたるもののみ挙げるならば、高知県島本仲道《しまもとなかみち》、同林有造《はやしゆうぞう》、また栃木県星亭《ほしとおる》――ふむ、自由党の残党で、小官もいささか関係せる福島事件にて叛徒《はんと》の弁護をした男ですな、そして最後に東京府尾崎行雄《おざきゆきお》（後の咢堂、衆議院議員）となっております。なお、退去宣告に対し抵抗せるものは僅々《きんきん》十五名にして、ただちに当庁第二局に拘引《こういん》のうえ即日軽禁錮《けいきんこ》三年に処せられましたが、その中に政府への建白書提出の総代として土佐《とさ》より上京せし片岡健吉《かたおかけんきち》が含まれていたのは、飛んで火に入る夏の虫ならぬ冬のネズミ、まことに好都合というべきかと。ともあれ自由の平等の、天賦《てんぷ》人権のと世迷言《よまいごと》を並べてはおっても、政府のご威光の前では、また刀の切っ先突きつけられては、ひとたまりもなかりしは、まことに痛快至極というべし――ハッハッハ！」

集会室の広々としたテーブルを囲むのは、伊藤博文《いとうひろぶみ》を首班とする初代内閣を織りなすものたち――フロックコートやら肋骨服《ろっこつ》を着こんだ大官権臣たちだ。

内閣といっても憲法の裏付けもなければ、議会もまだありはしない。三権分立どころか「天下ノ権力総《スベ》テコレヲ太政官ニ帰ス」という意識まで引きずった藩閥《はんばつ》専制政府の中枢《ちゅうすう》であり、その顔ぶれは伊藤総理兼外務大臣を筆頭に、内務大臣山県有朋《やまがたありとも》、大蔵大臣松方正義《まつかたまさよし》、陸軍及び海軍大臣はそれぞれ大山巌《おおやまいわお》と西郷従道《さいごうつぐみち》、ほかに森有礼《もりありのり》、榎本武揚《えのもとたけあき》ら錚々《そうそう》たるものだった。

そんな中にあって、独り巨軀を屹立させた大声の主《ぬし》は、しかしいっこう臆するようすもなかった。金ボタンが二列に並んだ制服の胸を張り、閣僚たちを睥睨《へいげい》せんばかりにしながら、

「まさに現在、自由党残党とその一味同類は、確実に首都より放逐されつつあり。そのまず第一陣は、いま申した通り地方からの臨時上京組で、このため宿屋下宿屋の集結せる芝《しば》区内には、事前に一組十五名の巡査を派して家宅捜索を行ない、たとえ小者の一人とても逃さぬよう水ももらさぬ手配をいたした次第。最後の一人が東京を去るか、あるいは獄《ごく》に下るかは時間の問題でありましょう。数日の猶予を与えた定住者についても、それぞれ巡査をつけて完全な監視下に置いておりますから、大晦日《おおみそか》には一人残らず姿を消すことはお約束申し上げます。

ただここに残念なというは、彼らが一部に噂されたごとく首都を火の海にせんとする企みあるに備えて、消防用の蒸気ポンプ数十台を焚きづめにして、いつでも放水できるようしておったことですが、民権派のかくも不甲斐なきを知っておれば、むざむざ石炭を無駄にすることはなかった。不肖この三島《みしま》、いささか相手を買いかぶっておったようで……ウワッハッハ！」

金ボタンの男――警視総監・三島通庸《みちつね》はひときわ高らかな笑いとともに、保安条例執行の総指

揮官としての報告を締めくくった。

　そのあと、内閣の集会室内は何とも言えない微妙な空気に包まれた。

　――政府の弾圧と内部分裂による自由党の解党、秩父《ちちぶ》事件のあまりにむごい鎮圧、さらには大阪事件の発覚と失敗により、自由民権運動は衰亡《すいぼう》に向かった……はずだった。しかし、不平等条約改正案の屈辱的内容がもれたことから、かねてから〝鹿鳴館《ろくめいかん》外交〟を苦々しく思っていた世論が沸騰《ふっとう》、外務大臣井上馨《いのうえかおる》が辞任に追いこまれた。

　対等な立場での条約改正を求める声は、さらに地租の過酷な負担ときびしい言論弾圧への反発を巻きこんで、これらの改善を求めた三大建白運動が巻き起こった。

　民権家たちが勝ち取り、政府に約束させた国会開設は三年後に迫り、それを有名無実なものにさせるわけにはいかなかった。各地で壮士《そうし》たちが活動を始め、とりわけ「自由は土佐の山間より」とうたわれた高知県からは決死隊三百人が上京するという話もあり、酒席の冗談とはいいながら帝都焼き討ち、大官暗殺計画が話し合われたりして、民衆はみな敵と心得ている政府当局者を疑心暗鬼に陥らせた。

　そこへ突然、発令されたのがあの保安条例であった。ひそかな立案のあと異例の日曜に官報号外を出し、即日施行されたこの法律は、活動家たちを強制退去させることで、再燃し始めた自由民権運動の息の根を止め、このあとの憲法制定に口をはさませないことを目的としていた。

　だが、その混乱は確実に権力者たちに跳ね返ってきていた。

　造営中の新皇居――明治宮殿が完成したあかつきには、内閣は内桜田門《うちさくらだもん》（桔梗門）の奥へ移る手はずとなっている。だが、今はまだ堀も城壁もない都市のただ中だ。

　高くもない築地塀を越えれば人馬行き交い、まさにそこを抜けて絢爛《けんらん》たる馬車で庁舎《ここ》に乗りつけた彼らは、市中の至るところで起きつつある騒ぎから目も耳もそらすわけにはいかなかった。

「これで、諸卿《しょきょう》におかれましては良きお正月をお迎えいただき、枕を高くして眠っていただけるかと愚考いたしますが……いかがでありましょうか？」

三島通庸はドッカと椅子に腰を下ろしたあと、ダメ押しのように付け加えた。

不敵な響きに、まんまと成功させた弾圧への自負と、それが世間ばかりかこの閣議ですら称賛を呼ばなかったことへの憤懣《ふんまん》が、にじみ出てきたかのようだった。彼は再び立ち上がると、

「保安条例の発令時には、官報を見てその意図を測りかね、実行は困難と侮《あなど》る向きもおったとか。しかし、われらの即時かつ徹底的な執行を見れば、不逞不満の輩も政府の断固たる決意を知ったはず。となれば、総理大臣閣下がお進めの政策に資するところも、きわめて多大かと……。もしや諸卿において、ご疑問の点でもおありならば、何なりとお答えいたしますが？」

けれど閣僚たちの目は、何となく伊藤首相や山県内相に向けられ、そのあと宙に泳ぐばかりだった。最大の実力者である二人が三島総監のやり過ぎに不快感を示し、懸念《けねん》を抱いていることは伝わっており、当然その指摘――場合によっては叱責《しっせき》があるものと期待されていた。

だが、この二人の長州《ちょうしゅう》政治家は素知《そし》らぬ顔で、それぞれの豆粒のように小さな目、糸のように細い目を閉じ、あるいは伏せて、何の感情も表わそうとはしなかった。

実はすでに首相の意を受けて、伊東巳代治《いとうみよじ》秘書官があまりに過酷な計画の緩和を指示しに警視庁に赴《おもむ》いたのだが、三島はたちまち激怒して、

「執行の中途で廟議《びょうぎ》が変わるようでは、とうてい職にとどまることはできぬ！」

と辞表をたたきつけた。その収拾のため、伊藤博文自らがあわてて慰留に駆けつける珍事があり、今さら注意することなどありえなかった。一方、山県有朋はうわべでは三島の暴走に懸念を

表明しながら、裏では徹底弾圧を指示しており、こちらもまるで素知らぬ顔だった。

そんな中途半端な扱いを受けた三島通庸の顔に露骨な不興が浮かんだ。滔々《とうとう》と、そして得々と報告した成功が何の賛辞も得られなかったことに彼は憤《いきどお》っていた。

「ただ今の、警視総監からの報告でありますが」

そのとき、末席近くから声があがった。まだ四十手前で痩せぎすのその人物は、宮内省図書頭《ずしよのかみ》の井上毅《こわし》――伊藤のドイツ型憲法案に協力し、地方分権にも政党政治にも否定的な国権論者でありながら、剛直な法治主義の信奉者でもあった。

「本職にいささか疑問があります。と申しますのは、貴官が総指揮を執られたところの保安条例の適用、対象への措置《そち》については確かに法の定めるところにのっとっている。しかしその執行においてはどうでありましょうか。その対象者をすでにして罪人扱いし、強制的に拘引護送するに当たっての根拠は、また現場の警察吏《り》にそこまでの職権を行使せしむる法理は、那辺《なへん》にありやということをお答えいただきたい。いかに国家の安寧のための立法とはいえ、そのあまりに過酷な、また恣《し》意的な運用はかえって国民の法への信用を損ねるものと憂慮するが、いかがか」

このあと法制局長官となったときには、決して民権派の味方ではないながら、政府に不利な判断もためらわなかった井上ならではの発言だった。だが、正当な意見が通用する相手ではなく、

「なっ、何をこの熊本もんの、身のほど知らずが！」

かろうじて平静を保っていた三島の顔に朱が散り、みるみる憤怒に茹であげられた。文字通り席を蹴って立ち上がるや、やにわに腕をのばし、背後に転がった椅子を高々と振り上げて、

「自由党に屈する臆病者め、これでも食らえ！」

怒声もろとも投げつけた。あやうくよけた井上の頭上をかすめ、椅子は壁に当たって砕けた。

そのまま殴りかかろうとするのを、伊藤、山県以下の大臣たちが必死に取り押えたが、三島はなおも怒声をあげ、ジタバタと足を踏み鳴らした。

その狂態は、遠く離れた内閣書記官長室まで届き、職員たちを震え上がらせた。とはいえ、内閣庁舎の外、仮皇居の塀の向こうで展開中の暴力と無法に比べれば、万分の一にも満たなかった。

2

筑波新十郎《つくばしんじゅうろう》は、古道具屋の門口に立つと一度ふりかえり、深々と頭を下げた。東京とその近辺を駆け回るときの洋装・洋帽・洋靴姿に防寒具を引っかけて、

「それでは、おじさん、おばさん。長いことお世話になりました。おれ自身は悪いことをしたつもりはないし、自ら恥じるところは少しもありません。ただまぁ、新聞社勤めということでご面倒をおかけしてきたところへ、思いがけず警察沙汰に巻きこんでしまったことは、本当に申し訳なく思っております。どうかくれぐれもお元気で……お借りしてた部屋のことは、さっき申し上げた通りですが、もしぶじに帰ってこれたときに空《あ》いていたらまた貸してやってください」

「迷惑だなんて、そんな……筑波の旦那、あぁたのお父さまにめっきり似てこられたと思った矢先のお別れで、ただ寂しいばかりですよ。なぁ婆さん？」

「そうですとも。ですから、あまりお化けの出るような遠くへ行っちゃいけませんよ。いいかげんなところでとどまって、何ならこっそり帰っていらっしゃいな」

ここ数日、複雑な思いもあったろうし、現に新十郎のことで近所から後ろ指をさされたこともあるらしい主人夫婦は、彼の言葉にわだかまりも吹っ飛ばしたようすで言ってくれた。

その優しさに新十郎はホッとした。と同時に、あえて自ら思いを断ち切ろうとするように、

「いや、そんなわけには……では、どうかお二人とも良い正月をお迎えください。さようなら！」

深々と一礼しつつそう言い置くと、筑波新十郎は西洋行李《トランク》を提《さ》げて歩き出した。そのあとは、もうふりむくことはなかった。

明治二十年十二月三十一日――日本橋《にほんばし》区の久松《ひさまつ》警察署で渡された退去命令に記された、まさにその期限であった。与えられた猶予は実質四日半ほど。代々住み慣れた東都《えど》の地に別れを告げるにはあまりに短く、あわただしかった。

佐幕《さばく》派が刀を筆に持ち替えたような新聞社は、政府に目をつけられていた。とはいえ、保安条例なるものをいきなり決めて、あそこまで強引な執行をするとは思わなかった。せめて仮名文字《かなもじ》のような弱小はお目こぼししてはくれまいかと期待したものの、そうはいかなかった。

そんな中で彼にありがたくもない白羽の矢が立ったのは、

(日ごろ書きまくってきた諷刺《ふうし》記事と戯文戯画のせいだな。それに警官や官吏どもへの反抗的態度がわざわいしたのだとしたら、まぁ名誉なことだ)

と見当をつけ、腹は立てつつも納得はしていた。

加えて、あの弥生社《やよいしゃ》での宴会をいちはやく探知し、他社に先駆けて速報したのがとがめられたのなら、いっそ探訪《たんぼう》記者冥利《みょうり》だが、あいにく紙面が印刷されるより命令書の方が早かったのでそれはない。ちなみに銀座《ぎんざ》かいわいの新聞社で無傷だった方が少なく、仮名文字でも彼以外に追放刑を食らったものがあった。

もっとも、彼らにはそれぞれ別に故郷があったが、あいにく無役といえど天下の直参《じきさん》(おや、親父の口癖がうつったか？) 御家人《ごけにん》筑波家は、たまに役についたと思ったら僻地《へきち》に飛ばされた以

外は、ご府内を離れたことがない。つまり逃げこむべき先が、皇居三里外にはなかったのだ。

新十郎は両親の死後、長年住んでいた本所《ほんじょ》の屋敷を処分したあと、元奉公人の義理堅さを幸い、南茅場町《みなみかやばちょう》の古道具屋の二階を借りて社に通っていたが、それも今度のことでおしまいになった。

お堅い世間からは鼻つまみ者の新聞屋、それも探訪記者というのにとても親切にしてくれ、夜食なども出してくれた。だが、何しろ昔者のこと、

――警察《おかみ》のご厄介になるようなならず者を住まわせていたのか。

と落胆させはしなかったかが、何より心配でならなかった。

たまった家賃を余分に払い、部屋は空けておいてもらうに及ばず、荷物は処分して金に換えてもらってもかまわないと言い置き、わずかな旅支度だけで新橋《しんばし》のステーション（後の汐留駅）に向かった。とにもかくにも東京を、それも早急に出る必要があったからだ。

社の連中が「仮名文字新聞の社旗をひるがえし、お前さんの名入りの幟《のぼり》を立てて鳴り物入りで見送りに行こう」と言ってくれたが、頼むからやめてくれというので出立時刻も知らせなかった。もっとも社の内外に奉加帳を回して集めてくれた餞別《せんべつ》は、ありがたくもらっておくことにした。

同僚たちの見送りを断わったのは、むろん照れ臭いこと、長いものに巻かれての都落ち姿を見られたくなかったことがあったが、もう一つ理由があった。

「じゃ、行きましょうか」

古道具屋のある横町を出、見送る老夫婦が見えなくなったところで、新十郎は路傍《ろぼう》の天水桶《てんすいおけ》と祠《ほこら》の向こうにたたずむ二つの人物に声をかけた――。

「筑波さん！　ああ、よかった、うまく会えた」

新橋駅に着いたところで、今度は新十郎の方がいきなり声をかけられた。まだ東京のただ中というのに、すでに旅に倦《う》みかけたしかめっ面《つら》に何日ぶりかの笑みが浮かんだ。

「あ、宮武《みやたけ》君……どうしてここに？」

それはモジャモジャ頭に眼鏡の若き雑誌発行人、宮武外骨《がいこつ》だった。

「社の人たちに訊いたら、当人がきつく断わったものの乗車時刻は大方わかっていると教えてくれましてね。それで、これを車中食べてもらおうと……なぁに兄の家で出たおすそ分けですよ」

そういえば、外骨青年が居候《いそうろう》している兄・宮武南海《なんかい》は東京学館という通信教育の学校を開くなど、なかなかの辣腕《らつわん》家だと聞いたことがあった。たぶんいろいろ珍しいものが届けられているはずで、外骨君が西洋料理にくわしいのも、そのせいだろう。

「助かったよ……ほら、例の条例のせいでこの混雑ぶりだろう。駅売りの弁当がとうに売り切れて困っていたんだ」

新十郎は、宮武外骨が差し出した新聞紙の包みを笑顔で受け取り、だが中身を見て、

「これは――？」

と、けげんな顔になった。すると外骨はしてやったりという顔になって、

「Sandwich ですよ」

「サンド、ウヰッチ――？」

それは、日本ではまだまだ珍しく、まして駅弁になるには、あと十年以上待たねばならない西洋の軽食だった。英和字彙《じい》のたぐいには単に「食物ノ名」ですまされるか、くわしいものでも「麺包《パン》ノ薄片《ウスギレ》ニ鹹肉《シホニク》等包《ツツミ》タルモノ」と説明されるだけで、ついに和名を得ることはなかった。

「なるほど、二枚のパンで肉や野菜を挟みうちにしてあるのか……こりゃあいい、珍しいしうま

そうだし、それに今日の旅立ちにはぴったりだよ」

「ぴったり――ですか？」

今度は外骨青年の方が、けげん顔になる番だった。新十郎はニヤリと皮肉な笑みを浮かべると、左右に視線を走らせた。

つられて眼鏡の奥で目玉をうごめかした宮武外骨は、やがて「え……」と後ずさった。

――そこには、二人の口ひげもいかめしい巡査が立っていたからだった。さしずめ筑波新十郎がサンドウヰッチの具なら、それを左右から挟みこむパンそっくりに。

――それは、保安条例発令翌日の二十六日夜に彼を待ちかまえていたのと同じ巡査たちだった。まぁ、どいつもこいつも制服だけでなく、似たような面構《つらがま》えに髭を生やしているから、ひょっとしたら別人かもしれなかったが、どちらでも違いはなかった。

一度この悪法の対象となったものは、その執行が完遂するまで警察の監視下に置かれ、手紙一本、彼らの検閲を経《へ》ずには出すことが許されない。新十郎が老夫婦に気を使ったのは、ただでさえ恐れられる巡査たちがこの調子でつきまとい、平気で家まで上がりこんだからだ。

もっとも、彼などまだましな方で、即日退去を命じられた人々の大半は、政府への訴えや会合のために各地から上京し、旅館や下宿に短期滞在していた。政治とは無関係な目的で来ていた人も多かったが、あの晩の新十郎がそうだったように、有無を言わさず二人組の巡査に管轄警察署に連れて行かれ、退去の旨と、その期限が何と翌二十七日午後三時であることを告げられた。

また巡査の付き添いつきで旅館に戻ると、彼らの監視下で荷物を片付けさせられ、ととのったところで、管轄外まで護送されるという手順だった。とはいえ皇居から三里外となると、何署もの管轄区域を越えてゆかねばならないが、そのたび身柄を引き継がれていったのだろうか。

幸い、まっすぐ新橋停車場に向かい、日本橋区《にほんばしく》、京橋区《きょうばしく》、芝区を通過してゆく新十郎については、その必要なしと見なされたらしい。どちらにせよご苦労な話ではあるものの、指定された範囲さえ出れば、もうお役御免となるはずだった、のだが――。

「……いや、何と申しますか、実に何ともはや、ご苦労さまなことで」

小一時間後、汽笛一声、新橋を汽車が離れたあと、新十郎はギュウギュウづめの車内で、宮武外骨からもらった新聞包みを後生大事に抱えながら、自分の右隣を見やり左隣をかえりみた。

「どうです、西洋の軽食などお一つ……え、そういうものは口に合わない？　そうですか、それはどうも。じゃ、遠慮なくいただきますよ」

新十郎は、さっきよりいっそうサンドウヰッチにされながら、包みを開いた。そこまで腹は減っていなかったが、むりやり横に座った巡査たちへの当てつけに食べることにしたのだ。

（そういえば、宮武君はこの新聞紙だけは持ち帰りたがっていた気がするが、そんなものを集める趣味でもあるのかな。だとしたら奇特なことだが……）

そんなことを考えながら、ふと見ると、それは二十八日付の時事新報で、そこには「保安条例と騒然たる社会」の見出しに続いて、こんな記事が続いていた。

前項の始末にて一昨二十六日の夜より二十七日へ掛けては、府下到る所にて巡査附添ひにて壮士を送り出す、その街道は北に南に各々思ひ思ひなれども、最も多かりしは鉄道に依って横浜《よこはま》に送られたる壮士にて、新橋停車場は一時壮士と巡査とにて充満し、一群一隊、発車毎に壮士の乗組むもの数十名護送の数之《これ》に合ふて、横浜停車場までは同車し……

まさに自分がそうなりつつ読む新聞記事は、格別だった。やけ半分で口にねじこんだパンとハムはひどく塩っ辛く、脂《あぶら》っぽく感じられたけれども。

そうこうするうちに汽車は品川《しながわ》、川崎《かわさき》、鶴《つる》見《み》の各駅を過ぎ、神奈川駅から高島嘉右衛門《たかしまかえもん》が埋め立てた海上の築堤を渡って、終点の横浜停車場（現在の桜木町駅周辺）に着いた。

ほんの一時間足らずの旅だった。にもかかわらずグッタリと疲れてしまったのは、この旅の目的というか性格のせいだった。何より妙な道連れさえなければ……。

汽車を降りたあと、ふっと不思議な感じに襲われた。横浜駅の何もかも――二つ向かいあった木骨石張りの洋館や、その間をつなぐ三角屋根の平屋など何もかもが新橋駅とそっくりで、知らぬ間に出発点にもどったかと錯覚したのだ。

むろんそんなわけはなく、両駅ともアメリカ人技師リチャード・ブリジェンスの設計になるからだった。新橋と横浜は、いわば双子駅のような関係にあった。

だが、駅を一歩出れば違いは一目瞭然で、真正面には大岡《おおおか》川の流れとそこに架かる弁天《べんてん》橋、大《おお》江《え》橋が見渡せ、左側には世界中に知られた港ヨコハマの満々たる海が広がる。少し行けば広大な外国人居留地もあるだけに、東京とは明らかに違った異国情緒が漂っていた。

だが……そこで新十郎を待っていたのは、東京と少しも変わらない混雑と混乱だった。

駅前には、いま着いたばかりのものもいれば、迎えにきたものもいる。あたりにたむろするものあれば、右往左往するものがいる。その多くが大荷物を抱え、ときに家族の手を引いているのだから大変な混雑であり混乱であった。

（いったい何なんだ、この騒ぎは……）

筑波新十郎は唖然と、そして憮然となりながらその場に立ちつくした。

（みんな、おれと同じ追い出され組かよ。それが行き場のないまま、まだこんなに……これじゃあ、新橋駅とまるっきり変わらない。それこそ振り出しにもどったようなもんじゃないか）

何しろ、東京からの手っ取り早い脱出先といえば、ここ横浜。新十郎のように行く当てがないものだけでなく、故郷や頼るべき先がまるで別方向にあるにもかかわらず、とりあえず新橋から汽車に飛び乗ったものも多かった。そのことがとんだ悲喜劇を生むとも知らずに……。

そして、あとの二つ――理不尽と不愉快は、新十郎がようやくこれでお目付け役から解放されるとホッとした矢先に降りかかってきた。駅前の広場のようになったあたりでふと立ち止まると、

「着きましたな、横浜に」

巡査たちは答えなかった。新十郎は前方を見すえたまま、さらに続けて、

「東京から当地はざっと七里、保安条例に定められた距離からすれば、十分お釣りの出るところまで来たのだから、もう満足でしょう？」

「…………」

「ま、とりあえずはそういうことで……巡査諸兄、どうも長々とお付き合いありがとうございました。では、ここらで失礼……ご両所もついでに横浜見物でもしていかれたらいかがです？」

筑波新十郎は右を見やり、左をかえりみて言った。だが、ふいに目の前に立ちふさがった二つの黒い影に気づいたとき、彼の安堵の表情は失望に塗りかえられた。

「貴官らは、警視庁よりご出張の方々とお見受けいたします。保安条例第四条に基づく退去者の護送任務、まことにお疲れさまでございました」

「自分たちは横浜警察署のものであります。何とぞこのあとは、われわれ神奈川県警察本部にお任せくださいますよう。では、この場にて退去者の引き渡しを！」

神奈川県警察本署から改名して一年にしかならない組織名を誇らかに名乗り、ビシッと敬礼してみせた二人の人物は、いでたちから物腰、ついでに口ひげに至るまで二枚のパン——いや、警視庁の巡査とそっくりだった。

——神奈川県警察本部では二十七日、横浜署と十五の郡区警察署、分署の署長を電報で非常召集し、午後一時から臨時会議を開いて警視庁への全面協力と援助警戒態勢につき打ち合わせた。合わせて横浜には、憲兵一個中隊が銃弾を携えて到着、おそらくありそうもない万一の事態に備えた。それは権力者たちの不安とおびえの表われであり、それらの負の感情を民衆に共有させることで、より支配を強化しようという魂胆《こんたん》に違いない。

ともあれ、ここでも警官に付きまとわれるとあっては、何のために素直に悪法に屈し、これまでの暮らしや人間関係を捨ててきたのかわからない。ここを出てさらに別の場所に行かねばならないようだが、すぐには決めようもない。

だが、漫然としてはいられなかったし、するつもりもなかった。ここで彼ができること、やるべきこと——それは彼がたとえ新聞社を離れても探訪記者である以上、わかりきっていた。

横浜の地にさらなる一歩を踏み出そうとして、筑波新十郎はふいに立ち止まった。よりによってこんなとき、とんだことを思い出したからだった。

「どうした、許しもなく立ち止まるでない」

「そうとも、キリキリ歩まぬか」

たちまち飛んだ横浜ポリス——かつてはそう呼ばれていた——の叱声《しっせい》に、へいへいと従って歩み出しながら、新十郎はひそかに後悔していた。急な旅立ちの支度や仕事の後始末にかまけて、あることについて仮名文字新聞の同僚に告げておくのを忘れていたことを。

（あの社用車……おれがいないんじゃ乗るものもなし、退去の年季が明ける前に始末されちまうかな。まあ、おれの私物でないんだからしかたがないか。わが愛しの自転車よ、さらばじゃ！）

3

――明治二十一年（一八八八）、戊子《つちのえね》の正月を筑波新十郎は行き場のないまま横浜で迎えた。

あのあと、伊勢佐木町《いせざきちよう》二五番地の横浜警察署に連行された新十郎は、しつっこく身元を調べられたあと、当地ではどこに滞在するか訊かれた。

「まだ決めてない」と答えると、「隠し立てするつもりか」とうるさいので、

「えーっと確か、ン町ッ丁目の何屋何トカという宿だったと……」

と口をモゴつかせると、先方は「ふん、やっぱりそうか」と勝手にうなずいて、

「おい、こやつを本町通五丁目の松井屋《まついや》元八《もとはち》方まで連れて行ってやれ！」

と見張りの巡査をつけて、見知らぬ街に放り出された。やがてたどり着いた旅館・松井屋の玄関前にはいかめしい巡査五、六人が居並んでいて、出入りする者をきびしく誰何《すいか》していた。

横浜署の取調官がこの宿だと決めこんだのも道理、松井屋には六十五、六名の退去者が入れかわり立ちかわり宿泊していた。あと何軒か退去者の集まった宿があったが、ここが突出していた。

新十郎は、さっそく同宿の人々の話を聞き回ったが、それは想像以上にひどいものだった。

そもそも横浜の人々の態度も妙に冷たく、新十郎も嫌な思いをさせられた。まぁ、こんな得体の知れない連中に押しかけてこられては迷惑だし、壮士となれば切った張ったの乱暴者と考えるのがふつうだろう。ましてお上《かみ》のご沙汰で追放されて流れてきたような連中は、どんな悪いこと

をしたのかと怖がっているに違いなかった。

だが、たとえ横浜の人々に白眼視されても、宿に泊まれただけまだましで、

「坂崎斌《さかざきさかん》氏？　ああ、今日《こんにち》新聞の記者の……確か『汗血千里駒《かんけつせんりのこま》』という小説で、坂本龍馬《さかもとりょうま》とかいう忘れられた人物をとりあげた人ですな。この坂崎氏ほか二十数名が東京から埼玉方面に——てことは、私鉄日本鉄道で上野《うえの》を発ったのかな。とにかく浦和《うらわ》に着いて一安心したところ、宿屋全てが宿泊を拒否？　それで、野宿したり門前で物乞いをする惨状に陥り、やむなくそのまま徒歩で横浜に……そりゃひどい。不人情にもほどがある——と言いたいところだが、それだけあの事件の傷は深く、地元の人々がお上に抱く恐怖もまた、とめどないということなのだろうな」

　あの事件とは、もちろん秩父事件。その名の通り、埼玉県秩父郡の農民と士族の必死の訴えが、無残なまでに政府に踏みつぶされた経験は、深く県民の心に刻まれ、お上に刃向かうものには部屋一つ貸せない気質となってしまったのだろう。

　人民の声に断じて耳を貸さず、不条理に弾圧すれば、彼らは恐怖し、何ごとにも権力者の鼻息をうかがい、無気力とあきらめの中に深く沈んでゆく。今回の保安条例の断行の乱暴さも、たとえ一時の反発は生んでも萎縮効果を生むと狙ってのことではなかったか。

　かと思えば、この条例の杓子定規《しゃくしじょうぎ》さのせいで、とんだ遠回りを強《し》いられた退去者もあって、

「ええっ、いったん横浜に逃れたばかりに故郷に帰れなくなった人がいる？　その人の生国は新潟県だから、ふつうに考えれば新橋まで戻り、上野へ出て汽車に乗るか、品川から赤羽《あかばね》線に乗車すればいいはず。でも、いったん退去したからには、もう皇居から三里以内には入れない……じゃ、どうしろと？　はあ、横浜から川崎まで出て、そこから人力車で間道を十里ほども通って浦和から高崎《たかさき》行きの汽車に乗り、信州《しんしゅう》経由で新潟へ——とはまた、何と手間なことを！」

と、そのいきさつを聞いた新十郎を心底あきれさせ、嘆かせたことだった。

何よりひどいのは、政府批判一つしたこともないのに退去命令を食らった人が多かったことで、中にはれっきとした官職についていたものもあった。学業を中断して帰郷しなくてはならない青少年も多く、運営が成り立たなくなった学校さえあった。

表向きはともかく、退去の理由として最も多く、最も理不尽だったもの——それは高知県民であることだった。先の坂崎斌、筆名・紫瀾《しらん》もそうだったが、自由民権運動の本場といっても過言ではなく、今度の三大建白運動の中心となった土佐人への警戒感は強く、八十八名と飛びぬけて多いのが高知県出身者なのだった。

「とにかく、無道というか人の心がないというか、許しがたき極みです」

小汚い料理屋で吐き棄《す》てたのは、彼自身、高知県出身の若者だった。退去組の中では図抜けて若く、しかも困窮して空腹なようすを見かねて、なけなしの金で鍋などおごったときのことだ。

若者はまだ十六、七歳。大人びてはいたが、少年という方がふさわしかった。同郷の林有造《はやしゆうぞう》を頼り、たった五十銭だけ持って東京に出奔したという。猿楽町《さるがくちょう》の英学館《えいがくかん》に学んで早々、今度の騒動にぶつかったというから彼も被害者の一人だった。

「僕と同郷の佐野与四平《さのよしへい》という、五十三になる爺さんがいるんですが、彼は三年前にはるばる上京してきて、何を思ったか芝区愛宕《あたご》町の銭湯に三助《さんすけ》として住みこみましてね。湯屋の三助といえば、相当な重労働じゃありませんか」

「そう聞くね。風土厳しく出稼ぎ多く、気質粘り強い能登《のと》の人間でないと勤まらないとか」

「そうだそうで……この与四平爺さん、若者でも音《ね》をあげる仕事に打ちこんで貯金に努め、いずれは独立開業のつもりで茶飲み友達も紹介してもらい、道具も買い集めて主人から暇をもらうばかりになっていたところへ警察に召喚され、一か年の退去宣告。これまでの努力は全部水の泡となり、しばらくはこの横浜をさまよっていたものの、すごすごと郷里に帰っていったようです」

「そいつぁ気の毒な……全く薩長《さっちょう》の奴らにゃ、人情てぇものがねぇんだ」

新十郎は思わず江戸弁をあらわにし、そのあとふと思い出して、

「君はどうするんだい。やっぱり土佐の高知に帰るのか。確か中村《なかむら》だったね」

「ええ、そうします。東海道《とうかいどう》を極力歩いて、そのあと四国行きの船に乗ることにでもしますよ。中江《なかえ》先生もそうして大阪に向かわれたみたいですし。もっとも先生の場合は、ごいっしょされたご母堂が、船が苦手だからだそうですが」

この少年がたった一人、徒歩と鉄道を乗り継いで、また船を渡って郷里に帰ってゆく。往路もたぶんそうしたのだろうから、本人にすれば何ということはないのだろうが、ずっと年上の新十郎にすれば、おのが怠惰と経験の浅さを指摘されたような気がしてならなかった。

ちなみに、当時はまだ東海道本線は全通しておらず、横浜からの下り線は国府津《こうづ》駅までで、あとは大阪まで切れ切れに列車が走っているのみだった。

「中江先生って、兆民《ちょうみん》こと中江篤介《とくすけ》氏か。あの人は確か退去二か年だったな。そうか、兆民先生は大阪に行ったのか……」

中江兆民は、土佐の足軽という低い身分の生まれながら、フランス語を学び、岩倉《いわくら》使節団に参加して海外を広く見聞した。帰国後は教育に携わり、一時官途に就いたものの、もっぱら野《や》にあって、ルソーの社会契約論を『民約訳解《みんやくやくかい》』として訳したり、東洋自由新聞の主筆を務めたりと、自由民権派の支柱として活動していた。

新十郎は、かねてこの人と一度話をしてみたいと思っていた。今回この横浜ですれ違ってしま

ったのが惜しく感じられた。

少年は少年で、英学館に学びはしたものの、穏健な王制を執るイギリスより共和制や革命にもつながるフランス思想に魅《ひ》かれているようで、それが中江兆民へのあこがれにつながっているようだ。だが、とりあえず今は、いったん故郷に引っこむしか選択肢はないようだった。

「そいじゃ幸徳《こうとく》君、君ももうじきここを発つのか」

「ええ、そのつもりです。それで、筑波さんはどちらへ？」

少年――幸徳伝次郎《でんじろう》、後に秋水《しゅうすい》と号する人物は、新十郎に澄んだ目をむけながら、問い返した。

「さて、それは……」

こんな若者がはっきり意思を固めていることに後ろめたさを覚えつつ、新十郎は思案にふけった。と、彼の耳に、どこからか鳴り物もやかましく、男たちが歌いはやす声が聞こえてきた。

〽東京三里をナア　退去を命じ
巡査二人が門に立つ
退去ドンドン　退去ドンドンドン
退去ドンドンドン
ササ退去ドンドン

――それは、近ごろ流行《はや》りの「さいこどんどん節」の替え唄で、横浜退去組の間でいつしか口ずさまれ、急激に広まった歌だった。

〽お前一人かナア　連れ衆はないか
　連れ衆は跡から汽車で来る
　……………

〽君が高知へナア　行かんすならば
　僕も行きます大阪へ

「……筑波さん？」

けげん顔の幸徳少年に声をかけられても、新十郎はまだ考え続けていた。そのさなか、ふいっと口の端からもれたのは、今は別の大合唱にとってかわられた〝退去どんどん節〟の一節だった。

「君が高知へナア、行かんすならば、僕も行きます大阪へ――」

4

「敗北や……完膚《かんぷ》なきまでの負け戦《いくさ》の大しくじり、しかもその大迷惑をこうむるのは、わしやのうて依頼人やねんからなぁ」

迫丸孝平《さこまるこうへい》は、ブツブツとつぶやきながら天王寺《てんのうじ》治安裁判所の門を出ると、悄然《しょうぜん》と帰途についた。

大阪府天王寺村三六二番地にあるここは、聴訟断獄《ちょうしょうだんごく》――ご大層な言い方だが、民事裁判と刑事裁判のこと――のうち軽微なものの第一審を担当し、以前は天王寺区裁判所と呼ばれていた。

もともとは大阪裁判所の第二支庁が置かれており、天王寺区裁判所を経て現在の名に改められた。ちなみにもう一つの治安裁判所は中之島《なかのしま》の始審《ししん》裁判所と同じ敷地内にあるが、もともとは堂《どう》島《じま》区裁判所といって、その名の通り堂島浜通《はまどおり》にあった。

とにかく、この大阪を死に体にまで衰退させた御一新以来、役所の変転はめまぐるしく、とりわけ西洋直輸入の司法制度のそれは激しかった。そもそもお上のお裁きに民間人が介入するというのが、日本人の考え方から外れていた。

あえてそこに進路を見出し、代言人《だいげんにん》という新時代の職業を選び取った孝平だったが、

「とにもかくにも面目ない……どない言うて、あやまったらええのやろ。いや、あやまってすむことやない。弱り目に祟《たた》り目、貧すりゃ貪《どん》する、泣き面に蜂、藁《わら》打ちゃ手ぇ打つ、便所行《い》たら人が入っとぉる、とはこういうのを言うんやろな。ああ……」

まだ経験の浅いだけに、そして前例のないことだけに、その悩みは深いものがあった。

――このあたりは天王寺寺町《てらまち》といって、谷町筋《たにまちすじ》と口縄坂《くちなわざか》に沿って十四もの寺が並んでいた。治安裁判所そのものも、蜂須賀《はちすか》小六正勝《ころくまさかつ》の墓所があったことで知られる国恩寺《こくおんじ》跡に建てられていた。

さらに西には生玉寺町《いくたまてらまち》、さらには下寺町《したでらまち》と大小二百もの寺院がひしめく一帯が続く。

そうした場所柄、道すがら無数の墓石が見えるし、しばしば弔《とむら》いの風景にも出くわす。それ自体は見慣れた風景ではあるものの、今日の気分は最悪だった。

「今日が、大阪府免許代言人・迫丸孝平の葬礼日《そうれんび》か。いやいや、縁起でもない！」

ふっと口をついて出た言葉を、激しくかぶりを振って否定した。ちょうど読経《どきょう》と香煙盛んに立ちのぼる塀に沿い、いったん北に向かって歩いていたときのことだった。

必死の勉強のあと代言人試験に続けて落ちたときより、今の方が打ちひしがれていた。あのときは、まだ自分にだけ責めを負えばよかったし、先に根拠のない希望を持つこともできた。いや、

「ちょっとぐらいの目算違《もくさん》いで嘆いてる場合やない。何としても裁判に勝って、被告の濡れ衣をすすいであげんといかんのや……うん、そうやとも！」

孝平は自らを納得させるように、大きくうなずいた。頭にのっけた山高帽が、さっきの首振りと今のでだいぶ浮き上がってしまったが、訴訟書類ではちきれそうな風呂敷包みを抱えているせいで、かぶり直すのも面倒だった。

——天王寺七坂《ななさか》の名の通り、上町《うえまち》台地の斜面に位置するこの一帯には、石畳と石段をしつらえた坂道がいくつも東から西へと下ってゆく。大阪湾に落ちる夕日をながめるには絶好の地であることから「夕陽岡《ゆうひのおか》」と呼ばれたが、今の孝平には楽しむ余裕はなかった。

折しも冬の西日が照りつける中、七坂の一つ、源聖寺坂《げんしょうじさか》にさしかかったときだった。ふいに一陣の風が、孝平の頭をひっぱたくようにして駆け抜けた。

あっと叫んだときにはもう遅く、吹き飛ばされた帽子はコロコロと坂道を転がっていった。

「こら待てーっ」

走るにつれ跳ね回る風呂敷包みに往生しながら、やっと追いついた孝平は、書類をかたわらに置き、フーッと帽子の塵《ちり》を吹き飛ばした。

今度は風に取られないように、帽子を目深《まぶか》にかぶると、風呂敷包みに手をのばした。見ると結び目がゆるんでいたので結び直そうとしたとき、裁判書面の幾行かが目に入った。

そのとたん、今日の審理での一場面、その最も屈辱的な瞬間が脳裏によみがえった——。

「さて、今さら申すまでもないことではございますが」

迫丸孝平は、原告・被告と代言人のためしつらえられた板の間を踏みしめながら口を開いた。

ここが勝負どころだという緊張と興奮を気取《けど》られまいと平静を装《よそお》いながら、

「本件におきましては、被告たる出崎源三郎《でざきげんざぶろう》が、原告であるところの鱈間平之助《たらまへいのすけ》の財物と主張するところのマリヤ観音《かんのん》像を横領したかが問題となっております。長らく九条新田《くじょうしんでん》の某家の蔵にあったその像とは、平戸《ひらど》長崎あたりの隠れキリシタンが信奉していた珍品と称されておりますが、その実体は清国福建《しんこくふっけん》あたりではありふれた白磁の慈母観音像であるようです。

ともあれ原告側の主張によれば、そのマリヤ観音像を、以前から某家に出入りしていた被告出崎がひそかに持ち出し、わがものとして自宅に飾っていたところ、それがたまたま原告鱈間の知るところとなり、同人は某家の家屋敷一切を買い取っていたことから、この像に対しても当然権利ありとして返還と賠償を要求した。しかし、当方の依頼人たる被告出崎は、あくまでこれを行きずりの商人から買い取ったと主張。断じて某家から持ち出したのではないと主張しました。かくして和議ならず、当裁判所に訴訟を提起したというのが、これまでの経過であります」

「被告側代言人、そんなことは今さらくり返さずとも、わかっておる」

元がお寺であるにしても、坊さんはこうも高いところから説法はしないだろうという法壇から、最近は珍しくなった和服姿の裁判官が言った。

明治十八年、〝革命未遂〟として国じゅうを騒がせた大阪事件では、西区土佐堀《とさぼり》四丁目の控訴院に臨時設置された重罪裁判所の法壇に、黒いフロックコートの判事と検事が不吉なカラスさながら、ずらりと並んで威圧したものだが、以前は代言人同様、着物姿が珍しくなかった。

おいおい洋装が増えるだろうし、西洋のように古式にのっとった法服《コート・ドレス》を定めることになるかもしれない。まさか裃《かみしも》や長袴《ながばかま》か、あるいは水干《すいかん》に烏帽子《えぼし》、木沓《きぐつ》を復活させたりして……。

などということはどうでもいいとして、公平公正でなければならない法廷で役人たちから、こんな風に見下される――それが、私塾や独学で必死に勉強し、西洋近代の法を通じて人を尊ぶ考えを身につけたうえで難関を突破し、高い免許料を払って代言人となったものへの処遇であった。

孝平はしかし、ここは素直に頭を下げることにして、

「は、まことに仰せの通りではありますが、本日は初めて当法廷に出頭したものもおりますゆえ……それでは先に書面で願い出ました通り、証人として当府在住、堀越作治郎《ほりこしさくじろう》の出廷をお許し願います」

願い出るの、お許し願うのと、孝平が大阪発祥の代言人の組合であり、学校をも兼ねた北洲舎《ほくしゅうしゃ》で学んだ欧米の法制度にはないことだった。

だが、代言人の民事裁判への参加が認められたのが明治五年、司法卿の免許を受けなければ代言人になれなくなったのが同九年、その免許を得るためには定式試験に合格しなければならなくなったのは十三年と、まだまだ歴史も認識も浅い職業とあっては辛抱するほかなかった。

ついでながら、代言人による刑事弁護が可能になったのは、民事よりもはるかに遅れ、刑法とともに治罪法《ちざいほう》すなわち刑事訴訟法が施行された明治十五年、今からたった六年前のことだ。それまでは新律綱領《しんりつこうりょう》・改定律例《りつれい》にもとづいて残酷な刑罰が堂々と行なわれ、裁判において被告人を弁護するものは誰もなく、しかしそれを怪しむものはほとんどなかった。

何しろ、裁く方も裁かれる方もお奉行さまとお白洲《しらす》の時代から意識が変わっていない。今では「代人」と呼ばれて区別される昔ながらの無免許代言人は、公事師《くじし》、出入り師などの名で訴訟に介入したいかがわしい流れをくみ、三百代言と悪口をたたかれることも多かった。

実際には、代言人が公《おおやけ》には認められない時代から、訴訟や相続、土地の売買などを手助けしてきたのは彼らだったのだが、とかく口先三寸の商売ということで悪評がひろまりがちだ。現に

彼自身、せっかく試験に合格したというのに、

――迫丸サンとこのぼん、代言人にならはったんやて。

――そら気の毒なこっちゃ。まぁ小《ち》さいころから口は達者な子ォやったよってなぁ。

などと親戚じゅうで噂されたほどだ。それへの反発もあって、あえて金にならなそうな、勝ち目の薄い事案に取り組んだのだが、そのせいでとんだあだ名がつくとは思ってもみなかった。

何にせよ、ひたすら低姿勢に徹したかいあって、被告に罪も落ち度もないことを証明してくれる人物の出廷にこぎつけた。原告側の富塚金蔵《とみづかきんぞう》という代言人は、無免許時代からたたき上げてきた中年男だったが、この証人の件だけは苦い顔をしていたから、つまり効果的な一撃を与えることができたということだった。

やがて入廷してきた証人はまだ若く、なかなかの美男だったが、どこか生気を欠いているように見え、何よりその表情が薄く笑いを浮かべたまま凍りついているのが異様に感じられた。

だが、そんなことを気にしている場合ではない。その人物はまず裁判官の人定質問に答えて、

「堀越作治郎、三十歳。一心寺《いっしんじ》の近くで質屋業を営んでおります」

と答えた。さらに型通りの問いかけのあとを、孝平が受ける形で、

「それでは当方より、相《あい》たずねますが」

迫丸孝平は、これが一張羅《いっちょうら》の紋付き袴姿の胸を張り、背筋をのばした。

「これからお見せする観音像は、貴店でかつて質草として取り扱われ、後に質流れ品として競売に付されたものと思いますが、いかがでしょうか」

ほどなく廷丁《ていてい》の手で、布を掛けられた細長いものが運ばれて、かたわらの台に置かれた。

「じっくりとごらんいただきたい……ほら、これです！」

孝平はいくぶん芝居がかって、布を取り去った。するとそこには、ずいぶん古びてはいるけれど、十分に美しく神々しい聖母マリヤ像――実は中国製白磁の慈母観音が姿を現わした。

　――迫丸孝平の考えはこうだった。

　この観音像は、確かに九条新田の某家で長らく秘蔵されてきたものだが、もしこの裁判の被告であり彼の依頼人でもある出崎源三郎――骨董好きがいささか過ぎることを除けば、ごく実直な商売人だ――が、こっそり持ち出したものでなければ、早くから蔵になかったのに違いない。

　某家は大地主だが、ご多分に漏れず維新《いしん》の混乱でいろいろ金の要ることがあり、また先代の当主は最終的に家屋敷を原告の鱒間平之助という、いかにも目端《めはし》の利くハイカラ成金に買い取られたことからすると、その内情も見当がつく。

　おそらく、いま眼前にある隠れキリシタンの秘宝――客観的な価値はともかく、少なくとも当の信徒たちにとっては――は早い段階から蔵から出され、売り払われていた。それが回りまわって質屋入りしたあげく流されてしまい、そこから誰かの手を経て出崎の手に渡ったのだ。

　なぜ、そう推測したかというと、問題のマリヤ観音について品触れを出し、つてを頼ってあちこちで聞き回ったところ、何と幸運なことに、その像に見覚えがあるという人と出くわしたのだ。

　それは、本業は鰻谷《うなぎだに》で代々続いた両替商・唐金屋《からかねや》の当主だが、もっぱら町人学者としての方が知られた水町満左衛門《みずまちまんざえもん》という粋人《すいじん》で、その人がこう言った。

「おお、この白磁の慈母観音やったら見覚えがあるで、それもつい何年か前のこっちゃ。えーっと、そや、安居《やすい》の天神さんあたりの質屋から出たもんや。まちがいない！」

　〝安居の天神さん〟というのは、真田《さなだ》幸村《ゆきむら》終焉の地とされる安居天神社の愛称で、向かいが一心寺。北側は新清水《きよみず》、近くに合邦ヶ辻《がっぽうがつじ》という、歌舞伎の柝《き》の音《ね》でも聞こえてきそうな一帯だった。

調べてみると、そのあたりの質屋というと堀越という家しかなく、ほかにも満左衛門旦那の証言を裏づける情報が得られた。そこで、満を持して証人として呼ぶことにしたのだが――。

「……いえ」

堀越作治郎は、白磁のマリヤ観音を見るなり首を振った。

「このような品を、わたくしどもの方であつかった覚えはございません。お客様からお預かりした覚えもなければ、質流れにして市《いち》に出したこともありません」

え……と孝平はあっけにとられた。十分に確信があり、調べも尽くし、これで依頼人の潔白を証明できると信じていた。いったん質屋を介し、第三者から入手したからには、もう誰にも手出しはできないからだった。

なのに、ここに来て彼の想像はあっさり否定され、目論見《もくろみ》は崩れ去った。

孝平は当然、「それは確かでしょうか」「記憶違いがあるのではありませんか」「そちらからの出物だったという証人があるのですが」などと、立て続けに聞き返したが、答えは常に同じで、

「いえ、違います。そのような像はそもそも触れたことも見たこともありませんし、当店の暖簾《のれん》をくぐったことは一度もないとお誓い申し上げます」

ついには、そこまで断言されてしまう始末だった。その代償はあまりに大きかった。

裁判官は「何のためにこんな手間をかけたのか、審理の邪魔をしたかったのか」とおかんむりになるし、被告の出崎源三郎の失望はそれ以上だった。

「せ、先生、こらいったい……ほたら、わてはいったいどないなりますのや。やっぱり恩知らずの盗人《ぬすっと》や、いうことにされてしまいまんのか」

かすれ声で言ったのも当然で、九条新田の某家に出入りしてコツコツためた手間賃で商売を始

め、ようやく一人前になった。問題の観音像も義理と同情にかられて引き取ったものだ。それが鰐間平之助の目にとまったのが災難だった。

いや……そのあとすがったのが、富塚のような老練かつ老獪《ろうかい》な代言人でなく、自分のような理想ばかり高い新米だったことの方が、彼には災難ではなかったろうか。

――そのあと、何とか場を取りつくろおうとしたものの、何がどうなって閉廷に至ったのか記憶が混乱していることからすると、やはり相当に衝撃だったのだろう。ただ覚えているのは、原告側代言人の富塚金蔵が去りぎわに、こう言ったことだった

「とんだ当てはずれやったようやが、これに関してはわしは何もしてへんで。口封じのための工作もせなんだし、むしろこれはエライもんを持ち出してきやがったと、あわてたぐらいや。ま、捲土重来《けんどちょうらい》は次の話や。むろんこちらも負けてへんからな」

自宅兼事務所のある南綿屋町《みなみわたやまち》までたどり着くころには、いくぶん気を取り直していた。

その名の通り、かつては綿製品を商《あきな》う店が多かったが、西の鍛冶屋町《かじやまち》、東の竹屋町《たけやまち》、問屋町《といやまち》と同じく、明治に入ってからは同業者街としての性格は薄れ、しもた屋が目立つようになっていた。中には、粋筋《いきすじ》の女性を囲った家もちょいちょいと見られた。

(さて……どうしたものか。どうすれば依頼人を窮地から救えるか)

孝平はしきりと考えをめぐらし、ふとある疑問に突き当たった。

(何で、あの堀越いう人は、あの像が自分の店から出たことを、ああもきっぱり否定したんやろ。こちらの調べがまちごうてて、ほんまに見たことがなかったか。そんなはずはないとしたら、何でそんな嘘を……あの観音像にそれほど大きな意味があるとでもいうんやろか。いや、そんなら

なおさら知らんぷりをした理由が気にかかる……）

そうした数々の疑問に突き当たることで、裁判での敗北感が薄まったのは幸いだった。だが、それと入れかわりに、あの証人への不可解さが急速にふくれあがり、新たに彼を悩まし始めた。と、そんなさなかのことだった。ふいに街角のあちこちから声がかかったのは。

「ああ、コマルさん、今お帰りかいな」

「コマルさん、今日は中之島行きでっか。それとも天王寺の方だしたんかいな」

「……おや、コマルさん、えらい深刻な顔して。ははん、さてはまた裁判に負けなはったな」

「ああ、やっぱそやと思た。けど、いくらコマルさんでも、そない敗訴ばかりではコマルなぁ」

次々と飛んできたのは、古なじみの近所の人たちから孝平への辛口のあいさつだった。

サコマルから一字抜いてコマル。弱いものの味方をし、負け戦にばかり加勢するせいで奉《たてまつ》られたあだ名、それが〝コマルさん〟だった。孝平の代言人としての主義は承知のうえでの、からかいまじりの励ましだった。いや、励ましまじりのからかいだったかもしれないが……。

いつもなら何か言い返すのだが、今日ほど本当に困ってしまうと、苦笑いを浮かべるほかない。

「そないいうたらコマルさん、お宅の前で何やお客さんが待ってはりまっせ」

そう言われたのにも、「ああ」と生返事だけして、歩きつつ考え、考えつつ歩くばかりだった。

——昨年の年の暮れ、中之島の始審裁判所に呼び出された案件も、やっぱりコマルさんと呼ばれる結果に終わった。そういえば、あのとき官報号外で見た保安条例、江戸所払《ところばら》いまがいの退去命令など可能なのかと思っていたら、大混乱ものかは実行してしまった。

その影響はこの大阪にも及んでいるが、法律家としての孝平は、追放を定めた第四条より、別の項目のことが気になっていた。

（これを拡大解釈されようもんなら……いや、するに違いないが、そうなったら今、みんなが希望に燃えて知恵を出し合《お》うてる憲法談議なんかいっぺんで……）

そう考えてゾッとするのと、ようやっと「免許代言人・迫丸孝平」の看板をかかげた家の間近までたどり着いたのが同時だった。と、そのとき――

「迫丸先生！」

ひときわ高く涼やかな声での、しかもあだ名ではない呼びかけに、迫丸孝平はハッとして立ち止まった。そのまま目をしばたたくと、あっけにとられてこう言った。

「えっ、そう言うあんたは……」

彼の代言人事務所の前で待っていたもの――それはつややかで美しい、新品らしき人力車と車夫と、そして若くて潑剌《はつらつ》とした美女だった。それも、ただの美女ではなかった。

そもそも装いが尋常ではなかった。島之内《しまのうち》の商売人の家に生まれて、ふだんは倹約《しまつ》でも、いざ晴れの場となると、女性たちがいかに着るものに豪奢《ごうしゃ》さと趣向をつくすかは知っているが、目の前の女性は孝平がこれまで見たことのないものだった。少なくとも現物は初めてだ。

――頭は束髪、夜会巻《やかいまき》に結い、そのうえに花笠を小さくしたような帽子を斜めにのっけている。衣服はというと襟元はきっちり閉めて、首周りから肩から、目もあやな色とりどりの布地がフワフワ、ひらひらと地面まで流れ落ちている。細かな縫い取りや飾りを見ているだけで目が回りそうだった。

腰の後ろには大きなリボンが蝶々結びにされ、スカートというのか女袴は後ろに大きくふくらんで、噴水か滝のような美しい曲線を描いていた。裾の襞《ひだ》や折り返しはさしずめ水しぶきか。

（これは、その何というか……ええっと、服？　いや、そんなんやのうて……）

バッスル（腰当て）スタイルの夜会服《イヴニング・ドレス》――そんな言葉を知らなくても、表現のしようはあった。

（よう東京渡りの錦絵《にしきえ》なんかで見る……鹿鳴館《ろくめいかん》の貴婦人！）

けど何でまた、月岡芳年《つきおかよしとし》や楊洲周延《ようしゅうちかのぶ》描くような鹿鳴館美人が、はるばる大阪に――？

茫然とする孝平の腕に、鹿鳴館美人が手を添えた。ぎょっとして相手を見返した孝平だったが、その拍子に、人力車につけられた小田原提灯《おだわらちょうちん》に墨《すみ》黒々と書かれた《自由楼《じゆうろう》》の文字に気づいて、まじまじとそれを見つめた。

「すると、女将《おかみ》のお呼びで……？」

おずおずと問いかけた孝平に、鹿鳴館美人はにっこり微笑みかけながら、

「はい、そないです。たっての頼みいうことでうちがお迎えにまいりました。どうぞこちらへ」

と答えた。そう言われては、孝平はうなずくことしかできなかった。

鹿鳴館に飛び交う日本語は田舎《いなか》武士のそれ、貴婦人たちは江戸の芸者衆が多いそうだが、大阪の女性もいるのだろうか――などと考えつつ、孝平は誘われるまま人力車上の人となった。

となれば、一部始終を見守っていた南綿屋町の人々が、黙っているわけもなく、

「あれあれ、コマルさんが」

「何とまぁ、ハイカラ美人に連れられて人力車《じんりき》に」

「しかも、その美人さんまでいっしょに乗りなはったやないか」

「相乗りで、しかも女の方が『俥屋《くるまや》はん、幌掛《ほろか》けとう』やなんて……」

「よりによってコマルさんに、そんな果報が起きるやなんて、チクショーッ！」

「裁判でいうたら、謎が謎呼ぶ大疑獄！　ちゃなもんか」

「ああっ、てなこと言うてる間に走り出しよった！」

そんな声をかき消して、ガラガラガラ……と走り去る人力車の背後で、やけくそのような歌声があがった。

〽相乗り幌掛け
　頬ぉベタひっつけ
　テケレッツのパ！

相乗り俥とは、初めての体験だった。

これまた初めて間近で見ることになった婦人の洋装は、ますます目がくらむようで、とりわけ和服と違って胸の美しい曲線がそのまま表われているのにどぎまぎさせられた。

思わずレース地越しに盛り上がった双丘を見やり、あわてて視線をそらすと、今度は相手の顔がすぐそばに来てしまうものだから、たまったものではなかった。

これもまたあわてて目を伏せようとして、あれっ？　と鹿鳴館美人の顔をまじまじと見つめた。

「君、ひょっとして……新地《しんち》のテコズル、やのぅて琴鶴《ことづる》、お琴ちゃん？」

思い切ってそう訊くと、鹿鳴館美人の顔にみるみる驚きが広がった。文字通り、あきれてものが言えないというように一瞬絶句したあと、彼女は言った。

「あんた、いったい今までうちを誰やと思てたん？　今回ばかりは迫丸センセと呼ぶつもりやったけど、あんたはやっぱりコマルさんやわ！」

言語道断、とばかりに憤る琴鶴の声を後ろに吹き飛ばして、《自由楼》お抱えの人力車はガラガラ、狭くて長い大阪の道を疾駆し続けた――ひたすら北へ、キタを目指して。

——満々と流れる川が、すぐ目の前にあった。

びっしりと家屋建ち並ぶこの都市の、とりわけ中枢といっていい一帯で、これほど豊かな水景に出くわそうとは思ってもみなかった。

（すぐ真下を流れているのが大川《おおかわ》、それと右の方で合流しているのが東横堀《ひがしよこぼり》川……左に長々と横たわる陸地が中之島で、その突端から大川は二つに分岐し、手前を流れるのが土佐堀川、向かい側が堂島川——。なるほど水の都とはよく言ったものだ）

筑波新十郎は、開け放った窓から冷たい風が吹きこむのもいとわず、そしていつまでもあきることなく、目の前に広がる大阪の風景を嘆賞し続けた。

——北浜《きたはま》一丁目築地《つきじ》、《自由楼》。

難波《なにわ》橋から天神《てんじん》橋、八軒家《はちけんや》の間には個性のある宿屋や料亭が多く、ここもその一軒だ。ちなみに、明治八年二月十一日に、大久保《おおくぼ》利通《としみち》・木戸《きど》孝允《たかよし》・板垣退助《いたがきたいすけ》らが、今後の国づくりについて話し合った大阪会議は、同じ町内の料亭・加賀伊《かがい》、現在の「花外楼《かがいろう》」で開かれた。

彼が今いる料理旅館のことは、横浜にいたとき同じ退去組の壮士たちから聞いていた。大阪に行くなら、ここに泊まるがいい、と。

浪花《なにわ》っ子は民権派びいきが多く、市中の旅館街には壮士たちに演説会場や潜伏場所を提供するものが多かった。たとえば、明治十一年の愛国社再建第一回大会に場を提供した今橋《いまばし》の「紫雲《しうん》楼《ろう》」は、高級旅館にもかかわらず壮士たちには格安の料金で解放されていたし、片岡健吉《かたおかけんきち》、植木《うえき》枝盛《えもり》らの定宿《じょうやど》だった「原平《はらへい》」では民権家たちから宿料を取らなかった。

ほかに北浜五丁目の「尾道屋《おのみち》」では、大胆にも壮士たちをかくまったり逃がしたりする美しい姉妹がいたといい、ずいぶん東京とは違うと驚かされたが、とりわけこの宿には、とあるとても便利な点があって、重宝するのだと。

それもあってここにしたのだが、横浜の松井屋よりだいぶ上等で、お代も高くつきそうだ。財布の中身は減る一方、増える見込みのない旅の空を考えると、躊躇《ちゅうちょ》しないわけにはいかなかった。だが、不自由で不愉快な暮らしとも、ここらでおさらばしたかった。何日ぶりかで警察の監視と干渉から解放されたのだから、木賃宿でせんべい布団にくるまるより贅沢がしてみたかった。

「うるるるる！」

新十郎は、にわかに身にしみだした寒気に震え、あわてて窓障子を閉めた。備えつけの火鉢では、炭が真っ赤に熾《いこ》っており――当地ではそう発音するらしい――心身ともに冷え切った彼にすれば、それが何よりのご馳走だった。

火に手をかざし、入れたての茶をすすったことで、やっと人心地がついた。座布団にへたりこむように座ったところで、彼にはようやくここ大阪に来るまでを思い起こす余裕ができた。


幸徳伝次郎少年と別れたあと、彼は〝退去どんどん節〟に背中を押されるように横浜を発ち、日本郵船の船に飛び乗った。

今ごろは雪の箱根《はこね》を徒歩で越えているであろうと考えると、申し訳ない気がしたし、なぜ少し路銀をわけてやるぐらいのことをしなかったかと後悔したが、今さらしようがない。

どこへ行くにも付添護衛という名目で警官がつきまとう。あきれたことに、横浜からよそに移るについても、まだ解放しようとしない。彼らは彼らで昼夜勤務、退去者が減ってくれないと休憩も取れず、疲労困憊《こんぱい》のありさまだが、そういえばこんなことがあった。

十人ほどの書生が急に帰郷すると言い出したので、警察側は急遽《きゆうきょ》、巡査二十人を監視役として同乗させた。ところが書生たちは藤沢《ふじさわ》でいっせいに下車、用意していた草鞋《わらじ》や脚絆《きゃはん》で徒歩行を開始した。あわてて後を追った警官たちは靴履きだから、野道や田んぼのあぜ道は歩きづらい。

それでも必死に追いかけたが、書生たちが突然四方八方に散らばったから大いにあわてた。あげく、この追いかけっこは小田原《おだわら》までくりひろげられた。

ということは、鉄道や徒歩で行く限り、人数の二倍の巡査にいつまでもつきまとわれるということだ。そこで船で行くことにした。さすがにあきらめるだろうと思ったが、油断はならない。

そこで、あらかじめこっそり切符を買っておき、駅に向かうふりをして客船乗り場に駆けつけた。神戸《こうべ》まで上等十六円、中等十円、下等でも四円と財布にはきびしいが、やむを得なかった。

いよいよ船が出ようとするとき、デッキから埠頭を見ていると、見覚えのある巡査がバラバラと駆けつけてきて、しきりとこちらを指さし、何かわめいている。

（何と、本気で船にまでついてくるつもりだったんだ）

とあきれたが、何にしろこれで作戦は成功、そして乗った船が神戸行きであるからには、目的地は当然大阪とならざるを得ない。

というのも、横浜からの再度退去組のうち、捲土重来を期する連中が向かうのは、愛国社や国会期成同盟の結成、自由党の解党決議が行なわれた大阪であり、もし何かの激動が起きるとしたらここに違いなかったからだ。

（それに）と新十郎はひそかに考えていた。（大阪は東京と並んで新聞社の盛んなところ。あい

にく土地鑑《とちかん》はなし、気質も知らないが、一軒ぐらいおれを雇ってくれる社もあるだろうさ）

その点に関しては確信があるわけではなかったが、とにかくここまで来てしまった以上、ほかに選択肢はない――そう腹を決めたときのことだった。

（ん、何だ？　えらく騒がしいな）

新十郎はふいに耳をそばだてた。最初は昼日中からドンチャンとやらかしているのかなと思ったが、ワーッという野太い叫びに、キャーッという女の叫び――ここは旅館のほか料理屋と席貸業を兼ねているので、女中や芸妓《げいぎ》の声かもしれなかった――が入り混じって、宴会にしては少しおかしかった。ましてや、その合間合間に、

――手入れや！　手入れや！

――役儀《やくぎ》によって取り調べる。誰も動いてはならん！

といった言葉がはさまれるとあっては。

（手入れだと？　こいつはいかん！）

新十郎があわてて立ち上がったとき、障子の向こうでバタバタという足音とともに、

――こっちや、早うせいっ。

――さっさと舟出さんかいな。なに、まだ居残ってる奴がおる？　どんならんな、ほんまに！

いっそうただごとでない言葉が飛び交うのを聞きつけて、閉めたばかりの窓障子を開いた。寒風もろとも飛びこんできたのは、さっき見たときは想像すらできなかった光景だった。

《自由楼》の建物は、ほかの川べりの店舗がそうであるように石垣の上に建てられているが、よく見るとその下部、水面近くに細い通路が作られていて、その先には簡便な桟橋のようなものがある。客に舟遊びを楽しんでもらうためのものだろう。

今、その通路を男たちが何人も駆けてゆき、桟橋に幾艘もつながれた小舟に次々飛びこんでいった。あと一人二人で沈みそう――となったときに舫《もや》いを解き、川面《かわも》を割って漕ぎ出した。よほど慣れているのか、なかなかの櫂《かい》さばき艪《ろ》さばきで、舟はみるみる桟橋から遠ざかってゆく。

と、そこへ新たな一団が現われた。それはもはや見あきた感すらする制服姿の警官たちで、石垣下の同じ通路から桟橋に押し寄せた。

新十郎は思わず手に汗を握ったが、幸い先頭の巡査が桟橋の突端に駆けつけたとき、すでに最後の一艘が間一髪、そこを離れていた。

「ええい、逃がしたか！」

と、くやしがって地団太踏む警官たち、舟の上ではやしたて、アッカンベーなどしてみせる男たち。そこでようやく新十郎は、この旅館が持つ「とあるとても便利な点」が何かを知った。

だが、その安堵と納得もつかの間、彼のいる部屋の襖《ふすま》越しに、何やら言い争う声が聞こえてきた。その一方は、たった今窓から見下ろしたのと同様な警官たちであることが明らかだったが、連中にたった一人で立ち向かっているらしい声の主《ぬし》の方がさらに印象的だった。

それは、やや年配らしい女性の声だった。決して声高ではないが、鋭く歯切れのいい口調で、警官相手に啖呵《たんか》を切っていた。

「ちょっと、あんさん方、何の理由《わけ》あって、この自由楼にそない乱暴に足を踏んごみはりますのや。ここはお客さんのお部屋。めったに開けてもろては、たとえあんさん方のようなお役人衆でも商売の障《さわ》りになります。どうぞお引《ひ》き取りを」

物静かで上品だが、決して後には退かないその声を聞いてハッとした。

（あれはここの女将――？　ここに来たとき、おれみたいな客でも丁寧親切に接してくれた……）

そう気づいたとたん、巡査の「うるさいっ」という荒々しい声とともに、ドンと何かを突く気配がし、あっ！　という悲鳴もろとも、女将らしき女性が倒れるらしい音が生々しく響いた。

次の瞬間、部屋の襖が荒々しく蹴倒され、数人の巡査が飛びこんできた。新十郎は彼らにあっさりと取り押えられ、そのまま最寄りの東警察署へと拘引されてしまったのだった……。


迫丸孝平が、以前は高麗橋《こうらいばし》警察署といった東署の留置場を訪れたとき、旧幕時代のまま木で組まれた格子の向こうからは、ずっとこんなわめき声が鳴り響いていた。

「いったい、これはどういうことなんだ……おれは何もしてないのに、この扱いは何だ。ここから出せーっ、とにかく誰か来いっ、いや来なくてもいいから、早くここから出してくれぇっ！」

警察署の奥に足を踏み入れてから、その声は遠く、小さく聞こえてやむことがなかった。大した精力であり、のどの強さであり、何より心の折れないのに感心するばかりだったが、初めての地でいきなりこんな目にあわされたからには、当然の反応であり抵抗であるかもしれなかった。

「あの、筑波新十郎さんですね？　僕は代言人の迫丸孝平といいまして……」

格子越しに言いかけても、なおも怒鳴り続けて話が通じなかったほどだ。だが彼が辛抱強く、

「いや、そのぅ……今回はとんだ巻き添えでこんなことになってしまい、まことにお気の毒さまです。実は僕、自由楼の女将さんの頼みで、筑波はんの身柄の貰い下げに来たんですが……あの、お気持ちはわかりますが、ちょっとの間、静かにしていただけますと、ありがたいんですが……」

そこまで言ったとたん、急に牢内の声がやみ、格子と格子のあわいに顔が押しつけられた。

筑波新十郎は顔じゅうを目と口にする勢いで、孝平を見つめ、さらなる大声で叫んだ。

「何だって！　じゃあ、ここから出られるんだな？」

「え、えぇ……それはもちろん」

相手のあまりの勢いに孝平が気圧《けお》されていると、格子の間にむりやりねじこんだといった感じで指が何本か出てきた。一瞬その意味を解しかねた孝平だったが、すぐに意図を読み取って手をさしのべ、こちらもむりやり指を差し入れて握手まがいのことをした。

「いや、どうもかたじけない。地獄でホトケとはこのことだよ。ええっと、そっちの名前は……あっそうだ、一生恩に着ますよ、コマルさん！」

「迫丸です！」

孝平はやや憤然となりながら、答えた。

――これが、東京の探訪記者・筑波新十郎と大阪の代言人・迫丸孝平の出会いであった。

＊

夜はもちろん昼間もひっそりとして、閑静《かんせい》というよりは物寂しい街角――なのにこのときばかりは珍しく、いくつとなく佇《たたず》む人の姿と、ガヤガヤとしたざわめきに包まれていた。

その中心にあるのは一軒の家だった。一見しもた屋風だが、れっきとした商家で、ただし商売柄、あまり人の出入りはなく、どことなく陰気さを漂わせていた。

陰気なのは家のふんい気だけでなく、そこに住む人々もまたそうだった。いかにも仲のよい一家らしく、住みこんでいる奉公人との関係も円満らしく、喧嘩どころか声を荒らげるのすら聞こえたことがなく、それどころか笑い声もしたことがないという。

もっとも、この一帯はまだ人家も立てこんでおらず、人通りも乏しいのだから、聞いたものがいなくてもしかたがない。だが、日中は外に暖簾を出し、雨戸も開けてあるのに、ここを空家と勘違いしている人が多いとなれば、その静けさが尋常でないことがわかるだろう。

最初は近所づきあいを試みた町内の人々も、だんだんあきらめるようになっていた。そのくせ、一家は町内の大掃除や炊き出しには積極的に参加し、義理を欠かないよう努めているようだった。

だが、それがすむと姿を消してしまい、人々には幽霊でも見たような印象ばかりが残った。

だから、この家がどんなに静かだろうと、誰も何も思わなくなった。何一つ迷惑をかけるわけではないし、それにこのへんも発展して人の入れ替わりも激しくなると、もとからここに住む一家のことをどうこう言う人も稀《まれ》になった。最初からそんなものだと納得するようになった。

だが……この日は少し事情が違っていた。

もうとうに日は高いというのに、板戸は全て閉まったままで、玄関に暖簾も出ていない。休みかというとそうではなく、客らしき人々が何度もやってきて、だが中には入れず、返事もないのにスゴスゴと帰ってゆく。してみると、今日が定休日ということではなさそうだ。

気になるのは、中から唯一聞こえてくる赤ん坊の泣き声だった。この家には確かに夫婦者がおり、彼らの子らしき赤ん坊を見たものは何人となくいる。

だから声がしても不思議はないのだが、ほかに誰の気配もないまま、アーンアーン……という泣き声だけがいつまでも流れているというのは、不吉なものを感じさせずにはおかなかった。

見かねて町内の主《おも》だった人々が話し合いを始めた。ついに警察を呼び、その立ち会いのもとで中を見分してみようということにまで及んだ。

念のため、家のあちこちの板戸をたたき、外から呼びかけ……しかし、やはり何の反応もなかった。板戸は全て内側から閂《かんぬき》が下りているらしいし、外のどこからも入る余地はなかった。

ということは、中から出ることもできない。であれば当然、一家全員が中にいるはずで……。

町内の取りまとめ役と警官が話し合い、さらにみなにも諮《はか》って、戸をこじ開けることにした。

それ自体は、大工道具でもあれば造作もないことだった。

そして、それは実行された。板戸に穴を開け、外から締まりを外そうというのだ。

一撃、二撃……あっさりと目的は達せられ、あとはうがたれた穴に手を差し入れて施錠を解くだけのこと。だが奇妙なことに、穴を開けた人物がとたんに顔をしかめ、鼻を押えて後ずさった。

どうも何かが臭ったらしく、やむなく別のものが締まりを外し、戸を開いた。その瞬間、何人もがさっきの男と同じ反応を示し、大きく飛びのいた。

それは、強烈な血の臭いゆえだった。それをこらえ、あえて中に入ったものがいたが、そのあと真っ青な顔で外へ飛び出してきた。

その次の男も、そのまた次も、血の臭いとその発生源を確かめては逃げ出してきた。

――し、死んでる！

彼らはそれぞれ同じことを言った。さらには、

――そ、それも一人や二人やなかったで。

そこへ増援の警察官たちが駆けつけ、騒ぎと人々の恐慌はいっそう大きくなった。彼らの頭上には、古びた看板がかかげられていたが、誰もことさらそちらには目をやりもしなかった。

堀越質《しち》舗《ほ》――それが惨劇の舞台となった、閉ざされた建物の名だった。

アーン、アーン、アァーン……赤ん坊の泣き声は、なおもやむことなく続いていた。

第三章　「尚追而《なおおって》の彙報《いほう》は次号に掲載するなるべし」

1

保安条例実施の為《た》め府下より退去を命ぜられしもの、内、差向《さしむかひ》関西地方のものは横浜《よこはま》及其《その》近傍に引取りしが、追々《おひおひ》海陸を経《へ》て大坂に集会すべき勢ひにして、既に彼地《かのち》に到着せしもの総計百四十五名の多きに及びたる 趣《おもむき》 なり

――明治二十一年一月七日付、東京日日《にちにち》新聞

北区《きたく》堂島北町《どうじまきたまち》三一二番屋敷――中之島《なかのしま》から渡辺橋《わたなべばし》を渡って堂島川を越え、四《よ》ツ橋筋《ばしすじ》をさらに二百メートルほど北に行った角地に、その建物はあった。間口《まぐち》広く、中も天井が高くて奥まで見渡しがきく。旧幕時代の商家、それも大店《おおだな》の跡という感じだった。

だが、看板だけは真新しく、墨《すみ》黒々と大書された「**東雲**《しののめ》**新聞**」の文字が目にしみるようだった。
その真下には、和装洋装お仕着せ私服とさまざまな人々がひしめき、ガヤガヤニコニコとさんざめいている。彼らの前には、見慣れぬ装置がデンと足を踏ん張り、なかなかの男前でハイカラな洋装の四十男が、それを操っていた。

かたわらには、こんな街なかで野営でもするつもりか、よりにもよって黒一色の天幕《テント》が据えられ、小柄だが引き締まった体つきの、まだ十代と思われる助手がいそがしく出入りしている。

装置の正体は三脚《みつあし》に据えられ、黒布をすっぽりかぶせられた大型の暗箱《カメラ》。天幕もろとも運ばれ

てきたそれを調整中の男は葛城思《かつらぎし》風《ふう》といって、東区高麗橋《ひがしくこうらいばし》筋四丁目に建つ写真館の主だ。

思風は本名を米吉《よねきち》といい、幼くして丁稚《でっち》奉公《ぼうこう》に出され、たまたまお使い先で造幣《ぞうへい》局お雇い外人のキンドル技師が風景を撮影しているのに出くわした。それがきっかけとなり、奉公先を飛び出して神戸《こうべ》で写真術《フヲトグラヒー》を修業、この道の元祖の一人、上野《うえの》彦馬《ひこま》の門でも学んだ本格派だ。

写真師として近ごろ売り出しの彼が今日、助手連れで出張撮影《でうつし》にやってきたのは、一月十五日の創刊以来、めきめきと紙数をのばし、先行の朝日《あさひ》、大阪日報（毎日新聞の前身の一つ）をもおびやかしているという東雲新聞社からの依頼によるものだった。

「東雲」誕生の地は、ここから百メートルほど南の堂島中通《なかどおり》二丁目四七番地。だがたちまち手狭になって、大丸《だいまる》呉服店が寛延《かんえん》四年（一七五二）に開いた北店跡に移ってきた。

新旧社屋とも、三年前に中之島三丁目に移ってきた朝日新聞社は目と鼻の先にあった。先方は渡辺橋の南詰《みなみづめ》、川をはさんですぐの距離で、となれば互いに意識しないわけにはいかなかった。

葛城思風がやってきたのは、その発展を祝うとともに社員をねぎらい、社屋移転を記念する写真を撮るため。当時の技術からするとなかなかの大仕事であったが、そこは手慣れたもので、

「はい、それではこの写真機の正面の丸ぅなったここ、レンスを見ていただいて――いうても、まだ蓋がしてありまんねやけどな。……あ、ちょっと待っとくれやっしゃ。はい、そちらのお方、ちょっと肩引いて、隣のお方と顔寄せとくなはるか。田辺《たなべ》君、頼むわ」

てきぱきセカセカと人をさばき場を仕切り、まだ少年のような助手とともに撮影の下ごしらえを整えていった。思風は技術修業や撮影旅行で各地を転々としたものの、もとは堂島浜通《はまどおり》の生まれだから、ここは地元のようなもの。そんな彼の口から間断《かんだん》なく飛ぶ大阪弁に押しまくられて、

「わ、わしのことか」

「どうかな、こがな具合で」

土佐《とさ》訛《なま》りで答えたのは、東雲新聞の創刊を呼びかけ、持主兼印刷人を引き受けた寺田寛《てらだかん》と、同じく編輯人《へんしゅうにん》の戸田猛馬《とだたけま》。ともに旧自由党員の代言人《だいげんにん》で、寺田はこの年三十五歳、懇親会と広報活動という穏健なやり方で民権思想を広めようとする大阪自由党の結成にもかかわった。戸田はまだ二十九歳という新進ながら、寺田とともに大阪事件の弁護団に加わった。

「はい、けっこうでおます。その横の洋服のお方、心持ちお顔を右斜め上に向けとくなはれ。このままですとデボチン……いや、お頭《つむ》がお日ィさんに照り映えてしまいますので――へぇ、その調子でもうほんのちょい！」

「こ……こうかね？」

秀《ひい》でた――というより禿げ上がった額を角度調節させられたのは、副主筆の栗原亮一《くりはらりょういち》。元鳥羽《とば》藩士ながら土佐人らと自由党の結党に加わり、自由新聞主筆を務めたあとは板垣退助《いたがきたいすけ》について渡欧した経歴の持ち主だが、今はそれが特徴の、くりくりした目を白黒させるばかりだった。

「うーん、いや、そら行き過ぎだんな。田辺君、ちょっと頼むわ」

思風の言葉に、田辺君と呼ばれた助手が「はいっ」と飛んで行って位置を正し、ついでに近くの人々の襟元や前合わせを直す。そんな同僚たちを横目にニヤニヤしていたところ、

「そこのお方、今はよろしが撮影のときはせぇざい目ェむいて、お閉じになりませんように」

そんな注文を受けてしまったのは、目細く唇厚く、立派な鼻の持ち主にして小説欄担当の宮崎《みやざき》夢柳《むりゅう》だ。その風貌には似ず、なかなかの名文家で、自由新聞に連載した大デュマ原作の『仏蘭西《フランス》革命記　自由乃凱歌《かちどき》』やロシアの革命主義者を描いた『虚無《きょむ》党《とう》実伝記　鬼啾啾《きしゅうしゅう》』は読者の紅涙《こうるい》を絞り、熱狂させた。そのあまり、後者では出版条例に引っかかって入獄するはめになった。

栗原・宮崎の二人は今年三十三歳だが、さらに三つ年下でありながら、編集論説に加わっているのが江口三省《えぐちさんせい》。慶応義塾で英仏ラテン語を学んだあと、二十四歳で大阪自由党に参加した早熟さだった。もっとも、自由民権思想への目覚めの早さという点では、もっと上手《うわて》がいた。

それは着物こそ質素ながら、目元涼しく眼光鋭く、長い髪を後ろに垂らしてひときわ目立つ美男子だった。

（またえらい男前やな。苦み走って、それでいて愛嬌《あいきょう》もあって……一人だけの人像写真《ポートレート》撮らしてもろて、うちの写場《スタヂオ》の前に張り出したら、エエ宣伝になるのと違うか。いっそ鶏卵紙《けいらんし》（当時の印画紙）に焼き増しして、こっそり婦女子に売り出したろかしらん）

葛城思風をして、そんなふらちな考えを浮かばせた美男子の名は植木《うえき》枝《え》盛《もり》。歳は二十一だが、すでに高知県議会議員の経験もある論客《ろんかく》だ。

二十歳で立志社《りっししゃ》の創立に加わり、機関誌の緒言に記した「天下ノ人称シテ自由ハ土佐ノ山間ヨリ発シタリト云フコトアルニ至レハ」はあの有名な合言葉につながったし、憲法草案「東洋大日本国国憲按《こっけんあん》」は、人民の自由と権利を全肯定した点で世界の最先端を行くものだった。

こんな風に東雲新聞の社員はみな若く、しかも多士済々《たしせいせい》で、外国人や女性さえまじっていた。J・カールセンというアメリカ人の客員と婦人記者の富永《とみなが》らくで、彼女は二十二歳。英語学校を出たあと助産婦となって自立し、女性の身で演説会の壇上に立ったという点でも男女同権主義の草分け的存在だった。

もっとも、そうした幹部や花形記者、名物社員ばかりがいるのではなかった。現場を飛び回る探訪《たんぼう》、内勤の校正係、経理に庶務、工場を担う文選・植字・組版・印刷工たちもらさず顔をそろえ、挟み箱をかついで街々を行く配達夫までもが、社業の担い手としてかき集められていた。

それは、この生まれたての新聞社の気風であり、同時にある人物の考え方を反映していた。

「はい、お待っとうさん。それでは撮影に取りかかりますが、みなさんどうぞそのままの場所と姿勢でお待ちくださいますように。お便所にお行きになりたい方は、いま少しご辛抱願います」

　言い置くと、葛城思風は三脚前を離れ、組み立て移動式の暗幕天幕《テント》にこもってしまった。

　しばらくすると、何やら薄い小箱というか木製のホルダーのようなものを手に出てきた。取木《とりき》匡《わく》と呼ばれるその中に収められているのは、写真撮影用の湿板《ウエット・プレート》だった。

　――よく磨いたガラス板を暗室に持ちこみ、「コロヂヲン」液にヱーテル、アルコホル、沃化《ようか》物に臭化物などを加えて十日以上熟成させた薬液を垂らし、正確に均一に、だが大急ぎで塗布する。そのあと大急ぎで直立桶《パット》の硝酸銀《ラーピス》液に浸したものを取り出し、大急ぎで厳重に遮光したホルダーに入れたあと大急ぎで暗室を出、大急ぎでカメラに装着して撮影したあとは大急ぎで取り外して暗室に戻り、大急ぎで硫酸第一鉄液や青酸加里《カリ》液で現像・定着したあと、ようやくゆるりと蒸留水で洗浄するなど後処理を行なう。

　何でそう大急ぎなのかというと、湿板《しつばん》という名の通り、ガラスの種板《たねいた》――玻板《しやしんいた》とよぶものもあった――がぬれている間に全てをすませないと感光剤の力が落ちてしまうからだ。だからいったん撮影と決まったからには、遅滞も逡巡《しゅんじゅん》も許されない。撮る方も大変だが、写客つまり被写体側にも心得と辛抱が必要だった。そしていよいよ、

「大変お待たせいたしました。それでは種板の支度がととのいましたので、ただちに写真の撮影の方に移らせていただきます。みなさま、それでは最前お願いしました通りの位置と姿勢になっていただきまして……美坊《よしぼう》、さっき見覚えた通りにあんじょう直しや」

　手早く取木匡《ホルダー》を写真機に装着し、仕切り板を抜き取りながら、思風が言った。相変わらずの愛

想よさだが、口調はいっそうせわしなく、助手の田辺君への呼びかけも変わっていた。

やれやれ、やっとか……だが、さっきと同じようにしろといっても、写真師が暗幕にこもっている間に動いてしまったりして忘れているのが困りものだった。

だが、その点は少年助手の田辺君が心得ていたし、思風自身も目ざとく指をさし、声に出して注意していた。一方で、その手は早くも写真機の鏡玉《レンズ》に掛けられた蓋にのばされていて、

「はい、それでは謹写いたします……この私の手のところをグッと見はって、しばしの間、まばたきをしやはりませんように。それでは、ハイッ！」

その刹那、どこからか声があった。ゆったりとして優しく、それでも誰もが耳を傾けたくなるような言葉が投げかけられたのだ。

「ああ、写真師君。まだ一人来ていないようなので、撮影の方は、今しばらくお待ち願えるかな」

その声の主《ぬし》は、人々の真正面中央にあって終始にこやかに、飄々《ひょうひょう》とした態度を崩さなかった人物だった。誰もがハッとその人物を見、それから顔を見合わせて口々に、

「あ、そういえば彼が……」

「もうとうに外回りから、帰ってくる時分なのにね」

などと言い交わした。声の主はさらに続けて、

「今日ここに貴殿が撮影に来てくれるというので、全社員集合してそれぞれの面影をとどめようと声をかけてはあるのだが、何か急用でも生じたのか、いまだ記者が一人、帰社しておらんのだよ。いや、決して駄洒落《だじゃれ》を言うつもりではないのだがね」

申し訳なさそうに言ったその人物は、とうに四十路《よそじ》過ぎ。「東雲新聞」の名入りの印半纏《しるしばんてん》をまとっていた。浅黒い顔に房付きで臙脂《えんじ》色のトルコ帽をかぶり、縁なしの眼鏡を掛けて、白いもの

のまじった髭を口元から顎から頰から生え放題にしていた。

最初はどこかの職人か、浮浪人でもまぎれこんだのではと思ったが、ここの社の人々にやたらと敬意を払われているのを見て、そうではないとわかった。しかも、当人は遠慮して端っこに行きたがるのを、寄ってたかって今の位置に座らされてしまった。

（え……すると、まさか、このお人が、あの有名な——？）

そのとき気づいて、内心舌を巻かされたのだが、この人こそが東雲新聞の主筆・中江兆民《なかえちょうみん》、本名は篤介《とくすけ》——日本中から党派を超えてその識見と人格、ついでに奇行ぶりまでを愛され、尊敬を集めており、その分だけ藩閥《はんばつ》専制政府からは警戒され嫌悪されている人物なのだった。

かねて計画されてきた大阪での民権派新聞発行でも、彼の招聘《しょうへい》は試みられていたが、さすがに東京を離れることには躊躇《ちゅうちょ》があった。そこへ起きた退去騒動で来阪が実現した。兆民が老母を連れて途切れ途切れの鉄路を乗り継ぎ、一月十日ごろほうほうのていで大阪に着いたのだ。

とりあえずは梅田《うめだ》停車場に近いだけが取り柄の、曾根崎《そねざき》村にある四間《よんけん》の陋屋《ろうおく》に住むことになったが、たちまち訪問客や弟子・食客志望が引きも切らず、とんだ梁山泊《りょうざんぱく》となってしまった。

その直後に東雲新聞の創刊となったわけだが、中江兆民はその第一号から健筆をふるい、たちまち大阪を中心とした読者の熱狂的な支持を集めた。度重《たびかさ》なる弾圧で消えかかっていた自由民権運動が、この商都で一気に燃え上がったといっても過言ではなかった。

葛城思風も、それぐらいのことは知っている。まさにその兆民先生自らの頼みとあっては、彼もむげにはできず、ならばどうしたものかと、美坊こと田辺助手と顔を見合わせてから、

「えっ、そのように申されましても、種板が乾いてしまいましては感度が失せて、写真が撮れんようになってしまいます。これ以上お待ちすることはできゃいたしまへんし、それに……」

やはり承知はできないと、やんわりと、だがはっきり断わった。

「それに」というのは、種板を装着してしまうと、もう画像を背面のピントグラスで確認できなくなる。今すぐ追加の写客《ひしやたい》が割りこんできたとしても、依頼主にとって最善の画面になる保証はなくなるのは写真師として耐え難かった。

だが、兆民はなおも穏やかに、一介の写真師への敬意も忘れずに、

「さ、そこを何とか……せっかくわが東雲新聞の photo-souvenir《フォト・スーヴニール》（記念写真）を撮るからには、日々の紙面を作る同志一同、一人の欠けもなく収まっていてほしいのでね」

さりげなくまじったフランス語が付け焼き刃ではないのは、外国人との付き合いも多い思風にはすぐわかった。ますますその格好からは想像もつかない兆民先生の人柄に驚かされたが、かといって簡単に納得はできなかった。

「さ、そう申されましても……」

返しながらも、思風は焦りを抑えられなかった。湿板は生成して十分ほどで乾燥してしまう。そうなったら薬液も無駄になるし、種板も表面をかき落としてガラスに戻すほかない。

だが、依頼主の希望は絶対だ。どこの誰かは知らないが、いっしょに写るべき人が欠けたまま後世に残る一枚となってしまうことは、かえって不幸だろう。

（それはそやねんけど、そやさかいというて……なぁ）

思風がなおも思い迷い、彼の意見を求めてもしようがないとは知りつつ、助手である田辺の美坊の顔を見やった。と、そのときだった。

「先生、あれ！　ひょっとしたら、あの人が……」

少年の顔がパッと輝くのと、カメラ前の人々が「来た来た！」「やっと帰ってきたぞ」ととよ

めくのが同時だった。

ふりかえると、今しも通りの角から、洋服姿の青年が駆けこんでくるところだった。帽子をつかみ、せっかくハイカラな上着もシャツも着乱れて、タイもほどけて長くなびいてしまっている。よほど急いでいるらしく、それにはただごとでない理由があるとしか思えなかった。

「筑波《つくば》君、早《はよ》うこっちへ！」

中江兆民が手招きし、まわりの者が場所を空《あ》ける。洋服の青年は事情がのみこめないのか躊躇していたが、なおも兆民に呼ばれ、ほかの社員たちからも、

「早く、早く！」

「さあ、そこへ……とにかく間に合ってよかった！」

などとうながされて、人と人のあわいにできたすき間に飛びこんだ。そこへ駆け寄った田辺少年が手早く青年の服装を直し、ちょっと見たところではおかしくない程度にととのえてやった。

次の瞬間、少年はパッと後ろに退《しりぞ》くと被写体たち全体に細かく視線を走らせた。そして、新来の人間をのみこんだ人の列が、再びうまくまとまったのを確認すると、

「ハイッ、先生！」

と高らかに叫び、手をあげた。

思風の手が、レンズの蓋をつかみ取る。今この瞬間の日の光を測り、そこから割り出した経験上の数字にもとづいて、日本製の時計よりよほど正確な秒数を心に刻むと、また蓋をした。

「よし、現像や！」

葛城思風は取木匡ごと種板を取り外すと、助手にあとを任せて暗幕天幕に飛びこんだ。何分《なにぶん》狭いし、田辺少年にはまだ任せられない仕事だからしかたがない。

すぐさま処理にかかったが、幸いガラスの表面はまだ湿っており、用意の現像液に浸すと、ゆっくりと、だがはっきりくっきりと影絵のようなものが浮かび上がってきた。

やがてそれは「東雲新聞」の文字と、その下に居並ぶ人々の姿へと変じてゆき、彼らのちょっとした表情やしぐさまでを浮かび上がらせた。湿板写真のガラス映像は、後世のいかなる画像技術をもしのぐ分子レベルの精細さだった。

(よかった、ちゃんと写っとった……これぐらい時間がたっても何とかなるとはわかったのはよかったが、肝を冷やしたで)

精製水をかけて現像の進行を停止させたあとは、明るいところでの作業となる。

ホッとして外に出ると、被写体たちのようすは一変していた。さっき駆けこんできた青年が、東京弁らしい訛りで何やらまくしたて、やがてほかの記者連中と屋内に入っていった。

社の主《おも》だった人々の中では、印半纏にトルコ帽の中江兆民主筆だけが残っていた。彼は思風が出てきたのに気づくと、ニコニコと彼と助手のところまでやってきた。

定着液にひたすと乳白色の部分が消えて黒くなってゆき、きれいな陰画《ネガチーヴ》ができるのだが、このとき背景を黒くしておくと、そのままで美しい陽画《ポジチーヴ》が見られるのである。兆民は、その過程を興味深げに見ながら、

「ご苦労さまでした。ほう、これがいま撮ったばかりの写真ですか。よく写っておるではありませんか。さすがと申すべきか、無理を聞いてもらったかいがありました。おみごと、おみごと」

まだ水洗いから乾ききっていない種板の、ガラス上に焼き付けられた人物群像を眼鏡越しに見つめ、無精ひげにまみれた口元をほころばせた。

「おほめいただき、大きにありがとさんでございます。仕上がりましたら額にはめてお届けいた

します」

葛城思風はそう言うと、東雲新聞の社内を見やった。そこでは、記者たちだけでなく印刷場の職人たちをも巻きこんでごった返し始めており、部外者は退散した方がよさそうだった。

思風は、田辺少年に手伝わせての後始末に取りかかった。とにかく写真機以外にも、道具や薬品類が山とあり、天幕一式まで折りたたんで持ち帰らねばならないから大変だった。

それでもようやく大荷物を荷車に積み終わり、それを二人がかりで押し引きしての帰り道、

「ねぇ、先生。今日のあれ、いったいどない思わはりました？」

田辺少年が、思い切ったようすで師匠の思風に問いかけた。福山《ふくやま》の出身だということだったが、今はすっかり大阪弁になじんでいる。

いきなり核心を突く質問に、今や大阪一に迫ると評判の写真師はウームと考えこみながら、

「そやなぁ、もう湿板写真も潮どき、やっぱりこれからは、西洋ではすでに主流というゼラチン・ドライ・プレート――乾板《かんぱん》写真に切り替えていかなあかんのかなぁ、とは思わされたなぁ。乾板ならば撮影先に写真機と種板だけ提《さ》げていって、あとは帰ってから現像したらええのやからな。それに感度が全然違う」

いつも写真のことしか頭にない彼らしく、ため息をつき、さらに渋い表情になりながら続けた。

「いや、とうに乾板の時代が来とるとはわかってるんやけど、まだ輸入に頼っとるありさまでは商売にはならんし、たとえ手に入りやすうなったところで、成分から調合からして写真師一人ひとりの工夫の余地がある湿板と同じにはならんからなぁ。

うーん……けど、いろいろ理屈をこねたところで、要は若いころから修業して実験と失敗をくり返して、やっとこさ自分なりの技が身についたというのに、今さらそれを捨てんならんことへ

の未練かもしれんなぁ……いや、そんなことではあけへん。そや、ここはすっぱり断ち切って、乾板時代に舵《かじ》を切ろ。わが葛城写真館も今日を境《さかい》に出直しや！」

もはや写真新時代への転換で頭がいっぱいのようすで、思風は大阪の空を見上げた。

「そうですね、先生！」

と田辺少年もうなずいたが、そのあと急に気まずそうな顔になり、おずおずとした調子で、

「あの……先生」

「何や」

けげん顔でふりかえった葛城思風に、

「実はわしが訊きたかったのは、湿板と乾板の優劣の話やのうて、もっと別のことやったんです」

田辺少年は、真剣な面持《おもも》ちで言った。思風は目をパチクリさせて、

「別のことと、いうと？」

「はぁ……さっき遅れて来た人は、何であないあわててはったのか。写真に写りそこねそうになったせいやのうて、何ぞ大変なことがあったような……すんまへん、写真と関係のない話で」

とんだ勘違いに気づいて、葛城思風はややがっかりした顔になったが、

「そらかまへんけど、そら新聞屋はんやねんから、何ぞ事件でも聞きこんできはったんやろ」

「ええ、そやろとは思いますが、それが、ただの事件ではないようで……先生が天幕で現像作業してはる間、あの記者の人が何ぞ書きなぐったもんを会社の人に手渡して、それに合わせて何があったか話してはるようすでした。あれが江戸っ子弁ちゅうやつですかいな、えらい早口で、ようわからんかったんですが、確かなんは聞いてはった人らのようすがみるみる変わって、そのまんまドタバタと建物の中に駆けこんでしまいはったことです。何があったんでっしゃろ？」

田辺少年は、思風の顔をのぞきこみながら問いかけた。

「さぁなぁ……」

そんなことを訊かれても、市井《しせい》の写真師であり、写真術が己《おのれ》の全てである葛城思風にはわかるわけがなかった。だが、答えようはあった。

「ま、それは明日の新聞見たらわかるこっちゃろ。それより写場に帰ったら、最前の写真の修整に取りかかるで。人数が多いよってえらい手間やが、ええ機会やよってじっくり仕込んだるわ」

「は、はい……」

田辺少年は、藪《やぶ》をつついて蛇を出した気分になりながら、うなずいた。二人が翌日以降の新聞記事を見て、どれほどびっくり仰天したかは、この物語には今のところ関係がない。


――この十数年後、明治も末に大阪市内福島《ふくしま》の裏通りに「田辺写真館」が開業、町内の人々に親しまれた。主人の名は田辺美男《よしお》。彼はやがて開けた市電通りに二階建ての木造モルタル、化粧タイル張りのいかにもモダンな洋館スタジオを建設、息子や弟子たちとさまざまな写真撮影を手がけ、大阪大空襲で灰燼《かいじん》に帰するまで大いに繁盛した。

ちなみに、この田辺家には昭和三年（一九二八）、聖子《せいこ》という名の文才ある少女が誕生するのだが、その祖父であり福山に生まれた美男が、大阪に出たあと誰のもとでどのような写真修業をしたのかは、あいにく伝わっていない。

2

「よし、権《ごん》の字、出してくれ！」

記念写真の撮影をめぐっての一幕から、しばし時をさかのぼって――その日の朝、筑波新十《しんじゆう》郎《ろう》は、いつも通り東雲新聞社出入りの人力車に飛び乗ると、車夫の背中めがけて叫んだ。

とたんに「はいなっ！」という元気のいい返事があって、自慢の韋駄天《いだてん》足が小気味よく動きだし、たたんだ幌《ほろ》が風を切り始めた。

今日は午後から、全社員打ちそろっての写真を撮るので、早めに社に上がってくれと言われていた。何もそんなことでと思ったが、主筆兆民先生たっての希望ということであればしかたがない。確かにいい記念にはなるし、このところ大した事件はないし、断わるまでもなかった。

「どうだい権の字、お前さんもいっしょに写るかい」

黙々と地面を蹴る人力車夫の背後から、ふとそう言いかけると、権の字こと権三《ごんざ》は、後ろを向けたままの頭を大きく振って、

「へ、写真？　それだけは御免こうむっときますわ。わしゃ、どうもあれは虫が好きませんでな」

「そうなのかい？　まさか今どき、魂を抜かれるなんて思っちゃいまいね」

新十郎が冗談めかして言うと、車夫の権三は困ったように、

「そういうわけでもおまへんのやけどな……ま、大将を降ろしたらそのまま失礼しまっさ」

「ふぅん……」

そりゃ残念だなと言いかけて、新十郎はその言葉をのみこんだ。権三がにわかに足を速め、グ

グッと梶棒《かじぼう》が持ち上がるのに合わせて、座席ごと身をのけぞらせることになったからだった。

めまぐるしく流れ来て、左右を流れ去る街並みをながめながら、それと同様に過ぎた何か月かが思い出された。そして、東京とは何もかも勝手が違うようで、意外にそうでもないこの街に慣れてしまった自分に驚かずにはいられなかった。

（まさか、こんなことになるとは思いもしなかったな……神戸行きの船に乗り、そこからやっとこさ大阪《ここ》に出てきたときには）

あまり過去をふりかえる趣味は持たない新十郎だが、この件ばかりは感慨深く、いくぶん感傷的につぶやかずにはいられなかった。

（そう、あれは……）


――あれは、保安条例で東京を追い出され、はるばると大阪にたどり着いたときのこと。

行き場のないまま横浜で朽ち果てそうになったところ、あの〝退去どんどん節〟の一節からふと思いついて、神戸行きの船に乗りこんだ。そこから大阪までの道中は、新橋《しんばし》―横浜間の二年後に鉄道が開通していたし、今や二時間おきに汽車が出ているから造作もないことだった。

今度は巡査にサンドウヰッチにされることもなく、一時間と五分かけて梅田の〝すてん所〟に着いた。そのあと横浜で教えられた土佐堀《とさぼり》沿いの宿《自由楼《じゆうろう》》に身を寄せはしたものの、どうするというあてもなかった。

大阪ならばいくらも働き口はあるだろうし、新聞社だってあるに違いないという読みだったが、さて着いてみるとどこから手をつけたらいいものやら見当もつかなかった。

まぁしょうがない、おいおい人に訊き、あちこち当たってみるしかないと居直りかけたところへ、警察の民権派狩りに引っかかり、哀れ囹圄《れいご》の身となってしまった。

由来、筑波家の人間は箱根《はこね》の関《せき》を越えないのを家訓としてきたのに、それを破った罰《ばち》が当たったのかと後悔された。このまま日の目を見ないのか、何とか出られても監獄送りか、それは免《まぬが》れても大阪退去にでもなったら、今度はどこに行けばいいのか――とやけくそになり始めた。

そんな折も折、どこの誰が手配してくれたのか、自分と同年配ぐらいな代言人《だいげんにん》がやってきて、どうにかこうにか釈放された。

やはりと思ったが、あの代言人を差し向けてくれたのは《自由楼》の女将《おかみ》で、とばっちりで牢屋に入るはめになった彼に同情し、またむざむざ警察の手に渡してしまった責任も感じて手を打ってくれたようだ。

あいにくこの手の事件に強い、有力にして辣腕《らつわん》な代言人は別件で出払っていて（たぶん、別口で捕まった連中が大挙出たのだろう）、そこから離れた町に住むあの代言人が呼ばれたらしい。何だか頼りなく見えたが、彼の談判の結果すぐ釈放されたのだから腕は確かなのだろう。

もっともあのとき東警察署の外に出たら、内山下町《うちやましたちょう》の旧薩摩《さつま》藩屋敷跡、かの鹿鳴館《ろくめいかん》にいそうな洋装美人が立っていて、確かコマルとか何とかいった代言人の印象は吹っ飛んでしまった。

新十郎の解放を喜んでくれた彼女とは、そのまま警察署前で別れたが、その印象が強すぎて、コマル氏はどこまで同行してくれたんだか、いつのまにいなくなったのか覚えていないありさまだった。ま、あんな美女が相手じゃしかたがない。

そのあと《自由楼》に戻ったら、思いがけず見知らぬ男たちに迎えられた。さらに思いがけないことには、放免祝いということで部屋が用意されており、美味《うま》そうな鍋が出て、グツグツと湯気立ちのぼる中に、どっさりと牡蠣《かき》が入っていた。

そういえば、牡蠣船は大阪の名物だったな――と思い出しながら箸《はし》をつけると、これがすこぶる美味だった。思わず「うまい！」と声が出た。

このところさんざん味わった為政者の非道と世の不人情に加え、牢屋の寒さに冷え切った心には実によくしみて、昆布だしも牡蠣の身によくしみていて、つい杯を重ねた。するとそのうちだんだんと人数が増え、しかもみんな民権家か壮士《そうし》らしくて談論風発、また警察の手入れを食らうのではと危ぶまれる荒れ模様となった。

とりわけ保安条例発令の当日から新十郎が目《ま》の当たりにし、自身も巻きこまれた騒動の顚末《てんまつ》は、聞き手たちの心を打った。この場にあって、同様な迫害や圧迫を受けていないものは一人もいなかったからだ。

あるいはともに笑い、あるいはともに憤《いきどお》って、感極まるとそのたび歌になった。その手始めは「一ツとせ　人の上には人ぞなき　権利にかわりがないからは　コノ人じゃもの」に始まる植木枝盛作詞の「民権数え唄」であり、やがて佳境に入ったところで、この大阪の地で練られたクーデター計画から生まれた「国利民福増進して民力休養せ　もしもならなきゃダイナマイトドン！」という大井憲太郎《おおいけんたろう》作詞の歌が放吟《ほうぎん》された。

そんな中、新十郎が横浜から持ってきた〝退去どんどん節〟は大受けで、みなで「君が高知へナア　行かんすならば　僕も行きます大阪へ」の大合唱となり、拍手喝采のうちに終わった。たまりにたまった鬱憤《うっぷん》が一気に晴れた感じで、新十郎がぼんやりとほほ笑んでいると、男たちは互いに顔を見合わせ、うなずき合っている。

やがて、彼らの中で一番年長で、一番ヨレヨレの着物をまとい、一番大酒でもあった人物がニコニコと眼鏡の奥の目を細め、髭むじゃの口元をほころばせながら言った――。

「では筑波君、よければ明日からでも来てくれたまえ」

へ？　と鳩《はと》が豆鉄砲を食らったような顔になった彼に、その人物——兆民中江篤介は続けた。

「君の江戸お構いは一年半か。僕よりは短いが、どのみちその間は食って行かにゃならんし、わざわざこの大阪から動くこともないじゃろう。ちょうど、われわれの東雲新聞では外勤の記者がほしいのだが……いかがかな？」

「え……」

新十郎は一瞬、言葉に詰まった。にわかに酔いも覚め、だが夢の続きを見ているようで、思わず頬をつねりたくなったほどだった。

むろん答えは決まっていた。だが、一拍遅れて答えようとしたとき、スッと間の扉が開いた。見ると、隣の座敷に《自由楼》の初老ながら﨟《ろう》たけた女将と、まだ年若くキリリとした感じの芸妓《げいぎ》が端座している。彼女らが深々と頭を下げると同時に、この場にしっとりとした風が流れ出たようだった。

「待ってました」

「ヒヤヒヤ！」

と声が飛んだが、二人の美貌と気品に打たれてかすぐ静かになった。芸妓の着物には、西洋の花らしきものが鮮やかに描かれ、異国的な風景も添えられていた。

芸妓の前には一絃琴《いちげんきん》が置いてあり、老女将の合図をきっかけに、芸妓は静かに、切々として爪《つま》弾《び》き、そして歌い始めた——。

〽天には自由の鬼となり

地には自由の人たらん
自由よ自由やよ自由
汝《なんじ》と我がその中は
天地自然の約束ぞ

それは、明治十五年ごろから民権青年たちの間で愛唱された「自由の歌」で、一絃琴でこれを弾き語るのは、大阪事件のただ一人の女性被告人、景山英子《かげやまひでこ》の得意とするところだったという。だが、セーザル（シーザー）暗殺からアメリカの独立までを詠《よ》みこみ、優に九十行を超える歌詞の内容にも増して新十郎の興味を引いたのは、その弾き手であり歌い手である女性そのものだった。

（おかしいな、大阪芸者に知り合いはいないはずだが、確かにどこかで会った覚えがある。それも、つい最近……どころか今日だ。いや、まさかそんな――？）

思い悩む新十郎をよそに、壮士たちが芸妓の歌声に感極まったらしく、

「ようよう琴鶴《ことづる》！　おみごとおみごと」

「官員どもや金満紳士になびかぬからと〝テコズル〟とかあだ名する奴があったら、言ってこい。吾輩《わがはい》がブン殴ってやる」

「ノーノー、野暮な合いの手はよしこの節！」

そんな声のさなか、新十郎の中でひらめいたものがあった。そのことへの驚きを隠しきれなくて、「あっ！」と頓狂《とんきょう》な声をあげてしまった。

とたんにみなの注目が集まり、「いや、あのぅ……」とどぎまぎして座が白けかけたところへ、

「おや、そのお方が、今度みなさんのお仲間になられる記者はんだすか」

琴鶴と呼ばれた芸妓がにこやかに言い、ちらりと新十郎を見やった。

「そう、筑波君には、これからわが東雲の記者として……おっと、そういえばまだ返事はもらっていなかったっけ」

風体からてっきり壮士と思ったら、口ぶりから東雲新聞の社員らしい男がとりなしてくれた。

「ええ、ですが……」

答えは決まっていたが、この場で、兆民先生相手でなく言っていいものかと躊躇していると、

「そりゃ無理もない。何分代々の江戸っ子で、大阪は初めてらしいからな」

出してもらわなくてもいい助け舟が出てしまった。新十郎が「いや……」と否定するより早く、

「そうだすか。けど、それもしゃあおませんわなぁ。この大阪に着くなりお縄にならはったせいで、まだ街も人もろくに見たはらしませんし、いくら同商売とはいえ、土地柄の違うことですし、不案内なんは当たり前の話でおますわなぁ」

鹿鳴館美人から、一転非の打ちどころのない艶《あで》やかな和装に変じた琴鶴は、にっこりと笑みを浮かべた。続けて、

「そんなら、ちょっとお古いところで――」

言うなり、ピピンピピン！　と琴をかき鳴らした。一瞬何かと思ったが、ほどなく誰の耳にもそれが鈴の音を模したものとわかったところで、

「今度このたび、心斎橋《しんさいばし》は博労町《ばくろうまち》を本局にて、売り出《いだ》したる浪花《なにわ》新聞は、俗談平話に綴《つづ》り、婦女子を導く開化の魁《さきがけ》、梅の浪花の善《よ》し悪《あ》しも、もらさず載せて有磯海《ありそうみ》……」

甘いが歯切れのいい言葉つきと面白おかしい節回しで、語り出した。

――それは、その昔、大阪の街角でチリンチリンと鈴を鳴らし、派手な着物に豆絞《まめしぼ》りの置き手

ぬぐいという格好で人気を集めた〝読売《よみうり》〟の口上だった。

　明治八年十二月、博労町心斎橋東の木造洋館で産声をあげた「浪花新聞」は、洋紙に活版刷り、口語《こうご》文《ぶん》振り仮名付きで一部二銭。新聞そのものに無縁だった浪花っ子に飛ぶように売れた。

　その三か月後に大阪裁判所の判事たちが発起したのが「大阪日報」で、この硬軟二紙によって、大阪の新聞時代は東京よりだいぶ遅れて始まった。

　それを一気に前進させたのが、明治十年の西南《せいなん》戦争だ。征討軍の本営が置かれ、兵站《へいたん》の拠点となった大阪で、戦況を伝える新聞は売れに売れた。新聞経営に興味を持つものも現われ、たとえばこの年創刊された「大阪画入《えいり》新聞」の発行人は、心斎橋安土町《あづちまち》で漢籍を扱う書肆《しょし》の二代目だった。

　続いて登場した「浪花実生《みばえ》新聞」の主筆兼編輯人は、京町堀《きょうまちぼり》四丁目で酒屋を営んでいた。経歴以上に独特《ユニーク》だったのは、婦人と少女を対象読者としたことで、創刊の社告では「子供衆が飴を買うお銭《あし》で、この新聞をお求めなさい」と呼びかけていた。

　たぶん大阪以外にこんな発想の新聞はなく、次々創刊されたのはどれも傍訓《ふりがな》・挿絵入り《えいり》の小《こ》新聞で、例外は大阪日報から内紛で分かれた改進党系の大阪新報ぐらいだった。

　明治十一年の年の瀬には本町《ほんまち》四丁目の書店兼新聞取扱所（後の岡島新聞舗）から、その名も愉快な「大坂でっち新聞」が誕生、「やがて自由の空気を呼吸して独立不羈《ふき》の大番頭に成りなさる」と期待され、市民に親しまれた。

　一月ほど遅れて明治十二年一月、江戸堀南通《みなみどおり》一丁目の間口二間半の借家《しゃくや》でひっそりと生まれ出た小新聞があった。「朝日新聞」と命名されたそれは、京町堀の醤油《しょうゆ》屋の息子と船来雑貨商、江戸堀上通の宿屋の若主人らが生みの親だった。

東京の新聞社がとかく悲憤慷慨《ひふんこうがい》したがる士族あがりか、でなければ不義不正を洒落のめしてごまかす戯作者《げさくしゃ》に占められてきたのとは大違いだった。さらに大阪独特だったのは、市中の投書家から記事を募集して取材力を補っていたことで、その採用成績をもとに番付まで作られていた。

その後、さまざまな町人新聞が生まれては消えていった。政論系も自由民権運動の高まりの中で旧自由党系の日本立憲政党、改進党、そして政府側・官権派の帝政党の三派に再編成され、先の二つは激しい弾圧を受け、残る一つも民衆の支持を失って衰退していった。

生き残ったのは不偏不党、是々非々《ぜぜひひ》、実業主義などをとなえ、その実反逆の牙を抜かれた新聞ばかり。しかし、憲法制定、議会開設に向けての民権派の意識の高まりは、もともと反官感情が強いうえに、大阪事件という〝国事犯裁判〟にわいたばかりのこの地において激しく、その中心となる媒体が求められていた。

そのため、かねて創刊準備が進められていたのが東雲新聞であり、中江兆民をはじめとする人人が東京から押し出されてきたのは、まさに願ったりかなったりというわけなのだった。

――そうした事情といきさつを聞かされたあと、

「……で、どうかね、筑波君。さっきの話なんだが……」

あらためて、中江兆民が問いかけてきた。彼は今度こそ機を逃すまいと、言下に答えた――。

「もちろん、喜んでお受けいたしますとも！」

そのあくる日から、東雲新聞記者としての筑波新十郎の日々が始まった。

彼が受け持ったのは雑報欄、とりわけ事件関係だった。文化文芸関係は主任の宮崎夢柳に任せ、主に市域の東・西・南・北各署と江之子島《えのこじま》府庁内の警察本部、それとたまに郡部の曾根崎《そねざき》・天王《てんのう》寺《じ》両署を回った。府内にはすでに十七の警察署と三十二の分署が置かれていたが、そこまでは手が回らない。

大阪《こちら》では警察回りの記者を〝ケイマ〟と呼び、東京のサツマワリと略しどころが違うのが面白いが、東西に通り、南北に筋が走る将棋盤のような街並みを斜めに突っ走ってゆく桂馬の駒の意味もあるのかもしれなかった。

東雲新聞では、あまりケイマに重きを置いてはいなかった。中江兆民や植木枝盛の名を慕《した》って集まった人々は、天下国家や政論について書きたがり、雑報欄でも犯罪種はほとんどなかった。記事にはルビを振り、絵を入れ、小説を連載するなどして、東京の大新聞よりは民衆に歩み寄ってはいるけれど、切った張ったの下世話な記事は載せたくない心理があるようだった。

入社当初は取材の腕を買われ、高麗橋の商法会議所や堂島米商会所、北浜《きたはま》の証券取引所を担当しないかという話もあった。土地柄、そこが重要な部署なのはわかるし、任されて光栄なのもわかるのだが、そのあたりは、どうにも新十郎の肌に合わない。

それならばいっそというので、警察担当を志願した。これには異論もあったのだが、

「保安条例でわかる通り、警察という奴はほっとくと何をしでかすかわかりませんからね。そのために連中の動きを見張るんですよ」

と体験を交えて主張したのには、みな骨身《ほねみ》にしみて納得したようだった。

そうなのだ。犯罪記事というと、どうしても読者の興味におもねり、煽情《せんじょう》に走ることになりがちだし、そのために警察官にこびへつらって記事の材料をもらい、情報のおこぼれにあずかることになりがちだが、目指すのはそちらではない。

(警察《あいつら》に一泡噴かせてやる。ちゃんと悪人を捕えたらほめてはやるが、むざむざ取り逃がしたり、

冤《むじつ》の人を罪に落としたりしたら——ましてや三島通庸《おやだま》の私兵となって人々を苦しめるようなら、容赦なく暴き立ててやろう）

そう腹を決めての決断だったが、とまどいはあった。警察取材のやり方は東京とはずいぶん違っていて、幹部たちのいる署の奥においそれと立ち入れないのは東西同じことだが、こちらには独自のやり方があった。

まず小使室《こづかい》に行く。するとお茶の一つも出してくれるので、それを飲んで待っているうちに、小使さんが公廨《こうかい》——最初この言葉を知ったときには、公廨《くがい》なんて律令時代じゃあるまいしと思ったが、警察署に入ってすぐの大部屋のこと——に参上する。

そこのど真ん中の大机でそっくり返っている署長のもとにすり足で歩み寄り、深々と頭を下げると、たとえば筑波新十郎の場合であれば、

「申し上げます。ただいま東雲新聞の探訪一名参っておりますが、どないにいたしましょう」

と、うやうやしく言上する。すると田舎《いなか》士族上がりの多い署長は、髭などひねくりながら、何かあれば話してくれるし、ない場合には、

「今日は何も種はないと申せ」

と答えて、小使さんはまた平身低頭しながら、

「かしこまりました。しからば、そのように伝えますでござります」

と、またすり足で引き下がる……というあんばいだった。

むろん、本当に大事なことは簡単に明かしてくれるわけはないが、意味もなく出し惜しみするよりはよほどましだった。逆に故意にガセネタをつかませたり、都合よく報道を誘導することもできるから、ありがたがっているわけにもいかなかった。

そうした慣習や取材のコツを教えてくれたのは、新聞社で使っている人力車夫だった。現に今、精悍《せいかん》な後ろ姿とリズミカルに地面を蹴る足を見せている権三も、その一人だった。

右も左もわからない新米にも「どこへ行け」「誰に聞け」と耳打ちしてくれる。そればかりか、日々大阪中を駆け回る俥屋《くるまや》仲間から貴重な情報を得てくることも珍しくなかった。

そして、その日――「新社屋の前で記念写真を撮るから、必ず帰社するように」とのお達しが出ていた日も例外ではなかった。

始まりは、裁判所の奇妙な動きだった。何気なく立ち寄って話を聞くつもりだった検事と予審判事が急の出張で不在になっていた。それから江之子島の大阪府庁から、警部長（府県警察の本部長）が急に視察に出ると聞きこんだのだが、その視察先というのが先の出張と同じ場所――天王寺署だというのだ。

警部長が管内の各署を訪問すること自体は珍しくないが、何となくこの一致は偶然ではなさそうだった。そこで予定を変更し、車夫の権三に梶棒を東成郡《ひがしなりぐん》天王寺村に向けさせた。

――異変は、そこでさらに明らかになった。

なじみの小使さんが、ひどくよそよそしい。ろくに口をきいてもくれないし、署長に取り次いでもくれない。いつもとはまるで違うのに、何ごともないような顔をする。

「どうも、いつもと署内の感じが違うようだが……ひょっとして、署長さん以下、主《おも》だった人たちが出払ってはいないかい？」

「い、い、いえ、そんなことは……ちゃんといつも通り公廨にいてはります」

小使さんはブルブルとかぶりを振った。そのくせ新十郎が、

「あ、そう。ならちょっと、うちの社からあいさつしたいことがあるので、ついてきてくれない

かい」

と突っこむと、また首をバネ仕掛けみたいに動かして、

「い、いいえ、そういうわけにはまいりまへんので……いや、いてはるのはいてはるんでっけどな」

語るに落ちたとはこのことだ。もともと真っ正直だけが取り柄の爺さんで、嘘をつくのはどうにも苦手そう。いっそ白状させる方が人助けではないかと勝手なことを考えた。

（まるで、おどしたりすかしたりで、あることないこと白状させる性悪《しょうわる》の探偵吏《り》だな）

制服ではなく自前の和服姿で探索や摘発を行なう、旧幕時代の岡《おか》っ引《ぴ》きまがいの輩《やから》を思い出しながら苦笑した。

「そういえば、お前さんの甥《おい》っ子が、近郷近在の大食会で、饅頭《まんじゆう》七十三個に羊羹《ようかん》六棹《さお》、それに餅何個だったか、みごとに平らげて優勝した件な、あれは面白い記事になったと評判だったよ。そいつが載った紙面も無料《ロハ》で何部も分けてやったが、あれは親類縁者にも配れて、いい記念になったんじゃないかな」

小使さんの身内の大食い新記録を、雑報欄でとりあげたことを恩着せがましく蒸し返した。すると先方はますます苦しそうな顔になって、何度も言いかけては口をつぐんだあげくに、

「あの……東雲の探訪さん。これは誰にも言うてもろては困りますし、ましてわたいの口から出たもんやと知れたが最後、えらいことになりまんので、今日ここに来たこともないしょにしてもらわんならんのでっけど……」

「その点は百も承知さ」

新十郎がにっこりほほ笑むと、小使さんは思い切ったようすで、

「あ、あの……今日ばかりは、一心寺《いっしんじ》や安居《やすい》の天神さんのある逢坂《おうさか》のあたりには決してお行きに

なりませんように。とりわけ、その近辺には質屋《ひちや》がおまへんし、そこで何が起きたということでもおまへんので、まちごうても捜したり、まして見に行ったりはせんようお願い申し上げます……はい」

およそわけのわからないことを言ったが、新十郎にすればそれだけ聞けば十分だった。

「わかったよ、小使さん」彼は答えた。「おれはそんなところに興味はないから決して近づきゃしないし、ありもしない質屋で何が起きたかなんて考えもしないようにするよ。なるほどね……あ、いや、こっちの話さ。じゃ、今日はこのへんで……また身内が何か評判になるようなことをしたら記事にするから知らせてくれ。むろん、いい方の評判でね！」

そう言い置いて去りかけたが、ふと戸口でふりかえりざま、

「ああそうだ、小使さん、あんたはおれに何も話さなかったし、そもそもおれは今日ここには来なかった。そういうことにしよう。おれも江戸っ子、無役といえど天下の直参《じきさん》……の倅《せがれ》だ。約束するよ」

そう請け合ったのが大阪で通用するかは定かでないまま、小使室をあとにすると脱兎のごとく警察署から駆けだした。

外で待つ権三に合図し、人力車に飛び乗る。あれだけの情報では、どこへ行けばいいやらと案じられたが、心配は無用だった。言われたあたりまで行ってみると、しだいに人の姿が増え、それをたどって街角をめぐると、果たして警官やその他の人々で人垣ができた一角があった。

（あそこか……）

とすぐ見当はついたが、用心のため半町ほど手前で俥を降り、歩いて行った。

――「逢坂」は天王寺七坂《ななさか》のうち最も南に位置し、一心寺と安居天神の間を通って四天王寺に

向かう。かつてあまりの急勾配のため車馬の立ち往生や事故が絶えず、明治の初年に茶臼山《ちゃうすやま》の寺の住職が寄付を募《つの》り、坂を切り崩して緩やかにした。今は参拝客相手の店が坂に沿って並ぶ。

上町《うえまち》台地のこのあたりは、近年ようやく家が立てこみだしたものの、まだ田畑ことに果樹園も多く、中心部のにぎわいとは比べものにならない。そんな中にあっては、ふだんは取材先に印象づけるうえで都合のいい洋服が、逆に目についてよろしくないが、今さらどうしようもない。

そろそろと近づいてゆくと、やがて人垣の向こうに一軒の建物が見えてきた。それが小使さんの言った〝ひちや〟らしかった。と見るうちに、〝ひちや〟の方から声がしたと思うと、人垣を押し割るようにして現われた男たちがあった。

男たちは左右二列をなし、その間に何か荷物らしきものを重そうに、そしてひどく陰鬱《いんうつ》そうに持っていた。それは古びた戸板のようなもので、やがてはっきり見えてきたのは、戸板の上に載せられ、ムシロで覆われた何かだった。

(これはもしかして……?)

新十郎はゾクリとした悪寒《おかん》を覚えながら、心につぶやいた。

新聞記者としての直観に頼るまでもなく、その物体が何かは見当がついた。警官たちがこんなにも詰めかけ、しかも小使さんまで口止めをされたとあれば、いずれ大きな犯罪事件に違いなく、となればその犠牲者――あけすけに言って、人死にが出たとしても不思議はなかった。

だが、その想像は甘かった。男たちの行列が近づくにつれ、今度の事件の異常さ、おぞましさがあらわになっていった。

「こ、これは……!」

かすれた声をもらした彼は、血も凍る思いでその場に立ちつくした。

3

筑波新十郎は息をのみ、数歩後ずさった。あまりの凄惨さ、事態の最悪さに怖《お》じ恐れたというよりは、めまいのような感覚に襲われて、よろめいたといった方がよかった。かろうじてその場に立ちつくした彼の真横を、異様な臭気と冷気を漂わせるものたちの行列が、黙々と通り過ぎてゆく。

戸板に載せられていたのはやはり人間の体であり、しかもとうに息絶えたそれだった。かてて加えて、戸板の数は一枚や二枚ではなかったのだ。

「一人、二人……三、四、五……六人！」

新十郎が震え声で数えたところでは、死体の数は全部で六つ。それらのどれもが深く傷つけられ、その結果死に至ったことは、戸板のあちこちに滲《にじ》み、こびりついた血の跡から明らかだった。

ムシロ越しで年齢も性別も明らかではなかったが、その下からクワッと宙をつかむように突き出た手や、ひん曲がってはみ出した足を見ただけで、むごい死にざまだったと想像がついた。彼らに襲いかかった運命の残酷さが突き刺すように伝わってきた。

（ま、まさかここまでのこととは……）

東京と大阪にまたがっての探訪記者暮らしの中でも、これほど無残な光景に出くわしたことはなかった。むろん火事だの風水害だのははるかに大きな被害をもたらすし、華やかな文明開化の裏ではびこる無知と貧困の悲惨さといったら計り知れない。

だが……今日のこの惨劇ほど一つ一つの痛みと恐れ、それをもたらした暴力と悪意を感じさせられたこともなかった。それは、殺人という犯罪ならではの、等身大の恐ろしさだった。

――ふいに、新十郎はわれに返った。いや、別に夢うつつでいたわけではないのだが、総身が小刻みに震え、息が詰まり、心臓は早鐘を打つ。あげく吐き気さえもよおしかけていたのが、ふいにそれらの変調が吹っ飛んだのだ。

（なるほど……これだけの大事件であればこそ、おれたち新聞社の人間にはなろうことなら知らせたくなかったのだな。そうはさせるか！）

　腹がすわったというか、元気が充塡《じゅうてん》されたとでもいうか、ピンと背筋が伸び、足が地に着いた。

そしてそのまま、人々の中に入ってゆくと、猛然と取材を開始した。

「ふむ、あの建物は堀越質舗《ほりこししちほ》といって、数年前からここで商売をしている質屋……すると、そんなに古いわけではないんですな。え？　このへんに町屋が並び、通りができたの自体が近年のことだ、ほう、そういうことでしたか。それで、その堀越さんというのは。どういう家族構成で？　はあ、堀越甚兵衛《じんべえ》という隠居のご老体がいて、この人が一家の最年長……で、その息子である作《さく》治郎《じろう》氏と細君《さいくん》のモヨさんが、当代の主人夫婦として店を切り盛りしてる、と。ちなみにどういう字を書くんです？　はぁ、なるほど……それで、二人の間には赤ちゃんができたばかりだったと。それで、今回のようなことがあっちゃ無念だったでしょうな。ほかに家内には佐吾太《さごた》という四十前後の男がいて、これが親戚だか何だかわからないが、番頭のようなことをしている。えっ、モヨさんの兄だと聞いたことがある？　それなら同居ついでに店の手伝いをしていても不思議ではありませんな。ふむふむ……それでほかには誰が？　手代《てだい》らしい若いのと女子衆《おなごし》……ああ、女中さんのことね。それで全部ですか？　えっ、あともう一人、遠縁だか何だかわからないが、十五、六の男の子が同居している……てぇことは、一《ひ》ィ二《ふ》ゥ……全部で八人が一つ屋根の下にいたことになりますな。そのうち生きのびたのは二人ということになるが、それはいったい誰と誰ってことに――？」

　早口の東京弁でまくしたて、誰かれなしに捕まえた相手をとまどわせながら、聞き出したこと全てを、いつもポケットにねじこんであるザラ紙に鉛筆を走らせ、書き留めた。ここが大阪という土地の不思議なところで、自分が訊かれて答えられないと、

「わてではわかりまへんので、知ってそうな人に尋《たん》ねたげますわ」

とわざわざ走って行ったりする。往来で道を訊いたりすると、しばしばあることで、だがまさか殺人事件の聞きこみにまで適用されるとは思わなかった。

　それほどお節介で物見高いくせに、同じ町内で起きた悲劇を悼《いた》む気持ちはちゃんとあるらしく、かわいそうや気の毒なこっちゃと涙し、人とも思えずえげつない、毒性《どくしょう》なことしくさる奴もあるもんやと憤る心もあるのだった。

「ほう、もともと堀越家は大和国《やまとのくに》――つい昨年、大阪府から分離独立したばかりの奈良県の出身でしたか。それが一家をあげてこちらへ移ってきて、ちょうど居抜きの家があったが幸い、手を加えて質屋とした……それ以上のことは知らない、何せ家族だけでひっそりと暮らして近所の付き合いもなかったし、商売柄、口は堅いようだった、と。なるほど、なるほどね」

　そんな風に彼らの話すまま写し取るうち、書くものを切らしてしまった。ここでもお節介気質は発揮され、代わりの用具を貸してくれた。それが、よりによって巻紙と矢立てだったものだから、新十郎はしかたなく筆を構えたものの、

（まるで一昔前の軟派（社会面・文化娯楽面）主任だな。外回りの探訪から聞いた話をサラリサラと記事にしていた時代の……）

沈思のあと苦笑しつつ書き始めると、その文章までもがついつい古風になって、

「両手に大和望みを抱え、暗《くらがり》（奈良と大阪を結ぶ暗峠）を越えてぞ住まう逢坂に、戸倉《どそう》（質屋の古称）を開きて家業とし、一心願うは安居のみ……」

など地名を織りこんだ美文まがいのものを書きかけてやめてしまった。

と、そんな折も折、ふいに背後からヤットコなみの指の力で肩をつかまれ、

「イテテテ……何だよ」

とふりかえると、天然ヤットコの持ち主は車夫の権三だった。彼はもう一方の手である方向を指さすと、声を低めて、

「筑波はん、あっちを見なはれ。ただし、先方からは顔を見られんよう気ィつけて」

言われてそちらに首をねじ向けるなり、新十郎はぎょっとした。顔に見覚えのある、どころか見飽きた人物が、お供の警官を連れて、のっしのっしとこちらにやってくるところだった。

（おっと、あれは天王寺署の署長……こいつぁいかん）

小使室経由の取材が多いとはいえ、向こうだってこちらの顔を覚えてはいるだろう。ふだんならともかく、今日ここに自分がいたことが署長に知れると、あの小使の爺さんがもらしたという疑いをかけられかねない。

そんなことで叱責《しっせき》されたり、ましてや首になったりしては申し訳ない。記事が出れば東雲新聞が嗅ぎつけたとわかってしまうが、それでも情報の出どころがどこかは伏せておきたかった。

「よし、これ以上長《なが》っ尻《ちり》になっても、記事の締め切りに間に合わん。ぼちぼち退散するか」

と権三に言った折も折、すぐ間近から、

「あーコラコラ、そこの貴様、さっきからコソコソと町内の連中に聞き回ったりして何者だ？

怪しいからちょっとこっちへ来い」

と声がした。見ると、それは白い夏服の巡査で、どうやらとうに目をつけられていたらしい。

新十郎と権三はそれぞれ後ずさりしながら、口の中でモゴモゴと、

「いや、そのぅ……」

「コソコソ聞き回ったりは、決してしてはおらんのでして……」

「まぁ、ちょっと話の種というか、家で待つ連中に土産《みやげ》話を持って帰ろうかと……」

「さよなら！」

唐突にそう言うと、二人はダッと駆けだした。

「あっ、こら待て！」

と追ってくる相手に間合いを詰めさせず、路傍《ろぼう》に梶棒を下ろした人力車に駆け寄った。

新十郎が大あわてで俥に乗りこんだ次の瞬間、権三は彼を振り落とす勢いで向きを一八〇度変えると、銀輪をきらめかせて全力疾走し始めた。だが、それからまもなく、

「しつこいなぁ、まだ追っかけてきよりまっせ。呼子《よびこ》でも吹かれて、しかも道の先に巡査がおりでもしたら、通せんぼされるかもしれんし、そうなったらちと難儀ななぁ」

ちらっと後ろをふりむいた権三が言った。新十郎は苦々しい表情で、

「そうか、ちょっと取材が目立ち過ぎたかな。かといって捕まるわけにもいかん。とにかく全力で頼む。けど——」

「けど、何です？」

街なかとは違う人力車の揺れに、新十郎は舌を噛みそうになりながら、

「よく考えてみれば、権の字、あんたは空俥《からぐるま》を引き、おれは降りて自分の足で走った方が速いん

じゃないか。そうした方があんたも身軽だろうし」

「いやなに、ここらが長年の癖というか、商売の恐ろしさで、空っぽよりお客を乗せた方が韋駄天走りしやすいんですわ。それよりどないしやはります、このあと？」

「そうだな……よし、そんならおれは次の曲がり角で飛び降りる。そして互いに正反対の方に逃げるとしよう。おれは自力で社の方に戻るから、あんたは適当に奴らを引きつけたら、そのまま帰ってくれ。誰も乗ってなきゃ怪しまれもしないだろう」

「ハハハッ、こら面白《おもろ》いことになってきたな。そんなら、あそこの角で、わしが数かぞえたら、飛び降りなはれ。……それ、一《ヒ》の二《フ》の三つ！」

上方《かみがた》は拍子の取り方からして違うのに面食らったが、新十郎はエイヤッ！　とろくに速度を緩めもしない人力車から飛び降り、道端の草むらを転がった。

服装は多少、いや相当に乱れたものの、幸いけがはなかった。新十郎は何気ないようすで立ち上がると、そこから単身、東雲新聞社を目指し……きわどいところで記念写真の撮影、ではなく翌日の紙面の締め切りに間に合ったのだった。

4

「ご膳の支度できましたで、先生《せんせ》」

賄《まかな》いのお吉《きち》婆さんの声に、迫丸孝平《さこまるこうへい》は読みさしの洋書を手にしたまま、いそいそと茶の間——といっても事務室や応接室を兼ねているのだが——に出てくると、箱膳の前に座った。

書見の方にも未練があったが、やっぱり食欲には勝てない。北久宝寺町《きたきゅうほうじまち》の丸善《まるぜん》でやっと手に入れたその本をかたわらに置き、箸を取り飯椀を手にすると、さてお楽しみのおかずに視線を落とした。そのとたん、いつも明るくのんきだと言われる表情が曇った。

――おかずが、なかった。いや、ないことはなかったのだが、ひいき目に見ても、商家のうちでも相当シブチンなところで奉公人に出る朝飯並みだった。

もはや古漬けの域を超えて腐りかけているのではないかと思われる沢庵《おこうこ》に、葉っぱの切れはしにしか見えない大根葉《おくもじ》、たったそれだけ。味噌《おむし》の汁《おつい》は限りなく薄く、いくらかき回しても何一つ浮かび上がってくるものはなくて、みごとに何も入っていないことがわかった。

この貧相さ、味気なさには耐えかね、おさんどんのため飯櫃《めしびつ》のそばに座った老婆に向かって、

「お吉婆ぁはん、こらいくら何でも殺生《せっしょう》やで。こんなもんでは腹の足しにもならへん」

そう苦情を言うと、日々の飯の支度を通いで頼んでいるお吉婆さんは、たちまち皺《しわ》だらけの顔に青筋を立てんばかりにして、

「殺生て、そらこっちのセリフだっせ。あんさんは年中むつかしい書面を読んで、それだけやなしにお白洲《しらす》で丁々発止、声を張り上げんならん大変な稼業やと思やこそ、これでもいろいろ工夫して、月々いただくお金でやりくりしてましたんやで。初めはそれでも精のつくもん、元気の出るもんをと思てましたんやけど、このところの諸色高値《しょしきこうじき》、たちまち足りんようになってしもて、これでもわたいの手間賃をぎりぎり勉強してまんのやで！」

白髪髷《しらがまげ》を振り立てながら、憤然とまくしたてた。その反論に、孝平は押され気味になって、

「いやま、そない足らんのやったら言うてくれたら、もうちょっとぐらい賄い代を足さしてもろたのに……言うても、ほんのちょっとだけやけど」

「そんなことでは、とても足りまっかいな。わたいの若いころは、ひと月は二十九日か三十日し

かおまへなんだんやが、ご改暦からこっちは三十日か三十一日に嵩《かさ》増しになったもんやから、その分、月ごとによけいお銭《あし》がかかりまんのや。ほんまに文明開化も善し悪しだんなぁ」

お吉婆さんは憤然としたあまりか、よくわからない理屈を述べたてた。これには、弱者の側に立って敗訴を重ね、〝コマルさん〟とまであだ名されながら、でも決してひるまない代言人・迫丸孝平もたじたじといったところだった。

――このころ、大阪の免許代言人や無資格の代人たちは、始審《ししん》裁判所のある中之島を中心に、堂島や老松《おいまつ》・若松《わかまつ》両町・曾根崎村、大川をはさんだ今橋《いまばし》・北浜・高麗橋一帯、あるいは控訴院の置かれた土佐堀、それに江戸堀・京町堀・阿波座《あわざ》・西長堀《にしながほり》などに事務所を開いていた。

もう一つ、そうした地ほど多くないが、島之内《しまのうち》のここ南綿屋町《みなみわたやまち》や問屋町《といやまち》、鰻谷《うなぎだに》、安堂寺《あんどうじ》町《まち》あたりにも代言人・代人がいた。それらの町からほど近くにあるのが、天王寺治安裁判所だ。

つまり、ここで扱われるような、小さいけれども切実な事案を抱えた人々を顧客としているのが、この一帯に住む代言人であり、孝平もその一人なのだった。

だが、お吉婆さんにかかっては毎度かたなしで、さらに彼の痛いところを突いてきた。

「わたいの賄いが気に入らんのやったら、いつでも辞めさしてもろてかめしまへんねんで。そや、そのかわりというたら何やけど、あんさんもええ歳やねんから、わたいなんか暇出して早よ嫁はんもらいいんかいな。そやそや、嫁はんやったら賄い代抜きで、うまいもん作ってもらえて、まことに経済だっせ」

「経済やなんて新しい言葉使《つこ》て。そら賄い代は要らんかもしらんけど、ほかにいろいろ金がかかるやろ。第一、嫁はんもろたら二人分食費が要るやないか」

孝平が理論的に反駁《はんばく》したが、そんなことで引き下がるお吉婆さんではなく、

「さ、そこが一人口は食えんが二人口は食える、いうて何とかなるもんや。早よもらい。すぐにももらい」

とんだことでなおも攻めたてられて、孝平は閉口してしまいながら、

「そんな猫の子でももらうような……いくら嫁はんがもらいとうても当てがないわい」

「ないこともないやろ、代言人てな阿漕《あこぎ》な……いや、人の役に立つ商売して付き合いは広いはずや」

サラリとひどいことを言って、「いま何言うた」と孝平の目をむかせた。

「いや、何も言いやしまへんで」

と婆さんはごまかし、急に思い出したように手を打つと、

「そや、あの女子《おなご》はんはどないだんねんな。あら今年のお正月の松も取れたころやったかいな、何やドレスたらボンネットたらいうて、西洋の乙姫みたいな別嬪《べつぴん》さんが人力車で訪《たん》ねてきはって、近所合壁《がつぺき》大騒ぎになったことがありまっしゃろ。しかもあのあと相乗り俥でどこぞに消えたもんやから、町内みんな気をもんだのもまんの……。あのお人とは、どないなりましたんや」

興味津々《しんしん》といったようすで、ニヤニヤしつつ訊いてきた。

「アホかいな」と孝平はあきれて、「あれは北陽《キタ》の芸者で、琴鶴いう娘《こ》ォやがな。しかも、あれも代言人としての仕事での呼び出しやった」

「へえ、そらご苦労はんなこって。けど、あのお人が芸者はんとは思わなんだ。またえらい変わった服装《ふう》してはんのやな。さしずめ川口《かわぐち》居留地の異人さんからでもお座敷がかかったんやろか」

川口居留地は東京の築地《つきじ》、横浜、神戸などと並ぶ外国人のための法定居住地で、安治《あじ》川と木津《きづ》川にはさまれた三角地帯に西洋館が建ち並び、治外法権の別天地となっていた。

とはいえ、この奇抜な推測には、孝平もつい噴き出しかけて、

「いやいや、あの鹿鳴館装束には僕もびっくりしたが、あれは『お化け』やったんや」

「へぇっ、お化け！　生霊《いきりょう》それとも死霊でっかいな？」

お吉婆さんは皺んだ目をむいた。孝平はかぶりを振って、

「そのお化けやのうて、ほれ、旧暦の年越し、節分のときに素人も玄人《くろうと》も面白おかしく仮装して練り歩く遊び『お化け』や。聞いたことあらへんか？　その日ばかりは若いもんは年寄りに、年寄りは若いもんに、男は女に、女は男にと、それぞれ工夫を凝《こ》らして化けすます。中でも花街《かがい》ではいろいろと工夫を競い合う行事で、その稽古《けいこ》と衣装合わせをしてたさなかに、急に僕のところへ使いに立ってくれたんや」

何やら西洋にでもありそうな、仮装で街へ繰り出して誰もが楽しむ、大阪ならではの行事について説明した。もっとも、そのときその鹿鳴館美人の正体が、勝気で利かん気であるために〝テコズル〟と呼ばれる若手芸者・琴鶴であることにしばらく気づかず、相手をおかんむりにしてしまったことは黙っておいた。

「へぇ……あのお化けやったんかいな。その姿でご来訪とは珍しい話もあったもんやなぁ」

お吉婆さんは腑《ふ》に落ちたようすで言い、さらなる突っこみをひねり出そうとするかのように黙りこんだ。孝平は、その一瞬の静寂を突いて、

「それより、お婆ぁはん、新聞は届いてなかったか。すまんが、ちょっと見てきてくれへんかな」

そう頼まれてはしかたがない、とばかりお吉婆さんがよっこらしょと立ち上がり、まもなくその日届いたばかりの新聞を手に戻ってきた。

孝平は「ああ、それやそれや。おおきに」とそれを受け取ると、素早く顔の前で開いた。それ

を盾《たて》にして、お吉婆さんからの賄い料問題と嫁はんもらえ攻撃を回避するつもりだった。

事務所兼自宅であるここで取っているのは東雲新聞――創刊から五か月ほどになるが、孝平は評判を聞きつけて早くから購読していた。

一面の頭から始まるのは社説で、これが実に読みごたえがあった。四民平等の後も残る差別撤廃を訴えた「新民世界」、やみくもな軍備拡張と侵略の意図を批判し、民衆に基盤を置いた国防を説いた「土著兵論《どちゃくへいろん》」、そしていよいよ二年後に迫った議会制度のあるべき姿について解説した連載「国会論」などなど。無署名だが、その多くは中江兆民先生の筆になるものと思われ、毎朝貪《むさぼ》るように読んだものだった。

次が「電報」欄で東京など各地からの通信を載せ、海外のニュースも伝える。このあとから二面へと続くのが「雑報」欄で、これが一番分量が多かった。官界政界の動向から産業の進展、ちょっとした街の出来事までベタ組みの活字で報じられていた。

三面の大半は挿絵入りの小説で、読者投稿の「寄書《きしょ》」や「官報公文」が掲載されたりもする。最後に四面は主として広告で、中でも必須なのが日本郵船会社と大阪商船会社の「汽船出帆《しゅっぱん》広告」で、神戸から近くは高知、横浜、遠くは函館《はこだて》、また長崎、釜山《プサン》などへ向かう船の出発日時が記載されている。

こんな風に硬軟両方の記事が載せられ、しかも中立とか中庸《ちゅうよう》ということでごまかさず、はっきり自由民権派としての主張があり、それを政論新聞がいやがる挿絵や小説を載せ、ルビ付きの平明な文章を採用した紙面に横溢《おういつ》させている。

とりわけ、孝平が一味違うと感じていたのは、犯罪や事件報道だった。記されているのは、ときに目をそむけたくなるような出来事なのだが、そこには悲劇の背景について指摘があり、さらには警察の不手際も容赦なく暴いていて、代言人という仕事柄、共感できるものがあった。

「さて、今日の紙面は……と。どんな記事が載ったぁるかな」

ことさら口に出したのは、お吉婆さんをごまかすため。でも、中身を読みたかったのも本当で、まず題字横の社説に視線を落とすと、そのまま釣りこまれるように読んでしまった。

いつも通り論説の鋭さに目をみはり、心を洗われる気分で別の記事に移ってゆく。だが彼の目は、ふだんは読み流す雑報欄のある個所でぴたりと止まってしまった。

●質屋の六人殺し　昨朝大阪府東成郡天王寺村逢坂なる堀越質舗より誰も起き出る気配なく戸も窓も悉《ことごと》く鎖《とざ》され只《ただ》家中より赤子の泣く声聞えるのみなれば近所のもの申合わせて板戸を打破れば主人の堀越作治郎（三十）と同妻モヨ（二十六）と同父甚兵衛（六十一）モヨの兄にして番頭なる毛島《けじま》佐吾太（三十八）店員岡欣二《おかきんじ》（二十三）並びに下婢《かひ》額田《ぬかだ》せい（四十二）等六人が斬殺せられあるを発見せり直ちに天王寺警察署に急報ありしを以て直に警部が巡査と共に派出し裁判所よりも予審判事並びに検事出張して検視をなすに屋内各所に死体点々として何《いず》れも鮮血淋漓《りんり》たり天王寺署では兇行者を捜索中なるがその踪跡《そうせき》は全くわからず

遺趣か物取かそれも不明なりと右につき高崎《たかさき》大阪
府警部長も同地に出張するよし尚追而の彙報は次
号に掲載するなるべし

いかにも惨《むご》たらしい殺人事件の、いかに事実だけを書き並べても煽情的にしかなり得ない新聞記事だった。だが、しょせんは読むものの身に迫るもののない殺人記事に過ぎない。日ごろ一目置いている東雲新聞といえど、事実そのものの殺伐さ、索漠《さくばく》さを超えられるものではなかった。にもかかわらず、迫丸孝平はこの報道にひどく衝撃を受け、一種異様なほど動揺していた。それは、この文章に含まれた一つの人名、たった五本の鉛活字の組み合わせのせいだった。

「堀越……作治郎！」

迫丸孝平は茫然と、その名をつぶやくばかりだった。

あの治安裁判所での、福建白磁《ふっけん》のマリヤ観音像をめぐる訴訟で、依頼人を横領犯の汚名から救うために打った一手。その証人として、彼が不正に観音像を分捕《ぶんど》ったのでないことを明かしてもらうことにしたのが、一心寺近くにある質屋の主人という堀越作治郎なのだった。

彼が、その観音像を扱ったと証言してくれれば、全てはうまく収まるはずだった。だが、案に相違して彼はそう認めることを拒否し、孝平と依頼人は一転、窮地に追いやられた。

あのあと、原告側が意外な譲歩を示し、依頼人の名誉はかろうじて守られた。相手方の代言人・富塚金蔵《とみづかきんぞう》の心をいくぶんかでも動かし、ゴリ押しは吉ではないと考えさせたのだろうか。だとしたら、必ずしも失敗と言えないかもしれないが、それでもあのときの大当て外れは孝平の心に深く刻まれ、ひそかな自省材料ともなった。と同時に、あの不可解な証人の名前も……。

それがいきなり、六人殺しの被害者として新聞紙面に現われた。いったいどういうことだ？　ふつうなら見も知らぬ誰かが、どんな運命をたどろうと興味を、まして疑問を抱くことなどない。だが、あんな不可解な証言をした堀越作治郎がこんな形で立ち現われた以上、そうはいかなかった。あの件とこちらの殺しがつながっているとも思えないが、それでも放ってはおけなかった。

「どないしなはった、先生？」

気がつくと孝平は箱膳の前に立ち上がっており、お吉婆さんが不思議そうに見上げていた。

「ちょっと出てくるわ。あとの飯は要らんよって留守番だけしてくれへんか……ほな！」

「ちょっとちょっと、いきなりそないなこと言われても困りまっせ……わたいにかて都合っちゅうもんがおますのやで。これ、先生いうたら！」

お吉婆さんが止めようとしたときには、迫丸孝平は往来へ飛び出していた。ふりかえりざま、

「ほんなら頼んだで！」

と、事務所兼自宅の玄関口に叫びかけながら。

その姿は、近所の人々に目撃されたが、不思議なことに彼らは、少なくともその日は彼を〝コマルさん〟と揶揄《やゆ》するものはなかった——。


俥を呼びにやればいいものを、やみくもに外へ飛び出して走りに走ったものだから、すぐにへバってしまった。幸い辻待ちの車夫を見つけ、記事にあった一心寺かいわいに駆けつけた。

さぞかし野次馬で黒山の人だかりか、と思ったら意外にそうでもなかったのは、事件があまりにむごたらしすぎたせいか、ここがやや町外れのせいだろうか。

見回せば、そこここに巡査の姿が見え、怪しいものも怪しくないものも誰何《すいか》し、糾問《きゅうもん》していた。

これではそうそう話は聞けないし、堀越作治郎の最期についても、知りようはなかった。

（わざわざ現地までやってきたが、これなら家でおとなしく新聞の次号を待っていればよかったかな……それもおかしな話やが）

孝平は、あらためて惨劇の場となった堀越質舗をながめた。陽気さや派手さはみじんもなかったが、記事に記されたような死屍累々《ししるいるい》を想像するのは難しかった。さすがに、とっさには調べがつかなかったか、六つの死体がどのような形で転がっていたかまでは記されていなかった。

中へ入ることは許されないから、外から想像するほかない。その結果わかったのは、ここが一見ふつうの居宅や店舗と変わりないようでいて、ほかにない特徴を持っているということだった。

まず、入り口が正面の外壁より、やや引っこんだところに造ってあり、道行く人から直接の出入りが見えにくくなっている。これはもちろん、質屋通いの客への気づかいだろう。あと立派な蔵が敷地内に建っているのは、商家でも農家でも、あるいは武家でも珍しくはないが、ふつうなら庭に独立して建っているものが、母屋《おもや》とくっついている。

つまり家の中から直接出入りできるようになっていて、これは預かった品を雨にぬらさず、要望に応じて迅速に出し入れするためだけでなく、外部からの侵入を恐れてのことだろう。土蔵の外郭には塀がめぐらされているが、そこを乗り越えても蔵への侵入はできない、分厚い扉をこじ開けようにも、そのためにはいったん建物内に入らなければならない。

もっともそれは、蔵泥棒が侵入した際、家人と遭遇し、凶行に及ぶ危険を高めてしまうが、そこは覚悟のうえなのだろう。そして現に悲劇は起きてしまったわけだが、だとすると、殺人犯の目的は、やはり土蔵や金庫の中身を狙った強盗だったのだろうか。だが、もしそうなら、一家皆殺しに近い殺戮《さつりく》ははたして必要だったろうか……。

迫丸孝平は考えた。だが、事件の詳細がわからない以上、何も見えてくるものはなかった。彼をこの場につなぎとめているのは、法廷のあの場で自分を裏切った証人・堀越作治郎があの建物の中で殺されたという事実だけだった。

孝平は警官に見とがめられたらそのときだと考えつつ、堀越質舗の建物に歩み寄った。案の定、近くにいた巡査が険しい顔でこちらをにらみ、あまつさえ腰のサーベルに手をかけた。

あわてて立ち止まったが、相手はずんずんとこちらにやってくる。これはただではすまないかもしれないと冷や汗が垂れたとき、ふいに誰かに肩をたたかれた。

これは後ろからも挟みうちか？　と焦ったが、背後からの手の主は意外にもにこやかな調子で、

「今はちと分《ぶ》が悪い。とっとと退散しましょう」

驚いてふりかえると、いささかキザな洋装の男が、どこか皮肉な笑みを浮かべて立っていた。

「あ、あなたは……」

孝平が言うと、相手の男は「これはどうも」とお辞儀などしてみせ、そのあと言った。

「いつぞやは東警察署の牢屋から助け出していただき、恐縮です」

洋装の男――筑波新十郎はにこやかに言い、そのあと真剣な表情になると言い添えた。

「とにかく行くとしますか。いろいろと積もる話もあることだし」

――小一時間後、迫丸孝平と筑波新十郎は、このあたりの社寺の参詣《さんけい》客相手の店で向かい合っていた。孝平が、堀越作治郎から意味不明の裏切りを受けた件は、新十郎にも強い興味をわかせたようだった。

ひとわたりお互いのことを話し――新十郎が東雲新聞の犯罪記事を担当していると知った孝平

の驚きこそ見ものだった――二人はこの件に関する協力を誓い合った。

「それで……ちょっと、いや、かなり気になってることがあるんですが」

迫丸孝平があらためて口を開いた。

「あなたの話では、堀越の同じ屋根の下で暮らしていた人数は、確か全部で八人でしたね。そのうち殺されたのが六人として、あとに残されたのは二人――しかも、その一人は赤ん坊だと聞きましたが、彼らはぶじだったんでしょうか」

「あ、その点なら大丈夫のようでしたよ――少なくとも今のところは」

意味深な言い方に孝平は小首をかしげたが、

「新聞によると、警察では犯人を捜索中で、しかし踪跡は全く不明とのことでしたが、犯人がそもそもどこから、何のためにやってきたのかについては、どない考えてるんですか」

「おそらく」新十郎は答えた。「この大阪にあると聞く貧民窟《ひんみんくつ》、スラムからやってきて金目当てか、あるいは質草を安く値付けされたとか、あっさり流されちまったとかの理由で復讐に及んだんではないか――こんな感じのようですね。でも何の根拠もないことだし、そもそもそれだとおかしいんですよ」

「おかしい？　何がですか」

「おれの記事を読んでくれたのなら、ご存じと思いますがね、近所の人たちが堀越一家の異変に気づいて死体を六つも発見するためには、一つやらなきゃいけないことがあったんですよ」

「それは、ひょっとして、あの建物に入るという――？」

孝平が言いかけて絶句すると、新十郎はうなずいて、

「そう、そのためには入り口を探す必要があった。だが、実際には一つも見つからず、最終的に

は板戸に穴をあけて外から締まりを外すことになった。あるいは扉でも窓でもたたき壊すなり蹴破るなりしてもよかったが、とにかくそうでもしないと中に入ることぁできなかった。なぜなら――そのことはこの近所の人たちにしつっこく確かめたんですが――堀越質舗の戸という戸、扉という扉、窓という窓は、全て内側から施錠されていたから」

迫丸孝平が、かすかに震えを帯びた声で言った。

「つまり……堀越一家六人殺しの犯人は、外から建物に入ることはでけへんかったし、かりに入れて目的を遂げられたとしても、外に逃れ出るのはかなわぬことやった、と」

筑波新十郎は「そういうこってす」とうなずき、ふと心の琴線に触れたかのように、

「そういえば去年の暮れ、あの保安条例の騒ぎの直前からさなかにかけて、東京の読売新聞の付録に西洋種の風変わりな小説がつきましてね。さて何といったか……あれっ、何でそんなことを思い出したんだろう」

室中の有様《ありさま》を云へバ「迯路《にげみち》なき」といふ事を推測するが要点なり……左《さ》りとて妖怪変化といふ者世にあらんとハ卿《おんみ》も我も信ぜぬ事なり。兇行者ハ形ある者に相違なし。形あらば其《そ》の形を隠したるの跡なかるべからず。「夫《それ》がいづれより脱《のが》れしぞ」

――ポー原作、饗庭《あえば》篁村《こうそん》訳「ルーモルグの人殺し」

第四章　「凡《およ》そ世に探偵ほど苦しき役目ハなく又是《またこれ》ほど面白き役目ハなし」

1

●質屋六人殺しの続報　前号に掲載せし東成郡《ひがしなりぐん》天王寺《てんのうじ》村《むら》逢坂《おうさか》の堀越《ほりこし》質舗《しちほ》の一家残害事件につき猶《なお》詳報せんに屋内の様子は実に酸鼻《さんび》を極め先《ま》ず玄関を入りて直《すぐ》にて店員岡欣二《おかきんじ》顔面より前半身を一太《ひとた》刀《ち》に斬られ絶命しあり此《これ》は見世《みせ》の一隅《いちぐう》を寝所となしたるに何者かの来訪か闖入《ちんにゅう》に気付き床より起出して玄関に出た所を斬付けられたると推察さる又其の稍《やや》奥に番頭毛島佐吾太《けじまさごた》実に十数個所の傷を負ひ最も凄惨なる有様《ありさま》にて斃《たお》れあり其処《そこ》は西側の土蔵の入口前にて賊から客の質草を護《まも》らんとしたるものか更に二階へと通じる階段口に当家の主人にして佐吾太の義弟なる堀越作治郎《さくじろう》背中を斬られて俯せに死してあり又更に一階奥座敷にては当家の隠居堀越甚兵衛《じんべえ》寝込みを襲はれたものか寝床に横たはりし儘《まま》腹を一突きにされ死亡せり又下婢《かひ》額田《ぬかだ》

せいも付近の廊下にて背中を斬られ発見せらる更に又二階にては作治郎妻モヨが血塗《ちまみ》れの寝間着姿となりて……


「な、なるほど……つまり、あの質屋の店舗兼住宅でここに書いたぁるような、世にも恐ろしいことが起きてた、いうわけですな」

迫丸孝平《さこまるこうへい》は、東雲《しののめ》新聞の最新号から顔を上げると、感に堪えたように言った。それから妙にわざとらしく、

「いや、さすがは新聞記者はんは違うというか、短い間にこれだけのことを調べ上げて、誰にもわかるように、それこそ目ェに見えるように描き出してある。もうこれさえ読んどいたら、わざわざ実地を見ぃでも全ては一目瞭然、手に取るようにわかる、ちゅうわけで……ほんなら、そろそろ行きましょか」

そう言いながらクルリときびすを返し、来たばかりの道を戻っていこうとした。と、そこへ、

「ちょっとちょっと、何言ってんですかコマルさん、じゃなかった迫丸さん」

筑波新十郎《つくばしんじゆうろう》は代言人《だいげんにん》の袖をつかむと、グイッと相手を押しとどめながら、

「これからあの堀越質舗の中を実地見分する——そのためにわざわざここで落ち合ったんじゃありませんか、今さらそりゃないですよ。さ、行きましょう」

空《あ》いた方の手で新十郎が指さした先には、昼間にもかかわらず影絵のようにうっそりと建つ、二階建て蔵付きの建物があった。その看板に記された四文字を今さら確かめるまでもない。

「いや、そのぅ……ええんですか、ほんまに、こんな中に入って」

迫丸孝平は冗談抜きで怖がりつつ、なおも尻ごみした。新十郎は苦笑しながら、

「いいも悪いも、巡査連中もとうに引き揚げたからには、文句を言う奴もありますまい。それに……ここの住人はもう誰もいないんですからね。何も怖がることはありませんや」

「それが怖いんですがな。しかも、そのおらんようになった理由というのが……うるるる！」

思わず首を小刻みに振った孝平に、新十郎はついつい焦《じ》れてしまって、

「……で、どうするんです。見分に入るんですか、入らないんですか？」

「入ります、入りますがな！」

大阪人のイラチとはまた違った江戸《えど》っ子の短気さに、孝平はあわてて答えた。

「入らんことには何が起きたか知りようがないのやし……けど、あそこにはあんなもんが立てかけてありますが、あれは――？」

その視線の先には、堀越質舗の門前に、近ごろは子供でも心得たアルファベットのX《エッキス》の字に組まれた竹があった。閉門蟄居《へいもんちっきょ》の武家屋敷といったていだが、むろん警察が立ち入り禁止のため施《ほど》こしたものに違いない。

「ああ、これですか。確かに邪魔っけだなぁ」

新十郎はそう言うと、つかつかと即席らしい竹矢来《たけやらい》に歩み寄ると、ためらいもなくそれを引っこ抜いてしまった。その背後の門を無造作に開くと、東京にはあって大阪にはまだない洋式ホテルかレストラントの給仕《ボーイ》のような所作と手つきで、

「さ、これでよし……では、どうぞこちらへ」

と、孝平を門の向こうの薄暗がりへと招くのだった。

――往来から三尺ほど引っこんだ門をくぐると、石敷きになっていて、玄関まではほんの五尺

ばかり。門の小屋根と玄関の軒《のき》がつながっていて、雨の日もぬれずにすみそうだ。

月に三度ばかりの休みのほかは、門のところに丸に質の字を染め抜き、ホリコシの仮名文字を四方に配した暖簾《のれん》が掛けられていた。だが、今はむろん何もなく、それは事件前日の閉業時に取りこまれて以来のことだった。

入ってすぐ右が「見世」になっていて、土間をはさんで六畳ほどの帳場《ちょうば》があり、客はここで質草や現金のやり取りを行なう。だが、今は木戸が閉められ、中のようすを知ることはできない。軽く触れてみたがビクとも動かず、かといってこじ開けてみる気もしなかった。

「いま通った門は、事件当夜は開けっ放しになっていて、今もこの通りそのままです。まぁ今となっては内側から閂《かんぬき》を掛ける人間はもういませんからな。ところが――」

筑波新十郎は玄関に向き直ると、そこの二枚引戸と、その破壊の痕跡を指し示しながら、

「そこの戸は内側から錠が下ろされており、入ることができなかった。それを近所の人たちが、これこのように打ち破って、締まりを外したわけですな」

「なるほど……そして、それはほかの出入り口も同様やったと？」

孝平が言うと、新十郎はうなずいて、

「ええ。でも、それは実際に中で確かめるとしましょう。さ、どうぞ」

「ほたら、まぁ……しかし、ほんまにええのんかいな」

孝平が独りごちたのを、新十郎は聞きとがめて、

「何です、まだビクついてんですか？」

「いや……こんな事件の起きた場所、言うなれば現場には、何か手がかりや証拠が残ってるはずやし、それを僕らが手をつけたり、ましてや踏み荒らしたりしてええんかいな、と」

言われて新十郎は、ちょっと虚《きょ》を突かれた感じで、

「えっ、現場が大事だなんて考えたこともなかったですよ。いや、おれだけじゃなく警察もそんなありさまだから、平気でドンドコ踏みこんで家探《やさが》しし、死体さえ運び出しちまったら、この通り竹矢来だけ立ててほったらかしにしたわけでね。そうか。そういう考え方もあったか……」

「六、七年前に出た『情供証拠誤判録《ごはんろく》』という本がありましてね。原著は英国の法律家フィリップス氏によるもんなんですが」

迫丸孝平は、ふと思い出したかのように言った。それは法律書でありながら、西洋でのさまざまな犯罪とその裁判のあり方、さらには捜査の苦心談を日本人に伝えた本でもあった。彼はそこから受けた感銘と驚きを思い起こすかのように、

「事実と科学によるのではなく、〝こいつは悪人やからこいつの服についた汚れは血痕に違いない、ゆえにこいつこそ兇手《はんにん》なり〟といった思いこみや僻目《ひがめ》、あるいは真偽を確かめもしない証拠やら証言——これらを情供証拠《サルカムスタンシアル・エヴヰデンス》というそうなんですが、そうしたものにもとづいて人を裁く恐ろしさを説いた本でした。最初に推測証拠《プリサムチヰヴ・プルーフ》論というのを載せて、法廷で採用される証拠《プルーフ》と、その土台となる証《エヴヰデンス》の違いなどを説き、そのあと第一判例から第二十七判例まで、無実の人々がいかにあっさりと死刑になり、あとで真犯人が見つかって初めてそのことがわかったという実話が集めてありました」

「ほう、たとえば……」

その紹介は、筑波新十郎の記者としての興味を引くに十分だった。

「たとえば、パリに住む金持ちの老婆が殺され、右手には一束の毛、左手には頸巾《スカーフ》をつかんでいて、しかも血のついた小刀《ナイフ》が落ちていた。それらは全て老婆の家で働いていた少年のもので、し

かも老婆宅の鍵を持っていたのも彼だけやったもんで、彼は身に覚えがないと叫んだが、誰も耳を貸さず死刑に処せられてしもた。けどあとになって近くの酒屋の店員が別の罪で捕えられ、その白状によると、実はこいつこそ真犯人であり、かねて知り合いだった少年の持ち物からナイフとスカーフを盗み出し、殺しのあとにわざと残しておいたとわかったんです。鍵もこっそり盗み出したあと、蠟《ろう》で型を取って偽造したのやと」

話しながら、二人はいつしか堀越質舗の敷地内、建物の外周に沿って歩き出していた。だが、どこも木戸を下ろし雨戸を閉めて、中のようすをうかがい知ることはできなかった。

「なるほど……でも、老婆がつかんでいた髪の毛は？」

「酒屋の店員は、その少年と親しくしていて、ときどき彼の髪を理《ととの》えてやっていた。そのとき櫛《くし》についた毛を取っておいて、老婆の手に握らせたのですな」

「何と、そんな悪だくみがあり得ようとはね。ましてやこの国のポリスどもには思いも及ばないだろうから悪人どもは非道のし放題、善人は無実の罪に泣き放題というわけだ。ほう、こういうのを英語ではtrick《トリック》というのか？　そのトリックとやらの存在も知らないようではねぇ」

「ええ、ほかにもいろいろな誤判例が載っていて、さまざまなトリックを駆使し、最大の証拠である死体もないのに殺人事件をでっちあげ、憎い相手を死刑にしようとした犯人までいましたよ」

「おう……そんな奴が現われた日には、日本の官憲はお手上げでしょうな」

「まぁそんなわけで、こうした実例をいくつも読んでからというもの、ましてや日本ではどうかと考えると怖《こお》うなりましてねぇ、何とか裁判の場では論理と証拠第一を貫きたいもんやと思いつつ、これがなかなか……。あ、失礼、つい要らんしゃべりをしてしもて。ちょうど一巡したことでもあるし、ほな、中に入りましょか」

迫丸孝平はむしろ気軽に言った。話しかつ歩くうち、もうすっかり腹を決めたかのようだった。

「いや、こちらこそ」

筑波新十郎は、彼自身何か感じるところ――とりわけ、目の前の若き代言人の人柄と思いへのそれがあったように答えた。

「では、こちらへどうぞ。思わぬところに物が転がってたり、血の跡があったりしますんで気をつけて……」


そんな風にして、新十郎と孝平がようやく堀越質舗内部の見分に取りかかったころ、東雲新聞お抱えの車夫・権三《ごんざ》はほど近くに楫棒《かじぼう》を下ろし、何やら熱心に読みふけっていた。指で活字をなぞり、振り仮名《ルビ》を頼りにブツブツと読み上げるその内容というのは、

「『扨《さ》て散倉《ちらくら》ハ家の中《うち》に入《い》り行きて或ハ右或ハ左りと座敷を縦横に掛廻り或ハ二階に上り或ハ降来り、俯向きて卓子《ていぶる》の下を瞰《のぞ》くかと見れバ延上りて柱時計を検《あらた》め或ひハ取散しある食匕《さじ》の裏を嘗め試み或ひハ竈《かまど》の傍なる鍋の底を嗅《か》ぎ見るなど凡《およ》そ三十分時バかりも事細かに検めしが夫《それ》より庭に出で石を動かし又土を堀るなどして次第〳〵に門の外まで這ふが如く目を地に迫附《せりつ》けて検め出で或ひハ革の尺度《ものさし》にて石段の高さを測り或ひハ鉛筆にて庭木の布置《くばりかた》を書写すなど殆《ほとん》ど狂人《きちがひ》かと思ふまでに探し窮め……恭しく判事に向ひて大抵の見込みハ附ましたと云ひながら籠の中より土の塊《かたま》り紙の切れ帳面など取出して卓子の上に並べ「第一此犯罪ハ盗賊《どろばう》でハありません」』……ほほう、面白いこと言う爺さんやな。どないしてそんなことが言えるのやろ」

そんな合いの手を入れつつ権三が読みふけっているのは、東雲新聞でもらってきた古新聞。東京から届けられたもので、参考になる紙面や記事を抜いたあとは自由にしていいというので、字

の勉強のため束でもらってきた。学校でろくに学べなかったものにとっては、総ルビ付きで気取らない文章と、実用的な単語や人名地名がいっぱいに詰まった新聞は格好の教科書だった。

　そのうち、小説欄の面白さに目覚めた。つまらぬ色恋沙汰や古色蒼然《こしよくそうぜん》としたお家騒動ものは性に合わず、かといって肩ひじ張って声高に主張をくりひろげる政治小説も悪くはないが、それよりずっと興味を引かれるものに出会った。

　それは、東京の今日《こんにち》新聞が今年の一月から掲載を始めた「涙香《るいこう》小史」なる人物の外国種らしい小説で、まず最初の『法廷の美人』は途中から読んだのと、卓児《タルシ》、黒蘭《ヘランド》、贋克《ヂヤック》、魔悪女《マアクじよ》、霏璃巴《ヒリツパ》といった英国の人名がなじめず、ただ物珍しいだけだったが、その次の『大盗賊』（エミール・ガボリオ『書類百十三号』）になると、舞台はフランスながら登場人物はみな日本名で、はるかに入りやすかった。

　特に面白かったのは、礼克《のりかつ》という巴里《パリ》警察の探偵長——原名はレコックとかルコックというらしい——の活躍で、大金を盗まれた金庫《どるばこ》の戸についた鍵の傷から賊が二人組であることを看破したり、田舎《いなか》紳士に変装してまで犯人の正体と真相を暴き、恋人たちを救う。

　その筋立てもさることながら、権三を驚かせたのは、〈探偵〉なるものが重要な役割で、しかも善玉として登場することだった。というのも、日本で探偵すなわち刑事巡査といえば、角袖の着物か何かを着て、公儀《おかみ》ならぬ警察ひいては藩閥《はんばつ》専制政府のご威光をかさに着て、しかも制服組のような軍隊式規律もないから姑息卑怯《こそくひきよう》という印象しかない。

　警察内部でも鼻つまみ者扱いなところがあるが、探偵吏《り》というのは独特のやり方を受け継いだ職人のような閉鎖性があり、多少のことには目をつぶり、捜査を任さざるをえないところもあった。言わば必要悪といったところだ。

　それで悪人を捕えるだけならまだしも、人の弱みをつかんで強請《ゆすり》たかりを働いたり、探偵同士密告し合って足を引っ張り合ったり。かと思えば裏でいかがわしい商売を営んだり、あちこちに女を囲い、逆におどしのネタをつかまれたりもする。人力車で松島《まつしま》遊郭に乗りこんで俥《くるま》代を払わず、逆に車夫を殴ったのが発覚すると身代わりを立てて逃れようとしたりと、まぁろくでもない印象しかなかった。そんなわけで、

（日本の探偵も、ちっとはこないな小説を見習《みなろ》うたらええねん）

と原作者の思いもよらない感想を抱いたことだった。

そして、いま読んでいる『人耶鬼耶《ひとかおにか》』（ガボリオ『ルルージュ事件』）となると、さらに風変わりなことに、素《しろ》徒《うと》探偵なるものが登場する。散倉という六十近い質屋の主人で、判事の信任も厚い大の詮索好きの犯罪研究家。前作で活躍した礼克探偵長の友人でもあるというこの老人が、パリ近郊のとある村に住む裕福な寡婦お伝《でん》殺しの捜査に乗り出す。

散倉とは妙な名前だが、原書ではタバレ、周囲からはタバレ爺《ペール・タバレ》さんと呼ばれている。自らをTirauclair《チロクレール》（詮索屋、解明家）と称しているのを、訳者涙香先生が人名にしてしまったとは、権三を含めた日本の読者の知るところではない。

この作品では、いっそう〈探偵〉という存在が前面に押し出され、「凡そ世に探偵ほど苦しき役目ハなく又是ほど面白き役目ハなし……一たび手掛りを得バ人の知らざる所をしり見ざる所を見善人を助けて悪人を挫《とり》ひしぎ王侯貴族も手の中《うち》に弄《もてあそ》ぶを得る是ほど面白きことはなかるべし」とまで言っている。

その体現者である散倉老人は、お伝の家とその周辺を調べ上げ、物盗りのしわざと思われたのは偽装であり、犯人は「未だ年若く身の丈五尺四五寸至極立派な着物を着黒い高帽を戴き右の手に蝙蝠傘《こうもりがさ》を持《もつ》て巻煙草を烟管《パイプ》に挟んで口に加へて居ましたので」とまで断言するのである。

とにかく彼の調べは、理詰めに次ぐ理詰めで、粘堊《ねばつち》で足跡の型を取ったり絨毯の泥と事件当夜の雨の降り方を比較したり、はては卵の茹で具合まで確かめたりするほかに、目覚まし仕掛けつき柱時計のゼンマイの巻き具合と椅子の凹《くぼ》みから、殺された女の行動を再現したりする。

最後の推理など初めて読んだときにはすんなり理解できたのに、いま読み直すとハテナ？　と首をひねらされた。ひねりついでに紙面からもたげた視線を、権三は質屋の門に向けると、

〈あの人らは今時分、どないな〈探偵〉ぶりを見せてるんやろか。やっぱり西洋流で、礼克探偵長や散倉老人のようにやってはんのやろなァ〉

——それは、まだ「探偵小説」という名前もつかないまま、これまでに全くなかった推理、謎解きという興味をこの国に持ちこみつつあった物語の主人公たち。

あいにく筑波新十郎も迫丸孝平も、まだこれらについては無縁であり未知であり、だから全てはこれからだった。これから〈探偵〉として、彼らの方法論を組み立てていかねばならなかった。

2

玄関の引き戸から屋内に入り、沓脱石《くつぬぎいし》を踏み、靴を持ったまま上がりこむと、そこは二畳ほどの畳の間。すぐ右が第二の「見世」になっていて、さきほど外から見た帳場のある部屋と隣りあっている。

「店員の岡欣二は、ここに寝泊まりしていたみたいです。愛想のいい若者で、いつもニコニコして、そのくせ『いらっしゃいませ』——いや、こっちなら『ようお越し』か、とにかくあいさつの一つも言わないので、口が不自由なのかと思っていた人もいたぐらいで……ここの見世は昼は

商売、夜になると奉公人の寝間になっていたようで、ということは番頭の毛島佐吾太は、手前の帳場のある方で起き臥《ふ》ししていたのでしょうな」

筑波新十郎の説明に、迫丸孝平はうなずいて、

「なるほど、こっちの見世なら夜中に誰かが来たとき、すぐ応対に出られる。で、かわいそうに、賊との出合い頭《がしら》に真正面から斬りつけられてしもた……と。ということはそのへんに――？」

と投げかけた視線が、玄関あたりの床にドス黒くしみついた異様な紋様――とも何とも形容のしようのないものに突き当たった。それが何かは言うまでもなかった。

思わず息をのみ、後ずさった孝平の気持ちをやわらげようとしてか、

「まずは、これが一人目というわけです。おそらく門の内側でバッサリ斬られたあと、家の中に蹴こまれでもしたのでしょう。……では、次へと行きましょうか」

冗談めかしてはいるものの、筑波新十郎はやはり硬い口調になりながら前方を指し示した。

――堀越質舗は二階建てで、門は南向き、向かって左すなわち西側に土蔵が建っている。東側には門内と玄関をはさんで見世と呼ばれる商売のための空間があり、その奥には茶の間や小部屋、台所などが並んでいる。こちらは家族と従業員のための暮らしの場といったところだ。

一方、蔵の裏側には小さな中庭をはさんで床の間や仏壇を備えた奥座敷があり、これはさきほどの見世や茶の間部分とつながっており、ちょっとした離れという感じだ。ちなみに玄関からは廊下一本でまっすぐに行き着くことができる。

その廊下の隣には階段が設《もう》けられ、玄関の間の奥から二階に通じている。そして、その上り口付近にも、明らかに何かの痕跡があった。

「記事にも書いた通り、ここの若き主人である堀越作治郎が、このあたりで背中を斬られてまし

た。さっきの岡欣二と同じく、相当に手練《てだ》れのもののしわざであることはまちがいありません」

「ここにこう、そっちを向いて倒れてたということは、二階にでも逃げようとしたんかいな」

迫丸孝平は考えつつ言った。すると、筑波新十郎は深くうなずいて、

「かもしれません。彼と妻モヨの部屋は階上《うえ》にありますから。えっと……そっちを先にしてもいいけど、上ったり下りたりも面倒だろうから、先に奥の隠居部屋の方を見ときましょうか」

孝平としては、ここに入るなり目につき、気になるところがあったのだが、そこよりほかのところを先に見ておくことに異論はなかった。

「そないしましょか。それにしても堀越作治郎というお人、商売人とは思えん物静かな――というよりは、感情が表に出ぇへん感じで、法廷でも取りつく島がのぅて困りましたが、そんなことでようこんな客商売がつとまりましたな」

孝平が言うと、新十郎は「さぁて、どうですか」と小首をかしげて、

「質屋稼業というのはそれぐらいで、ちょうどいいんじゃありませんか。おっと、こちらでは〝ひちや〟でしたね。あるいは〝ひっちゃ〟と発音した方がらしいのか。町なかで『ヒチ』とだけ大書した看板を見たときは何かと思いましたよ」

などと話しながら孝平が案内されたのは、縁側つきの八畳間だった。ここは主人作治郎の父親・堀越甚兵衛の隠居部屋である。

甚兵衛は寝ているところを襲われたという。布団の上から刺したというから、さぞかし血まみれになったことだろう。さすがにそれらは処分されたらしく、もう見ることはできなかったが、その他の調度はそのままで、広くて落ち着いたふんい気は隠居部屋にふさわしかった。

堀越甚兵衛は髪は真っ白、小柄だががっしりした体軀で、頭を見なければ還暦ごろとは思えな

かったという。切れ長の目にシュッとした鼻が歌舞伎役者の誰やらに似ているとかで、若いころは色悪《いろあく》めいた二枚目だったのではという声も聞いた。ただ顔については何々屋だ、いや何代目にそっくりやと諸説ありながら、口跡《こうせき》が誰に似ていたかを知るものはなかった。

「なお、女中の額田せいが発見されたのも、このあたりの廊下だそうで……ただ女中部屋は二階にあるそうなので、何で夜の夜中に階下《した》に下りていたのか。ま、とりあえず行ってみましょうか」

筑波新十郎はそう言うと、中庭を横目に見ながら来た廊下を戻り、階段を上がっていった。その先には一種異様な空間と、ひときわ悲劇的というほかない爪跡が残されているのだった。

――階段を上った先には広めの座敷が二つあり、中途に小部屋があった。座敷は主人夫婦と生まれて間もない赤ん坊のための部屋であり、もう一つは客間で、ごくまれに泊まる人がある場合や、寄り合いなどに使われていたらしい。

「こ、これは……何とむごいことを」

堀越作治郎と妻モヨのものと思われるその部屋に足を踏み入れたとたん、迫丸孝平は絶句し、立ちすくんだ。否応なくもれ入る真昼の光を受けて、隣室との取り合いの襖《ふすま》に、赤黒く凝固した血しぶきが巨大な蜘蛛手《くもで》を描いていた。

――新十郎が聞きこんだ近所の人たちの評判によると、堀越モヨは色白で細身のなかなかの美人。どこか陰気で影が薄いという評判もあったが、それは使用人も含めた堀越一家全員に言えることではあった。

「キレイで物静かで、ほとんど声を聞いたことはない。ごくたまに家の中から子供をあやすのんか歌声がして、これがびっくりするほどエエ声でな。ときおりフッと愛嬌《あいきょう》も見せる人やった」

という評判もあったが、たとえどんなに薄幸《はっこう》そうに見えても迎えていい運命ではなかった。

孝平はその時点では、彼女の人柄についてくわしくは知らなかった。とはいえ、襖の血しぶきは、それ自体が断末魔の苦しみに空《くう》をつかむ手のように見えて、もはや正視にたえなかった。

それを見かねたか、かたわらから新十郎が、

「隣の客間も見ますか？」

と声をかけたのに、いったんは「い、いや……特に何もなければ」と口ごもったが、

「ここまで来たからには、見ましょう」

と、ややギクシャクした足取りで襖に歩み寄り、着物の袖先で引き手を引っかけるようにして開いた。血そのものは飛んでいないにしても、直接触れるのはやはり気色が悪かった。そこへ、

「そういえば、去年のことですが」

新十郎がふと言い出し、孝平をドキリとさせた。

「東京の築地《つきじ》病院のヘンリー・フォールズという先生が、大昔の土器についた指の痕に同じものがないことから、人間の指先の紋様で個人の区別がつくのではという研究を発表しましてね。そうなったら、現場に残った手形どころか指形《ゆびがた》で犯人が知れるようになるのかもしれませんな」

「さあ、それはどないでっしゃろ」孝平は苦笑まじりに、「そうなったらなったで、その裏をかく悪人は出てくるでしょうし……それに今の藩閥政府なら、それを何に悪用することやら」

「そうですな」新十郎は唇をゆがめた。「国民全員の指形を集めて、どこへ逃げようと名を変えようと徴兵逃れも徴税逃れもできないように締め上げるぐらいしかねない」

――ちなみに、英国警察で指紋法が採用されるのは、この十三年後の一九〇一年。日本においては、さらに後のことであった。

思いがけず始まった指紋談議に気をまぎらわしながら見て回った客間には、特に何もなかった。

ただ、ここではふだん誰も寝起きしていないことはわかった。

そのあと、残る小部屋に回った。座敷二間と比べて格段に粗末なそこは、広さ三畳ばかり。端っこに小机が置かれ、敷きっぱなしの寝床は乱れてはいるが、ここには血しぶきも死の気配もなかった。場所的には玄関の間の中二階部分に当たり、真下には階段がしつらえられていた。

「奉公人の部屋ですかいな」

迫丸孝平が中を見回し、天井がなく梁《はり》がむき出しの上部を見上げながら言った。

「そうらしいです。岡欣二が下の見世で寝起きしていたとすると、ここは下婢──なんて記事には書きましたが、女中部屋ということなら、額田せいはここを与えられていたのでしょう」

そう答えた新十郎が聞きこんできたところでは、額田せいは肥り肉の赤ら顔《じし》。彼女の人物評は不思議に二手に分かれていて、「年の割に妙に色っぽい」と言われる一方、近所の店屋の人々からは「不愛想でとっつきがわるい」と不評だった。

「しかし、現実には」孝平は首をかしげた。「彼女は、一階の奥座敷近くの廊下で発見された。同じく二階の部屋で、妻や子とおそらくは川の字で寝ていたはずの堀越作治郎は、やはり一階の階段付近で死んでいた。これはどういうことですやろ」

新十郎は、少しばかり考えてから、

「さあ……夜中に便所にでも起き出したんじゃありませんか」

その答えの安直さに、孝平は半ばあきれながら、

「二人ほぼ同時に？　まぁ、あり得へんことではないけれど……おや？」

「どうかしましたか」

急に女中部屋の片隅にしゃがみこんだ孝平の後ろから、新十郎が問いかけた。孝平はにわかに

はずんだ声になりながら、

「懐かしいな、『ウィルソン第一読本《ファースト・リーダー》』……僕らのころとは版が違うようやが、今でも英語の第一歩はこれなんですかなぁ。“The ape and the ant. The ape has hands. The ant has legs. Can the ant run?”——『猿《さる》及ビ蟻《あり》。猿ハ手ヲ持ツ。蟻ハ足ヲ持ツ。蟻ハ走リ得ルカ?』やなんて、英語より先にいきなり何のことやろと、とまどうたもんですわ」

　新十郎もかがみこんで、後ろからのぞきこみながら、

「ありましたねぇ、そういうことが。漢文の素読《そどく》と同様、何でも丸呑みにさせられたもんでした……しかし、この読本《リーダー》があのお色気あって愛想なしと評された女中さんの持ち物だとしたら、また別の顔が見えてくるかもしれませんな。今は人の下で働き、こんな部屋に押しこめられてはいても、意外にもとはちゃんとした教育を受けられる身分だったりして……さて」

　膝を軽くたたくと、ウーンと大きくのびをした。

「それでは、もういっぺん一階に戻るとしましょうか。あ、一巡見て回った際に確かめたと思いますが、外から壊された玄関の戸を含め、この家の戸という戸、窓という窓には内側から締まりがされていた。事件発覚後に、明かり取りや風入れ、死体の運び出しなどの際に開かれたものも一部ありますが、落とし猿や掛け金など種類はいろいろながら、ことごとく内側から施錠されており、それらを外部から操作することによって解くことはできなかった、と」

「ええ、その点は僕もこの目と手で確かめました。まさかとは思たが、となると犯人は外へ逃げ出すことができなくなってしまうから、どうにも不思議というほかないが、確かにあなたの言わはった通りでしたな」

　孝平は、記憶を反芻《はんすう》するように腕組みしながら言った。新十郎はうなずいて、

「そう、まさに『逃路《にげみち》なき』というやつ……もちろん、盗人の中には外から錠前をこじ開けるなんて技の持ち主もおりますし、見落としもあるかもしれない。だが、今のところ警察が描きたがってる絵――この家に怨《うら》みを抱くか、あるいは純粋に金品を狙うかした極悪非道の輩《やから》が、押し入って一家を惨殺したあと、またいずこかに逃げ去ったというのは成り立たないわけです。たとえ犯人が『東印度産のオラングウタンといふ大猿』であったにしてもね」

「何のことです？」

大阪にいて、竹の舎《や》主人（饗庭篁村の号）意訳するところのエドガー・アラン・ポー「モルグ街の殺人」を読む機会のなかった孝平は、目をパチクリさせた。

「いや、こっちの話で……」新十郎は微苦笑した。「何らかの口実で玄関を開けさせ、中には入れたとしても、逃げ出したあと内側から錠を下ろすことはできなかった、てぇこってすね」

迫丸孝平は額に手を当てると、考え考えしながら、

「つまり六人殺しの犯人が、外には出て行かなかった、いや、行けなかったとすると……」

自分で言ったことの恐ろしさに気づいたようにハッと口をつぐんだ。筑波新十郎はその肩を軽くたたいて、

「さ、それをいっしょに考えてほしいんですよ。とんだかかわりあいで申し訳ないが、あなたを知恵者と見込んでね！」

と冗談めかしつつも、本音は本気で頼みこんだ。

「わ、わかりました。僕にできることとやったら、何でも」

迫丸孝平はとまどいつつも、はっきりと請け合った。

確かに妙な成り行きではあった。あの天王寺治安裁判所での一件からたぐった糸がとんでもな

いところにつながってしまったが、かといってこのまま手を放してはいけない気がしていた。

――数分後、探訪記者と代言人の二人連れは、一階の玄関の間の西側、堀越家の店舗兼住宅と直結して設けられた土蔵の入り口前に立っていた。孝平が真っ先に目をつけ、気になっていた個所とはここだった。

あらためて近くで見てみれば、家の内壁にいきなり観音《かんのん》開きの大扉がついているのは、なかなかの奇観であった。この稼業ならではの設計だろうが、それが今回の惨劇に異様で複雑な一幕を加えようとは、誰も予想しなかったろう。

土蔵は玄関の間と段差があり、しかも壁が石組みになっていたり黒い鉄板を打ってあったりするのでわかりにくかったが、よく見るとそのあたりは血まみれの人物がのたうち回ったかと思われる、生々しく広範囲に及ぶ痕跡があった。たとえすっかり干からび、変色していても、そのすさまじさは一目瞭然だった。

迫丸孝平は息をのみ、後ずさりかけて思いとどまると、蔵の扉に歩み寄った。

間口六尺ばかり、土と漆喰《しっくい》で仕上げ、黒い鉄板を張った観音扉の右側、上戸《うえと》と呼ばれる方の前に立つと、孝平は新十郎を見やった。やや震えを帯びた声で、

「ここですか、皆殺しから唯一、逃れることができた場所というのは」

「そう……この中です、一家八人マイナス六人殺しの引き算の答えがあるのはね」

新十郎は反対側の下戸《しもと》の前に立つと、答えた。孝平は「あれっ」と声をあげると、

「ここの扉の締まりは、どないなってるんですか。ふつうなら閂《かんぬき》とか錠前とかついてそうなもんですが……ほら、ここところに閂鎹《かすがい》というんですか、受け金はついているのに、かんじんの

閂が見当たらない。これでは蔵の役目が果たされへんのと違いますか」

「ああ、それなら」新十郎は答えた。「ほら、そこの片隅に棒みたいなのが立てかけてあるでしょう。それが閂で、ふだんはそれをその錠に挿《さ》し、錠前を掛けていたんですよ。ただ、おれが見たときにはすでに今見る通りに外されてたし、おそらくは事件当夜からそうだった」

「それやと、この中に立てこもっていたとしても意味はないのと違いますか」

「いや、そうはいっても、蔵の中にいて外の閂を掛け、錠を下ろすわけにはいかないでしょう。それに、ほかに内側から締まりをかける方法はありましたから」

　新十郎の説明に聞き入っていた孝平は「なるほど」と納得し、そのあと相手を見ると、

「では……」

「やりますか」

　抑え気味の声を掛け合うと、二人は同時に扉の真ん中あたりに打ちこまれた鐶繰《かんぐ》り——丸い形をした引き手を「せーの」で引っ張った。

　ふだんから手入れがされていると見え、側面に三段の掛子《かけご》——扉同士を密着させるための階段状の細工——を施し、恐ろしく分厚くて重いはずの扉は、案外やすやすと外に向かって開いた。

　その先には、漆喰を塗りこんだ防火用の裏白戸《うらじろど》が立ちふさがり、見かけよりずっと重いそれを引き開けると、亀甲《きっこう》網の入った格子戸があらわれた。だが、その下部は打ち破られ、裏側にある落とし猿の仕掛けがむき出しになっていた。

　これは、ちょっとしたからくりで、外から戸を閉めると裏側にはめこまれた桟《さん》が落ちて、敷居にうがたれたほぞ穴にはまりこむ。解除するには戸板の穴から鉤《かぎ》の手、アルファベットならばL《エル》の字に曲がった金具を差し入れ、桟のくぼみに引っかけて持ち上げればいいのだが、そのときは

その鉤が見当たらず、突入を試みた警官たちは、そもそもその存在すら知らなかったらしい。

そう……あの日、蔵の扉はこんな風にして開かれた。文字通り死の沈黙の中にあった堀越質舗から悲痛に響く赤ん坊の声に心動かされた人々は、堀越質舗の玄関戸を壊してまで中に入り、血の臭いにまみれた一群の死体を見出して驚愕し、恐怖した。

その後、警察の介入を経《へ》て、やっとのことで開いた三重の戸の向こうには、この家に住む八人のうち六人が殺されたあと、ここに隠れてたった二人生きのびた年若い者たちがいた。

――一人は、堀越作治郎・モヨ夫妻の一粒種、名は千代吉《ちよきち》。

――そしてもう一人は、堀越信《まこと》といった。親戚の子というが、近所の人々もくわしくは知らない。今や、それを知るものはみんないなくなってしまっていた……。

3

あの日、あの朝――。

観音扉と裏白戸の向こう、格子戸の網越しに白い人影が一つ、見えた。正確にはごく小さな人影を抱いた人影――そちらも決して大きくはなく、若者というよりはまだ子供といってよかった。

「おい、そこに誰かおるのか？　おるなら返事をせい！」

巡査が呼びかけると、どうしたことか白い人影はサッと身をひるがえし、小さな人影――赤ん坊を抱いたまま、死角へと姿を消してしまった。

巡査は格子戸を揺すぶったが、ビクとも動かない。そこでさらに声を荒らげて、

「おいこら、どうした？　ここを開けろ！　開けぬと無理にも押し入るぞ。ええい、けしからん。

おいっ、道具を持って来い、ぶち破って突入だ！」

——朝からずっと聞こえていた赤ん坊の泣き声が途絶えて、もう小一時間ほどもたっていた。だが、近所の人々の不安と心配をかきたて、とうとう店の中に踏み入らせたそれは彼らの耳について離れなかった。アーン、アァーン……と哀切な響きを帯び、いつまでも尾を引いて。どこにいるのかわからないが、とにかく一刻も早く助け出さねば……そう焦りつつも、彼らは足がすくんで、いま一歩を踏み出すことができなかった。それも無理はなかった。

というのも、異様な臭気をこらえつつ玄関をくぐったとたん、顔なじみの店員が、その顔を無残に切り裂かれているのに出くわした。加えて奥の階段口にはここの主人らしき後ろ姿が、こちらは背中をやられて倒れていたときては、もはや素人の手に負えるものではなかった。

とりわけ土蔵とその周辺には、容易に近寄りがたかった。というのは、そこにはひときわボロ屑のように斬りさいなまれた中年男が、観音扉にしがみつくようにして死んでいたからだ。

そのことに気づいたものたちはギャッと叫んで逃げ出し、明るい外に出て荒く息をついだ。やしばらくして、瞬間的な健忘症からわれに返ったかのように、二つの重要な情報を告げた。

「あ……あんまり惨《むご》たらしゅうて、とっさにわからなんだが、蔵の前で死んでたんは、あら番頭《ばんと》はんやった！」

「そ、そ、それと、嬰児《ややこ》はやっぱり蔵の中におるみたいやったで。一刻も早《はよ》う助け出さんと餓《かつ》えて干からびてしまうやもしらんで！」

番頭はんとは、堀越モヨの実兄でもある毛島佐吾太。苦み走って色浅黒く、優男《やさおとこ》の作治郎とは好対照だった。妹のモヨとはさらに似ていなかったが、これは珍しいことでもない。しかし、おのずと共通項はあるもので、彼も妹夫婦と同様、物静かで言葉少ないと評判だった。

だが、この際そんなことはどうでもよかった。ちょうどそのとき、天王寺署から巡査たちが到着し、近所の人々は「どけどけ！」という怒号とともにあっけなく追い出されてしまった。

もっとも、中の惨状からすれば、出て行かされて幸いだったかもしれない。そのかわり町内の人々は、やってきた制服制帽にサーベルの一団に向かって、

「巡査はん、何とかしたっとくなはれ。あれ聞こえまへんか」

「死人《しぶと》も可哀そうなが、中に生きた赤子がいてまんねん！」

口々に、お上《かみ》の禄《ろく》を食《は》むものがやるべきこと、すぐにもやってほしいことを遠慮なく告げた。

「こないなったら、もうあんさん方ポリスだけが頼りや」

「たのんまっせ、ほんまに！」

そんな声を背に、巡査たちは大槌《おおづち》やら金梃子《かなてこ》を手に続々と入っていった。しばらく中で荒々しい音がしたかと思うと、急にアアァッ、アアァッとひときわ高い声がした。

人々は再び玄関前に馳《は》せつけようとしたが、巡査に通せんぼをされ、乱暴にも棒で追われた。しかたなく遠巻きに見ていると、やがて中からいかめしい制服の腕に抱かれて、赤ん坊が姿を現わした。見る限り元気に動いており、笑ってさえいるようだった。

「おお、生きとったか！」

「千代吉《ちよき》っちゃんだけでも無事でよかったよかった」

思わずワアッと歓声をあげた見物の人たちだったが、そのあと水を浴びせられたように静まり返った。そのあとから、巡査に両側から抱えられるように、いやむしろ取り押えられたような感じで、出てきた人物があったからだ。

「おお、あの子も助かったんか！」

「あの子……て誰？　見たことない気がするのやけど」

「ほら、ときどきお店の手伝いやお使いで見かける……あと、何やむつかしそうな本読んでなはるとこも見たで」

「へぇ、それで誰やの」

「さぁ……」

といった調子で、その健在を見出した喜びの声は赤ん坊へのそれとは比べものにならなかった。それどころか疑わしげな、怖いものでも見るような目を向けるものが少なくなかった。

とりあえず二人は近くの医者に連れて行かれ、そのあと控訴院内の検事局から駆けつけた検事、ならびに予審判事によって検視と見分が行なわれた。

そして、そうした水面下の動きから、これはひょっとして江之子島《えのこじま》の警察本部をも揺るがす一大事が出来《しゅつたい》したのでは——と察知した筑波新十郎が駆けつけたとき、ちょうど六人分の死体を搬出する作業に間に合ったというわけだった……。


筑波新十郎と迫丸孝平の二人は、それからしばらく土蔵の内部を見て回った。梁間《はりま》二間、桁行《けたゆき》三間の切妻造《きりづま》り、京呂組《きょうろぐみ》二階建てで、表の道路に面して窓が各階一つずつ設けられていた。

とりわけ新十郎にとっては、東京でしばしば世話になった商売であり、無役といえど天下の直参《じきさん》、御家人《ごけにん》筑波家が代々欠かせぬ存在としてきた。後生大事にしてきた品を泣く泣く託して、なけなしの銭を手にしたと思ったら、そのまま永遠の別れということもしばしばで、それらを返してくれたりくれなかったりした質庫は、一度のぞいてみたくはあった。

中はさぞ貴重稀少な質草でいっぱいかと思ったが、そうでもなかった。ありふれた衣食住の道具か、よくわからないガラクタばかりで、およそ金になりそうになかった。

着物は専用の簞笥、小物類は引き出しに収め、書画骨董はひとまとめにしたうえで、一つ一つに下げ札が貼り付けてある。丈夫な和紙の短冊《たんざく》で、ふだんは帳場に台木と紙ばさみでどっさり束ねておき、取引のたびに預かった日付、分類のための番号、用立てた金額を墨書《ぼくしょ》してゆく。

だが、これ以上下げ札の束が薄くなることもなく、蔵が質草で狭くなることもないと思うと、何やら物悲しいものがあった。

物悲しいといえば、質草の中に一山の本があった。和書漢書洋書ごちゃまぜで、中身とは無関係に値付けや版型の大小で積んである。古本屋に売るのでなく質入れするのは別れがたいためか、買い取りを断わられたものを質流れ承知で処分に来たのだろうか。

もっともこれは、お吉《きち》婆さんへの賄《まかな》い代と書店の払いのはざまで悩んでいる迫丸孝平の勝手な思いこみかもしれなかった。と、そんなさなか、

「おや、これは……札が貼ってないが、剝《は》がれ落ちでもしたんかいな」

半紙二つ折りぐらいの、表紙もなく用紙をそのまま綴《と》じただけの冊子が目についた。たった十六ページのそれを、かたわらから筑波新十郎がのぞきこんで、

「何です、そりゃあ？　『社会燈《しゃかいとう》』毎月曜日発行——何だか洒落《しゃれ》てるような、物騒なような名前ですな。やっぱり自由民権系の雑誌ですか」

迫丸孝平はため息まじりに、

「ええ……高麗《こうらい》橋の平民社《へいみんしゃ》からこの五月に創刊したばかりの週刊誌で、物柔らかでくだけた中にも、まじめで真っ当な内容なんですが、それだけに役人連中には早晩目をつけられそうですな」

彼の危惧通り、「社会燈は平民社会の利益と為り幸福と為るべき政治経済文学宗教農商工事等の論説及び品評を掲げ尚余興として小説正狂詩文歌俳句狂句等を載《の》する雑誌なり」——と巻頭にうたった時評兼文芸誌「社会燈」は、くり返される発禁のたび「新社会燈」「第二社会燈」「第三社会燈」「日本社会燈」と改題して生きのびるのだが、それはまだ先の話。保安条例をきっかけに民権家の集結地となった大阪での機関誌となることが期待されていた。

それにしても、こんな雑誌、しかも折り目がついたりシミが飛んだしろものを持ちこんで、いくら借りられたのだろうと二人は首をひねったが、今となってはどうでもいいことだった。

定価わずか二銭五厘の雑誌から何千何万円とするかもしれないダイヤモンド——いや、そんなものがここにあるかは知らないが、この蔵で眠り続けている品々はこのあとどうなるのか。

警察が押収するとか、同業者が引き取りでもしなければ宙に浮いたままだし、いつ泥棒が入らないとも限らない。借り手自身が取り返しに来ることだってありうるだろう。

（何とも不用心な話だが、せいぜい近所の人たちが気をつけてやるぐらいしかないだろうし、かといって、これだけ死人の出た家をいつまでもそのままにしてはおけまい）

新十郎は、ひとごとながら嘆息しないではいられなかった。

そもそもここに堀越一家が店を開いたのは、人々の記憶によればそんなに昔でもなく、この一帯もまだ家が立てこむには至っていない。となると蔵が質草であふれ、はちきれそうになるほど商売繁盛となるのは、むしろこれからだったのかもしれない。

だが、その夢はすでに絶たれた。そして、これからはどうなるのか。どうすべきなのだろうか。

徳川時代から、質屋を営むには前科前歴のないこと、一定基準を満たした質庫を持つこと、客から預かった品に見合う金をすでに払っているからという理由で、質庫が焼けたり盗難に遭っても弁償しないでよいと定められている。

三か月で質草は容赦なく流され、売却されるが、利金《りきん》を入れればいつまでも保管しておかねばならず、中にはそれを目当てに春夏は炬燵《こたつ》、秋冬は蚊帳《かや》を預けて、ごく安い金を借りる客もいる。するとと利子は大したことがないし、金さえ返せば、きれいに保管されて戻ってくるというので、物置代わりにする客もいる。使い方は千差万別、庶民のための金融業といえるのだった。

だが……今回のように経営者一家がほぼ全滅、質庫と質草だけ残った場合はどうなるのか。不慮の事故や盗難があったら誰が責任を取るのか。なかなか頭の痛い問題ではあった。

「あの、そういえば」

迫丸孝平が、蔵の内部と、開け放たれた入り口の向こうを見やりながら言った。

「ここに立てこもっていた堀越……信君でしたっけ、その少年はふだん、どんな暮らしをしてたんでしょう。たとえばどこで寝起きしていたとか」

「さあ……たぶん一階の見世で、店員の岡欣二と番頭の毛島佐吾太のどっちかと同じ部屋で寝ていたんじゃないか。だとすると、夜中の客に応対して、いきなり斬りつけられたのはこの子の方だったかもしれんですな」

新十郎が答えると、孝平はなおもあごに手を当てて考えながら、

「ふむ、そうやとして、二階で作治郎・モヨ夫婦と寝ていたはずの千代吉という赤ん坊をどうやって受け取ったか、いうことになりますな」

「そりゃ、犯人の侵入を知った作治郎が抱いて一階に駆け下り、そこにいた信少年に渡したんじゃありませんか」

「女房を犯人のいる二階に残してですか？　その場に立ってみなわからんことですが、僕なら妻

と子をまず逃がしますな。そこに残って戦って、勝てるかどうかはわからないとしても」

「それなら……そう、眠りから覚めた作治郎が気づいたときには、もう妻のモヨは殺されていて、そこでわが子を連れて一階へ……あれっ」

新十郎は、にわかに頓狂《とんきょう》な声をあげた。

「そうか……なら、何でまた二階に戻ろうとしたかということになる。しかもその直後、彼は後ろから斬られている。ということは、敵はそのとき一階にいたわけで……いやまぁ、犯人が一人とは限りませんがね」

「うーん」孝平はうなった。「とにかくどのようにしてか、信少年は作治郎夫婦の一粒種である千代吉という子を連れて、この土蔵に立てこもった。でも、何でそんなことをしたんやろ？　そのまま外に逃げるのが一番手っ取り早いんと違いますか」

「だって、玄関の戸は閉められていたし、それを外す手間を考えたら……あっ、そうか」

「そう、そもそも誰が何のために、そんなことをしたかということになりませんか。堀越一家を逃がさへんためかもしれへんけど、それは犯人自身の退路を断つことにもなる。そういえば犯人が夜の夜中にここを訪ねてきて、まんまと門と玄関を開けさせた方法はわかりましたんか？」

「ええ、まぁ」新十郎は答えた。「このあたりで聞きこんでみたところ、問題の晩、『電報です』という声とともに門をたたく音を耳にしたものがある。けど、そんなものはどこの家にも届いてないようで、だとすると電報配達を偽って中に入りこんだという疑いが濃厚ですな」

「なるほど……そして門は開いたままやったけど、玄関から先は家じゅうすっかり締まりがされていた。これは何を意味するんでしょうか」

「犯人が逃げ出したあと、また戻ってこないように閉めた……いや、違うな。そんな余裕はなかったはずだし、中に閉じこもるより、むしろ外に出て助けを求めた方がいいに決まっている」

「それに」孝平は続けた。「質庫《ここ》はそんなに安全とも思えない。観音扉を閉めて施錠できたのなら ともかく、裏白戸はただの防火用で自由に開け閉めできる。残る格子戸の落とし猿は、鉤形の道具さえあれば簡単に外せるし、強引に壊したければあの通り簡単に破れたわけですしね」

「そりゃ、しかたがないでしょう」新十郎が反駁《はんばく》する。「蔵の中にいながら、扉の外側に閂を通し、錠前をかけるわけにゃいかないんだから」

「それはそうです。けどそうであれば、なおさらこの蔵の中は、格別安全な隠れ場所とは言えなかったんやないか――とね」

「うーん……」

意外なほどしつっこく突っこんできた孝平に、新十郎はたじたじとなった。孝平はさらに、

「ここの蔵の鍵は見つかったんですか。質屋商売には何より大事なものやろから、主人の作治郎か番頭の佐吾太が持ってそうなものですが」

「それが、どうも見つからないみたいで……ここで使われていた錠前の方は当然、閂といっしょに置いてあると思いますが」

「ほう、ならちょっと、それを見せてもらいたいですな」

孝平はひどく興味をわかしたようすで、蔵の出口へと向かった。新十郎があわてて後を追うと、彼はふと立ち止まり、さっき開いた観音扉をやっこらしょと閉じ始めた。いったい何を始めるつもりかと、新十郎が手伝おうとすると、

「すんまへん、そっちの扉も閉めてみてください」

と言うので、扉の内側についた鐶繰りを引いて観音扉を閉じた。すると、土蔵の入り口は黒一

色の鉄張りの壁にふさがれてしまった。

「……ふぅむ」

観音扉の表側に回りこんだ孝平は目を凝《こ》らし、さっきは相当に嫌がっていた血の跡を指で撫でさするようすだった。そのままでは見づらいが、すこし斜《はす》に見ると、血のついている部分とそうでない部分が反射で区別されるのだった。

「え……これは？」

と何か気づいたようすで、指先で寸法を測り始めた。そして片隅に外して置かれた門の方に歩み寄ろうとした――まさにそのときだった。

玄関の方でにわかにガヤガヤと声がして、男たちが四人、上がりこんできた。一人を除いてキツキツの詰襟《つめえり》のおそろい服に、これまたおそろいの帽子、腰からは安ピカの鞘《さや》に収まったなまくら刀を提《さ》げていた。いうまでもなく制服巡査たちだ。

唯一の例外は、妙にチャラチャラした羽織《はおり》の下はこれも派手な柄の着流し、頭は役者のようなザンギリ、顔つきもヌルリツルリとして、何やら色悪めいた男だった。ほかの制服組とはあまりに違い過ぎて、もしかしてスリとか美人局《つつもたせ》とかでとっ捕まり、彼らに拘引《こういん》されてきたのかと思ったが、そうではなく同僚らしいとわかった。

そんな一団を見るなり新十郎は、

「巡査どもだ！　探偵吏まで来てやがる！」

そう小さく叫ぶと孝平の手をつかみ、見世の方に駆けこんだ。「な、何でっかいきなり」ととまどうのもかまわず、調度の陰に身をひそめた。

そこから見ていると、巡査たちは孝平がその形状や感触を確かめようとした門を持ち上げ、それを楽々と観音扉の門鎹に挿しこんでしまった。

大した仕事でもなかったが、着流し男——新十郎の言うのでは私服の探偵吏——はそれすら手伝おうともせず、銀無垢《むく》の煙管《きせる》に印伝《いんでん》の煙草入れを取り出し、マッチで火をつけるとスパーリスパリとくゆらし始めた。そして、三人の制服巡査を無視して、フラリと外へ出て行ってしまった。

一方、仕事を終えた巡査たちは、周囲に目も耳もないと信じこんだらしく、憤懣《ふんまん》まじりに、

「かなわんな、今ごろになって『堀越質舗の蔵の管理はどうなっておる』と怒鳴られても……」

「どうなってるも何も、署長以下誰もそのことに気がつかなかったんだから、ほったらかしに決まってるだろうに」

「そういうところ、お偉方たちは間が抜けとるな」

「まぁ、あんな殺しのあった場所で、泥棒にさらに仕事でもされちゃ、ますます面目丸つぶれ。警部長閣下のお覚えもめでたくなくなってしまうからな。……おっと、それより錠前はどこだ」

「ほれ、これだ」

そう言って渡されたバカでかくて古風な錠前を、巡査の一人がパチンと門にはめこんだ。そのあと何度か揺すぶってみて、

「あれっ、これはこのままでは施錠できんのか。鍵はどこだ」

「さあ……聞いとらんな。ということは初めからないんじゃないか」

「なけりゃしょうがない。形ばかり錠前をかけておけば、無理にこじ開ける奴もなかろう」

「念のため、紙を貼り封印でもしておくか」

なるほど、とありあわせの紙と糊で錠前に封をし、判子を捺したあとで、

「まぁ、こんなもんか……では、これでよしということで！」

そう言うと、またぞろぞろと出て行きかけた。

（やっぱり、施錠しに来たか。しかし鍵がないとはどういう……）

（とりあえず警察の見分前に、思い切って見に来てよかった）

そんなことを考えつつ、新十郎と孝平が安心したのもつかの間、巡査の一人がふいに立ち止まった。そして仲間たちの顔を見回したかと思うと、妙に訳知り顔で、

「そういや、ここの六人殺しの犯人は誰か、上の方で筋道はつけたらしいな。聞いてるか？」

と聞き捨てならないことを言い出した。これには二人ともハッとしないではいられなかった。

「いや……で、どう筋道をつけたというんだ」

「いやいや、何とそれが……だというんだよ」

新十郎たちからはよく聞き取れなかったが、その巡査の言葉に他の二人は「ええっ！」「まさか、冗談だろう？」などと思い思いの反応を示した。

あいにく彼らがいっそう声を低め、ほとんど聞こえなくなってしまったのに苛立った孝平たちは、ついつい首をのばし耳をそばだてて、犯人の名前を聞こうとした。

だが、そのあまり近くに積まれた帳簿の山を崩してしまったものだから、

「誰だ、そこにいるのは⁉」

感づいたその巡査に、怒声を浴びせかけられてしまった。残る二人もいっせいに身構える。これは見つかるのも時間の問題かと冷や汗をかいたとき、

「おーい、みんな来てくれ！　えらいもんが見つかったぞ！」

戸外から甲高い声がした。あの着流しヌルリツルリの探偵吏のそれに違いなかった。巡査たちはにわかに顔を見合わせると、

「行こう!」

「けど、今の物音は……」

「そんなことより、あいつに逆らうと、あとで何かとうるさいぞ」

そう言いかわし、バタバタと外へ出て行った。と同時に新十郎がいきなり孝平の手を握りしめ、

「あらよっ、出発進行!」

帳簿も机も蹴飛ばし、軽く飛び越える勢いで駆け出した。

「あっ、いま何か物音がしなかったか?」

隣地と塀で隔《へだ》てられた建物の外郭から、巡査の一人の声がしたが、気にしている余裕はなかった。そのまま門前に飛び出すと、思いがけず真ん前に権三が人力車を寄せていた。ふところにさっきまで読んでいた新聞をねじこみながら、

「何やさっき、巡査やら探偵の一行が入って行きよったから、万一のために待機してましてん」

と、たのもしい一言。新十郎は「ありがたや!」と手を打つと、

「さすがは権《ごん》の字、気が利くね! 悪いが野郎の相乗り俥《ぐるま》、大急ぎで出してくれ。ほらコマルさん、乗った乗った乗った!」

いきなりの全力疾走に、よろけながら引きずられてきた孝平を座席に押し上げ、新十郎はピョイとその脇に乗りこむと、

「よし、出してくれ」

「合点承知! それで行き先はどないしまひょ。どこまでやったらよろし?」

ふりかえりざま問いかけた権三に、

「この際、方向と距離はどうでもいい」新十郎は答えた。「大事なのは速度だ! ほら、あそこ

から追っかけてくるお廻りどもに追いつかれなけりゃそれでいい！」

4

南区日本橋筋《みなみくにほんばしすじ》――大阪の市街地の南端に位置し、北は堺《さかい》筋、南は紀州《きしゅう》街道につながる一キロ半ほどの街路である。その三丁目から五丁目にかけての細長い一帯をかつては長町《ながまち》と呼び、その名は今も生きている。それも、あまり芳《かんば》しくない意味を帯びて……。

何しろ「悪漢無頼及ビ細民《さいみん》ノ多カリシ」うえに「風俗乱レ賭博其他罪悪ヲナスモノ多ク」、「悪徒ノ隠レ場所タルノ観」を呈しているというのだから。あまりにも長町の名が悪印象をまきちらし、貧困とは無縁で、ごく堅い稼業を営む区域の人々まで差別されることから、まず一部が、次いで全部が日本橋筋という地名に塗りかえられた。

長町裏と呼ばれるそこは、まさに最暗黒の大阪であった。そこに住む人々は大半が雑業者であり、あるものは傘の骨を削り、あるものは櫛を磨き、またあるものはマッチの箱を貼り、でなければ土木仕事に駆り出されたり、物売りに出たりしていた。それに次ぐ数を占めるのが紙屑拾いであり、物乞いもまた少なくない割合を占めていた。

家賃は日決めであり、しかも家主《いえぬし》が設置した木戸を通って出るたび徴収されるという世知辛さ。家と家は極度に立てこみ、家並みの間の狭い通りに下水が流れていた。狭いところだと三畳分しかなく、せいぜい間口一間、奥行一間半の空間に一家六、七人が暮らす。当然衛生状態は悪く、ひっきりなしに伝染病――ことに明治に入ってからはコレラが蔓延《まんえん》した。

半面、罪を犯したり、何かから逃げようとしている人々にとって、ここほどありがたい場所はなかった。誰も素性を詮索するものはなく、人目を気にすることもない。大阪の地ともなれば、働き口に困ることも、まぁないだろう。

一瞬の光明かと思われた明治維新も、藩閥専制政府の支配が盤石《ばんじゃく》となるにつれ、苛政はいっそうひどく、故郷を追われるどころか、生まれ育った地そのものがなくなることすら珍しくない。

彼ら彼女らにとって、大阪は格好の地だった。名を変え経歴を偽り、そこでひっそりと生きるも捲土重来《けんどちょうらい》を期すのも自由だ。そして、自由民権運動やそれに先立つ士族の反乱が次々と鎮圧され、弾圧されつつある今、長町裏は数少ない隠れ場所としてある種の人々をひきつけていた。

だが、当然それは、支配し弾圧する側も百も承知だった。一帯にひしめく裏長屋の破壊と住民の強制移住は、以前からの懸案となっていた。

そして……とある晩のこと、長町裏の長屋の一つを武装した一団が急襲した。「大阪府警察」の提灯《ちょうちん》をかかげた制服の男たちは、狭いところで四尺しかない通路を突っ切り、その奥にある陋《ろう》屋《おく》に突入した。

その先頭に立ち、迷路のような道筋を案内してきたのは制服組ではなく、一見軽佻浮薄《けいちょうふはく》な、遊び人とも思える風体の探偵吏。そいつが一軒の家の戸前を指し示し、

「やれ」

の一声で、巡査たちに一気に蹴破らせたかと思うと、

「警察の御用の筋や、神妙にさらせ。先ごろ天王寺村逢坂で起きた質屋一家皆殺しの件で相取り調べる。どいつもこいつもそこを動くな。……よし、かかれっ！」

と、その外見には似合わない声をはりあげた。

とたんに棒を振りかざし、サーベルを構えた警官たちが中に押し入り、ささやかな屋財家財を

蹴散らし、無慈悲に踏みにじる。

交錯する提灯の明かりに照らされながら、宙に舞い散るそれらの中に「社会燈」と題した冊子があるのを探偵吏は見逃さなかった。それとすでに殴る蹴るの暴力を受け、片隅にうずくまるものたちの姿を見比べたとき、その探偵吏はニンマリと悪魔めいた笑みを浮かべたのだった……。

*

「こ、こ、こらどういうことなんですか?」

迫丸孝平は、震える手で何部かの新聞を握りしめると、いつにない興奮ぶりで詰め寄った。

「『昨夜深更、大阪府警察の警部巡査及び探偵吏大挙して長町裏を捜索し、多数の不審人物を検挙せり……当局ではかねてより同所並びに近年、府内各所に工場建設進むに従い形成されつつある新興労働者街に無籍者・前科者など多数潜伏し、ややもすれば不逞《ふてい》の行動を起こさんとしあることを憂慮せしが、今回の手入れにて『社会燈』その他の不穏文書を発見、単なる貧民ないし善良なる労働者には非《あら》ざること判明せり』――こんなもん情供証拠にすらならん、長屋の住人がそんなもんを読んでるのは怪しい、怪しいから不穏文書やなんて、これこそ『推測証拠論』に言う論理術ノ環論《ロジックアーギウメントインサルクル》、まさにこじつけの極みやないですか!」

「し、静かに……」

筑波新十郎は唇に指を当てると、廊下の隅に視線を投げた。ちょうど宣教師服の上に白衣を羽織った外国人医師と、日本人の看病婦が、ちょっと驚いた表情で通り過ぎるところだった。

ちなみに日本赤十字社が看護婦養成規則を定めるのは翌年のこと。内務省で規則が定まり、「看護婦」の名が定着するのは一九一五年とずっと先だが、ちょうどこの年は関西初の養成機関となった同志社《どうししゃ》の京都看病婦学校の第一期生が送り出されたばかりだった。

ここは大阪市中の、キリスト教会に併設された病院の一つ。議論が突発したのはそこで彼ら二人が落ち合った、その直後のことだった。

「静かに、いうたかて……」

孝平は口では言いつつも、素直に声を低めながら、

「そんなら、このくだりはどないですか。『先の天王寺村における質屋一家殺しにおいても同店舗周辺から同様の雑誌が発見せられあり、当局は当地における民権運動のかつての大阪事件また名古屋事件に見るがごとき過激化兇悪化に懸念し注意せり』――これまでそんな話は聞いたこともないし、第一あの雑誌が堀越家にあったとしても、それは土蔵の中。あなたも見たでしょう? いつのまにか『社会燈』が壁を抜けて飛んで出て、外に落ちたとでもいうんでっか!」

だんだんと早口になりながら、新十郎の間近にまで顔を近づけ、説きつけた。

「まぁ、まぁ」

新十郎は彼をなだめつつ、しかし自身憤懣やるかたないようすで言った。

ついでながら名古屋事件とは、明治十七年に発覚した自由党員の蜂起《ほうき》計画で、国事改良のためには現在の藩閥専制政府の打倒やむなしと考えた名古屋地方の過激分子が、その資金稼ぎのために強盗をくり返し、ついに警官殺害に至った。その後、村戸長役場襲撃事件のあと捕縛され、三人に死刑、二十数名に無期徒刑《むきとけい》を含む懲役判決が下された。

「ここで名古屋事件を持ち出すなんざ、こじつけもいいとこだが……まぁそれは東雲《うち》に対抗して、このところとみに官憲寄りになりつつある新聞の記事で……でも、堀越質舗でそんなものが見つかったのも確かなんですよ。天王寺署の小使《こづかい》の爺さんの話では――」

「小使の爺さん？　何でそんな人が出てくるんですか？」

目をしばたたく孝平に、新十郎は「いやそれが……」と、その役割を説明しかけ、

「と、とにかく、われわれが蔵の中で見つけた、あの下げ札なしの『社会燈』と同じものとは思えないが、とにかく、とにかくあれと同じ雑誌があそこの建物外で見つかったのは事実なんです」

「えっ、それはいつ、いつのことです？」

「それが、どうやら……われわれが堀越質舗の現場──になるのか、とにかくあの惨たらしい殺しの行なわれた場所を順々に見分し、最後に蔵の中をあらためた直後のことらしいんですよ」

すると孝平は、また「えっ」と声をあげ、そのあと無理に声を殺しながら、

「すると、あのときやってきた巡査たちが、ですか？」

「正確には、巡査たちといっしょについてきた、あの何となくいやったらしい探偵吏が、ですね。ほら、あの着流しに羽織の……あいつがあの家の周りを調べていて、気づいたんだそうですよ」

「へぇ、あのときそんなことが……」

孝平は言いかけてギョッとし、あわてて首を振った。

「いや、そんなアホなことがあるはずはないでしょうが。何でて、あのとき僕らは、あれこれしゃべりながらではあったけど、まちがいなくあの家のぐるりを巡ったんやから、そんなもんが落ちてたら気づいたはずや。まぁ、確かに僕は子供のころから、しゃべるのに夢中になると、見えるものも見えんようになる、代言人にするよりしかたのない子やとは言われてはきたけど……」

「安心してください、それはおれも同じことです。ずっと親父にそれで怒られてきましたから」

新十郎は孝平の肩を軽くたたいて、

「そう、もうお察しでしょうが、堀越家の家の外、ただし敷地内で見つかった『社会燈』という

のはあの探偵吏の野郎がわざと落としてったものです。おそらくは、いやまちがいなく、あの質屋六人殺しに政治的な色合いをなすりつけ、ここ大阪で盛り上がりつつある運動に冷や水を浴びせるためのもの。ありていに言やあ、でっちあげですよ」

「そ、そやとしたら一刻も早く、その事実の暴露を……中江兆民先生の東雲新聞なら、それぐらい勇気をもってできますやろ」

孝平は、新十郎が新聞社そのものであるかのように詰め寄った。

「もちろんです……ですが」

新十郎はしっかりとうなずいたあとに気になる一言を付け加えた。孝平は聞きとがめて、

「ですが、とは？」

「そのでっちあげの意味がわからんのですよ。かりにあの殺しを『社会燈』を読むような民権家中の過激派のせいにしたいなら、事件当夜に落としておけばいいことでしょう。それが何で、あんなあとになって、あそこに置くようなことをしたのか。それに何よりおかしいのは――」

眉をひそめた新十郎に、孝平はハッと何か心打たれた表情になると、

「そや！　質草にまじって置いてあった『社会燈』！　何でまた、蔵の内と外に同じ雑誌が置いてあったりしたんやろ。あの探偵吏が盗み出しよったんかいな？　いや、同僚の巡査三人組が蔵に閂と錠前をかける間、あの男は少し離れて煙管を一服し、そのあとフラリと外へ出て行った。どう見ても、蔵の中から持ち出すことは無理。ということは、やっぱり『社会燈』は観音扉をはさんで二部あったことになるし、そやとしても何でまた、そんなややこしいことに……？」

「そう、そういうことです」

新十郎は静かに言った。そのあとに意味ありげな、考え疲れたような微苦笑を浮かべながら、

「コマルさん、じゃない迫丸さん。あんた覚えちゃいませんか。あのとき蔵で見つけた『社会燈』に妙なシミがついてたのを。あれはひょっとして、血ではなかったか……」

「血！」

孝平は大声をあげ、そばの壁に背中をぶつけた。それは当然、彼にも思い当たる記憶だった。

ちょうどそのとき、さきほどの看病婦がやってきて、二人のようすにちょっと顔をしかめたが、そのあと微笑みを浮かべつつ言った――。

「たいへんお待たせしました。これから堀越信さんと千代吉ちゃんのお見舞いをしていただけます。どうぞこちらへ……ですが、どうかお手短に、そしてくれぐれもお静かに願います！」

第五章　十六歳ニ満《ミタ》サル者ハ……弁別ナクシテ犯シタル時ハ其《ソノ》罪ヲ論セス

1

「ところで、ここ――長春《ちょうしゅん》病院でしたっけ――は、そもそもどういう場所なんですか。洋式の、ずいぶん立派な建物ですが……少し前に取材で足を踏み入れた川口《かわぐち》居留地の聖バルナバ病院ほどではないにせよ、どうしてなかなか大したもんじゃありませんか」

筑波新十郎《つくばしんじゅうろう》は、看病婦の案内で通された部屋を珍しそうに見回しながら言った。

そこは椅子が何脚かとテーブルのようなものがあるだけの簡素さで、ただ卓上に手ずれのした聖書が置いてあるのが、この病院の性格を物語っていた。

所在なげに、そのページを繰っていた新十郎は、ふと窓の外に視線を投げると、

「ほら、お隣さんは三角屋根のやっぱり西洋館で……ははん、見たところありゃヤソ教のお寺のようですな。すると、やはりこの病院はそこに付属の？」

と、椅子にきちんと腰掛けて待つ迫丸孝平《さこまるこうへい》に話しかけた。

「何や、今ごろそのことに気づいたんですか」孝平は苦笑した。「そう、ここはキリスト教の篤《とく》志《し》施設みたいなもんで、隣にあるのは五、六年前にここ千年町《せんねんちょう》に移ってきた島之内《しまのうち》教会。どっちがどっちの付属というわけでもおませんが、言わば切っても切れん仲、いうとこですかいな」

ここは南区《みなみく》千年町――明治五年の町名改正まで浪花橋筋周防町《なにわばしすじすおうまち》と呼ばれ、今もその名が用いられることが多い。その三八番地に、木造の会堂が新築されたのは、明治十五年三月のことだった。

赤煉瓦《れんが》の門のすぐ奥の正面には切妻《きりづま》屋根を冠した、丸みを帯びた玄関庇《ひさし》を突き出した姿は何だか愛らしく、新十郎たちのいる隣の建物と相まって、この一角だけ西洋の街並みを切り取ってきたかのようだった。ちなみに、隣の洋館の門札に記された文字は――《島之内基督《キリスト》教会》。

その母体は大阪基督教会の信徒が、南区順慶町《じゅんけいまち》につくった講義所だが、その隣に仮病院として設《もう》けられたのが現在の長春病院である。そして順慶町講義所が島之内教会となり、今の地に会堂を建てたのに遅れること三年、隣地である千年町一番屋敷《いちばんやしき》に移ってきたのだった。

「なるほどね」新十郎はうなずいた。「いわゆる医療宣教《せんきょう》というやつ……これが世に受け入れられる手段として有効なのは、どこも同じことですな。築地《つきじ》居留地にも、はるばる日本に骨を埋めに来た宣教師にして医者、あるいは学校の先生がいて、どれも立派な人たちでしたよ」

ちなみに東京では、まだ世間では鼻つまみ者扱いされがちな新聞記者と代言人《だいげんにん》の集結する銀座煉瓦《れんが》街が俗の極みなのに対して、教育と伝道の築地居留地は聖の極みとまるで対照的でありながら、ともに自由と人権思想の発信地の役割を果たしていた。

まだ西洋医学の恩恵を受けられない人々が多く、キリスト教への反発も強かった当時、宣教《メディカル・》医《ミッショナリー》――すなわち医師資格を持つ宣教師の役割は大きかった。大阪での先駆けは合衆国聖公会《エピスコパル・チャーチ》のヘンリー・ラニング医師で、さきほど新十郎が名をあげた聖バルナバ病院は、彼の指導のもと明治十六年に開業し、すでに多数の患者を抱えている。今や入院患者が八十人を超しているというから、ここの二倍もの規模だ。

長春病院のような医療機関はほかにもあり、大阪で初めて居留地外に誕生した浪花教会（当初は浪花公会）は、明治十年の創設時は東区高麗橋《ひがしくこうらいばし》四丁目、心斎橋筋《しんさいばしすじ》角の松村《まつむら》診療所に間借りしていた。米国伝《アメリカ》道評議会《ン・ボード》の宣教医アーサー・H・アダムズが施療と医学教育を担当し、その助手兼通訳を務めたのが日本人初の牧師となったものの、惜しくも昨年亡くなった沢山保羅《ぽうろ》であった。

浪花教会はその後まもなく独立・移転し、高麗橋三丁目に四角い塔をそびやかす会堂を構えたが、診療所の方は「浪花施療所」と名を変えて活動を続けている。

「……まぁ、そないな次第です。キリシタン禁制の高札《こうさつ》が廃止されて十五年、いまだにあの教えを嫌う人らも後を絶たんが、ともあれそういう人らがいてくれたことが、今回はあのかわいそうな子ォらに大いに幸いしたわけですな」

孝平はそう言うと、安堵とも嘆息ともつかない息をもらした。新十郎も大きくうなずいて、

「そう、でなけりゃ、あの男の子二人もどうなっていたことか……まぁ、この先のことを考えると、ここで安心するわけにゃいきませんが」

〝男の子二人〟とは、言うまでもなく質屋六人殺し事件の生き残り、赤ん坊の堀越千代吉《ほりこしちよきち》と、蔵の中で彼を庇護し続けてきた信《まこと》のこと。だが、せっかく命永《なが》らえた彼らにとって、外界は身を落ち着けることのできる場所ではなかった。

警察の連中は二人を土蔵から引きずり出したものの、それ以上は何もしてくれないどころか、火のついたように泣き叫ぶ千代吉などそっちのけで、信を厳しく糾問《きゅうもん》しようとした。警官たちにしてみれば、恐ろしい一夜を経《へ》て彼が疲労困憊《こんぱい》していることなど、知ったことではなかった。

見かねて近所の人々が赤子は介抱したものの、どうやらお腹をすかしているだけではなく、体調を崩し、熱もあるようす。子育てには慣れた近所の女房《おばはん》連中の手にさえ負えず困っていたところに、駆けつけたのが、長春病院の医師ウォレス・テイラー博士たちだった。

「ぽりすノ皆サン、ソノ子タチハ、ドーカ私ドモニオ任セクダサイ」

立ちふさがる警官たちに、やや関西訛《なま》りをまじえて宣言したテイラー博士は、アメリカン・ボ

ードの一員として明治七年に来日。最初は神戸《こうべ》、次いで岡山で医療宣教にたずさわり、京都では同志社《どうし しゃ》今出川《いまで がわ》校地の建設にも参画したあとは、もう十年近く大阪を活動の場としていた。

前任者アダムズから浪花施療所を引き継ぎ、請《こ》われるままにあちこちの病院を掛け持ちした。それはキリスト教系であるか否かを問わず、たとえば明治十三年の朝日《あさひ》新聞の広告欄には、

今般米国医師ワーレス、テーラ氏条約ノ上月曜木曜ノ両日毎《ゴト》ニ午后二時ゟ《ヨリ》五時迄出院内外患者診察致シ候《ソウロウカツ》且院内病室狭隘《キョウアイ》ニ付造営候間入院治療差支《サシツカエ》無之此段受診望ノ諸君ニ告ク
大坂西区西長堀白髪橋南詰　博済《ハクサイ》医院

——と、陸軍脚気《かっけ》問題で鷗外《おうがい》こと森林太郎《もりりんたろう》らに職を追われた緒方惟準《おがたこれよし》、山田俊卿《やまだしゅんきょう》が、阿弥陀《あみだ》池のほとりに建てた貧民救済病院に勤務していることが記されている。

その技量と知識、何より人柄はたちまち人々の信頼を得たらしく、その三年後には「米国大医テーラ氏　毎週月曜木曜両日午後三時ヨリ診察候也　大坂順慶町三丁目　長春病院」という広告も出て、仮病院時代すでにその名が長春《ここ》での顔となっていることが示されていた。

「米国大医テーラ氏」という呼び名は決して誇大宣伝ではなく、特に外科の大家として知られた彼は、とにかく素早い措置《そち》で感染を防がなくてはならなかった当時、手術の巧妙さと敏速さで多くの患者を救っていた。阪神《はんしん》間に何か所もある診療所を往来して、日に三、四十人の患者に接しないと夜満足して寝られないというほどの熱心さだった。

もっとも、これですら彼の仕事の半面に過ぎなかった。プロテスタントの宣教師としてのテイラーは府下の各地に出張して伝道を行ない、その中には天王寺《てんのうじ》村《むら》や逢坂《おうさか》一帯も含まれていた。

「あっ、こらまたテーラせんせ！　お久しぶりだす」

「テラ、いうて異人さんやのにお寺の坊さんかいな」

「しょうむないこと言うてるのやあらへん。前に来やはったとき、薬とご本いただいたやろ」

　などと町の人々から親しげな声があがり、中には自ら進み出て、

「まぁまぁまぁ巡査はん、ここはこのお人らに任せるのが一番ですわ」

「そやそや、あんたらでは、ややこにお乳もやられへんやろがな。いくらお役人が偉《えろ》うてもな」

と、とりなすものさえあったのは、出張伝道でつないだ縁ゆえだろう。今度の悲劇がいちはやく長春病院に伝わったのもそのおかげだし、結果として二人の身柄保護につながったわけだった。

　そうした日ごろの活動に加えて人々の信頼をかちえたのは三年前、六月末から七月頭にかけての大雨で淀川《よどがわ》左岸が決壊し、「明治大洪水」と呼ばれる水害が発生したときのことだった。浪花八百八橋とも呼ばれる市中の橋の四分の一が流出ないし大破するというすさまじさだった。

　このとき島之内教会では、天王寺の真田山《さなだやま》から救助舟を出し、長春病院からはテイラー博士が仮設診療所で被災民の救済に尽力した。となれば、これで信頼され尊敬されない方がおかしい。

　もっとも最大の決め手となったのは、テイラー博士と長春病院の名が警察上層部にも知れわたっていたことだった。そのことは現場の警官たちにも実に効果的だったが、結局は上ばかりうかがう役人根性によって、この国は動かされているということでもあった……。

「まぁ、そんなこんなで、いろいろあるにはあったようですが」

　筑波新十郎は、ちょっと西洋式に肩をすくめて見せながら、

「日ごろ横暴と強引をきわめる警察の奴らも、西洋人相手となると、とたんに及び腰になるもんですからね。情けないといえば、そんな奴らに押えつけられてる側も情けないが、何はともあれ、その情けなさのおかげでこうやって話も聞けるというわけで……」

「しっ……来たようですよ」

孝平が彼のおしゃべりを押しとどめるのと同時に、その部屋に入ってきた人影があった――。

筒袖《つつそで》の服に白の前掛け《エプロン》、帽子をかぶった看病婦に付き添われ、部屋に入ってきたのは、洗いざらしてはいるが、ごく清潔そうな病衣をまとった少年――といっていいのか――だった。

迫丸孝平はもちろん、筑波新十郎も実際に会うのは初めて。病室ではさしつかえがあるからだろうが、常に病臥《びょうが》していなければならない症状ではないらしく、とりあえず安堵させられた。

だが、その姿は二人をハッとさせるに十分だった。

(何と、ひ弱そうというか、ひねこびたというか……吹けば飛ぶような感じだな)

(歳は十五、六と聞いとったが、ほんまかいな？　それより幼く、縮かんだように見えるが……)

――思わず見交わした目と目が、同じようなことを物語っていた。

何となく、思いこみがあった。あれだけの惨劇の中、土蔵の中に立てこもり、赤ん坊を守り抜いたからには、まして警官が突入したときにさえ、抵抗のそぶりを見せたからには、当然ながら勇気や凜々《りり》しさを兼ね備えているはずだと。

そして、新十郎は新聞の記者であるゆえの抜きがたい悪癖だが、孝平も読者という立場から、記事の主役となるべき人物――何しろ、物心のついた唯一の生存者なのだから――に、芝居めいた美男美女を期待してしまうところがあった。

何しろ日々の紙面では、まさに美人の粗製乱造だ。毒婦も孝女も美貌でないといけないと言わんばかりで、〝首なし美人の死体〟という見出しも、あながち笑い話ではなかった。

それに関しては、いささか失望ものだったかもしれない。決して醜くはないのだが、どこか弱弱しく肌は生白く、体の釣り合いが取れていないような危なっかしい感じがあった。

人から話を聞く、とりわけ本音を引き出すのが仕事の二人がつい躊躇《ちゅうちょ》してしまったのは、相手との距離感の取り方、話の切り出し方に迷ったからかもしれなかった。

探訪《たんぼう》記者と代言人は再び顔を見合わせ、そのあと内心あわててかぶりを振って、

(いや、あれだけのことがあったあとだ、疲れ切っていても無理はない……)

(まだ本調子やないのやろな。それにもともと腺病質《せんびょうしつ》、いうやつかもしれんし)

そんな彼らに、とがめるような目を向けたものがあった。看病婦とともに付き添い、いや、むしろ立ち会いに出てきたテイラー博士だった。

オハイオ州生まれ、ミシガン大学とオベリン大学でそれぞれ医学と神学を学んだ五十三歳。このころ西洋ではそろそろ白衣が普及しかけ、ことに解剖や手術では用いられるようになっていたが、彼はやはり宣教師という役目ゆえか長衣をきっちりと着こみ、タイを締めていた。

「コノ人、ヒドク疲レテイマス。アマリ長ク、コノ場ニ出シテイタクハアリマセン。格別話ガナイノナラ、オ引キ取リ下サイ。コノ人ハ、病室ニ戻ラセマスカラ」

穏やかだが毅然《きぜん》とした調子でそうまで言われては、ぐずぐずと思案している場合ではなかった。

「いえ、そんなことは」新十郎はあわてて、「お手間は取らせませんから、ほんの少しだけ話を聞かせてくださいな。とりあえずは、そちらの椅子にでも……先生もどうぞお楽になさって」

とりなすように着席をすすめたが、テイラー博士は、

「イエ、ワタクシハ、ケッコウデス」

とかすかにかぶりを振っただけで、銅像のように佇立《ちょりつ》したままだった。こういう生まじめで清《せい》廉《れん》な人のご機嫌こそ、決して損ねてはならなかった。

ことと場合によっては、とっとと追い出されかねない。こうなってはグズグズしてはおられず、そこは記者らしい単刀直入さで切り出した。

「おれは東雲《しののめ》新聞の記者、名は筑波新十郎という。でもって、こちらが代言人の迫丸孝平氏。ま、どうかよろしく――それで、君の名前は、何と言うんだい？」

そんな、あまりにもズバリとした率直さで訊いた新十郎に、

（いきなりそこからか）

と孝平は横で目をむかずにいられなかったが、とりあえずそのまま見守ることにした。

「……堀越、信」

ややしばらくして、か細いながらしっかりとした答えが返ってきた。新十郎は続けて、

「住所は？」

「大阪府東成郡《ひがしなりぐん》天王寺村、逢坂……堀越作治郎《さくじろう》方、です」

何をそんなわかりきったことを、と孝平は思いつつも、自分だって依頼人や相手方、証人に対しては、わかりきった分だけごまかしようのないことを糸口にすると思った。いきなり事件のことを訊くよりも、相手の状態を読みつつ、まずは瀬踏《せぶ》みを試みてゆく――。

（いやまぁ、彼のことやから単に行き当たりばったりで、何も考えてへんだけかもしらんけど）

そんな考えが心をよぎったが、まぁどっちでも同じことだった。となれば、次は家族構成か――という予想通り、筑波新十郎は堀越家の人々について順々に訊いて行った。

物静かだが、ときに鋭いところを見せる堀越作治郎、優しくにこやかで、待望のわが子である千代吉につきっきりだったその妻モヨ、洒脱な風流人という感じだった堀越甚兵衛《じんべえ》、そして質舗《みせ》を取りしきっていた番頭にしてモヨの兄・毛島佐吾太《けじまさごた》、その下で日々働いていた手代《てだい》の岡欣二《おかきんじ》、家事を引き受けていた女中の額田《ぬかだ》せい……。

すでに何度も目にし、耳にしてきた顔ぶれであったが、千代吉を残して全てこの世を去った今では、必死に想像力をめぐらしても通りいっぺんな家族像しか浮かんでこないし、今さら棺桶《かんおけ》を開けて顔を確かめたところでどうしようもない。

一夜にして一家の六人が消え失せ、あとに面影を残すものは何もない。せめて写真の一枚もあれば——と思うが、まだまだぜいたく品だし、そんなものがあるはずもなかった。こうして何も残さず、やがては記憶からも薄れて、六つの名前と顔と、人生が溶けるように消えてゆく……。

そんなことを考えながら二人のやり取りをながめていると、ふいに新十郎が問いかけた。

「それで……君はいったい何なの。や、何なのというのも失礼な話だが、信君だっけ、君は堀越家の何に当たるんだい？」

迫丸孝平は聞くなりハッとした。そう、その点が曖昧模糊《もこ》としていた。確か、堀越姓を名乗ってはいるが、実は親戚の子だかと聞かされた気がするが——？

「作治郎の……僕は弟です」

堀越信は相変わらず細い声で、だがこれまでと違う力をこめて言った。

「お、弟！」

かたわらから、孝平はつい声をあげてしまい、あわてて口を押えた。新十郎も瞬間、驚きの表情を見せたが、すぐにそれを何気ない微笑の中に包みこんで、

「ほう、じゃあ、君は何年の何月生まれなんだい？」

訊かれて信は、おずおずとした調子で、

「明治五年の……五月だったと、聞いています……」

孝平が頭の中で計算し終えるのとほぼ同時に、

「ということは、数えで十七か。ちょっと、そうは見えないがほんとかい？」

新十郎が、ほのかな意地悪さをにじませながら訊いた。一月一日の到来とともにいっせいに年を取る数え年の十七歳は、誕生日前ならば満年齢で十五歳だが、信の場合はすでに過ぎている。

（ということは、満で十六歳になってしばらくというところか……えっ、けどとてもそうとは思われへんなぁ）

孝平は法律家らしく、明治六年の太政官《だじょうかん》布告「年齢計算方ヲ定ム」に従い、つい一般的でない満年齢で数えてしまったが、にしても幼く見えるのには変わりなかった。

「それは、生まれたときのことは覚えていませんから……ただ、そう聞かされて育っただけです」

「まぁ、そりゃそうだろうな。そりゃおれだって同じことだ」

新十郎は言ったが、風評の十五、六歳というのは、当然数え年だろうから、それよりさらに年かさと聞いた意外さは隠しきれないようだった。

「堀越作治郎さんは三十……だったはずだから、十三歳違いか。珍しいというほどでもないが、ずいぶん年の離れた兄弟なんだね。ひょっとして……」

言葉を濁《にご》しながらも、立ち入った質問を投げかけた。すると、信はやや顔を伏せながら、

「あの……僕は作治郎さんとは腹違いなんです。作治郎さんのお母さんが亡くなったあと、父の甚兵衛が村の外で後添《のちぞ》いというのをもらって、そのぅ、それで……」

そういうことか、と孝平は思った。世間にはありがちの話で、そうして生まれた子が父方に引き取られるのも珍しいことではない。彼の場合は父・甚兵衛の妻で異母兄・作治郎の母が亡くなってからだが、生母とともに堀越家に入ったのならまだしも、その境遇は想像に難《かた》くなかった。そうした家庭環境で年より幼く見えるのには、日々の食事から来る栄養状態が原因とも考えられるわけで、それは貧民窟《ひんみんくつ》や裏長屋はもちろん、一見豊かな家庭でも珍しくはない。

むろん記者であれば、そのあたりは代言人以上にピンと来るわけで、

「よしわかった、もう言わなくてもかまわないよ。ぶしつけなことを訊いてすまなかったね」

筑波新十郎は、うわべだけではないようすでわび、質問を打ち切った。人々の暮らしを見て歩く探訪記者らしく、短いやり取りの間に、信の生い立ちと今のこの姿を結びつけたに違いなかった。もっとも、それで質問の矛《ほこ》を収めるのが、正しいかは難しいところだったが……。

そのあと新十郎は、ふいに信の言葉が引っかかったように、

「え、ちょっと待ってくれよ。いま言った『村』って何のことだね」

「え、それはもちろん」

今度は、信の方がとまどい顔になる番だった。

「堀越の人たちが大阪に出てくる前に住んでいた村ですよ。奈良の奥の方の……確か吉野《よしの》郡《ぐん》の方と聞いています」

「確かとか、聞いていますって、君もそこで生まれ育ったんじゃないのか。一家あげて大阪に出てくるまでは」

新十郎が突っこむと、信はつらそうな顔になりながら、

「よく……知らないんです。子供のときのことはあまり覚えていなくて」

「え、だって自分のことだろう」

新十郎が重ねてたずねようとしたとき、それまで穏やかだったテイラー博士の目が、厳しさを帯びて向けられた。もう少しで彼の口から、

「モウソノ辺デ、オヤメクダサイ」

という言葉が出て、打ち切りが宣告されたかもしれない寸前に、

「吉野か、ええとこやそうやね。とても山深い、僕なんかにも想像もつかんとこやが……確か今の奈良県の、地図でいうと下の方の大半を占めてるんやなかったたっけ」

孝平が唐突に口をはさみ、およそどうでもいい質問を放った。いきなり何ごとかとあきれ顔になった新十郎を横目に、

「ははぁ、すると君が生まれたころには、今と同じ奈良県があったわけやね」

孝平は自分でも何を言っているんだろうと考えながら、脳内から流れるままに言葉を発した。

「そう……らしいです」

明らかに横道にそれた問いかけに、信はとまどったようすで答えた。

そのあと孝平は、奈良に関する知識を総動員し、テイラー博士ばかりか後ろに控える看病婦にも雑談を振った。これにには宣教医も乗ってきて、とりあえずその目から厳しさが消えた。

明治四年十一月——このころはまだ旧暦なので、西暦ではすでに一八七二年一月になっていたが、大和国《やまとのくに》の十県が統廃合されて奈良県となった。だが、明治九年には堺県への編入により廃止され、二年後には区郡制の実施でかつての平城京の地、あをによし寧楽《なら》の都は「堺県奈良郡」という扱いになってしまった。

さらに明治十四年には堺県そのものが大阪府に吸収され、まるでおまけのような仕打ちに憤《いきどお》

った奈良の人々は分離独立の悲願をかかげ、ようやく昨年十一月に奈良県が再設置された。

孝平が口走った通り、吉野郡は大和国十五郡の半ば以上を占める森林地帯。だが、そこのとある村から一家が大阪に移住してきたいきさつについて、堀越信は何も知らないようだった——。

しかし、一家が逢坂の地に引っ越してきて、そこに質屋を構えて数年と聞いたから、そのときとうに物心はついていたはずで、それもおかしな話ではあった。そのへんに探りを入れようとするたび、テイラー博士の目がギロリと光る気がして、口をつぐまざるを得なかった。

一方、迫丸孝平には、この薄幸らしき子について、別に気にかかっていることがあった。それは堀越信が満十六歳になってまもないという事実だった。

年齢と外見の不調和などということではない。「十六歳」という数字そのものが、法律書生を経て代言人となった彼にとっては特別な意味を持つからだった。

明治十五年施行の刑法——かのフランス人顧問ボアソナード博士がナポレオン刑法典を参考に起草し、世界的にも先進的な内容で、それだけに保守派の抵抗が激しかったものだが、その第四章第一節には次のように記されている——。

第七九条　罪ヲ犯ス時十二歳ニ満サル者ハ其罪ヲ論セス但《タダシ》満八歳以上ノ者ハ情状ニ因《ヨ》リ満十六歳ニ過キサル時間之ヲ懲治場《チヨウジジヨウ》ニ留置スルコトヲ得

第八〇条　罪ヲ犯ス時満十二歳以上十六歳ニ満サル者ハ其所為《シヨイ》是非ヲ弁別シタルト否トヲ審案シ弁別ナクシテ犯シタル時ハ其罪ヲ論セス但情状ニ因リ満二十歳ニ過キサル時間之ヲ懲治場ニ留置スルコトヲ得

二　若シ弁別アリテ犯シタル時ハ其罪ヲ宥恕《ユウジョ》シテ本刑ニ二等ヲ減ス

ここで言う「弁別」とは、これに先立つ第七八条の「罪ヲ犯ス時知覚精神ノ喪失ニ因《ヨリ》テ是非ヲ弁別セサル者ハ其罪ヲ論セス」ということで、要するに心神喪失か否かだが、さらに重要なのは十二歳未満のものは刑法犯に問われることはなく、また十六歳未満までは懲治場すなわち感化施設に入れられるなどして、刑の執行を免《まぬが》れることがある。

もっとも、第八一条には「満十六歳以上二十歳ニ満サル者ハ其罪ヲ宥恕シテ本刑ニ一等ヲ減ス」ともあって、未成年者であるが故の減刑の可能性が記されているが、「満十六歳」という年齢が、場合によっては死刑になるかならないかの分水嶺となることには違いなかった。

(いかんいかん、いったい何を考えてんのや。この目の前の男の子に何でそんな心配をする必要がある。どだいあり得る話やないやないか、彼が罪に問われることなんて……)

迫丸孝平は、ふとわき起こった思いを否定しようとするあまり、思わず大きく首を振り、自分で自分の頭をコツンと小突いた。そんな彼を、筑波新十郎はちらとふりむきざま、

——何やってんだ？

とでも言いたげな顔をしたが、あらためて堀越信に向き直ると椅子に座り直した。

「さて、いよいよここから、ちょっと——いや、ちょっとやそっとじゃなくつらい話になるんだが、あの晩の出来事について話してほしいんだ。君のお父さんやお兄さん、そのお嫁さんやお店の人たちが命を絶たれたときのことを……」

顔を上げると、相手のここだけは健やかに澄みきった目を見すえて。

「むろん、君が望めば、だが」

問いかけのあとに、長い沈黙と静寂があった。謹厳なウォレス・テイラー博士が制止をかけるかもしれないと思ったが、ことがことだけに当人の意思に任せたいようだった。

2

ちょうどそのとき、雲間から射した光が窓越しに飛びこんできた。新十郎と孝平がまばゆさに目を細める中、堀越信のちんまりした口がかすかに開き、やがてゆっくりと語りだした——。

「あれはいつだったか……そう、この時分を丑三《うしみ》つ時《どき》というんだと、作治郎さんに教えられたことをふいに思い出して、まだそれよりは早いなと思ったから、午前一時ぐらいだった気がします。寝床で本を読むうちウトウトして……そのあと用を足したくなって、部屋を出て家の隅っこにある厠《かわや》に行ったんです。そしたら何か物音がして、おそるおそる奥座敷を見に行ったら……父の甚兵衛が死んでいて、せいさんも倒れていて、びっくりして表の方に戻ったら、玄関近くに欣二さん、階段のところに作治郎さんが血まみれで倒れていて、もうびっくりしてしまって動けずにいたら、今度は二階の方でキャーッと女の人の悲鳴が……。

とても二階に行く勇気なんかなかったんだけど、続けて『誰か来て、助けてーっ！』と今度はモヨさんの声で呼ばれたものだから、そのまま階段を駆け上がりました。そしたら寝間から千代吉ちゃんを抱きしめたモヨさんが飛び出してきて、『これを、この子を……』と捧げ持つようにして、あの子を僕に手渡したと思ったら……後ろから斬られたらしくてウーッと一声、人間の体があんな風に曲がるのかと思うぐらい、弓のように反《そ》り身になり、そのままこちらに倒れかかってきて……気がついたら千代吉ちゃんを抱いて転げ落ちるように一階に下りていました。

でもどこに逃げたらいいのか。欣二さんが倒れていて怖いけれど、その死骸を越えて外へ出るほかないと思っていたら、物陰からいきなり見たことのない男の人が斬りかかってきて……はい、顔は暗くてよく見えませんでしたが、確かにうちの一家の誰でもなく、みんなにこんなひどいことをしたのはこいつかと思うと、恐ろしいのと腹が立ってしょうがないのが混ざり合い、でもやっぱり恐ろしいのが先に立って、その場に金縛りにされたようになっていたら、その男はそのまま、まっすぐ僕めがけて刀を……」

その瞬間が再現されたかのように、言葉が断ち切られた。風がカーテンを揺らし、日の光がちらつく。

思わずこぶしを握りしめた新十郎たちの前で、信は再び小さな口を開いた――。

「もう駄目だ、と千代吉ちゃんを抱きしめたままへたりこんだのですが、いっこうに刃は降ってこない。おそるおそる目を開くと、何と男の後ろから番頭の佐吾太さんがしがみついて、必死に捕まえてくれている。何とか手助けできないかと思っていたら、男の肩越しに佐吾太さんが、

『おれにかまわずと蔵の中に入れ。何してる、今すぐ入らんか！　入ったら錠《じょう》を下ろせ！』

と叫びました。それで、千代吉ちゃんを抱いたまま土蔵の中に飛びこんだんです……」

そこまで聞いたとき、ある疑問の浮かんだ孝平は思わず新十郎の方を見た。すると彼も同じ不審を抱いたらしく、

「ちょっと待ってくれよ、するとそのとき、蔵の戸は開いていたわけだね。一日の仕事を終え、勘定がすんだら、蔵は錠を下ろして閉ざしてしまうもんじゃないのかい。いくら家と直接つながっていて、外から直接は侵入できないとしても」

「それは……わかりません」信はかすかにかぶりを振った。「でも、賊の狙いは蔵の中身でしょ

うから、まず帳場《ちょうば》に忍びこみ、そこにあった鍵を見つけ出して扉を開けたのだろうと、警察の人たちが話しているのを聞きましたから、たぶんそうなのかと……」

「ああ、確かにそんな話だった。そのあと家の中の者に見つかって口封じに殺した、あるいは誰かをおどし、蔵の扉を開けさせたあとの凶行という見方もあるようだね」

新十郎はそう言ったあと、苦々しい表情になりながら、

「いずれにせよ、当局じゃ今回の凶行を、旧自由党の過激一派による資金稼ぎのための強盗で、質草の中の貴重品と、いっしょにしまってある現金を狙って、まず蔵を開けたところで家人に騒がれ、一家を手にかけることになったと見立てているようで……ああ、すまない。それでとにかく、君は土蔵の中へと飛びこんだわけなんだね」

「はい……そしてもう無我夢中で内側から扉を閉じました。でも、千代吉ちゃんもいるし、重くてなかなか閉められないでいたら、外からググッと力が加わって、佐吾太さんが押してくれているのだと気づきました。

『出るんじゃない、何があっても出るんじゃないぞ』

そう言っているのが聞こえた気がしますが、よくは覚えてはいません。そう言われても、あの刀を提《さ》げた男はまだいるはずだし、佐吾太さんのことを考えると、どうしようかと思いましたが。でも、とにかく言いつけ通りにするのと、千代吉ちゃんを守るのが自分の役目だと考えて、裏白《うらじろ》戸《ど》を引き出し、格子戸もきっちりと閉めて落とし猿《ざる》が落ちるのを確かめました……」

「その、落とし猿のことだけどね」

新十郎が、また信の話を止めてたずねた。

「あれは鉤《かぎ》の手になった道具を使えば、簡単に開けられるんだよね。そうなることは心配ではな

かったのかい？　あとから来た警察は結局見つけられずに、格子戸を壊してしまったけど、錠前も閂《かんぬき》も賊に外されてしまったからには、頼りになるのはそこの締まりだけだが……」

実際、新十郎と孝平が、堀越質舗に忍びこみ、内部を点検したときには、蔵の錠前と閂は外され、脇に置かれていた。これが侵入した殺人犯のしわざであり、そのままずっとそうなっていたとすると、いかにも堅牢そうな土蔵の締まりは、意外に脆弱《ぜいじゃく》だったことになる。

信は「ああ、それでしたら」とかすかな微笑みを浮かべると、

「もともと落とし猿の開け具は、たぶん賊が使ったときのものが扉のそばに落ちていて、とっさにそれをつかんで中に入ったのです。蔵の中に立てこもっている間、得物《えもの》はそれしかなかったので、ずっと着物の下に隠し持っていました。もっとも、助け出されたときに巡査さんに見つけられて取り上げられてしまいましたが……」

「なるほど、それで警官たちには開け具が見つけられなかったのか……わかった、続けてくれ」

新十郎は孝平を見やり、彼から納得のうなずきを受け取ると、信をうながした。

「はい……とにかく大あわてで三重の扉を閉めてしまうと、外の騒ぎは一気に遠ざかりましたが、それでもしばらくは人の声と、何かがぶつかる音が聞こえていました。それが恐ろしくて蔵の奥の方に逃げこんで、そのまま千代吉ちゃんといっしょに震えて過ごしていました。

そのうち外はシーンと静かになりましたが、本当にそうなっているのか、それとも聞こえないだけかわかりませんでしたし、とにかく何があっても出てはいけないという佐吾太さんの言いつけでしたから、千代吉ちゃんをあやしながら待ち続けました。かわいそうに泣いて泣いて、でも食べ物も飲むものもありませんから、ただただその相手をしてやりながら、ずっとあの中に立てこもっているうち、いつのまにか気が遠くなり、そのまま眠ってしまって……。

ハッと気がついたら、千代吉ちゃんがまた火のついたように泣き出していて、必死になってあやしていたら、そのうち外側でカチャカチャ音がして、それがだんだん大きくなり、フッとやんだかと思うと蔵の扉が開かれる気配がし、次いで裏白戸がガラガラと引かれました。でも、助けが来たとは限りません。そのままさらに奥に引っ込み、隅っこの隅っこにある質草の陰に隠れていたところ、格子戸の締まりを壊して、警察の人たちが入ってきたのです……」

堀越信はそこまで話すと、大きく息をついた。腰かけたままがっくり肩を落とし、前のめりになりかけたところへテイラー博士と看病婦が割って入り、熱を測り、脈を診《み》た。

幸い大事には至らないようだったが、ここらが潮時のようだった。そこで新十郎は、

「なるほど……それで助かった、わけだ。いや、必ずしもそうとはいえないかもしれんが……ともかくありがとう、無理をしてそこまでくわしく話してくれて。それに報いるためにも、いい記事を書いて真実を世の人に報せ、できることなら犯人を見つけ出したい——心底そう思うよ」

そう言って、信からの聞き取りを締めくくりにかかった。だが、そのとき、

「あの、僕からも一つ——一つだけ訊きたいことがおますのやが……テイラー先生、よろしいか」

孝平が、横から口をはさんだ。テイラー博士が「ソ、ソレハ……」と、とまどい顔で答えるより早く、

「信君は『社会燈《しゃかいとう》』いう雑誌を知ってるかいな。そちらの蔵の中にも一冊あったんやが……」

え？　とけげん顔でふりむいた新十郎に、小さくうなずいてみせると、

「いや、話せば長《なご》うなるが、僕らもちょっと見分《けんぶん》させてもろてな。それで、あら、やっぱりお店の質草ですか」

孝平が訊くと、信は何でそんなことをと言いたげな顔になり、それから静かに首を振って、

「いえ……あれは質草ではなく、僕が持ちこんだものです。いえ、といっても気がついたら、僕のふところにねじこまれてあったもので、全く覚えもなかったのですが、ひょっとして大事なものかもしれないというので、ほかの本や何かと同じところに置いておいたんです」

「雑誌がいきなりふところの中に現われた、まるで手品みたいに？　それに、よりによってあの『社会燈』が？」

新十郎は思わず頓狂《とんきょう》な声をあげ、孝平に手で制された。だが、驚くのも無理はなかった。

堀越質舗の蔵に、かすかな血らしきものをにじませて置いてあり、あの嫌味な探偵吏が店を訪れた直後に、いきなり庭に落ちているのを発見され、さらには長町《ながまち》裏の大捜索でも手入れ先で見つかった社会主義雑誌が、ところもあろうに――？

とにかくこの証言で「社会燈」が、いったんは堀越家の内部、ただし土蔵の外に存在したことが明らかになった。だが、それは信を運搬役として蔵の中に収まり、別のものがあらためて店の外に置き直された。誰がいつ、何のために、そんなことをしたというのだろうか。

「それともう一つ――」

迫丸孝平はさらに言葉を続けた。一瞬遅れて、約束が破られたと気づいたテイフー博士が、

「オ待チナサイ。タッタ今、アナタハ『一ツダケ訊キタイコトガ』ト言ッタデハアリマセンカ」

と抗議しかけたときには、孝平はもう質問の矢を放ち終えていた。

「聞きこんだところでは、犯人は電報配達を装《よそお》って門と玄関を開けさせ、中に入りこんだらしいんやが、君はそれらしい声とか気配とかを聞きましたか？」

「いえ……全然」

信は困惑気味に答えた。孝平がなおも聞き直そうとしたとき、

「ソノ位ニシテクダサイ。コノ人ニハ休息ガ必要デス。ドウカ、オ引キ取リヲバ……今スグ！」

さすがに堪忍袋の緒が切れたか、テイラー博士が断固として言った。

「で、では今日はこのへんで……無理を聞いていただき、ありがとうございました。ほらコマルさん、行くよ」

筑波新十郎にうながされ、迫丸孝平も椅子から立ち上がった。やがて博士と看病婦に付き添われ、堀越信が出てゆくと、新十郎は孝平の脇をつついて、

「今の質問はいったい何だったんです。一つ目のは、あの『社会燈』という雑誌は、やはりあの晩の闖入者《ちんにゅうしゃ》にして殺人者によって堀越質舗の中に持ちこまれたということですかい？　でも、そいつが何でまた、あの少年の懐中を経て蔵の中に収まったのか――で、あんたの考えは？」

「いや、まだ何にも」

孝平は手を振って否定した。新十郎は続けて、

「何だ、びっくりしましたよ。それで、二つ目の電報配達うんぬんの質問には、何か意味が？」

「いや、格別……ちょっと訊いてみただけで」

孝平はそれだけ答えると、足音荒く部屋を出て行った。心ここにあらずといったようすだ。

（何だありゃ、自分が言い出しておきながら）

新十郎は、何かしらのどに小骨でも刺さったような不快さを覚えながら、彼に続いた。

――長春病院をあとにした二人は、押し黙ったまま周防町の通りを東に向かって歩いた。ほどなく大阪一のにぎわいを誇る堺筋との四つ角まで出たところで、

「そや、うちの事務所――まぁ早い話が僕の家ですが、せっかくここまで来たんやから、寄っていかはりませんか？」

ついさっきの態度をわびるつもりか、とりなすように言った。

「いや、そんな……」

と新十郎が、口ごろは無遠慮《ぶえんりょ》のかたまりなのに反した態度を示すと、

「まぁ、そない言わんと……いつもの人力の人もいてはらんし、今日の件は、どっちみち間に合わんでしょうし、すぐに帰社せんならんいうこともないんでしょう。それやったら……ねぇ？」

そこまで勧められては、新十郎も断わる理由はなかった。気がつけば、朝からろくすっぽものを腹に入れていなかった。

「では、お言葉に甘えて。でもいいんですか、ほんとに？」

「もちろんですとも！」

孝平は胸をたたいて請け合い、そのあと急に心配そうな表情になって、

「というても、お客に出すようなもんは何もないんですけどな。今日は通いの賄《まかな》いの婆《ば》ぁはんが来る日なんですが、これがまたシブチンでろくなもんを食わしよらん。ま、近所の煮売屋に何ぞ買いに行くとしますわ。けど、あそこ開いとったかな……いや、ほんまに何もない家で……」

などと、招かれた側が不安になるようなことを言い出す始末だった。そんなこんなで南綿屋町《みなみわたやまち》の迫丸代言人事務所兼住居にたどり着いたのだが、

（何だ、これは……何もない、どころじゃないじゃないか！）

通された一間《ひとま》で、新十郎は目を丸くしないではいられなかった。

同じ独身男の住まいながら、新聞社の近所の下宿を転々としている自分に比べると、一軒家である分広々としているが、本また本が積み上がっている以外ろくな調度もなく、およそ殺風景なのは同じこと。畳の煤《すす》け具合も、まぁ似たようなものだ。

だが、そこに並べられたのは、彼の下宿には絶対に出現することのない珍味佳肴《かこう》だった。

ここへ着いたとき、たまたま路地に居合わせた賄いのお吉《きち》婆さんに、孝平がおそるおそる、

「お客があるのやけど、何ぞ出してもらわれへんかいな」

と切り出すと、「そんなお代はいただいてぇしまへんで」と、はねつけられると思いのほか、

「そうでっか……よし、このお吉が引き受けた。まぁま、汚《きちゃ》ないとこだっけど、畳に毛ェが生えてダダミになってしもてまっけど、お上がりやして、一寸《ちょう》、待っといたっとくれやっしゃ」

と、どこかへ行ってしまった。ところが、しばらくすると続々と料理の皿が、孝平と新十郎の向かい合う座敷に運ばれてきたから驚いた。

ちょうど腹がへってきたところでもあり、すぐさま箸《はし》をつけたいところだったが、今はそれに先立っての料理人の講釈を拝聴している最中で、

「へ、これが鱧《はも》のつけ焼き、こっちが鱧の皮とキュウリの酢のもんを和《あ》えたざくざく、ほいでこれが鱧の子の炊き合わせだす……東京のお方のお口に合うやどや知りまへんが、ささ、どうぞ遠慮のうお召し上がりやす！」

手品さながら、次々と料理の皿を繰り出すお吉婆さんに、

（ほう、これが大阪の夏の味、鱧か……そういえばこれとも初対面だったな）

新十郎は感嘆しきりだったが、孝平はといえばすっかりあきれ顔で、

「何や、鱧ばっかりやな。いくら今が旬《しゅん》でも、こない鱧づくしでは胃袋が小骨でいっぱいになってしまうがな」

するとお吉婆さんはいつもの剣幕《けんまく》で、

「ぜいたく言いないな。何し、急に客が来たの酒肴《さけさかな》を出してくれの、言われたかて、そない思う

ように行くかいな。幸い魚屋はんからええ鱧が手回ったよって、何とかここまでこしらえたんやないかいな。こう見えて、わたいは骨切りも上手やねんで。文句あんねやったら、あんさんは食べんでもよろしい」

と白髪髷《しらがまげ》を振り立てた。そのまま皿を引っこめかねない勢いに、孝平はあわててしまって、

「い、いや、いただきます。いただかしていただきます」

と箸をつけた。とたんに、その顔がほころぶ。

なるほど、それほど言うだけあって、その味は絶妙で、涼やかさに一日の疲れも癒《いや》されるようだった。一方、孝平は気が気でないようすで、疑わしげにお吉婆さんの顔をうかがいながら、

「婆ぁはん、こないけっこうなもん出してもろて、賄い賃《ちん》で足出ぇへんか。いつも以上は払われへんで。いま追いかけてる一件は、誰に頼まれたわけやなし、一文もならんのやから……いや、説教は要らんで、自分でもわかってるんやから」

はたで聞いている新十郎の方に、ズシリとくる言葉だった。何しろこちらは薄給とはいえど、新聞社から給料が出ているのだから、彼のように無償で走り回っているのとはわけが違った。

「ほう、そない思てくれはるんやったら、やっぱり人の道としてそれなりの礼はしてもらわんとなりまへんわなぁ」

お吉婆さんは、小柄な体をぐぐぐん、とのばしながら言った。

「れ、礼て」孝平は気圧《けお》され気味に、「賄い代はこれ以上出されへんで。それとも、今日の御馳走《ごっつお》の代金は別に――」

するとお吉婆さんは、皺《しわ》んで細いがたくましい腕を振って、

「アホらしい。そんなお金、あとから取って取れるもんなら毎度苦労しますかいな。というて夕

ダ働きは親の仇《かたき》より嫌いやよって、ちゃんといただくお礼は決めてありま……おっと、ちょう待っててや」

そう言い置くと、台所の方に引っこんでしまった。しばらくすると、布巾《ふきん》にくるんだ手で小さな土鍋を捧げ持ちながら、また戻ってきて、

「さあ、鱧づくしで文句があるようなら、これはどないだす」

二人がのぞきこんだ土鍋の中には、焼き豆腐と青ネギ、それに三角形の何かが浮かんでいて、茶色い出し汁が何ともいえず甘いにおいをたてている。

「お婆ちゃん、これは……？」

と新十郎が、三角形――魚の頭らしきものを指さすと、

「半助《はんすけ》ですわ」

お吉婆さんは、何だか得意げになりながら答えた。

「半助？」

と首をかしげた新十郎に、

「あれっ、東京ではそない言いまへんかいな。早い話がウナギの頭、かば焼きにするとき打ち落としたのを安う分けてくれまんねん。こう、へぎに入れてな。そのままつまんでガリガリッと食うても酒の肴《あて》にええのやが、とりわけ豆腐といっしょに煮《た》くとウナギの出汁《だし》が回って、そらもうたまらんおいしゅあっせ。こちらの代言人の先生はご存じないかもしれまへんが、ウナギいうのはこの半助のあと《あたま》に長ーい胴がつながってるもんで……」

「それぐらい知ってるわい」

孝平は憤然と言い、そのあと用心しいしいやや身を引いて、

「それで、この分のお礼というのはどういう――？」

「こちらは、このごろあんさんの話にようでてきなはる新聞社の探訪さんだっしゃろ」

言いながら、新十郎の方に向き直ったお吉婆さんに、

「そ、そうですが？」

彼は軽く驚きながら答えた。探訪さんとはご挨拶《あいさつ》だが、はて、この元気な婆さんに出会ったとき、記者だと名乗ったのだっけ。そういえば孝平が、

「ほれ、うちで取ってる東雲新聞の――」

とか何とか言い添えていた。それで新十郎の素性を知ったのかもしれなかった。

一方、お吉婆さんは新十郎の答えを聞くや勢いこんで、

「それやったら、ぜひ聞かせてもらいたいもんだんな。探訪さんならではの面白い――というてはは災難に遭《お》うた人らに気の毒なが、とにかくこの歳になるまで狭い世間しか見てけぇへんかった身としては、世上に起きた出来事を聞かせてもらいとおますのや。とりわけ、こちらの迫丸先生とごいっしょに調べてなはる件について」

「そ、それはもしかして……」

「質屋六人殺しの一件!?　し、しかしそれは――」

それぞれ尻ごみしつつ答える二人に、お吉婆さんはいったん置きかけた土鍋を持ち上げると、

「そうでっか……ほんならこの半助豆腐はおあずけや。食べさしの鱧づくしも下げさせてもらうで。あーあ、せっかく作ったけど。裏の斑犬《ぶちいぬ》にでもやろか」

そう言って、そそくさと立ちかけるのを見て、

「ちょっと待った！」

新十郎と孝平は、ピタリと声を合わせて叫んだ。

それから二人は、軆と半助だけでない料理をはさんで、堀越質舗の事件について語り合った。最初はそんなものにつられて、人の命にかかわるどころではない惨劇を、賄い婆などという市井《しせい》の人に聞かせていいのか――という理由で話す気になれなかった。

しかし考えてみれば、新聞なんてものは、まさに市井の人々にむごたらしくもあさましい事件の報道を、売りつけているのだ。そのついでに高尚な論説や政治談議を読んでもらっているようなものではないか。それこそ、賄い婆さんに対してもだ。

だとしたら、何もはばかることはなかった。このお吉婆さんが、二人があの事件について話す内容を商売敵《がたき》の朝日《あさひ》新聞や大阪日報にでも売りこむとかいうなら別だが……。

それに、こんな風に酒を酌《く》み交わし、なおかつ事件について触れないでいることなど、できるはずもなかった。初めのうちは、極力細部をぼかしていたのだが、だんだんとそれでは物足りなくなり、面倒になってきて、しだいにあけすけに口にするようになった。

「それで、結局――」

迫丸孝平が、ほんの一口二口の酒で早くも顔を赤くしながら、言った。

「警察としては、長町裏に潜伏した不逞の一味――旧自由党系や自由民権運動の激化組が、資金稼ぎのために堀越質舗を襲い、あまつさえ人殺しに及んだという考えを捨ててへんわけですな」

「ええ、それどころかむしろ強固になってるようです。そうしてる限りは民権派狩りの名目が立ちますからね。ですから問題は、あの信という少年が出くわし、危うく殺されかけたという賊の正体と、あれだけのことをやらかした動機ってことになります。あの晩、何者かがあの家に侵入したことはまちがいない。しかし、その何者かが何者だったのかは知りようがない……」

「だいたい、その何者かは何であそこまで惨《むご》たらしい犯行をあえてしたか。まるで強盗より一家皆殺しの方が目的やったようやないですか」

「そ、それは確かに」

核心を突く孝平の言葉に、新十郎はたじたじとなり、しかし明確な答えも出せないままに、

「それも結局は……そこまでのことをあえてした何者かは、そもそも何者だったかということになるわけで、うーん……」

話がいつもの堂々巡りに入りかけた、そのときだった。

「いっそ家中《かちゅう》の誰ぞが乱心した、とでもいうんなら話は早いんでっしゃろけどなぁ」

ふいにお吉婆さんが、銚子《ちょうし》を替えざま口をはさんだ。

「へえっ？」

「お婆ちゃん、そりゃまたいったい――？」

発言のあまりの唐突さと、その内容の大胆さに二人があっけにとられ、絶句していると、

「小《お》まん源五兵衛の芝居（『五大力恋緘』）の種になった曾根崎《そねざき》五人斬り、あら色町の話やけど、堅気の家でもお店《たな》でも、乱心者が一家皆殺し――いうのは、ままある話やおまへんかいな。源五兵衛も、それから籠釣瓶《かごつるべ》の佐野次郎左衛門《さのじろうざえもん》（いわゆる『吉原百人斬り』の主人公）も幕切れまで生きのびたけど、家内じゅうを手にかけたあと自刃《じじん》して果てるのも珍しいこっちゃおまへん」

お吉婆さんは芝居好きらしく、妙なたとえを持ち出してきた。

「な、なるほど……」

クイッと猪口《ちょこ》をあおってから、新十郎がわれに返ったように言った。

「でも、そうなると犯人は堀越一家の、雇い人も入れた六死人の中にいたということに……？」

「いやいや婆ぁはん、それはないわ。赤子といっしょに生きのびた信いう男の子は、自分に斬りかかったのは、見たこともないよその人間やと言い切っとったんやで」

孝平があわてて反駁《はんばく》すると、新十郎はむしろ彼をなだめる方に回って、

「でも、もしあの少年が身内同士の殺し合いを目《ま》の当たりにしたことに耐えられず、また犯人をかばう目的で嘘をついているとしたらどうだい」

「えっ、それは……」

孝平が絶句し、考えをうながすかのように頭をコツコツとやった。お吉婆さんは苦笑して、

「これ、待っとくなはれ。わたいはそんなことがあったとは言うてぇしまへんで。それどころか、たった一人の乱心者が一家を皆殺し、いうのは今度の一件には当てはまらん、言うてまんにゃ」

「な、何でそんなことがわかるんだい、お婆ちゃん？」

新十郎が驚いて訊くと、お吉婆さんはあきれ顔になりながら、

「そんなもん、はっきりしてまっしゃないか。その何やいう坊《ぼ》んが、二階でややこを受け取ったときは賊がまだいてましたのやろ。そのあと坊んが一階《した》に駆け下りたところ、脇から飛び出してきたのに襲われたいうからには、上と下に一人ずつ賊がおったことになりまんがな」

「！」

思いがけない相手から指摘されて、新十郎と孝平は顔を見合わせた。

「な、なるほど……」

「確かに、そういうことになるか！」

「へ？　これぐらいのこと、てっきりお気づきやとばかり思てましたんやけど……」

二人からの感嘆まじりの反応に、お吉婆さんはかえって困惑したようすで、

「それはともかく、ご番頭が賊の盾になってくれてる間に、坊んは蔵の中に隠れる。そこへ賊の片割れが加勢して——まぁ、そんなとこと違いまっか……あかん、鍋を火にかけっぱなしや」

お吉婆さんは、そう言うなり立ち上がって、台所に行ってしまった。

「……まいったな、こりゃあ」

「ええ、ほんまに」

新十郎と孝平は顔を見合わせ、半ば茫然として言った。

「人の話をきちんと聞いて、筋道立てて考えて、先入主《プレコンセプション》にとらわれてなければ、当然気づいたはずのことに気づかへんかったというのは——いやはや、何とも」

「代言人も探訪記者も、賄いの婆さんの知恵にしかず、ってとこですか」

言われてみればその通り、なぜ自分たちでは気づけなかったか、恥ずかしくなってきた。

なぜといって、もし賊が複数いたという推測を認めるなら、事件の様相はある方向に固まってくる。殺人者が一人なら、それこそ歌舞伎芝居にあるような狂気狂乱、乱心の果てということもあり得るし、六人の死者の誰かが犯人であり、全てを終えたあと自刃したと考えられなくはない。

だが、二人ないしそれ以上ということになれば、乱心の果ての家庭内殺人ではありえなくなる。いくら何でも、同じ屋根の下で暮らす者たちのうち二人以上が同時に狂を発するというのは考えにくいし、となればやはり外部からの賊の侵入ということに確定する。

「だけど、そういうことになると……」

「そう、その二人以上いた賊が、出口のない家からどうやって雲散霧消《うんさんむしよう》したか、という疑問に返ってきてしまうわけですな」

そのあとに長い沈黙があり、二対の箸が空《から》に近くなった皿を突っつく音だけが響いた。

迫丸孝平は、何とはなし重くなった場の空気を振り払おうとするように口を開いた。

「と、ところで……あの信君いう男の子も、見た目が年不相応というか、滋養と発育に問題がありそうというか、ちゃんと話ができるか心配やったんですが、杞憂《きゆう》でしたな」

「そう、確かに……ちゃんとどころか、むしろ人並み優れた頭の冴えだと見ましたね。まさに人は見かけに――というやつで」

筑波新十郎はそう言うと、ふと思い出したように、

「そういえば、あれが奈良弁というか、吉野言葉とでもいうのか、ずいぶん不思議な響きのしゃべりでしたな。同じ西の方でもいろいろ訛りのあるもんですな」

孝平は「え」と、にわかに目をしばたたいた。

「僕は、少なくとも大阪から三十里四方の生まれではないな、あの言葉遣いから、ことによったらあなたと同じ江戸っ子かとも思てたんですが……違いましたか？」

「全然違いますよ！」

新十郎は憤然として答えた。そのあと二人はまたまた顔を見合わせると、

「ほんなら、あの子は――」

「いったい、どのあたりの生まれ育ちなんだろう？」

「あれっ、あの探訪さんはどこ行かはりましたん？」

ややしばらくして座敷に戻ってきたお吉婆さんは〆《しめ》のつもりか、みずみずしい〝まっか〟――真桑瓜《まくわうり》の切ったのを盆にのせ、とまどったようにあたりを見回した。

迫丸孝平は「いや、それが」と頭をかきかき、申し訳なさそうに、

「急に用を思い出したとかで、たった今、新聞社に帰りはった。人力呼びまひょか、言うたんやけど、その先に俥《くるま》の溜まりがあったさかい、そこから堂島北町《どうじまきたまち》まで戻る、言うて……」

そう言うと、お吉婆さんは残念そうに、

「何や、せっかく手回ったばかりのを食べてもらお、思たのに……社の用事とあれば、しゃあないけど無駄になってしもたな」

「いや、何も無駄にしたりせんでも、僕が食べさしてもらうがな。とりあえず、一ついただこか」

孝平がさしのべた手から、お吉婆さんはヒョイッと盆を引っこめて、

「あきまへん！　これはあくまであの探訪さんの話を聞かせてもろてのお礼だす！」

と断固拒否の姿勢を見せたのだった。

3

●質屋六人殺し彙報《いほう》

天王寺村逢坂の堀越質舗にて発生せし一家六人殺害事件は府警察本部並びに天王寺署に於て引続き厳探中なるが本紙記者は当初より現地に於て本件を精査したる結果其《そ》の惨虐にして近時に類例を見ぬ大犯罪なる事実の外《ほか》に幾つかの思料《しりょう》し難き点あるに着目せり即《すなわ》ち本件の不思議と謂《い》ふ可《べ》きものに

して以下に其れを記さんに

兇手消失の不思議　先《ま》づ挙ぐ可きは無辜《むこ》の家族と雇人に兇刃を振ひし犯人の逃走の痕跡無かりしことで出入口は悉《ことごと》く家内より施錠しあることは既報の如く例外は表門のみなりき即ち兇手は何等かの手段口実を用ひて屋内に闖入するを得たりとしても犯行の後現場を逃れるの途《みち》なく逃れ得たとしても家の外側から再び錠を下ろすこと能はず恰《あたか》も人身瓦斯《ガス》と化して雲散霧消したるかと疑はれる有様《ありさま》此れ即ち第一の不思議と謂ふ可し

長町捜索の不思議　然るに当局にありては本件を強盗事犯と見て探索を続行する一方で所謂《いはゆる》長町一帯の裏長屋に巡査及び探偵吏を派して家探しを断行し不審人物を多数検束せり此れは近年各地より大阪に流入せる人民の裡《うち》に嫌疑者ありとの見込に基づくものなるも其の判断には全く根拠なく俗に言ふ処《ところ》の当推坊《あてずっぽう》に外ならず然るに其の当推坊の結果捜索先より不穏の冊子押収されしを成果とするは此れ即ち第二の不思議と謂ふ可し

冊子発見の不思議　其れを成果とする根拠は掘

越質舗の敷地内より右と同一の不穏冊子の発見せられたる事実にて一見するに長町裏に潜伏せる不審人物と六人殺しとの関聯《かんれん》を実証するが如きなれども此れ話が逆様にて予《あらかじ》め当該冊子の存するを期して長町捜索を実行したるが如し又記者は同質舗周辺を踏査して右の如き冊子の存せぬことを確認せり此れ即ち第三の不思議と謂ふ可し

六人殺害の不思議　　抑〻《そもそも》今回の惨事は強盗殺人と断ずるには不審の点あり何となれば単に質庫を開きて中の金品を盗奪するが目的ならば殊更《ことさら》家人を殺傷するに及ばず仮令《たとえ》己が姿を目睹《もくと》され或は店の者をして土蔵を開かしめたとしても其の人物丈《だけ》口封じすれば足り又覆面変装し家内の者は緊縛して立ち去れば固《もと》より其の必要なしにも不拘《かかわらず》態々《わざわざ》二階に上り又奥に走り遂には少年一名嬰児一名を除いて鏖殺《おうさつ》せしは此れ即ち……

(此れ即ち第四の不思議と謂はざる可《べか》らず——と。さて五つ目は何かあるだろうか)

終日灯りが絶えないとはいえ、時刻が時刻だけに人影の絶えた東雲新聞社、その畳敷きの編輯《へんしゅう》局《きょく》で、筑波新十郎は原稿用の罫紙《けいし》に一心に毛筆を走らせていた。

どんなに急いだところで、もう明日の紙面には間に合わないのだが、それでもこの記事は書いておきたかった。今わかっていることも、わかっていないことも記録し、報道しておきたかった。そうすることに躊躇がなくはなかった。創刊以来、硬軟取り混ぜた紙面に自由民権のたいまつを掲げてきた東雲新聞は官憲ににらまれ続け、ことあるごとに発行停止を食らっている。これだけの大事件でありながら、いまだ解決の端緒《たんしょ》もつかめない警察の無能を突けば、どんな意趣返しをされるかわかったものではない。しかも「社会燈」の発見について、それがでっち上げに使われていることを示唆《しさ》してしまったのだから、おそらくただではすまない。

そのことは度重《たびかさ》なる経験で心得ているし、雑報主任や主筆と相談したうえで多少手直しするとしても、とにかく書けるだけのことは書いてしまいたかった。

実は、もう一つ触れておきたい不思議があった。それは、堀越信と千代吉の生存に関するもので、蔵の中にひそんで殺害を免れた彼らの幸運についてで、この事件のせめてもの救いとして記しておきたかったのだが、かといってこれを「少年生存の不思議」と書くわけにはいかなかった。先の四つと違って、新十郎にはそこに疑いや不信をさしはさむつもりはなかった。

（そういえばコマルさんはどうだろう。どうも、長春病院での彼の最後の質問が気になるが……）

その点について、彼の自宅兼事務所で語り合っておけばよかったかもしれない。とにかく新十郎としては、信少年と彼には甥にあたる千代吉が正常な生活に戻ることができるようになるためにも、新聞記者としてこの事件の謎を解き、解決をつけることを望むばかりだった、のだが……。

「こ、これは……」

迫丸孝平は、東雲新聞の最新号を手に、朝食の膳を引っくり返しそうになった。

その紙面には、明らかに筑波新十郎の筆になる記事「質屋六人殺し彙報」がかなりの幅を取っており、それを見た瞬間、思わず取り落とした箸を拾おうとした際、膝をぶつけてしまったのだ。

何ともいえない動揺と不安が、飯やお菜のかわりに胃袋を満たした。

(この記事自体には何の問題もなく、むしろややこしくもまた惨たらしい事件をみごとに腑分《ふわ》けしている。さすがは筑波はんや。けど……けど、この書きようではかえって書かれた側をまずい立場に追いこみかねんのやないか)

そう心につぶやいたあとで、気づいたことがあった。

(そうか、彼には、僕があの人物に抱いた疑念というか不安を伝えておかへんかった。自分でも信じられへんかったから、あえて口にせんかったんやが、それがこないな挑発的な記事を書くと知ってたら……願わくば警察や裁判所の連中が、気づかずにいてくれるとええんやが)

ふいに、孝平の脳裏にこの記事には書かれていない次の項目、第五の不思議とでもいうべき文章が思い浮かんだ。奇しくも新十郎が書きかけたのと同じく「少年生存の不思議」と題されたそれは、しかし彼のとは全く別の意味合いを持つものだった――。

「何やえらい音がしたけど、いったい何ごとだす?」

ヒョイとけげんそうな顔をのぞかせたお吉婆さんに、孝平は答えた。

「いや、何でもあらへん……ところで、またあの探訪さんに飯食いに来てもらうことがあったら、またご馳走出してくれるか?　もちろん事件のお談義付きで――そうか、それはよかった!」

4

「コレハマタ何トシタ事デス。アノ人タチハ何者デ、ココデ何ヲシヨウトシテイルノデスカ」

ウォレス・テイラー博士は、いつも冷静そのものの顔に、怒りと悲しみをにじませて立ちつくした。ほかの医療施設での巡回診察を終え、千年町の長春病院に戻ったときのことだった。

その視線の先では、時ならぬ騒ぎが起きていた。片隅に置かれたベッドに制服の一団が群がり、寄ってたかってそのベッドの主《ぬし》を取り押えようとしていた。

日本人医師や看病婦が制止しようとするのを容赦なく突き飛ばし、振り払ったあげく、台に置かれた水差しが床に落ちて砕け散った。たちまち悲鳴があがり、怒号が浴びせられた。

「あっ、テーラ先生、何や今、えらい騒ぎになってしもて……」

「そうでんねん、いきなり警察が踏みこんできて――」

「例のあの子を、無理やり連れて行こうとしてまんねやがな！」

テイラー博士の到着に気づいた患者たちが、すがるようにして口々に訴えた。そうと聞くなり、博士はさすがに驚きを隠しきれず、長身を立ちすくませて、

「――警察《ポリス》？　警察ガ何ノタメニ？」

独語するようにつぶやくなり、大股で奥の方に進んで行った。その気配を察したか、制服の警官の一人――どうやらこの場の指揮官らしき人物がふりかえって、

「おっと、これは……てっきり今日は非番と思ってましたが」

一瞬「しまった」という表情になったのをあわてて塗りつぶし、とりつくろうように言った。

西洋人であり、領事館だの治外法権だなどと小うるさいことになりかねない彼の不在を狙っての闖入だったことは明らかだった。そしてもう一つ、彼らの目的がここの誰であるかも……。

「イッタイ、当病院ニ何用デスカ。何ユエアッテ、コノヨウナ狼藉《ロウゼキ》ヲハタラクノデスカ。私ドモノ患者ニ不当ナ扱イヲスルコトハ、断ジテ許シマセン」

語気も強く迫るテイラー博士に、指揮官らしき警官は一瞬たじたじとなった。だが、すぐに権力をかさに着た態度でもって押し返して、

「何ゆえあって、どころではありませんぞ、先生。われわれは職権をもって、これなる患者を拘《こう》引《いん》せんとするのです。いや、患者と言いつつ、病でもなければ、けがも負っておらない人物を、いかなる理由をもって隠匿《いんとく》しておられたのか、その点も問われねばなりませんが、いかがか」

「隠匿デハナイ、保護デス。全テハ人トシテノ権利、ソシテ自由ニ基ヅクモノデス。俯仰《フギヨウ》天地ニ恥ジルモノデハアリマセン！」

テイラー博士は毅然として答えたが、それは目の前にいる連中にとって最も通じず、何一つ心に響かない論理だった。口ひげの警官は、権利の自由のと聞かされて、うるさくなったのか、

「かまわん、さっさとやれ」

と部下たちに指示した。たちまち応《いら》える声がこの病棟じゅうを揺るがして、寝台から一つの人影を寄ってたかってつかみ上げた。制止しようと駆けよるテイラー博士の肩をグイッとつかんで引き戻すと、ポケットから取り出した書面をことさらにちらつかせながら、

「東成郡天王寺村逢坂、堀越作治郎方居住、堀越信、当十六年——その方を同居の者に対する殺人の嫌疑にてこれより逮捕拘引いたす。神妙にせい。……連れて行け！」

さっきまでは非力ながら抵抗するようすを見せていた人影は、ふいにがっくりと力を失った。

そして、そのまま制服の一団に、哀れな狩りの獲物さながら、引き立てて行かれたのだった……。

――騒ぎを聞きつけた迫丸孝平が事務所から駆けつけ、そして筑波新十郎が権三《ごんざ》の人力車をいつもにも増して急がせながら到着したときには、全ては終わっていた。

「こ、こりゃいったいどうしたことなんです、コマル――いや、迫丸さん？」

今にも泣きだしそうに、重く雲垂れこめた空の下、新十郎は孝平の胸倉をつかまんばかりに詰め寄った。理不尽とは承知の行動だったが、すると彼は言いにくそうに、

「それは……警察が、どうあっても質屋六人殺しの犯人を逮捕しないといけないところに追いこまれ、しかし当初予定していた長町裏の住人だの旧自由党の激化派だのには罪を着せることができず、ついにあの少年をその狙いに定めた――いうわけです」

「そ、そ、そんな馬鹿な！」

新十郎はついに叫んでしまった。

「あんな年若い――いっそ幼くさえあって、ひ弱にしか見えない男の子に、何ができるというんです？　同じ家の中で暮らす人たちをあんなにむごたらしく斬殺することなんて……それとも何ですか、あんたは彼にそれができると考えてるとでも？」

「いや……いくら何でもそうだとまでは」

孝平は弱々しくかぶりを振ると、言葉を続けた。

「ただ、何度となくくり返したように、あの家には全て内側から錠が下ろされ、凶行を終えた犯人は外には出られんかった。ということは――あの家の中にあって、若夫婦の忘れ形見の赤ん坊を除く唯一の生き残りである彼だけには、殺害が可能やったということになりはしませんか」

「そ、それは！」

「しかも、当局がひそかにもくろんでたであろう、この殺人事件の捜査にかこつけ、民権派の弾圧や貧民窟の大掃除に利用しようという理由づけは、その〝論理術ノ環論〟ぶりを指摘され、証拠の捏造《ねつぞう》さえあからさまに示唆されて成り立たなくなってしまった。といって犯人を捕えられないままでは警察ひいては政府の権威にかかわる。そこで……というわけです」

「ちょ、ちょっと待ってくださいよ……ということはつまり、おれのこないだの記事で指摘した不思議の数々が、彼にはあだとなったということですか。あれを書いたせいで、警察が苦しまぎれにあの子を殺人犯に仕立て上げ、悪くすると死刑台に上らせることになった、と――？」

「いや、そこまでのことはないと思いますが……」

弁解するような孝平の言葉を、新十郎は振り払って、

「おためごかしはやめてください。畜生、こうなるとわかってりゃ、警察《やつら》をここまで追いこむ記事は書かなかったものを……」

「いや、考えが甘かったのは僕もです。いや、むしろ僕の方でした」

「どういうことです？」

「僕は信君に一抹《いちまつ》の疑念を抱いていながら、それをはっきりさせなかった。そうと筑波はんに告げていたら、あなたはこんな記事を書かず、警察を刺激することもなかったかもしれへん……」

「だから、どういうことです？」

新十郎は目を見開き、ついでパシンと手を腰のあたりに打ちつけると、

「そうか、あのときの電報配達についての質問……あのときすでに、あんたは彼に不審を？」

「そう、お察しの通り……」孝平は答えた。「あの少年が、手代の岡欣二と同様、見世の間で寝

てたとしたら、門の外から電報配達を名乗り、まずは玄関戸、次いで門を開けさせた声に気づかんかった、いうのはおかしくはないか——それが心に引っかかってたのに、僕はそのことをあえてあなたに告げんかった。告げとったら、あの記事の書きようも、少し違《ちご》てたかもしれません」

「さあ、それはどうだか。おれのことだから、まさかこんなことになるとは気づかず、同じような記事を書き飛ばしてたでしょうよ。で、どうなんです、今でもあんたは彼を疑っていますか？」

「いや……何かわけがあったにしても、それだけであの少年が逮捕されるべきやったなんて、毛《もう》頭《とう》思てはいません」

孝平はきっぱりと答えた。すると新十郎はどこか不敵な笑みを浮かべつつ腕を組んで、

「なるほど……それでこれからわれわれは、どうしたもんですかね」

「どうしたもんって……相手は官憲、今のこの状況をどないできるものでも……」

けげんそうに聞き返した孝平だったが、そこまで言いかけたところで、にわかに顔を輝かせた。

「そう……そない訊かれて答えられることは、この迫丸孝平は代言人やということですか」

「そして、このおれは探訪記者——となれば、やれること、やるべきことは決まってますよね」

「では、あなたはホンマの本気で？」

問いかけた迫丸孝平の手を、筑波新十郎はガッとつかんで答えた。

「やりましょう！　ともに世間からはみ出した、鼻つまみのならず者扱いならではのやり方で」

「さすがに、自分のことをそこまで嫌われ者とは考えてまへんが……」孝平は苦笑まじりに、

「とにかく、せいいっぱいお上《かみ》に楯突《たてつ》くとしますか、言葉と理屈という武器——いや、蟷螂《とうろう》の斧《おの》でもって！」

第六章「私の手を載《の》するときは、猫が私を、嚙むべし」

1

「ああっ、その棺桶《かんおけ》、焼くのちょっと待った！」

ところは大阪市外、天王寺《てんのうじ》墓所。その一角に設《もう》けられた火葬場での坊さんたちの読経《どきょう》のさなか、少ないながら集まった参列の人々をかき分けるようにして、馳《は》せつけた人影があった。

「た、頼む。ちょっとの間でええから火ィ止めて。どうしても確かめんなんことがあるのや」

何や何や何ごとや、と驚きあわてる人々を尻目《しりめ》に、人影は前に出た。そこに立ちふさがっていたのは今まさに轟々《ごうごう》と音を立て、赤く尖《とが》った炎の舌をかいま見させる鉄の扉。とっさのことで係のものが止める暇もなく、闖入者《ちんにゅうしゃ》はその取っ手を素手でつかもうとした。だが、その背後から、

「危ないっ、迫丸《さこまる》さん。あんた何てことするんだ！」

寸前で彼を羽交《はが》い締めにし、危ういところで押しとどめたのは、言うまでもなく筑波新十郎《つくばしんじゅうろう》であった。彼はそのまま孝平《こうへい》を、二歩三歩と後ろに引きずっていきながら、

「あきらめろ、遅かりし由良之助《ゆらのすけ》だ。第一あんたにケガでもあったらどうする」

「そ、そうかて、みすみす大事な証拠が火に呑まれては……」

迫丸孝平は無念そうに、なおもあきらめきれないのか抵抗の姿勢を見せた。そうこうするうちにも、目前に何基も並んだ赤煉瓦《あかれんが》積みの新式炉は粛々《しゅくしゅく》とその役割を果たし、次々と悲劇の犠牲者たちを白い舎利《しゃり》へと変えていった。

――四天王寺《してんのうじ》一帯から阿倍野《あべの》の筋を下ると、ほどなく街並みは途切れ、えんえんと田畑が広がる。来年、大阪鉄道が湊町《みなとまち》―柏原《かしわら》間に汽車を開通させれば、中間に天王寺停車場が設けられる予定で、そうなればしだいににぎわってもゆくのだろうが、今のところは気配もない。

その線路予定地を横切って五、六町も行くと、西側に近年造成された広大な霊園があり、その一角に建つのが天王寺火葬場である。近くにあるのは、伝染病隔離のための避病院、やや離れて〝天下茶屋の聖天《しょうてん》さん〟こと正円寺《しょうえんじ》ぐらいという物寂しさだ。

そんなにも物寂しいからこそ、ここに設けられた施設に、今しも逢坂《おうさか》の町内から集まった有志が参列していた。どうかすると、彼らより死者の方が数では負けないほどだったが、そこにあたふたと闖入してきたのが迫丸孝平と筑波新十郎という次第なのだった。

「たとえ生焼けでもかまへん。せめて体の一部でも見せてもらわれへんか。そや、ちょんの間でも火を止めてもろて……」

「そんなことができるわけがないでしょうが。いったん火をつけたら終わりだよ。それに焼けぼっくいみたいな死骸のかけらから、医者でもないわれわれに、この場で何がわかるものか」

明治六年、近代国家とは表向きだけ、神道を国教とする神がかり政治を目指す維新《いしん》政府は、仏教弾圧の立場から火葬を禁止、死者の土葬を義務づけた。これにともない、当地でも大阪七墓と呼ばれ、盆にはそれらを巡っての無縁仏を回向《えこう》する行事でも親しまれた墓所兼火葬場を廃止、東《ひがし》成《なり》・西成《にしなり》両郡に三つの埋葬地が造成された。

だが、都会地を知らない田舎《いなか》侍、いや武士ですらない郷士《ごうし》上がりの思惑は外れ、たちまち墓所不足となってしまった。その結果、わずか二年で火葬が解禁されたのだから、七墓もそれを守ってきた大阪人たちにとっても、とんだ無駄というべきだった。

その後、この三か所に火葬施設を新設したいとの申し出があり、近代的な火葬炉の設置によって、これまでの野辺送りから一変、迅速で遺骨もかさばらない処理が可能になった。

だが、その効率化が、迫丸孝平にはうらめしかった。もっとうらめしかったのは、ここ天王寺墓所――大阪人の通称に従えば〝阿倍野の斎場《さいじょう》〟に駆けつけることが遅れた自分自身であった。

孝平はやや気を取り直しつつも、なおもあきらめきれないようすで、

「まだ焼いてない仏さんはないか。一体でも二体でも、この目で確かめたいことがあるんや」

「あいにく、今のが最後ですわ。確かめる言うたかて、誰も引き取り手がないまんま、見た目も臭いももうとうにえらいことになりかけてまんねやで」

そのようすを見かねてか、火葬に立ち会っていた同じ町内の住民が呆れたように言った。そのそばからヒョイと顔を出した、別の一人が言い添えて、

「そうだんがな。あれだけの一家にこれだけのことがありながら、親類縁者の誰《だ》ァれも駆けつけるもんがない、したがって死骸の引き取り手もない。それでわてら同町内の談合で、こうやってお骨《こつ》にするとこまでこぎつけましたんやがな」

「ほんま大変でしてんで。それを今さら留《と》め男《おとこ》に入るやなんて、あんたらいったいどこの物好きや……あれっ、こっちのハイカラはんは、どこぞで見た顔やないかいな」

「おぉ、そないいうたら……」

「何や、こないだから堀越《ほりこ》っさんとこのこと聞き回ってる、江戸っ子弁の探訪《たんぼう》さんやないか」

そういう声が上がったのを幸い、新十郎はグイと前へ出て、

「いやー、先だってはどうもどうも。実はこちらの代言人《だいげんにん》の先生が、どうあっても亡くなった方の、そのぅ、見分《けんぶん》をしたいというのでね」

「見分？　すると、あの一件に何ぞまだ疑いでもおますのか。コレラやらペストたらいう恐ろしい伝染病が毎年のように流行《はや》る時節、衛生上問題があるゆえ、さっさと焼いてしまえという警察からのお達しがあってのことですのやが」

　やや年かさの、町内のまとめ役といった感じの人物がそう言ったとたん、場の空気がにわかに緊張した。その人物はさらに語を継いで、

「しかも代言人というからには、あの一件にからんでのことで……？」

　その探るような、疑わしげな調子に、新十郎は内心、

（こいつぁ、しまった……）

と思わずにはいられなかった。あれだけの血なまぐさい惨劇が起きてしまい、さんざ大騒ぎのあげく、その後始末にこうして近所の人々が駆り出されていることからすれば、決していい印象を与えるはずはなかったからだ。

　まして代言人という職業は、一般の良民からすれば新聞記者と並ぶうさん臭さで、多数の人死にのあとで屍肉をあさる山犬のように映りかねなかった。

　とっさにどう説明しようか迷った新十郎の虚を突いて、孝平が人々の矢面《やおもて》に立った。

「さようです。僕は代言人として、堀越信《ほりこしまこと》君の弁護に立つつもりです」

　臆することなく、堂々と言い放った。と、そのとたん、

「な、何やて⁉」

　会葬客たちの間に驚きの声が広がった。次いで口々に、

「弁護、いうからには罪人をかばうちゅうこっちゃな」

「ええっ、よりにもよって……」

「あの質屋一家皆殺しの、あの子ォをかいな！」

――ことの発端は、堀越信のあまりに唐突な、そして理不尽きわまる逮捕連行を受けて、二人がそれぞれの職業の誇りと良心にかけて真実を解明しようと誓い合った、その直後のことだった。

「そういえば、六人殺しのあの死体、どないなりました？」

にわかに何か大事なことでも思い出したかのように、息せき切った調子で訊いてきた孝平に、

「どうなりましたって」新十郎は困惑気味に答えた。「あの一家の死体なら、とっくに警察から下げ渡されて、といって渡す相手がないもんだから、町内の連中が困り果ててるらしいですが」

「死体の、死体の検案書は？」

孝平はさらに問いかけた。新十郎は頭をかきかき、

「さあ、そんなもんあったかどうか。あっても死因は斬殺だとか傷は何太刀《たち》だとか、そんなもんでしょうよ」

そう答えると、孝平はとんでもないと言いたげにかぶりを振って、

「そ、そんなことではあきませんねん。もっとちゃんと調べな……どこからどう斬りつけて、傷の深さはどれぐらい、どんな刀が使われたか、それがわかるような調べをしとかんと！」

「いやまぁ、確かにそれはそうかもしれないが……言われてみりゃ、おれはそんなこと考えたこともなかったな。でもまた、何でまた急に？」

新十郎はとまどい気味に問い返した。すると、孝平は悔しそうな表情になりながら、

「いや……それは僕もそうでした。ついこの間、『裁判医学提綱《ていこう》』という本を読むまでは。けど読んでいながら、現実の時点でそのことに気がつかなんだとは、あぁもう何たる阿呆タレや！」

「さ、裁判医学？」

新十郎はキョトンとして聞き返した。孝平は「そうだす」とうなずいて、

「Gerichtliche Medicin《ゲリヒトリシエ・メヂシン》――裁判上諸般ノ疑問ニ就《ツ》キテ医学ノ特種ナル識能ヲ以《モッ》テ其《ソノ》鑑定ヲ為《ナ》ス所ノ方法ヲ講究スル学科、ですわ。その目的は『有罪ヲシテ法網ヲ脱スルコト無カラシメ無罪ヲシテ冤枉《エンオウ》ニ陥ルコト無カラシムル』にあって……」

「いやまぁ、いきなり、そう言われてもわからんが……」

引用の前半にはキョトンと目をしばたたいた新十郎だったが、後半の意味にはすぐに気づいて、

「えっ、つまり死人についた傷や何かが有罪や無罪にかかわるということですか？」

すると孝平は、わが意を得たりとばかりうなずいて、

「そう、そういうことですがな。刀による殺傷なら、犯人が右利きか左利きかによって傷の向きがまるきり変わってきますし、また身の丈や力の有る無しによって角度や深さも違《ちご》うてくるはず。まして、あの子のような体格では……」

「はっきりと、その特徴がわかるような付き方をしているに違いない！　そういうことですな」

新十郎はそのあとを受け、ポンと手を打ち鳴らした。

裁判医学、もしくは断訟《だんしよう》医学――後世の訳語では法医学だが、まだその呼称はない。その名の通り、裁判のための司法解剖を中心とした学問だが、その概念はまだ浸透しておらず、警察においても変死人の死因解明ぐらいで、犯罪捜査と強く関連するとの認識は薄かった。西洋医学が生きた人間だけではなく、死者をも相手にするとは知られていなかったのだ。

もっとも、それに近いものが全くないわけではなかった。江戸時代から検屍の手引きとして愛読された『無冤録述《むえんろくじゅつ》』だ。宋《そう》代の『洗冤録《せんえんろく》』を翻訳したもので、自他殺、事故死を区別し、死因

を見抜く秘訣《ひけつ》を示すなど先駆的ではあったが、今となっては迷信的で誤りも多い。にもかかわらず明治の世の今も版を重ねているのは、日本人のこの方面への認識の薄さを示すものだった。

ちなみに、孝平が読んだという『裁判医学提綱』は、東京大学——まだ「帝国」がつかない——の医学部生理学教師をつとめたエルンスト・ティーゲルによる講義で、学生の身ながら通訳をつとめたあとその助手となり、やがて法医学の日本における父にして名付け親と呼ばれることになる片山国嘉《かたやまくにか》らが編纂した初の専門書だ。だが、あいにく当時は限られた人々にのみ必要な知識とされ、本格的な司法解剖もまだほとんど行なわれてはいなかった。

その方面の認識に乏《とぼ》しかった新十郎も、孝平に言われて、死体そのものが物語る事実の重要性に気づいた。それで、彼とともに天王寺村かいわいに駆けつけたのだが、そのときすでに堀越質《しち》舗《ほ》の人々は、これもまた文明開化の一環ともいえる新式の炉にかけられて、盛大に荼毘《だび》に付されていたというわけだった。

これからどんどん暑くなる季節だけに、そのままにしておくわけにはいかなかった。焼く前に間に合ったとしても、裁判医学はおろか医者ですらない孝平たちに、どれだけのことがわかっただろうか。

それでも、死体という最大の証拠がむざむざと失われてしまったこと、その重要性に寸前まで気づかなかったことへの後悔はあまりに大きかったのだ。加えて、

(警察が強く火葬をすすめたというのも、本当に衛生上の問題であったのやら怪しいもんだな)

という疑念もわき、それは迫丸孝平も同様であるに違いなかった。だが、それはそれとして、今この場における喫緊《きっきん》の懸念も無視するわけにはいかなかった。

「ちょ、ちょっと、迫丸さん……」

筑波新十郎は、なおも業火を噴く火葬炉と、未練ありげに立ちつくす孝平を見やると、

「今のあんたの言葉、ご町内の衆には何やら強く響いたようですぜ」

えっ……と迫丸孝平はふりむいたが、どうやら、彼の判断にまちがいはないようだった。しかも時すでに遅しといったところで、いつのまにか二人は町内の衆にぐるりと取り巻かれており、しかもその輪はグッと引き絞られようとしていた——。

2

「いやはや、さっきは驚きましたよ。いきなりあんな風に取り巻かれて、『おまはんらはあの質屋殺しに探りを入れてるのか、ましてあの信って子が警察の旦那方に引っ張られたってのに、かばい立てするのか』と詰め寄られたときにゃ、まぁどうなることかと肝を冷やしましたね」

天王寺火葬場での一幕のしばらくあと、墓場と田畑と、伝染病の避病院が散らばる一帯を抜け、街並みと人通りが復活するまでもう少しといったところで、筑波新十郎が口を開いた。

どうせ大した扱いにはなるまいが、「質屋殺し六遺体火葬の模様」と題して現場でしたためた記事を車夫の権三《ごんざ》に託し、途中飯でも食おうとぶらぶらと北に向かう途上だった。

「そうでしたそうでした、僕もああまで啖呵《たんか》を切ったものの、そして言い分に譲る点はなかったとしても、あの人らの面前で平然としてられたかと言うと……正直ビクビクもんでした」

迫丸孝平は、今もなお緊張の面持《おもも》ちで言った。新十郎はそのあとに続けて、

「それが一転、『わしらも薄々、いや内心でははっきりと、あんな子にそんな惨《むご》たらしいことができるとは思てなかったんやが、しかし警察のご連中が連れて行ったというからにはどうしょう

もない。下手人ではないかもしれんなどとは、うっかり口にも出しかねておったんや』と言い出したのには、ホッともギョッともさせられましたね」

そう言うと、孝平は心から安堵したようすを見せながら、

「さよさよ、『ああなってしもたら、もうおしまいで、御一新《ごいっしん》前のように嘆願書や一揆《いっき》で何とか訴えを通そうという世の中でものうなってしもたと、あきらめとったところ、何かのきっかけでこういう場合は代言人を立てればええんやと気づかされた。とはいうもんの、それらしい知り人もなしというんで困ってたんや』とまで言われたのには目を洗われる思いでした」

「逆にその場で依頼成立、かえってよかったじゃありませんか」

新十郎が言うと、孝平は「ええ」とうなずいたあと、ふと思案顔になって、

「ただ問題が一つ……どうにも気になったんですが、あの場ではちと言い出しかねてしもてね」

「と言うと？」

「あの人ら代言人には代言料が必要や、いうことを、ひょっとしてわかってへんのやないか、とね。いや、わかっててことさら口に出さへんのかもしれへんし」

また訴訟に負けてコマルさん、勝っても礼金とりはぐれてコマルさん——と近所ではやされている理由の一端《いったん》らしきものをのぞかせて言った。

「な、なるほど！　このあたりはさすがは大阪だぁ」

と新十郎もこれにはあきれもし、納得もして妙なほめ方をした。そのあとに続けて、

「確かにこりゃ心配の種ですな。あん人たちに、あの子を救うための奉加帳《ほうがちょう》を回す余裕があるかどうかというと、いささか心細いが……ま、そこは何とかなりますよ。場合によっちゃわが東雲《しののめ》新聞の会計係に強談判《こわだんぱん》でもしてみせますとも」

「それはまた物騒なが……けど、ことと場合によってはよろしくお願いします」

孝平にとっては切実な問題であることはもちろんで、いとも大まじめに頭を下げた。

「しかし、本当に町内で代言人を雇い、ゆえなく囚われの身となった少年を救うとしたら、こりゃこれでいい記事になりそうな……いつのまにか世の認識も進んだということでしょうか」

「ええ、僕らの仕事もおいおい知られるようになってきて、ことに試験を受けて免許を取らないかんようになってからは、以前ほど三百代言だの公事師《くじし》てな悪口は言われんようになりましたが、それでもまだまだ金銭のやり取りだの土地取引、あるいは相続や商売の揉めごとに際しての仲裁人ぐらいにしか思われてはおりません」

「ほう、まだそんなもんですか」

「ええ、民事の裁判には、必ずわれわれ代言人が必要なことは知られるようになってきましたが、刑事事件にも出番があるし、役にも立てるということは、まだ知られてはおらんのですよ」

「確かに、まだしも東京や大阪の土地っ子にはお上《かみ》に抗《あらが》う気風があり、下される命令を盲目的にありがたがったりもしませんが、法律に対する考え方は奉行所時代と変わりありませんからね」

孝平は「そう、そうなんです」とわが意を得たりとばかりに声を強めた。

「警察に逮捕されれば悪人で、裁判で罪人と決めつけられれば、まことにおっしゃる通りでござりまするると平伏してしまう。全くもどかしい限りです。戦う余地は十分にあるというのに……」

「ま、今の藩閥《はんばつ》専制政府の連中自体が、そういう奴隷根性のまんま成り上がった田舎者ばかりですからね。下々《しもじも》のものどもが逆らうことなんて考えてもいないし、許すつもりもないでしょう」

と新十郎は元幕臣らしく苦々しく吐き棄《す》てて、

「とはいえ、刑事裁判に代言人が参加できるようになったのは、そんなに遠いことではありませんからな。例の大阪事件——大井《おおい》憲太郎《けんたろう》氏ら一部被告が大審院に上告したところ、名古屋重罪裁判所に移送されて一審をやり直してる最中だそうですが——のときのように、英国法曹院《ミドル・テンプル》仕込みの法廷代言人《バリスタ》、星亨《ほしとおる》氏らによる大論戦がくり広げられた例もありますが、まだまだこれからというところでしょう」

「そう願いたいもんですが……そういうこともあって、われわれ同業の間では、『これは代言人という呼び名がいけないのではないか、だからいつまでも三百何とかと呼ばれるのだし、単なる仲裁役か周旋屋扱いされるのだ』という意見が高まっていましてね。それで、いずれ新しく法律ができて資格が定められるときに、いっそ名前を改めてしまおうという動きがあるのです」

「なるほどね。そういえばおれたちの間でも『探訪』という言い方を嫌がる声はありますがね。実際見下してそう呼ばれることもありますし、いっそみんな新聞記者にしてしまえと……それで、そちらはどんな名前に変えようと言うんです？」

「さぁそれが」孝平は頭をかいてみせた。「いざそうなると議論百出で……もっとも最近の刑事裁判では代言人のことを『被告人何がしの弁護人』と記録するのが通例になっていますれどね」

「すると、さしずめ新しい呼び名は弁護人——いや『弁護士』というところですか」

「まあ僕自身は、今の代言人という呼び方も嫌いではないのですがね。政府の役人の前で口も利けんようにしつけられた民衆に代わり、その思いを口にして出すという点でね」

「なるほど、まさに代言するわけですな。いや、頼もしいことです。それでまず迫丸代言人、いや弁護人としては、とりあえずこのあとどういう手を打ちます？」

筑波新十郎が訊くと、迫丸孝平《こうへい》は頭を垂れ、腕組みしながら、

「そうですな。まず何よりも堀越信君に面談して……」

そう言いかけ、新十郎も「おう、それは」と身を乗り出したときだった。

「あのう、もし……あんさん方」

いきなり野太い声で呼びかけられ、二人はビクッとして立ち止まった。ふりかえると、そこには、さっきまでいた墓所兼火葬場のお仕着せをまとった男が、軽く息を切らしていた。

どうやら、あそこから彼らを追いかけてきたらしい。何の用かと、問いかける暇《いとま》も与えず、

「あのう……これを」

何やらボロ切れに包んだものを差し出した。思わずけげん顔になった二人に、

「実はさきほどのご会葬の方々から、これをあんさん方に渡せと、こない言われまして、それでこうしてやってきましたようなことで……はい」

何とはなし、薄ぼんやりした口調で言った。それだけに嘘はなさそうだった。

「あの人たちからおれたちに？　とはまたいったい何だろう」

新十郎が言うと、火葬場の男は「へぇ、それが……」とうなずいて、

「何でも、これをお二人にお届けしたら、きっとお役に立つとお駄賃までいただきまして……」

「おれたちの役に立つ……こんなボロ切れがかい？」

と首をかしげた新十郎の横あいから孝平がのぞきこんで、

「おや……中に何か入ってまっせ。開いて取り出してみはったらどないです」

うながされて、新十郎は布を解き、中身を取り出してみた。すると、何やら真っ黒になって、しかもまだぬくみのある奇妙な物体が現われた。

それは長さ二、三寸ばかりの棒状で、焼け焦げながらも硬さを保ち、先の方が折れ曲がったり、溝《みぞ》を刻んだりした奇妙な形をしていた。

いったいこれは何だろうかと理解に苦しみ、たまらずに、

「これは、いったい――」

「どういうものなんだい？」

と期せずして割りゼリフで問いかけた二人に、

「あそこで火におかけした仏はんの焼け残りでございます」

そう聞かされた二人は、当然のことながら激しい動揺、いやむしろ恐慌に見舞われた。

「ええっ、こ、これが⁉」

「そんならあの、死人の一人のお骨？」

こらいかん、フワーッということになって、新十郎はあわてて手を振り動かした拍子に、その物体を宙に放り投げてしまった。

「うわっ、何をしなはる」

孝平はとっさに手をのばし、無事つかみ取ったはいいものの、次の刹那《せつな》、気味悪さに思わず手から弾き飛ばしそうになって、

「あれっ、これは……？」

寸前で思いとどまり、しげしげと見つめ直した。

お骨、すなわちあの死者たちの残骸でないことはわかった。もし人骨ならば焼けてボロボロになり、触れただけで砕けてしまうだろうに、この物体はしっかりと元の姿を保っていた。

「こんなものがお棺の中から見つかったというのかい」

新十郎も、かたわらでそれをながめながら訊くと、男はうなずいて、

「はぁ……お骨上げのとき灰の中から見つかって、まさか骨壺に入れるにもいかないし、いま立

ち去った人たちの役に立つかもしれないから届けてくれ——と、こない言われまして、それでここまで走ってきたような次第でして……はい」

「われわれの役に立つ……どういうこっちゃろ」

孝平は目を細め、そのあと顔を上げると、

「それで、これは誰の棺の中にあったんや？　それは聞いてないか？」

「はい、それがでおまんのやが、ええっと……」

と男は考え考えしながら、ハッと気づいたように懐中を探ると、

「そ、そや。ケジマ……ケジマサゴなんたらいう方やそうで……質屋の番頭はんと言えばわかるとのことでした。ほらこの通り、ここに書いたもんもあずかってございます」

言いながら渡した紙片には、確かに「此品《コノ》、毛《ケ》島《ジマ》氏遺灰ヨリ出《イ》デ候《ソウロウ》。猶《ナヲ》、仏衣ノ外《ホカ》ハ無一物ニテ送リ候」と走り書きされていた。その末尾に、丸にれの字を入れた印が書き添えてあるのは、筆者の屋号でもあろうか。何となく、あのときのまとめ役らしき人物が二人の脳裏に浮かんだ。

新十郎はそうと聞くなり、ハッとして、

「番頭の毛《け》島《じま》佐《さ》吾太《ごた》か……しかし、何でこんなものが彼の棺桶の中に？　誰かが投げ込んだんでしょうかね」

「さあ……そうでないとしたら、もともと彼の体内にあったことになりますが……」

孝平はしばし首をかしげていたが、ふと火葬場の男がまだそこに立っているのに気づくと、

「ほら、これ……僕らからもお礼や、取っといてんか」

と財布からなけなしの銭を奮発して、労をねぎらった。ペコペコと頭を下げながら男が立ち去りかけるのを呼び止め、確かに受け取った旨、(れ)氏に書き伝えたものを渡した。

男が来た道を戻ってゆくのを見送ったあと、二人はまた市街地に向かって歩き始めた。今のはいったい何だったのか、何を意味すると考えたらいいのかと、互いに首をかしげながら……。

「そうだ、そういえば」

ややあって、新十郎はふと口を開くと、妙なことを言い出した。

「戊辰《ぼしん》の戦い、近くは西南《せいなん》戦争で亡くなった人間の遺灰から鉄砲の弾が出たとは聞いたことがありますがね。しかし、こんな銃身の途中でつっかえそうな形の弾丸があるとは聞いたこともないし、かといって体内に食い入るほど突き刺すのも難しそうだ」

「そうですな。身につけていたならともかく、そうではないとわざわざ書き添えてもある。仏衣ということは経帷子《きょうかたびら》か何かに着替えさせたんやろから、そんなものがまぎれこむはずはない……とすると、やはり体内にまぎれていたとしか考えようがないわけか」

迫丸孝平は、さっき気味悪がっていたのとは打って変わり、その物体をふところにねじこむと、

「まぁ、これについては、またあとで考えるとして、とりあえず今は――」

「そう、あの堀越信少年のことを考えるとしますか！」

筑波新十郎も、くだんの物体のことでは不得要領のままながら、力強くうなずいたのだった。

3

天王寺警察署の入り口をくぐったその人物は、紋付の羽織袴《はおりはかま》に山高帽、後ろには洋服姿で眼鏡をかけ、禿《ち》びた筆先のような口ひげを生やした男が付き従っていた。悠然と扇子《せんす》など使いながら、公廨《こうかい》の真正面までやってくると、パチリと扇子を高らかに鳴らして、

「免許代言人・迫丸孝平、職務上また司法手続き上のことあり罷《まか》り越した。なお、これに控えおるは拙者の助手である。貴警察署に拘引《こういん》留置中であるところの本職の依頼人との面会を……」

そこまで言ったところで、背後から眼鏡に禿びたひげの〝助手〟が耳打ちした。

「迫丸さん、そこはもっと音吐朗々《おんとろうろう》、声張って」

「……本職の依頼人との面会を要求するものである。さよう署長殿にお伝え願いたい！」

助言を受け、紋付袴の来訪者は警察署じゅうに声を響かせた。あいにく声が裏返ってしまった個所もあったが、警察官たちの耳をそばだてさせるには十分だった。

もっとも留置人との面会、ましてや代言人とのそれは容易に許すつもりはないらしく、彼らの反応は鈍《にぶ》いものだった。とりわけ公廨の奥に鎮座する署長らしき金ピカ制服は、机上の書類からろくに顔も上げず、側近のものに手を振ってみせたのみ。

どうやら「相手にするな、追い返せ」が署長命令であるらしい。そこへまた〝助手〟が、

「迫丸さん、例のあれを」

「あれ？……ああ、あれね」

あわてて懐中を探り、一枚の名刺を取り出す。何やら添え書きのされたそれを、おそらく門前払いの命《めい》を受けてやってきた巡査に渡すと、彼にはその効果が薄かったのか、ぶっきらぼうな表情のまま奥へと戻っていった。

だが、名刺を見たとたん、署長の顔色が明らかに変わった。持参した巡査に不機嫌そうな顔で耳打ちすると、ギロリとこちらを一瞥《いちべつ》し、また書類とのにらめっこを再開した。

「どうです、《自由楼《じゆうろう》》の女将《おかみ》の顔の利くことときたら」

〝助手〟は得意げに、どうやらレンズの入っていないらしい眼鏡越しに片目をつぶってみせた。

「社で相談したらすぐ、あの女傑に取り次いでくれて、そこから府会でもけっこうな大立者のあの名刺が届けられたというわけです。しかもあの琴鶴《ことづる》って別嬪《べっぴん》の芸者さん自らの手でね。ありゃいったいどういう人なんです？」

「ああ、あの子は何というか古い知り合いの……しっ！　筑波はん」

問われるままについ答えかけたところで、迫丸孝平がたしなめた。

「あんまりしゃべると正体が知れまっせ。何せ天王寺署《ここ》はあなたの持ち場なんやから」

「そうでした、そうでした。そういえばついこないだも顔を出したんだった」

そんなやり取りをしながら、巡査の先導で歩き始めた二人を――正確には、その片割れの方を不思議そうに見送る人物があった。それはここの小使《こづかい》の老人で、今ちょうどお茶を盆にのせ、署長席まで捧げ持っていこうとするところだった。

「ふだん警察回りのときでも、ここに来ることはまずないけど、あらためて見るとひでぇな……おれが大阪に来て放りこまれた東署の留置場もろくなもんじゃなかったがね。警察に捕まった瞬間からもう罪人で、てことはひどい目にあわせていいってのが世間の見方なんだろうが、だとしたらあのときのおれは何だったたってことになる。これはまた記事にして訴えていかにゃあ」

もともと温かみがあるとは言いかねる警察署の中で、ひときわ暗く薄汚れ、何より冷え冷えとした空間を見回して、筑波新十郎は憤激しきりだった。

「筑波はん、言いたい気持ちもわかりますけど、ちょっと控え目にしとくなはらんか。今のあなたは東雲新聞の探訪記者やのうて、代言人事務所の忠実にして優秀な助手やねんから」

「おっとそうでした。ついつい大阪に着いたばかりのときのことを思い出しちまいましてね。そりゃともかく、どうも鬱陶《うっとう》しくていけないな」

たしなめられて新十郎が鼻の下をこするのを、孝平はあわてて押しとどめて、

「ほらほら、言うてるそばから、ひげがずり落ちそうや。眼鏡かてヒョコ歪《いが》んでる！」

「これはいかん、夜店出しの道具屋で掘り出したのに、バレちゃあ何にもならない」

新十郎は苦笑まじりに、子供のおもちゃみたいな素通しの眼鏡の位置を正し、大人が茶番で使うようなチャチな付けひげを貼り直した。こんなたわいもない変装をしたのは、たとえ孝平が留置中の人間に接見できたとしても、新十郎の同行が許されるはずはなかったからだ。

「それにしても、迫丸さんは人に偉そうにするのが何より苦手なお人と見受けてたけど、いざその気になれば、なかなかやるもんですな。さっきのセリフ、なかなかどうして大した気迫でしたぜ。さしずめ天王寺署公廨前啖呵《たんか》ノ場、ってなもんで」

「堪忍してくださいよ。自分のニンにないことをするのが、あんなにつらいものとは思いまへんでした。いや、時に応じてハッタリをかましたりカマをかけたりということがでけんから、いつまでも〝コマルさん〟と呼ばれてまうわけですが……」

「いや、そりゃあ」

いくら何でも謙遜《けんそん》、いや。それどころか卑下《ひげ》のしすぎですよ――と新十郎が言いかけたときだった。そこへ、留置場の番人らしい男がやってきて、

「堀越信に面会を希望するというはお前たちか。本来であるならば代言人ごときに許されるものではないのだが、署長殿の格別のお情けをもって差し許すこととする。ただし手短にいたせよ」

番人は、他国ならば認められて当然の接見の権利を「差し許す」などと恩着せがましく言い、腰提《こしさ》げにしていた鍵束をジャラリと鳴らしながら先に立って歩いた。その鍵の一本で牢の扉を開

いてくれるのかと思ったが、単に格子越しに顔を突き合わせるだけとなった。

「さ、ここじゃ。ありがとう対面せぇ」

ただささえ日のささないところへもってきて、牢の奥にはどっぷりと闇がわだかまり、しばらくの間は何一つ見えはしなかった。ただ、身をかがめて目を凝《こ》らし、暗がりに慣れるにつれて、ほのかに白く浮かび上がった人影があった。

「堀越……信君！」

その瞬間は何の反応もないように見えた。だが、ほどなくむっくりと立ち上がると、小柄な彼でも頭がつかえそうな天井に身をかがめながら、こちらにやってきた。やがて格子と格子のすき間から、白い顔がこちらを見返してきた。

「あなたたちは――あっ！」

けげんそうな、というより何ごとも信じたくなさそうだった顔が、ほどなくパッと輝いた。

そのとたん、筑波新十郎と迫丸孝平は、こもごも胸を突かれるような思いがした。

（こ、これは――）

（これが、あの彼……？）

もし互いの内心を声に出していたら、こんな風に共鳴し合っていたことだろう。

なぜといって、島之内《しまのうち》教会隣の長春《ちょうしゅん》病院で対面したときには、目立たず印象の薄かった面ざしが、ひどく美しく見えたからだった。おかしなことに、まるで西洋のお伽噺《とぎばなし》に見る囚われの姫君《ディストレス》であるかのごとくに――。

「そ、それで信君」

迫丸孝平は、一瞬とらわれた奇妙な空白からわれに返ると、牢の中の白い顔に問いかけた。

「いきなりこんなところに放りこまれて調子のええわけがないが、体の具合が悪いとか熱があったりとかは――ない？　それはよかった……実は今日は君にたずねたいこと、いや確かめたいことが、というべきかな、とにかく直接話をせないかんことがあって来たんや。かめへんかな？」

「はい、どうぞ」

小さいがはっきりとした声が返ってきた。孝平は「おおきに」とうなずくと、

「まず一つ目は、今回の出来事に関し、今後君の身に起きる法律上のこと、とりわけ裁判になってからのもろもろは、全て僕が代言人の職責のもと引き受けようと思うんやが……どやろ？　費用は心配せいでも、東雲新聞社が引き受けてくれる――そういうことでしたな、筑波はん？」

「た、た、たぶん――いや、きっと必ずそうさせますとも」

急に金銭的な話を振られ、新十郎はどぎまぎしつつも請け合った。

「……わかりました、お願いします」

ほんの少し間を置いて、答えが返ってきた。孝平はホッと安堵したように汗をはじくと、

「よかった。ほんなら、代言人選任届に名前と……そやな、拇印《ぼいん》を捺《お》してもらおかな。何分、入れるとこが狭いよって、いっぺん用紙を折りたたんで……」

言いながら、新十郎の方をちらっとかえりみる。彼はうなずいて、

「だいじょうぶ、番人はどっか行ったみたいです」

「ほんなら、今のうちに署名と拇印を……そう、そこにお願いします。はい、それでけっこう」

孝平は格子の間から差し出された書類を、再度開いて検《あらた》めると、また折りたたんで懐中に収めた。それから、さっきまでの物柔らかで優しい調子から、真剣そのものの表情に切り替えて、

「信君、何を今さらと思うかもしれへんけど、そしてひょっとしたら失礼に当たるかもしれんけど、一つはっきり確かめておきたいことがある」

「何でしょうか?」

こちらもやや厳しさを加えた声が返ってくる。孝平は軽く息を吸いこむと、

「君の証言は、長春病院で聞かせてもろたのと変わりないか、いうことや。あの晩、夜中に起き出して便所に行って戻ってみたら、家の人たちが何人も斬り殺されていて、君には義理の姉にあたるモヨさんの悲鳴が二階から聞こえた。瀕死《ひんし》の彼女から千代吉《ちよきち》ちゃんを引き取って一階に駆け下りたところで、何者かに斬りかかられた。そこを番頭の毛島佐吾太さんに救われ、蔵の中に閉めこまれ、そしてそのまま朝を迎えた、と。そういうことやね?」

「はい……でも、何でそんなことを今になって?」

「うん、あくまで念には念を入れての確認や。というのも、君を法廷で——そこまで行かんに越したことはないが——弁護するために、君を全面的に信じれるようにする必要があるからや」

「そういうことなら、わかります」

孝平の意図を納得し、理解もしたらしき声が返ってきた。

「そしてもう一つ」孝平は付け加えた。「君と千代吉ちゃんに斬りかかってきた男が、君ら一家をあんな目にあわせたことに疑いの余地はないが、それは君にとって全く未知の人間やったということでまちがいないね。堀越質舗の誰でもなく、むろん君自身でもなくね」

「えっ、迫丸さん。あんたそりゃいったい、何が言いたいいんだ……」

新十郎がかたわらから口をはさんだのを、孝平は手で制しておいて相手を見すえた。

「どないやね、信君」

ほんの一瞬にもかかわらず、ひどく長く感じられた間を置いて、堀越信は答えた――。

「はい、その通りです。神様に――といっても、どの神様に言えばいいのかよくわかりませんが、とにかく誓って嘘も誤りも言いません」

このうえなく、きっぱりした言葉に、迫丸孝平はホッと息をつき、笑顔を取り戻した。

「ふう、何だか知らんが、こちらまでずいぶん緊張させられましたぜ。だがとにかくこれで、われわれが官憲と闘って無罪を勝ち取るための、わが方の土台固めは出来上がったわけだ……」

筑波新十郎は、いつのまにかうっすら汗ばんだ顔をぬぐおうとして、またぞろ付けひげをはじき飛ばしてしまいそうになった。期せずして、牢屋の内と外で軽く笑い声が起きた。

ええい面倒だと、ひげをむしり取った彼はさらに続けて、

「とにかく元気そうで安心したよ。こんなとこに押しこめられてちゃ、健康体でも患《わずら》いついちまうからね。もひとつ心配してたのは、以前のおれみたいに老若貧富善悪ごちゃまぜの雑居房に詰めこまれては、君なんてどうなることやら。だが、見たところ一人部屋なのは何よりだった……」

「いや、ほんまに。それは僕も気にしてました。まぁ、とりあえずはよかった、いうことで」

孝平も喜ばしげにうなずいた、そのときだった。物音とも何とも、得体の知れない響きが留置場じゅうに鳴りわたった。

何やら鳥肌の立つような、とにかく不愉快極まりないそれが人間の声であり、ヘラヘラと笑う声とわかるまで少し時間がかかった。

「さて、いつまでもそう都合よく行きますかな?」

笑い声と全く同じ調子で、小馬鹿にしているとしか思えない言葉が投げかけられた。聞いているだけで、何やら醜悪な虫がオゾオゾと片隅から這い出てきたような気味悪さがあった。

誰だ？　と思わずふりかえった視線の先、彼らからは見づらい壁の凹みに、いつのまにか一人の男が立っていた。ザンギリ頭に派手な色と柄の着物、足元は雪駄《せった》。皮肉というより悪意に満ちた笑みをたたえたご面相は、まるで狐面のよう。一見して色事師か女《ぜ》衒《げん》にしか思えない風貌だったが、そうでない証拠には、たまたま戻ってきたさきほどの番人から、

「こ、これは探偵殿！　お役目ご苦労さまであります！」

と、しゃっちょこばった敬礼を捧げられていた。

だが、聞くまでもなく、孝平たちにはその正体が知れていた。堀越質舗の内部を見分したとき、制服の巡査たちを引き連れてやってきた探偵吏《り》だ。

とりわけ新十郎は記者として、その後もこの男を見かける機会があった。ということは先方からも顔を見覚えられた可能性があり、彼は孝平の陰に隠れ、あわてて付けひげを付け直した。

「おや、おまはんらかいな、あの子に面会に来た代言人とその助手いうのは……そらまぁご苦労はんなこって。けど気ィつけなはれや。そこに入っとぉるのは六人の人間、それも一つ屋根の下で暮らしてた身内を皆殺しにした化けもん――かもしれへんのやで。特別に独房に入れたぁるのはそのためで、おまはんらが無邪気に信じとるように無実の身なら、ご放免になるまでは盗人《ぬすつと》や掏摸《チボ》、女犯師《すけこまし》、その他もろもろの中に放りこまんならん。何し、近ごろは世の中が悪うなる一方で、監獄も留置場も大入り満員札止めやよって……さぁ、どっちがエエやら思案のしどころだんなぁ。何でて、ああいった屑どもの中には若い男の尻子《しりこ》玉《だま》抜くのが好きな奴もおるよってねぇ」

いやらしいほのめかしでもって、探偵吏は話を締めくくった。

対する孝平たちは言葉もなかった。皮肉には皮肉で返したかったが、そこまでの元気もない。

ふと格子を見やると、暗がりに引っこんだ信が、これまで見たことのない恐怖と嫌悪をあらわ

にしているのがわかった。そうだ、この子にとって警察の拷問や糾問《きゆうもん》以上に恐ろしいのは、その方面の暴力にさらされることに違いなかった。

それだけは何としても防がねばならない。だが官憲という闇の世界を相手にどうすればいいのかと考えあぐねた折も折、

「左様《サヨウ》ナコトハ神ノ御名ニ於《オイ》テ、コノ私ガ決シテ許シマセンヨ」

ふいに奇妙な響きを帯び、だが何とも懐かしく頼もしい声が聞こえてきた。孝平たちがそちらをふりかえるより早く、牢格子のあわいから、

「テーラ先生！」

と喜悦にむせぶ声が聞こえた。新十郎らは一瞬唖然としたあと、こもごも叫んでしまった。

「あっ、何とこりゃあ……」

「テイラー博士やおませんか！」

堀越信がここに収監されたと知って駆けつけたらしいが、千年町《せんねんちよう》の長春病院で会った宣教医ウォレス・テイラー博士と再会できようとは思いもよらなかった。

「モシ貴方タチガコノ少年ニ少シデモ異変ヲ感ジタナラバ、スグ私ノ所ニ知ラセテ下サイ。サスレバ何トシテモ彼ニ面会シテ診察ヲ行ナイ、万一拷問ヤ私刑ノ痕跡アル時ニハ必ズコレヲ内外ニ伝エ、非ヲ鳴ラス所存デス。オワカリカナ？」

博士は孝平らに請け合ったあと、終わりの方は探偵吏に向き直って言った。

「チッ、異人さんとは面倒なんが割りこんできよったで」

苦々しげに舌打ちしたものの、すぐにもとの不遜《ふそん》で冷笑的な態度を取り戻して、

「ま、代言人さんのお手並み拝見と行きまひょか。助手とやら言うお方もおきばりやす。——質

屋六人殺しの件では東雲新聞が一番熱心のようやが、われわれが探索の末に見つけた不逞《ふてい》の雑誌『社会燈《しゃかいとう》』から、せっかく民権派のしわざと目星をつけたのに水を差したんも東雲はんでしたなぁ。あんなよけいなこと、しはらなんだら、その子が逮捕されることもなかったかも……まぁ、それはどやわかりまへんけどな。ハハハ、ほたらさいなら。どうぞみなさん、ご無事ご達者で」

探偵吏は言うだけ言うと、またへらへらと笑い、鼻歌など垂れ流しながら留置場を出て行った。

孝平は新十郎ともども、その後ろ姿に食いつきそうな視線を浴びせていたが、

「今のあいつ、何もんですねん。警察の探偵、刑事巡査というのはむろんわかってますけど」

「大阪府警察本部付、探偵掛巡査・阿久津又市《あくつまたいち》――」

新十郎は苦々しく、吐き棄てた。互いの仕事柄、その名は彼の知るところとなっていた。

「あの通り、厭味《いやみ》きわまる奴だが、犯人探索に関しちゃ相当に凄腕ではあり、確かにその点では評判がいい。といっても人格や行状は別にしての話ですがね。何はともあれ、あいつに目をつけられたとしたら、こりゃ何かと厄介かもしれないな……おっと、今から迫丸さんの気をそぐようなことを言っちゃいけないな」

「いやいや……それぐらいのことは覚悟の前ですとも。それならそれで、こちらも We will try to do our best――書生時代の八方破《はっぽうやぶ》れな情熱と奮闘努力をよみがえらせるだけのことですわ」

テイラー博士が居合わせた影響か、つい英語をまじえつつ言った孝平に、

「まあ、おれの場合、八方破れなのは今も変わりませんがね……おや、どうかしましたか?」

新十郎は苦笑まじりに答え、そのあと孝平の変化に気づいてたずねた。

「いや、ちょっと思い出したことがあって……信君、堀越信君」

孝平は妙に上《うわ》の空で、独房の奥に呼びかけた。ほどなく、白い顔をのぞかせたかと思うと、

「……何ですか」

と、いぶかしげに聞き返してきた堀越信に、

「The ape and the ant.

The ape has hands.

The ant has legs. . .」

孝平はいきなり英語で妙なことを問いかけた。するとそれに導かれるように、

「Can the ant run?」

との答えが、涼やかな声とともに返ってきた。孝平はさらに続けて、

「えーっと……ほな、これはどうかいな。

See the cat! It is on the bed.

It is not a good cat if it gets on the bed.」

そう言いかけると、今度はすぐさま、しかもどこか楽しさを帯びた響きで、

「Can you make the cat get off?

Will the cat bite me if I put my hand on her?」

そう返ってきたから、横で聞いている新十郎はとまどってしまった。

――これは実は、最初の『文部省編纂 小学読本』にアメリカ製教科書からそのまま使われたくだりで、しかも「此《この》猫を見よ、○寝床の上に、居れり、○これは、よき猫にはあらず、寝床の上に乗れり、汝は、猫を追ひ退《の》くるや、○私の手を載するときは、猫が私を、噛むべし」という不自然な直訳になったのが、当時話題となったものだった。

その唐突で奇妙なやり取りを、テイラー博士は母国語である分、不思議そうに聞いていたが、

やがて「オオ」と心づいたようすで微笑した。

「うん？　今のはいったい——何だか懐かしいものを聞いた気がしましたが」

独りあっけにとられたままの新十郎をよそに、孝平はといえば、

「そうか、わかった……ありがとう」

と独りごちつつ、深くうなずいた。ちょうどそこへ、

「おい、もうそれぐらいにせんか。面会の刻限は過ぎたによって、とっとと ここから——」

留置場の番人が、堪忍袋《かんにんぶくろ》の緒を切らして言いかけたのをさえぎるように、

「よし、行きましょ、筑波はん、テイラー先生。そして信君もくれぐれも元気で、決して希望を捨てんように。むつかしいことやとは思うが、とりあえずは無実を主張して踏ん張れるだけ踏ん張ってみてくれ。そう、まずは予審……ここで担当判事が君の主張の正しさに気づき、警察が作り出した事件の状況のおかしさに気づいてさえくれれば！」

そう言い、獄中の信に笑顔を向けて立ち上がったのだった。

＊

予審請求書

左記被告事件ニ付キ予審請求候也
於大阪始審《シシン》裁判所検事局

大阪始審裁判所予審判事御中

殺人　　被告人　　堀越　信

……………………………

予審調書

被告人　堀越　信

右被告人ニ対スル殺人事件ニ付キ大阪始審裁判所ニ於テ別記ノ予審判事並ビニ裁判所書記列席ノ上云々訊問スル事左ノ如シ

問　氏名ハ

答　堀越信

問　年齢ハ

答　当十六年トナリマス

問　身分ハ

答　平民デアリマス

……………………………………

右読ミ聞ケタル処《トコロ》其《ソノ》相違ナキ旨ヲ述べ署名シ印形持参ナシト申立テタリ

予審終結決定書

本籍　奈良県吉野郡堀越村字堀越

住居　大阪府東成郡天王寺村逢坂

堀越　信

右者ニ対スル殺人被告事件ニ付キ予審ヲ遂《ト》ケ終結決定ヲ為スコト左ノ如シ

主　文

本件ヲ大阪重罪裁判所ノ公判ニ付ス

……………………………………

＊

「はい、そこまでも知られておりますなら、もう逃れぬものと覚悟いたし、一切を包み隠さず申し上げるでございます。さよう、当家において私が殺害の罪を犯しましたこと、確かにまちがいありませぬ。生誕以来大恩を受け日ごろより親愛の情を抱いてまいりました者の命を断ちたるは、真に凶悪の極みでありまして我が身ながら恐ろしく厭《いと》わしい次第でありますが、あえて弁明申し上げるならば一家のうちに突如狂疾《きょうしつ》を発せしものあり、とりわけ赤子を斬殺せんとして襲いかかりしものに万やむを得ず応じたもので、しかしそのせいでかえって人殺しよと指弾されて襲われ、つい応戦するうちにその子を抱いて土蔵に立てこもるのやむなきに至った結果でありまして……」

4

迫丸孝平は常になく緊張した気分で朝を迎えた。いつものようにパチッと目を見開いたあと、今日はふだんとは違うと感じ、さわやかな目覚めとは別のゾクリとした感覚に襲われた。

それが何に由来するのか思い出したとたん、彼は弾かれたように半身を起こしていた。

（そう……今日こそは戦いの火蓋が切られる日。定められた刻限になれば法廷の扉は開き、開いたが最後、裁判の流れをとどめることはできない……たとえ勝ち目があろうとなかろうと。だが、こちらに勝ち目はあるのか？　あんな風に依頼人に裏切られてしまったというのに――）

――あのあと、何より彼と筑波新十郎を驚かせたのは、堀越信があっさりと犯行を自供し、六人殺しの犯人であると告白したことだった。ある程度予想されたこととはいえ、これはまちがいなく拷問による強要だと、ただちにテイラー博士に連絡した。

ところが面会の結果は、信は無傷の健康体。拷問どころか厳しい尋問すら受けた形跡がない。裁判所関係からの情報でも、予審においてはあっさり陥落し、むしろ積極的に自白したという。だとしたら自分たちとの約束を違《たが》えたことになるが、何のためにそんな裏切りをあえてしたのか。か。拷問や暴力を恐れてだとしても、その先に待っているのは死刑台なのだ。

しかも、こうした裁判は実質一審確定、上告しても法律解釈について再検討がなされるばかりで、あとで審理がひっくり返るわけではない。だのになぜ――？

はっきりしているのは、彼の弁護活動が極端に困難になったことだ。なお戦うつもりに変わりはないが、法廷戦術は変更を迫られ、決め手の見つからないまま今朝を迎えてしまったのだった。


ひどく落ち着かない気分で朝の漱《すす》ぎと小用を済ませ、食卓につく。お膳に目を落とし、えッと目をみはった。いつもより一品、いや二品はおかずが多い。皿の上には焼き魚がそっくり返り、味噌汁もお椀《わん》の底が見えない程度には濃い。これはきわめて重大な変化だった。

どうしたことかとあたりを見回したが、賄《まかな》いのお吉《きち》婆さんの姿はなかった。だが、今日の朝餉《あさげ》に込められた意味はすぐにわかった。彼女なりに門出と挑戦を励ましてくれているのだと。

あの婆さんのことだから、賄いの追加料金を請求されるかもしれないという心配はあったものの、とりあえず今はそんなことは忘れて彼女の好意に甘えることにした。

食べ終えて、これもふだんにはない味と香りの茶を啜《すす》り終えたところで、一張羅《いっちょうら》の羽織袴がずいぶんくたびれているのに気づいた。あちこちに汚れも目立つし、ほころびている。せめて洗濯か繕いに出しておけばよかったと思ったが、今さらもう間に合わない。これだって俺の晴れの衣装だと居直ることにして、孝平が着替えに取りかかった、まさにそのときだった。

「そらそら洋服屋はん、こっちだっせこっち！」

「いやあ、こないギリギリになると思わなんだ。一時は間に合わへんのかと汗かいたで」

「とにもかくにも間に合《お》うて良かった。さっさと着せてこましたろ」

何やら不穏な言葉もまじえつつ、ワイワイと玄関前に騒ぐ声。何が何だかわからない中で、そのあとに続いた一声だけは誰のものかはっきりわかった。

「ごめんなはれや！」

言うまでもなくお吉婆さんであった。だが何でまた料理を支度したあと、給仕もせず外に出ていたのだろう。などといぶかるまもなく、表の戸を開け、ドヤドヤと入ってきた一行があった。

先頭はもちろんお吉婆さん、続いてやけに大きくて平ったい箱を抱えた番頭か手代と思われる男、ほかにこれは日ごろから顔なじみの近所の男女。それだけでも驚きに値したのに、そこには彼の度肝を抜くに十分な人物——それも美女が加わっていた。

「お琴ちゃん……あ、いや琴鶴！」

そう呼ばれたとたん、その美女は輝くような笑顔を見せると、

「いややわ、コマルさん。いくらうちが子供時分の名前では呼ばんといて、言うたから、そない律儀に言い直さいでも」

キタで民権芸者と評判の、そしてテコズルとも噂されている芸妓《げいぎ》琴鶴、本名・琴は照れたように笑い、だがすぐに今日の使命を思い出したらしく、

「さあ、コマルさんはちょうど着替えの最中、そんなザンない着物やのうて、こちらのお誂《あつら》えを着せてしまいなはれ!」

彼女はそう言うなり、箱を抱えた男をふりかえって、

「洋服屋はん、頼んます」

「へぇ、任しといとくなはれ」

琴鶴の言葉を受けて、男が箱の蓋を取ると、中には真新しい背広にズボン、ピカピカのホワイトシャツにネクタイにカフスボタン、その他の付属品がきっちりと収められていた。

え、これは……? と孝平が彼らに抗うどころか、箱の中身にとまどう隙さえ与えず、近所の連中がガッチリと体をとらえた。

「さあ、長年鍛《きた》えた着付けの腕の見せどころや——と言いたいが、こんなハイカラなんは勝手がわからん。琴鶴ちゃん、指図を頼みま!」

そう言いながらも、お吉婆さんは電光のような早業《はやわざ》でもう襷《たすき》掛けを終えていた。

あれよあれよという間に孝平は、二人がかりでシャツを着せられズボンをはかされ、上着を——といった具合に、あっという間に洋風紳士に仕立てられていた。

なるほどそういうことかと、孝平は混乱のさなかに考えた。少し前にお吉婆さんと見知らぬ男がやってきて、何の説明もなくやたらと彼の体に巻き尺を当てていったのだが、あれはこのための採寸であったのだ、と。今ごろ気づくのもどうかと言われれば、確かにそうだが……。

文明開化と言われて久しい世の中、いずれは新十郎のような洋装にと思っていたが、和服です

らあまり買わない身としては、洋服屋には縁もきっかけもなく、つい今まで来てしまった。

　とはいえ、大阪も今は洋服流行り。明治十一年、上等羅紗《らしゃ》背広服三つ揃いが十五円、オーバーが十三円と公表された。四等巡査の月給が六円に上がったころだから、なかなかの値段である。

　その後、大阪でも洋服裁縫店が続々開業、職人の引き抜き合戦がひどくなって、東区役所では同業組合の結成を指導したほどだった。その後、子供用の小倉服《こくらふく》が一円二十銭、十五歳用が一円七十銭と求めやすい値段となり、学校生徒から洋装は普及していった。

　今では、淀屋橋筋平野町《よどやばしすじひらのまち》の沼田夷服庫《ぬまたいふくこ》、南本町浪華橋筋《みなみほんまちなにわばしすじ》の洋服裁縫堂・西富《にしとみ》堂などが船場《せんば》に店を連ね、ほかにも西天満の老松町《おいまつちょう》や新町《しんまち》など市中のあちこちに「TAYLOR」「DRESS MAKER」の看板が掲げられるようになっていた。

　いま着せられたのがどこ製かは知らないが、安くはないことは明らかだった。朝飯の追加料金どころではない。その心配で、つい浮かべた不安の色は近所の人々にも伝わって、

「大丈夫だんがなコマルさん、いや迫丸先生。これはあんさんの大勝負、晴れの舞台を寿《ことほ》いで近所合壁《がっぺき》、いや隣の町内まで奉加帳を回したうえで注文したもんだんがな。……まぁ、ちょっと足の出た分は自腹切ってもらわんなりまへんけど」

　いったんは安心した孝平が、またしても不安をかきたてられる間にも、近所の居留地仕込みの西洋散髪《バーバー》の大将がやってきて髪を梳《くしけず》る髭を剃る、仕上げにはベッタリとコスメチックをつけると言い出したが、これだけは辞退した。

　ほかにも、裁判所には食堂はないだろうからと仕出し屋が弁当を持ってくる、虫養《むしやしな》いにと菓子折りが出る。速記術を学んでいる書生が記録係、画学生が法廷スケッチを買って出てくれた。

　そんな騒ぎの中で身支度をととのえ、これも新品の靴を履いて外に出ると、こちらにも日ごろ

彼のことを〝コマルさん〟呼ばわりしている連中が待ちかまえていた。

「ささ先生、どうぞこちらへ」

小腰をかがめて案内された先で、孝平はまたまた目をみはった。そこに待っていたのは、実に堂々とした作りの人力車で、提灯《ちょうちん》こそ外してあるものの、それがあの料理旅館《自由楼》からの差し回しであり、女傑として名高い女将の意思であることはすぐにわかった。

人々に押し上げられて座席に乗り、これはふだんのままの書類包みを膝の上に載せられる。

「ほんなら俥屋《くるまや》はん、景気つけて行っとう！」

琴鶴の声とともに、勢いよく人力車は走り出した。彼女はいっしょには来ないのかなとふりかえると、背後でワーッと歓声と拍手がわき起こった。

それがみるみる遠ざかってゆくうち、顔の火照《ほて》るような晴れがましさは消え、一種の武者震いにとってかわられた。トクトクと心臓は高鳴るのに、心はひどく冷静だった。

正直、ここまでしてもらえるとは思っていなかった。世間的には、堀越信は警察に逮捕された段階ですでに極悪非道の殺人鬼であり、それを弁護するのは言語道断の所業であるはずだ。

なのに、こういうことになったのは、筑波新十郎が熱心にこの事件を報じ、逮捕すなわち有罪ではなく、有罪すなわち悪人ではないと説いてきたこともあるが、ひょっとしたら町の人々が、代言人という仕事を理解してくれていたからではないかと思った。そのうえで、奮闘努力の結果敗北を重ねる自分をからかい半分、応援していたのではないか、と。

（だとしたら、〝コマルさん〟というあだ名にも、そうした愛情が――）

思いかけて、いやいや、それはちと違うぞ、とかぶりを振った。大阪町人というのがそんなに甘っちょろい存在でないことはよくわかっている。

何であれ、とにかく勝たねばならない、というより自分を貫かなくてはならない。無謀な大勝負に出ようとしているからの賞賛と共感だということを忘れてはならない。

目指すは土佐堀《とさぼり》四丁目（現・二丁目）、土佐堀川をまたいで下《しも》中之島に架けられた越中橋《えっちゅうばし》の南詰《みなみづめ》西——そこにそびえる洋館が前方にちらつきだしたころ、間近から思いがけず声がかかった。

「よう、迫丸さん、お早うさんです」

半ば驚き、半ばは予期しつつふりかえると、声の主《ぬし》は権三が曳く人力車上の筑波新十郎だった。

「今日はまた、えらく立派なお乗り物でご出勤ですな……えっ、《自由楼》の女将の手配？　こりゃ驚いた。それに何です、その格好は！　初めて見るんじゃありませんか、あんたの洋装は？」

「いやはや、何ともお恥ずかしいきわみですが、まぁこれも成り行きで……えらいとこを見られてしまいましたが、どうか笑わんようにお願いします」

「笑うなんて、とんでもない」

と新十郎は、何とも照れ臭そうな孝平に手を振ってみせて、

「確かに今回は場所が場所、相手が相手だけに、おれからもそう勧めるべきだったかもしれませんね。いや、お世辞じゃなくよく似合ってますよ」

「そうですか……なら、よっぽどお見立てがよかったんでしょう」孝平は答えた。「それより筑波はんこそ、今日の法廷一番乗りのおつもりですか？」

「ええ、今日からは公判を残らず傍聴して、見ただけのこと聞いただけのこと感じただけのこと、そして報じられるだけのことを報じますよ。記者であるおれにできることといったら、それぐらいですが……迫丸さんには、どうか代言人としてご存分の働きをと願っていますよ」

「そちらこそ新聞記者として……しかし、いよいよですな」

「そう、いよいよです」

二両の人力車は、二人の青年を乗せてまっしぐらに川沿いのその建物に向かって行った。

――大阪控訴院《こうそいん》、二年前までは控訴裁判所といった。石川県から山口県までを管轄する上等裁判所だが、死刑しかありえない重大犯罪の場合には、第一審――実質的には最終審だが――からここで公判が行なわれることがあり、今回もその選択がなされた。

もっぱら治安裁判所を仕事場とし、たまに始審裁判所へと出向く迫丸孝平にとっては、踏んだことのない大舞台であった。さしずめ人力車が疾駆するのは、そこへの花道でもあろうか。

それは筑波新十郎も同様で、並走する人力車上で隣り合う二人は次第に無口になっていった。

だが、互いの口元に不敵な笑みのようなものが浮かんでいることに気づかずにはいられない若き代言人と探訪記者の二人組であった――。

＊

――大阪控訴院・重罪裁判所の法廷は、まだ静寂の中にあった。

はるかに高い壇上には裁判長をはさんで陪席《ばいせき》判事が席を占め、向かって左には検事が判事たちの長テーブルと鉤《かぎ》の手をなして机を据えている。それに対面した右側、やや前方に席を置くのは書記だ。ここの壁面には裁判官や官吏のための傍聴席も用意されている。

一段下には証拠品や押収物を置く台があり、係官がそばに控える。

一番下はただの床だが、判事・検事・書記たちのいる空間とは腰高の木の格子で隔《へだ》てられたところに、弁護人と被告人の席がある。その左には証人台、左端には新聞記者席があり、後方には傍聴席。それらの間に巡査・押丁《おうてい》が腰掛けてにらみを利かせている。

上段には豪華な敷物が延べられているのに、下段は板の間。まさに官尊民卑《かんそんみんぴ》そのものの構造であり、しかもここでの審理はあらかじめ結論が出ているも同然だった。

裁判所内の「予審廷」での予審判事による尋問と証拠調べにより、被告人を公判に付すかどうかが決められ、この時点で有罪無罪は決定している――いや、ほぼ有罪であることが。

警察から予審廷、そして検事局。一切は完全非公開で行なわれ、ようやく裁判となり、水面から出ることのできたときにはすでに全ては終わっている。

かつて、と言ってもそれほど遠くない過去、この同じ部屋で、大規模な国事犯裁判が行なわれた。何十人もの被告人がひしめき、ために何組にも分けて審理を行なわねばならず、弁護人も五人や十人ではなく、万一に備えて警官や獄吏《ごくり》らが多数配置された。

それに比べれば、はるかに小規模な審理だった。裁かれるのは、取るに足らない若者――子供といっていい存在であり、弁護に立つのは無名の若造。そんな彼らに何の力もあるはずはなく、全ては予定通りに終わるはずだった。

時計が定時を打った。法廷の外があわただしくなり、ざわめきが壁越しに伝わってくる。

そして、ついに……扉は開かれた。

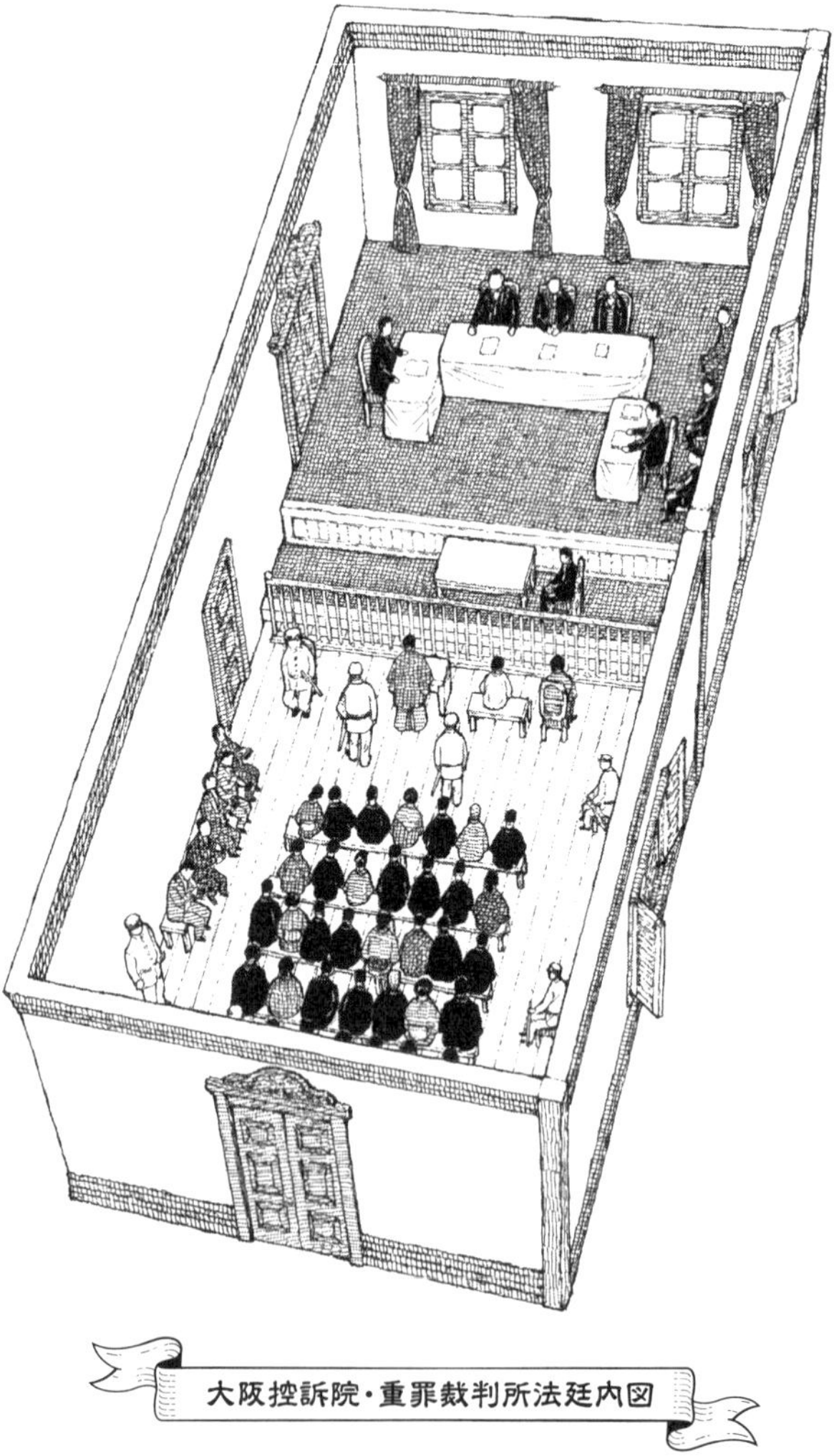

大阪控訴院・重罪裁判所法廷内図

第七章 〝ミナミの五階〟と大阪壮士倶楽部と殺人公判の夏

1

「おっとととっとのアッチッチ！」

車夫の権三《ごんざ》は、いきなり頓狂《とんきょう》な声をあげると持っていた新聞を投げ出した。くわえ煙管《ぎせる》の葉を詰め替えようと片手を放したとたん風が吹き、紙面がハタハタと宙に浮いたからだった。

おっとっと、と捕まえようとした拍子に煙管を取り落とし、とっさにつかんだのが雁首《がんくび》のあたりで、それでアッチッチというわけだった。その間に、新聞は石だたみの上を舞いながら滑ってゆき、化粧煉瓦《れんが》造りの角に引っかかったかと思うと、そこでなおパラパラとめくれた。

「もう、しゃあないな」

権三は、同じ建物前に梶棒《かじぼう》を並べた仲間に笑われながら、頭をかきかき取りに行った。そのとき風にあおられ、たまたま開いたのは広告欄で、そこには五層六角という奇抜な形をし、西洋式のようで日本式、けれど世界のどこにもなさそうな奇妙な建物が描かれていた。

「眺望閣開観広告」と題された広告文によると、今宮村《いまみやむら》に設《もう》けられた遊園「有宝地」に立てられたこの建物は高さ実に三十一メートル。日本有数の高さを誇り、ほどなく〝ミナミの五階〟と通称されることになる。開業日は七月十三日とある。

だが早くも翌年には北野村《きたのむら》に〝キタの九階〟こと凌雲閣《りょううんかく》が誕生し、競い合うことになる。あいにくそれも、浅草《あさくさ》十二階こと東京の凌雲閣の登場で色あせてしまうのだが、これら二つの高塔が作り出した人の流れは、それまでキタといえば曾根崎新地《そねざきしんち》、ミナミといえば島之内《しまのうち》だったものを、それぞれ梅田《うめだ》と難波《なんば》一帯を指すものに変えてゆく。

ともあれ明治二十一年七月の大阪においては、この眺望閣が評判の第一であった。

(そういえば、今日がこのケッタイな建物のお披露目日やったか。これからも、世の中いろいろ変わってゆくのやろな……ま、そんなことはともかく)

権三は新聞を拾い上げると、手早く折りたたんだ。すると今度目に入ったのは、

――大阪壮士《おほさかさうし》倶楽部《くらぶ》の結成
という、今月の大阪において眺望閣と並ぶ評判を呼んだ出来事だった。

近ごろの大阪は東京に負けない倶楽部流行《ばや》りで、来《きた》るべき市制施行や国会開設に備えて議員候補者を予選するための富裕層や名望家の倶楽部が各区にできる一方で、同業者あるいは異業種の親睦や情報交換の場がつくられた。

少しあとのことだが、大阪南地の芸妓《げいぎ》たちによる五花街藝者倶楽部や、堀川《ほりかわ》監獄では監獄倶楽部なるものまで計画されたりした。

だから壮士が倶楽部を結成してもおかしくはないが、何しろ仕込み杖を常時携え、ふところには爆裂弾をしのばせかねない連中だけに、結集するだけで物騒でもあり、妙におかしくもあった。

北区天満橋《てんまばし》一丁目七二番地に仮事務所を置き、取締はそこを住所とする民権家の菅野《すがの》道親《みちちか》、撃《げき》剣《けん》・相撲・室内射的ができる道場と新聞閲覧所を設けるのだという。そういうと穏健そうだが、この後には「勇敢猛烈の壮士二十名募集す。内十七名は散宿せしめ学資を給し、三名は同居を諾《だく》し学資を給す」などと広告を出して、たちまち官憲の弾圧を食らうなど、その設立意図はあくまで過激であり反官的だった。

倶楽部の中核をなす宮地《みやじ》茂平《もへい》、安田《やすだ》好則《よしのり》、中島直義《なかじまなおよし》といった面々は筋金入りの活動家だし、とりわけ宮地は〝地球上自由生〟を名乗り、「日本政府脱管届」なる宣言書を太政《だじょう》大臣三条実美《さんじょうさねとみ》あてに提出したことで名を上げ、何の法的根拠もないのに懲役百日に処せられた硬骨漢だ。

すでに大阪では、寄席《よせ》や芝居小屋を借りてひっきりなしに政談演説会が開かれ、いよいよ強まる藩閥《はんばつ》専制政府の支配に冷えこむ東京とは対照的に、一種異様な熱気に包まれようとしており、その一環としての壮士倶楽部の結成なのだった。

(大阪壮士倶楽部か、わしも入れりゃ入りたいもんやが、まぁ無理やろな)

権三は、そのまま人力車溜まりに戻ると、愛車のかたわらにドッカと腰を下ろした。煙草を一服吸い付けたあと、さっきまで目を通していた記事を探し当てた。先の二つに比べると地味なそれは、しかしはるかに重要な意味を持っていた。

●質屋殺し公判の開審

予《かね》て本紙上にて詳報したる天王寺《てんのうじ》村逢坂《むらおうさか》の堀越質《ほりこししち》舗《ほ》事件の殺人公判は本日午前十時三十分より大阪重罪裁判所にて開審せらる、予定なり

権三は新聞を広げたまま首をねじ向け、背後にそびえる控訴院の建物を見上げた。

大阪上等裁判所として西道頓堀《にしどうとんぼり》一丁目一番地からこの地に移ってきて、十二年になる。当初は西洋造瓦葺《かわらぶき》二階建ての本館、訴訟人控所、土蔵のみであったが、今では厩舎《きゅうしゃ》や馬車庫も備えて総面積二千八百四十四坪、建坪六百三十三坪となった。

（さて、こっちの方はどないなるんかいな……しょせんは国《おかみ》が勝つのか、それとも万に一つ、どないかなったりはせぇへんもんか）

権三はふとため息をついた。すぐさまそれを打ち消すようにブルルと顔を振ると、新聞を握りしめた。その拳からはみ出した文字列にはこうあった。


裁判長は兼重晋之輔《かねしげしんのすけ》氏、陪席《ばいせき》判事水津《すいつ》穎作《えいさく》氏、同宇佐《うさ》川《がわ》乃《の》武《ぶ》三《ぞう》氏、検察官は手塚太郎《てづかたろう》氏これに対する弁護人は大阪代言人《だいげんにん》界の新星迫丸孝平《さこまるこうへい》氏なりと

（新星とはうまいこと書きなはったな。この通りに輝いてくれはるとええんやが）

権三は夏の日差しに手をかざしつつ、頭上の窓の一つを見つめた。その内側ではすでに質屋六人殺し裁判の幕が開いているはずだった。

2

——看守に連れられて被告人が入廷すると、和服洋服が入りまじった傍聴席に軽いどよめきが起きた。

「こ、この子が、あんな恐ろしい……」

「何と人間、わからんもんじゃないか」

「しかし、ほんまにあの子が——？」

息づかいのさざ波にまじって、そんな声があちこちではじけ、廷丁《ていてい》にシーッと制止された。これから裁かれる事件のあまりの残虐さ、異常さに比して、その犯人として処断を受ける人物のあまりの脆弱《ぜいじゃく》さ、卑小さに混乱し、動揺したのに違いなかった。

昨年、東京を大いに沸かせた芸者・花井《はない》お梅《うめ》の浜町河岸《はまちょうがし》における事件——いわゆる箱屋《はこや》峯吉《みねきち》殺しの裁判では、黒縮緬《ちりめん》三つ紋の紬《つむぎ》小袖亀綾《かめあや》に下着二枚を重ねた姿で入廷したと伝えられたが、こちらはごく粗末な、獄衣かと疑われるような着物をまとって現われた。

大罪を犯した悪人というよりは、まるで大阪の町にありふれた丁稚《でっち》小僧のようだ。いや、この白面で華奢《きゃしゃ》な体つきでは、それさえつとまるか心もとなかった。それがまた、傍聴人たちと新聞記者の驚きを呼んだ。

「何も、あんな子供みたいな被告人に係鎖《くさり》まで掛けぇでもええのにな」

「いや、何しろ六人殺しの嫌疑者だ。意外に凶暴で強力《ごうりき》、暴れ出したら手がつけられないのかもしれへんで」

「とても、そうは見えへんけどな」

「ま、代言人のお手並み拝見というところだが……何だか頼りなさそうだが、どうかな」

などと矛先《ほこさき》を向けられた弁護人席には、生まれて初めての洋服に身を包んだ迫丸孝平がついていた。さきほどまではあごを突き上げる高襟《ハイ・カラア》と、首を締めつける襟飾《ネクタイ》をしきりと気にしていたが、このときばかりは居ずまいを正し、堀越信《まこと》に向かって力強くうなずいてみせた。

七月とはいえ、さほど暑熱は厳しくなかったのが、孝平には幸いした。着なれない洋服で汗みずくにもなろうものなら不体裁きわまるし、頭と舌を駆使しなければならない弁論にもさしつかえる。さらに幸いなことに、ここは川べりだ。

川と水路が四通八達し、無数の橋がかかる水都大阪は、どこにいても風さえあれば涼しさを運んでくれる。よほどの愚か者が欲にかられて川を埋め立ててしまいでもしない限り、この恵みは続くであろうし、そんなことはあり得ないに違いなかった。

次いで黒のフロックコートをまとった三人の評定官《ひょうじょうかん》（控訴院判事の呼称）――裁判長と陪席判事二名が入廷した。さらにいっそう暑苦しい身なりだが、彼らはもう慣れているのだろうし、持ち前の冷淡冷血さでそれほど苦痛には感じないのかもしれなかった。ほぼ同時に検事も姿を見せ、それぞれ法壇の最上段に当たる所定の席についた。

彼らの席が並ぶ手前、すなわち傍聴席側には、すでに書記が横向けに置いた机に向かっていた。舞台で言えば上手《かみて》袖に背を向ける形だ。ちなみにこのころ、まだあの唐風とも閻魔《えんま》の庁の冥官《みょうかん》ともつかない冠つきの法服は定められていない。

判事席の中央を占める兼重裁判長は、まだそれほどの年配でもないのに、眉も目尻もダラリと垂れ、頬もたるんでいた。大きな口ひげまでセイウチのそれのように垂れ下がっており、そのせいでひどく鈍重そうにも見え、冷酷そのものにも見えた。

舞台下手《しもて》、判事席とは鉤《かぎ》の手をなす形で据えられた机に向かっているのが検事の手塚太郎。まだ二十六、七歳という若さで、裁判長とは対照的に、彫刻刀で削《そ》いだような鋭い容貌の持ち主だった。

廷丁の号令を待つまでもなく、下段を埋めた人民たちはいっせいに立ち上がり、深々とお辞儀をした。裁判の一翼を担《にな》うとはいいながら、無位無官という点では彼らと同じ扱いの代言人・迫丸孝平もまた、その屈辱的なしぐさを逃れることはできなかった。

いや、逃れたってかまわないし、むしろそうすべきなのだが、そのせいで被告人の不利になっては何もならない。だから人一倍儀礼的に、正確無比な最敬礼をあえてしたのだが、早々《はやばや》とお上《かみ》への敗北を認めてしまった気がして、後悔の念にさいなまれた。

（かといって頭を下げんわけにもいかん。もし、こちらが意地を張ったせいで裁判官の不興を買い、被告人の不利につながったとしたら……いや、これも己《おのれ》の卑屈さと臆病の言い訳やな）

明治七年の裁判所取締規則では「裁判官ニ対シ尊敬ヲ欠ク者アルトキハ裁判官直ニ譴責《ケンセキ》ヲ加フヘシ、但《タダシ》代言人此ヲ犯シ譴責ヲ受シトキハ其事件ニ付代言人タルコトヲ得ス」とされ、「裁判官ヲ罵《ノノシ》ル者アル時ハ……其裁判ヲ中止シ之ヲ断獄課ニ付シ本律《ホンリツ》ヲ科ス」とまで記されていた。「本律」とは悪名高い新律綱領《しんりつこうりょう》・改定律例《りつれい》のことだ。さすがに免許代言人の制度ができ、身分が保証されてからは、ここまでむりやり尊敬を強制されることはなくなったものの、無位無官の代言人ごときが対等に口を利こうものなら、たちまち機嫌を損ねる裁判官や検事はざらにいた。

（まして控訴院ともなれば）孝平は心中つぶやいた。（これまで接してきた治安裁判所や始審裁判所のご連中より、はるかに取り扱い注意と覚悟せなあかんやろな）

ふと新聞記者席を見ると、筑波新十郎《つくばしんじゅうろう》がおどけたしぐさで合図を送っていた。鼻の下に八の字を描き、ついでグイッと反《そ》らした左の手指を右手でピシャリとやる。そのしぐさは言うまでもなく裁判官や検事を表わし、それをピシャリとたたくことで「負けるな、あんな役人どもやっつけろ」と指示しているのだった……。

そのおかしさに軽く噴き出しかけ、おかげでスーッと気分が軽くなった。不思議な縁のつながりで、こんな晴れがましい場に立たされたが、それは自分の代言人人生を台無しにしかねない恐ろしい場でもあった。おそらくかなりの確率でそうなるだろう。

（だが、とりあえずは）

孝平は椅子に腰掛けたまま、ピンと背筋と腕をのばした。

（ボアソナード先生に感謝やな……この場にこうして、代言人としておられることに）

「被告人ハ弁論ノ為メ弁護人ヲ用ユルコトヲ得　弁護人ハ裁判所々属ノ代言人中ヨリ之ヲ選任スヘシ」——第二六六条にそう記した治罪法が制定されたおかげで、迫丸孝平はここにいる。

もともと為政者たちは、公《おおやけ》の裁判とりわけ刑事のそれに民間人である代言人をかかわらせるつもりはなかった。お上が罪人と決めたものを「弁護」すること自体が発想の外だったのだ。

その風向きが変わったきっかけの一つはきわめて馬鹿げていて、東京で八百屋《やおや》夫婦が外国人に重傷を負わされる事件が明治九年にあり、なぜか加害者側が弁護士を立てて裁判を起こした。なのに、被害者側が日本人であるがゆえに同様の対処ができないのはおかしい、と世論が高まり、その六年後にようやく定められた。

こんなにも時間がかかったのは、代言人なるものは「狡黠貪婪《こうかつどんらん》」だから刑獄のことにかかわらせてはならず、一方、今日の罪囚は「狡猾強戻《きょうれい》」であり、そのうち「剛者《ゴウシャ》ハ飽《アク》マテ強情ヲ張リ、柔者ハ欺罔百端《ギモウヒャクタン》免《マヌガ》レテ恥《ハジ》ナシ」だから同情には値せず、ましてや弁護などする必要はない——という驚くべき偏見の結果であった。逮捕拘束され、法廷まで引きずり出されたからには罪があるに決まっており、それをまずは無罪と推定するような発想はどこにもなかったのだ。

それでもどうにか改革が進んだのは、日本人の法意識が変わった結果ではなく、フランスから招聘《しょうへい》された法学者ギュスターヴ・エミール・ボアソナード博士の功績だ。明治六年に来日して拷問が横行しているのに驚き、すぐにこれをやめさせた彼は、手始めに治罪法と刑法の制定に尽力した。次いで民法の起草に取りかかったが、こちらは「民法出《イ》デテ忠孝亡《ホロ》ブ」と喚く保守派に屈し、日の目を見ずに終わることになる。

藩閥専制政府にとって、司法改革は不平等条約解消のため近代国家の体裁を取る方便であって、内心は少しも変わっていなかったのだ。おそらくは目前の法壇に居並ぶ司法官たちもまた……。


ともあれこの日、午前十時三十分を少し過ぎて質屋六人殺しの裁判は始まった。

鎖を解かれ、所定の位置についた堀越信に対し、まず裁判長の兼重晋之輔から「その方の姓名は」を皮切りに、年齢、身分、住所、出生地などについて型通りの質問があったあと、

「これより、被告人すなわちその方に対する公訴状を読示せしむるによって、意を留めてこれを聞くべきことを被告人のみならず弁護人に命ずる。謹んで承《うけたまわ》れ」

とのものしくもまた官尊民卑丸出しな言葉を受けて、担当検事ではなく反対側の書記が立ち上がった。書面を捧げ持ちながら音吐朗々《おんとろうろう》と読み上げられた文面は、次のようなものだった。

「公　訴　状

大阪府東成《ひがしなり》郡天王寺村逢坂
堀　越　信
十六年二月

被告人堀越信は明治五年大和《やまと》国《こく》吉野《よしの》郡《ぐん》堀越村《ほりこしむら》に於《おい》て堀越甚兵衛《じんべえ》の継妻《けいさい》某《なにがし》との息として出生せし処《ところ》一家挙げて大阪府東成郡天王寺村に移住して質屋渡世を始めしに伴ひて同店にて奉公人同様に勤務し居たるも主人作治郎《さくじろう》とは異腹乍《なが》ら兄弟たる身なるに家僕の如《ごと》く日々頤使《いし》せらるゝを遺憾不満としてか何時《いつ》しか同居の家族並びに雇人に対する故《ゆえ》無き悪念怨恨を増悪せしめ遂に明治二十一年五月三十一日未明家人悉《ことごと》く安眠する最中俄《にわか》に起出して予《かね》て用意の刀を以《もっ》て先《ま》づ隣の床なる

手《て》代《だい》岡欣二《おかきんじ》を殺害なし次《つい》で番頭毛島佐吾太《けじまさごた》、女中額田《ぬかだ》せいを斬殺し更に兇刃肉親に及んで戸主なる兄堀越作治郎並びに妻モヨ、剰《あまつさ》え父甚兵衛をも殺害するに至りしものなり
右事実の証　憑《しょうひょう》は予審判事の検証調書、死体検断書、関係者の各証人証言陳述及び始末書被告人の審問調書等にて充分なりとす大阪軽罪裁判所予審判事に於て被告の所為は刑法第二百九十四条故殺同第二百九十五条惨刻殺並びに第三百六十二条尊属殺に該当する重罪なりと思料《しりょう》し且亦《かつまた》数罪倶発の場合には一の重きに従て処断すとの原則に従ひ審理を大阪重罪裁判所に移すとの言渡を為したり依て公訴に及び候也

明治二十一年七月十日

大阪控訴院検事長　犬塚盛巍《いぬづかもりたか》

大阪重罪裁判長評定官　兼重晋之輔殿」

書記の朗読が終わると、廷内にはホッとしたような空気が流れた。と同時に、淡々と語られた事件の陰惨さと深刻さに、興味本位で傍聴に詰めかけた人々に冷や水を浴びせたのも事実だった。

（なるほど、そういう解釈か。主人作治郎の異母弟でありながら奉公人としてこき使われている怨《うら》みつらみが積み重なって、あの夜とうとう……というわけだ）

と、記者席で筑波新十郎は舌を巻き、次いで舌打ちしていた。

（これだけの事件だと、当然狂気が疑われるが、それだと「罪ヲ犯ス時知覚精神ノ喪失ニ因《ヨリ》テ是非ヲ弁別セサル者ハ其罪ヲ論セス」（明治十五年刑法七八条）——ということで無罪になっちまう。となれば、むりやり動機をでっちあげにゃならんって理屈、いや屁理屈だな）

なお「数罪倶発の場合には一の重きに従て処断す」とは刑法一〇〇条に基づくもので、ここでは複数の犯行に対し罪を加算してゆく併合罪という考え方は取られていなかった。

たとえば、あらかじめ殺害を計画した「謀殺」ならば刑法二九二条により死刑だが、この場合は突発的な犯行と考えられるので「故殺」で無期徒刑となる。だが、そこに一家鏖殺《おうさつ》という犯行の残酷さ、何より父である甚兵衛を殺したことが「子孫其祖父母父母ヲ謀殺故殺シタル者ハ死刑ニ処ス」に相当するので、最も重い罪状に従って、問答無用で死刑判決を下すことになるわけだった。

「それでは被告人に相尋《あい》ねる」

兼重裁判長が再び口を開いた。この時代の裁判はあくまで裁判官主導で、その直接尋問によって進められ、検察官はただの立会人のようなもので論戦に加わることもなかった。

いや、論戦そのものがめったにあるものではなく、弁護人に至っては人民の分際でお裁きにかかわらせてもらっているのをありがたく思えと言わんばかりの扱いを受けていた。

「ただ今、読み聞かせられた公訴状の内容について、何か思うところ、述べたい事柄はないか。予審判事の前でその方が認めた事実をそのまましたためたものであるから、もとより相違のあるはずもないが……どうであるか？」

「はい……それでは申し上げます」

堀越信は抑えた、糸のように細い声で答えた。いや、糸ではなく針のように細いが鋭い、というべきだったかもしれない。

「わたくしは確かに人に斬りつけました……もしかしたら、そのまま殺《あや》めてしまったかもしれません。けれども、それはたった一人。その他の五人については毫《ごう》も知らぬことでございます」

「な、何じゃと」

兼重裁判長は、思わずといった感じで声をあげた。同じ上段の下手に席を占めた手塚太郎検事も、両の手のひらを机にたたきつけるようにして立ちかける。心外きわまりないといった表情だ。

裁判長は右手でそれを制し、しかし自らも動揺と憤慨を隠せないようすで、

「それはいったいどういうことであるか。その方がこれまで警察官、検事、予審判事の前で述べたことは、虚事《そらごと》であったとでも言うつもりか。今さらこれまでの陳述をひるがえすは、いかに由由しいことであるかわかっておるのか」

「はい……ただ、わたくしはその旨を何度も申し上げたのですが、どなたも取り合ってくださらなかったのです」

「何を馬鹿なことを……貴様、あ、いや、その方の罪状は、その方自身の口供結案《こうきょうけつあん》（自白）によって正式の書面にしたためられ、わが手元に提出されておる。今になってこの場で何と申し立てようと、覆《くつがえ》すことはできぬぞ！」

裁判長は、一般民衆への公開のもと行なわれる裁判の意味を無視するようなことを平気で言い、左右の陪席判事も当然のようにうなずいてみせた。

だが、傍聴席の反応はいささか違っていた。へ？　とあっけにとられたような表情が広がり、ザワザワとした私語が波を打った。すぐに廷丁に、

「こら静かにいたせ。シッ、シッ！」

と、犬でも追うようにしかりつけられて黙りこんだが、心の中の声まで消し去ることはできなかった。たとえば、

――へ？　ホタラ何カイ、裁判チュウモンハ何モカンモアラカジメ決マットッテ、ココデ何ヲ言ウテモアカンノカイナ。ソヤッタラ何ノタメニ、コナイナ所《トコ》ニ晒シモンニスルンヤ。

といった失望の声を。おそらく誰も似たり寄ったりのそれは、早くも茶番であることが暴露さ

れた裁判への不信となって広がっていった。

「あー、ただ今の被告人の発言についてであるが」

いちはやくそうした空気を察し、危惧を抱いて割って入ったものがあった。判事たちの誰でもなく、検事の手塚太郎だ。

「被告人は何ゆえ今ごろになって、そのようなことを申し立てることにしたのか。やむを得ず一人のみを殺したのと一家全員を撫で斬りにしたのでは、その犯情にあまりに差がある。どうして最初からそのように供述しなかったのであるか」

この当時、裁判官は他から権限を侵されることのない超然とした存在ではなく、司法省所属の官吏《かんり》に過ぎなかった。一方、検事局は裁判所の一部局に過ぎず、かといって公判廷においては裁判官の指揮下に入るわけでもない。その役割は裁判そのものの監督——むしろ監視にあった。

手塚検事は、歯切れのいい東京弁でたたみかけるように問いかけた。これに対して、

「それは拷問を恐れた結果でございます。情けない話ではございますが、わたくしには訊杖《じんじょう》や罪《ざい》石《せき》に耐えて真実を貫き、自分の無辜《むこ》を訴えることがどうしてもできませんでした」

信は遠慮がちに、しかし少しもひるむようすを見せることなく答えた。ふだんの「僕」でなく、わたくしと自称したのは、むろんこの場をわきまえてのことだろう。

「訊杖」とはボアソナード起草の刑法が制定される前、近代国家とは万事逆を目指した維新《いしん》政府が、王朝時代の「律」を復活させた際に定められた竹製の笞《むち》で、拷問や刑罰のため合法的に用いることができ、しばしば容疑者を死に至らせることがあった。何しろ証拠があってすらも自白がないと有罪にできないと法に定められていたのだから、その使用には容赦がなかった。

当然ながら兼重裁判長は、えらい剣幕で食いついてきて、

「なな、何を馬鹿なことを。訊杖などというものはとうに廃止され、使われておらぬわ。それに罪石とは監獄で受刑者に負わせ、反省悔悟をうながすものであって、その方が言うのは算板すなわち石抱《いしだき》のことであろうが！　その方に罪石を負わせるは、はるかあと、この場で有罪を宣告してからのことじゃ。何ならば、この場でその違いをわからせてやろうか！」

吠えるように言った。だが法廷内の反応は意外なほど冷ややかだった。拷問道具が廃止されたとは表向きだけで、相変わらず自白を唯一の証拠とするために拷問やそれに近い尋問が行なわれているのは公然の事実だったからだ。

ちなみに石抱とは算板の異名でわかる通り、旧幕時代のいわゆる算盤《そろばん》責め。明治の世となっても平然と受け継がれ、訊杖とともに公式の拷問道具として用いられた。後に足尾《あしお》鉱毒闘争で名をはせる田中正造《たなかしょうぞう》も、江《え》刺県《さしけん》（後の岩手・秋田・青森県の一部）の官吏をつとめていた若き日に、上司に陥れられた冤罪《えんざい》のせいで、さんざんに苦しめられたという。

加えて、大阪の人間には「罪石」の生々しい記憶があった。これは大阪・兵庫の監獄が「空役」として受刑者に五貫目から十五貫目（約十九－五十六キログラム）を背負わせて長時間歩行させたもので、何とこれはつい昨年の話。孝平を含む大阪組合代言人（後の大阪弁護士会）の有志が猛抗議し、司法・内務・外務大臣あてに意見書を送って廃止に追いこまなければ、どれだけの人間が非業の死を遂げ、そうでなくても重い障害を負わされていたか知れなかった。

裁判長の口ぶりには、そうしたことへの反省を感じさせないどころか、かえって禁じられているはずの拷問を是認し、今後も続けてゆく考えが透けて見えていた。そのことに傍聴人は当然ながらさらに困惑と嫌悪を深めたようだった。さすがにそれには気づかされたか、

「むぅ……」

裁判長は一般民衆の無言の反発に気圧《けお》されたかのように、押し黙ってしまった。

——こうした公判では裁判長が被告人尋問をえんえんと続け、生い立ちから事件発生までの生活状況、人間関係、動機の醸成などを問いただし、あらかじめ作られた犯行の筋書きと重ね合わせてゆく。

だが、今回はいささか勝手が違った。せっかく用意した筋書きをのっけから否定され、このまま被告人尋問を続けていいものかわからなくなってしまったのだ。

すると、そこへ手塚検事が助け舟を出すように、もしくは矛先を変えるかのように、

「弁護人に相尋ねる。被告人のこの供述はどうしたことか。また貴殿としてはどのように被告人を弁護するつもりか。六人殺しの犯人としてか、それとも一名のみの殺害犯としてか」

迫丸孝平の顔に驚きが浮かんだ。それは検事が彼を「貴殿」と呼んだことで、何しろつい最近まで、代言人は一般の訴訟関係人といっしょに公衆控所《ひかえしょ》に入れられ、正確な開廷時間すら教えてもらえなければ、用務が終わっても認印をもらうまでは帰れなかった。

あげくの果てには廷丁にまで呼び捨てにされ、「下がれ」の一言で追い出されていた。「代言人迫丸殿」と呼ばれるようになったのはつい最近のことだ。

手塚の態度が、司法官としては異例であった証拠に、右陪席判事——この場合の左右は裁判長から見て——の水津穎作が口を開いて、

「よもやここに来ての食言《しょくげん》は貴様の入れ知恵ではあるまいな」

さも苦々しげに貴様呼ばわりし、左陪席の宇佐川乃武三も「いかさま、さよう」と、うなずくついでにそっくり返った。孝平はやっぱりな、と内心舌打ちしながら、

「とんでもございません。被告人のかかる主張は、弁護人としましても初耳でございます」

表向きはあくまで遠慮がちに言った。

「では貴殿は真実はいずこにありと考えるのか。公訴状通りか、ただ今の被告人の申し条通りか」

手塚太郎検事が突っこんだ。その態度はあくまで謹厳で、多少は尊重してくれたとしても、それ以上は付け入るすきがなかった。

「さて、それは……」

迫丸孝平は言葉に詰まり、やや間を置いて言った。

「それこそは、本法廷において解き明かしていくべきことかと存じます。弁護人は弁護人といたしまして、本件につき思うところがありますが、それはこの場において証言を聞き、証拠を調べた後のことにいたしとうございます」

旧幕時代のお白洲《しらす》に引き据えられた罪人のようなうやうやしさで言った。案の定、

――何をぬかすか、代言人風情が。

とでも言いたげな視線が降ってきたが、孝平はすかさず毅然《きぜん》と法壇を見すえ、相手にそれ以上の傲慢《ごうまん》さを許さなかった。もっとも、それは傍聴人たちの無言の応援あってのことだった。

孝平はそのあと、やや表情を和《やわ》らげると、

「というわけで、当方より申請しておりました証人につきまして裁判長閣下並びに両評定官のお許しをいただきたくお願い申し上げます。その上で、私にもいささかの質問をお許しいただければ、まことにありがたいことでありまして……」

言葉だけは極力ていねいに言ったのには、わけがあった。

ようやく刑事裁判への参加が認められるようになったものの、代言人に必要な証人を召喚したり、尋問をする権利はない。そうしたければ裁判官、検事から許可を得る形を取らねばならなか

った。つまり、全ては壇上にそっくり返る司法官たちの胸先三寸だった。

「証人？　そういえばそんな申請が出ておったな。して、それは誰じゃ」

予想通り、兼重裁判長は渋い顔で言った。孝平はあくまで慇懃《いんぎん》に、

「はい、天王寺警察署の司法主任――すなわち本件の現場における捜査の責任者でございます」

「何だと？　今さらそんな必要があるのか。それらについては書面提出済みであろうに……なぁ、両陪席？」

「いかさま、まことに」

「裁判長閣下の仰せの通りかと」

などと、何やら芝居がかりに言葉を交わしつつ、裁判長と判事たちはうなずき合い、あくまで法廷における弁論を軽視する姿勢を崩さなかった。だが、このときまた手塚検事が、

「本職もいささか興味があります。幸い裁判長並びに陪席判事閣下の質問あるに備え、来廷しておるようですから、判事方さえご承知ならば、ぜひ」

そう賛意を示したものだから、新十郎は記者席で、

（何だ、役人にしちゃずいぶん話がわかるな。そういえば手塚検事は生粋《きっすい》の江戸っ子、常陸府中《ひたちふちゅう》藩の医家の出と聞いた。藩閥の引きで裁判官になったような連中とは一味違うようだな）

江戸っ子のよしみで、そんなことを考えたが、そんなひいき目が通じる相手ではなかった。

「検察官がそのように言うのであれば、まぁ然《しか》るべく」

裁判長はしぶしぶ言い、壇上から書記に何ごとか告げ、それは廷丁によって廷外に伝えられた。

3

「あー、それでは証人」

やがて招じ入れられた、まだ若い制服警官に裁判長がもったいぶった調子で問いかけた。

「その方の氏名と官職を述べよ」

「番藤百之進《ばんどうひゃくのしん》、大阪府天王寺警察署司法主任」

白の夏服姿も凛々《りり》しいその男――まだ青年と言っていい――は制帽を小脇に抱えたまま、直立不動で答えた。法壇上は誰もかれも真っ黒装束、電信線に並ぶカラスさながらなのに対し、その姿はひどく対照的に見えた。

だが、それ以上に、番藤と名乗るその人物は迫丸孝平に困惑を与えずにはおかなかった。

（あれ、この男……？）

孝平が、内心そんなつぶやきをもらすのをよそに、

「階級は」

カラスの親玉が問いかけ、証人・番藤百之進はきっぱりと答えた。

「警部補でありますっ」

――明治十五年一月、それまで警部は一等から十等、巡査は同じく四等まであったのが廃止され、八等警部までを単に警部、九等警部以下を警部補と呼ぶようになった。なお、巡査部長という階級はまだ存在していない。

このころ天王寺署の陣容は、署長の警部が一名、警部補七、巡査四十一、書記七となっていた。

その年配からすればなかなか優秀と言えるし、単に立ち回りがうまいだけかもしれなかった。

「それでは証人、当該事件につき担当官として知るところを話すがよい」

「はっ……」

と番藤警部補は一礼し、制帽を胸の前に持ち替えると、よどみなく話し始めた。

「堀越質舗の一家残害事件につき申し上げれば、屋内のありさまは実に酸鼻《さんび》を極めておりまして、玄関を入ってすぐのところで店員の岡欣二が顔面より前半身を一太刀《ひとたち》に斬られて死亡しておりまして、これは質店の一隅《いちぐう》に床を敷き就寝しておったところ、何者かが入り来れるに気づいて起き出し、玄関に出たところを斬りつけられたものと思われました。そのやや奥の土蔵の入り口前には、番頭の毛島佐吾太が実に十数か所に傷を負い、最も凄惨なるありさまで倒れており、さらには二階への階段口に当家の主人にして佐吾太には義弟となる堀越作治郎が背中を斬られ、うつ伏せに死亡しており、一階奥座敷にては隠居の甚兵衛、その廊下では女中の額田せい、さらにまた二階では作治郎の妻モヨが……」

ちらりちらりと帽子の中に目を落としながらなのが気になったが、まずは的確な説明ぶりだった。だが聞けば聞くほど変な感じがしてくるのも事実だった。そう、まるで……。

(まるでひとごとのような、又聞きのような……いやまぁ、事件の当事者ではないし、惨劇の場に居合わせたわけでもないいんやから、確かにそうには違いないんやが、それにしても妙に聞き覚えがあるのはどういうこっちゃ。一つの事件についての調査報告やねんから、似たような中身になるのは当然なんやが、それにしても――待てよ、いや、まさかそんなアホなことが!)

世にも馬鹿げた事実に気づき、記者席をふりかえったとき、新十郎もまた首をひねっていた。

(どうも妙だな。講釈師、見てきたような――というが、こいつの話はそれですらない。まるで

他人が書いた文章をそのままわがことのように語っているような……こりゃ、どういうこった）

ちょうどそのとき、迫丸孝平がこちらを見ているのに気づいた。その目に浮かぶ不審の色に気づいた瞬間、新十郎は声をあげそうになった。彼もまた馬鹿げた事実に気がついたからだった。

（何だこりゃ……ありゃあ、おれが書いた『質屋六人殺しの続報』そのまんまじゃないか！）

そう、これまで番藤警部補が述べ立ててきた内容は、内容の流れといい細部といい、東雲《しののめ》新聞掲載の記事そのままだった。そればかりか現物を法廷に持ちこんでいるらしい。

道理で制帽を証言台の机に置きもせず、手にしたままにしていたわけだ。あれは新聞の切り抜きを内革に忍ばせ、ぬすみ読みしていたのだ。だが、いったい何のためにそんなことを？

「……という次第でありまして、その後、土蔵の扉を打ち破り、その内部に赤子《あかご》を連れて籠城《ろうじよう》したる被告人の身柄を確保いたしました。その後、堀越質舗内に放置ありたる六人の遺体は適切に処理され、その後、町内有志により手厚く葬られたのであります」

そうこうするうちに、番藤警部補はほぼ実のない証言を終えていた。もちろん裁判長たちは、そんなお粗末なこととは気づきもしないから、

「むむ、以上であるか。ならば本職よりいささか相尋ねる。被告人堀越信が、公訴の事実を否定し、一家六人ではなく、ただ一人を害しただけであると述べたが、それについてはどう思うか。その方らの職務においてそのような可能性が検討されたことはあったか。どうであるな」

「いや、全くさようなことは」

番藤警部補は、とんでもないと言わんばかりに否定した。法壇の上には媚《こ》びるような笑顔をふりまき、被告人と弁護人席は憎々しげににらみつけるという器用な技を披露しながら、

「本官もさきほど被告人の発言に大いに憤激した次第でございます。この期に及んで何という卑《ひ》

怯《きょう》未練な言い逃れをするものかと。断言いたしますが、そこなる被告人が堀越質舗の六人を殺害したことは、天地神明に誓ってまちがいございません」

「相わかった。まことにご苦労であった……下がってよろしい」

「もったいないお言葉、警察官としてまことに痛み入ります」

しめくくりに深々とお辞儀をしてみせた。ことのついでに傍聴席に「どうだ」と言わんばかりの視線を投げ、記者たちに無言の圧力をかけるようににらみつけた。

だが、真正面から彼の顔を見たとたん、新十郎は内心叫んでいた。

(そうだ……どうもおかしいと思ったら、この司法主任は事件の現場では一回も顔を見かけたことがなかった。それどころか天王寺署でもだ。異動の季節でもないのに、新顔が現われたなと思ったが、それは六人殺しが起きたずっとあと、信少年が引っ張られてからのことだ!)

心につぶやきつつ、新十郎は孝平に合図を送った。といっても身振り手振りで通じる内容ではないので、ただ何度も深くうなずいてみせた——お前さんの考えてる通りだよ、そう伝えるべく。

迫丸孝平は横目でそれを見ると、小さくうなずき返した。次いで裁判長に向かって、

「ご許可いただけるなら、本証人に対し質問を試みたいと存じますが、いかがでしょうか」

番藤警部補が、まさに退廷の一歩を踏み出そうとする寸前のことだった。

「いったい何を訊くというのだ。それ以上知りたいことでもあるのか」

ふいに口をはさまれて不愉快なのか、ひどく突《つ》っ慳貪《けんどん》な兼重裁判長に、

「はぁ、それは本証人がいつ天王寺署に着任したか、でございます」

「そんなことを訊いてどうしようというのだ」

「少々確認したいことがありまして……まことに簡単明瞭なことゆえ、お許しいただけませんか」

反対尋問もまた、代言人に認められた権利ではなかった。である以上、全てが薄氷《はくひょう》を踏むようなものだった。幸い、裁判長の虫の居どころはさほど悪くはなかったらしく、

「まぁよかろう」

不承不承の答えを得て、孝平は証人席の番藤警部補に向き直った。

「ただ今お聞きの通りの質問ですが、貴官が現職に就かれたのはいつでありましたか」

「本年七月一日付である」

番藤警部補は即答した。

「ということは」孝平は突っこんだ。「お話しいただいた現場の状況や被告人の取り調べ、その他についてはかかわってはおられなかった」

「そういうことだが、それに何か問題でもあるのか」

「いえ、そうとまでは。それで貴官は、現場検証に働いた部下の方々から直接に話を聞かれることはありましたでしょうか」

「いや、格別には」警部補はやや気まずげに答えた。「当該事件については前任者から十分に引き継ぎを受け、報告書も熟読したによって、問題はないと考えるが」

「それでは、あらためまして……堀越質舗の異変を察知した町内の人々の通報を受け、貴天王寺署の巡査諸氏により現場突入がなされた際の状況につきましても、直接ごらんではない、と」

「だから、それに何の問題があるのかと……」

番藤警部補は突っかかるように言った。そこで迫丸孝平はなだめるかのように、

「いえ、決して問題があるなどとは申し上げておりません。ただ、お話をうかがう限りでは、被告人が一家六人を殺めたか、それともさきほどの当人の申し立ての如く一人だけであったか、そ

れとも……については判断いたしかねるものかと」

勘所《かんどころ》を突かれて警部補は目をむき、判事らも反応した。彼は間髪を入れずに、

「では、蔵の戸をこじ開けた際に、そこの閂《かんぬき》は外されており、錠前《じょうまえ》もまた掛かってはいなかった――この事実についてはどない……あ、いや、いかがでしょうか」

「むろん、見てはおらん。ただ書類で読んで確認しただけである!」

番藤警部補は、もう我慢ならぬとばかりに孝平をにらみ、指示を乞うように法壇を見上げた。

「もうそれぐらいでよかろう。証人は退廷いたせ」

「ハハッ」

証人の申請者である孝平の意向も聞かず、裁判長がさっさと下した命令に、番藤百之進警部補はありがたやとばかりに敬礼し、手にしていた帽子を頭にかぶせた。

と、そのときヒラリとこぼれ出たものがあった。まぎれもなく新聞の切り抜きだった。

あれあれと人々が見守る中、切り抜きは宙を舞っていたが、背を向けた番藤警部補には気づかれることがなかった。そのままさっさと退廷しようとして、人々のざわめきに立ち止まった。

けげんな表情の警部補に、廷丁が「あの、これを……」と拾い上げた切り抜きを差し出すと、ひどく狼狽《ろうばい》したようすでそれを奪い取り、ドタバタギクシャクと法廷をあとにした。

その奇妙な一齣《ひとこま》が何を意味するか――今の証人が決してその役割にふさわしくないことは、少なからぬ廷内の一般市民、新十郎以外の新聞記者たちにも伝わったようだった。

「ウォッホン……それでは早や正午も近づいたゆえ、暫時《ざんじ》休廷とする。一同すみやかに退出いたすよう。再開後は予定の通り、被告人堀越信に対する尋問を執り行なうであろう」

兼重裁判長は、ちらっと手の中に視線を投げると告げた。そこには、さきほどから彼が弄《もてあそ》ん

でいた金ピカの懐中時計があり、彼はさっさと切り上げたさに時刻を確かめていたのだった。

「起立！」

廷丁が号令をかけ、傍聴人たちは要領を得ぬまま立ち上がった。せっかく管轄警察署の司法主任が証言台に立ったというのに、その口から話されたのは通り一遍のことばかり。せめて、その口からでなければ聞けない内容を期待したのだが、ひどくそっけない形で裏切られた。

警察発表を丸写しした新聞記事というのはよくあるが、新聞記事を棒読みにした警察発表というのではどうしようもないな――事情を察《さっ》したものたちの間ではそんな皮肉さえ交わされた。

孝平たちが立ちんぼを強《し》いられている間に、判事たちと検事は専用出入り口から出て行った。一方、堀越信は連れてこられたときと同様、看守に引き立てられて姿を消した。

行き先は、裁判所内に設けられた留置場だ。明治十五年に施行された監獄則では、国民を収監し自由を奪うための施設が実にきめ細かに定められ、監倉《かんそう》、拘留場、懲役場、集治監、懲治場《ちょうじじょう》、そして留置場の六つに分けられていた。

最後のそれは警察だけでなく裁判所にも設置され、未決者の一時収容と予審判事による非公開の取り調べの利便に充てられていた。つまり裁判所は独立して人民の権利を守る機関などではなく、警察とほぼ一体の組織だったのである。

迫丸孝平には、再び冷たい檻《おり》に追いやられる信に声をさえかけられなかった。せめて今後の打ち合わせや励ますぐらいはしてやりたかった。もっとも彼自身、疲れ果てていたのではあるが。

「いよっ、迫丸弁護人殿。ご苦労さんでした！」

裁判所内の代言人控室――ようやく大阪の裁判所にもこういう場が設けられるようになった――に戻りかけた彼に、筑波新十郎がことさら明るく声をかけ、痛いほどに肩をたたいた。もう一方の手には何やら角張った風呂敷包みを提《さ》げている。いわゆる腰弁というやつだ。

新十郎は当然のようにいっしょに控室内に入りこむと、そこらの椅子にドッカと腰掛けて、

「せっかくの昼休みだ。ここで弁当を使わせてもらうが、いいかい？」

「それはかましませんけど……そういえば、もう昼食《ちゆうじき》をしたためんならん時分か。正直あまり腹は減らんが、やっぱり食べといた方がええのかな、午後からの審理に備えて」

まだ半ば茫然とした感じで孝平が答えると、新十郎は手を振りふり、

「そうしろ、そうしろ。腹が減っては戦《いくさ》はおろか、弁護もできんだろうからな。それに相手があんな連中ときちゃ、なおさらってもんだよ」

などと言いつつ、勝手に備えつけの薬罐《やかん》と湯飲み茶碗を引き寄せながら、

「あけすけに言ってしまえば、あいにく午前の後半はとんだ当て外れだったが、これはおれのヘマでもある。まさかこんな大事件の捜査担当者が、早々に首を挿《す》げ替えられてるとは思わなかった。いや、実は最初に現場に足を踏んごんだ巡査たちから話を聞き出そうとしたんだが、不思議に捕まらなくって……どうもおかしいと思ったら、たぶん彼らもよその署や分署、派出所に転出させられたんだ。いや、トバされたと言った方がいいかもしれないな」

「やっぱり、そういうことやったか……」と孝平はため息まじりに、「一か八かで証人申請してみたら、思いがけず司法主任なんて最適任者が釣れて、これはと思たら、何一つ目新しい事実を引き出せなんだ。それもそのはずで、まさか筑波はんの書いた記事頼りとは……おかげで、土蔵の施錠の問題についてはとうとうわからずじまい、いうお粗末な次第で」

孝平が天王寺署の司法主任を証人申請したのは、堀越質舗の惨劇について疑問点が多々あり、それを裁判の場で問いただそうという意図あってのことだった。たとえ警察側が答えず、裁判官

や検事が問題にしないとしても、傍聴人や記者たちにはおかしな点があることが伝わり、やがてそれが世論を形成することだってあるかもしれない――そんな風にも期待した。

だが、その期待は事件発生当時の現場を踏んでいない現場担当者の出廷という、思いがけない対応によってかなえられなかった。これはたまたまなのか、それとも意図的な異動なのか……。

「しかたないさ」

筑波新十郎は、風呂敷包みから取り出した弁当に箸《はし》をつけながら、

「担当した事件を書類でしか知らない捜査責任者とあってはね。しかしどうする？　何とかして、当日堀越質舗に突入した巡査を捜し出すかい？」

半ば無理とは承知しつつ、提案してみた。迫丸孝平は案の定、かぶりを振ってみせて、

「いや……たとえ見つかっても警察官の身では法廷には出まいし、裁判長が承知せんやろし」

「それもそうか……そもそも、どうにも底意を感じるやり口だけに、素直に口は割るまいよ」

新十郎はおかずの卵焼きを口に放りこみながら、

「最初にあの家に入った近所の人たちに聞きこんでみたんだが、折り重なる死体に恐れをなして玄関あたりで踏みとどまり、土蔵がどうなっていたかを確かめた者はいない。迫丸さんとしちゃ、どうしてもその点が気になるわけだよな？」

「うん、まさに」孝平はうなずいた。「もしあの子――信君が、当人の言うように毛島佐吾太に言われるまま蔵に入り、そのあとは自分の意思では出られなかったとすれば、当然犯人にはなり得なくなる。というより、そう証明する以外、彼を救う手立ては無《の》うなってしまうよってね」

「しかし、そんなことがあり得るのかなぁ」新十郎は首をかしげた。「二人で見に行く前から扉の閂《かんぬき》は外されて脇に置かれ、錠前も無傷だった。しかも、その後おれが聞きこんだところでは

錠前の鍵は行方不明。もし扉に閂が掛けられ、錠が下ろされてたとしたら、どちらかをぶち壊さないと中にいる信と赤ん坊を外に出すことはできなかったわけだ。まぁ確かに警察は蔵の戸をぶち破りはしたけど、あれは内側にあった裏白戸《うらじろど》のもう一枚奥の格子戸で、単に彼のいた内側から錠が下ろされていただけだった。つまり、殺しのあと自分の意思で立てこもっていただけと言われてもしかたがないし、警察も予審判事も検事も現にそう考えた……」

「そして、おそらくは裁判官もね。それはそうやねんけど、それはわかってるんやけど……」

孝平は、持参のペンの軸でガシガシと頭をかきながら言った。

「しかし、あの閂と錠前が蔵の扉を閉ざしていさえすれば……そして、それが何者かの手によって外されていたことさえ証明できれば……」

「その何者かというのは、当然警察ということになるわけだが……となると、なおさら立証は厄介だぞ。何のために奴らがそこまでしたかということも含めて」

新十郎は釘をさすように言った。さらに続けて、

「しかも厄介と言えば、まさか堀越信があんなことを言い出すとは思わなかったぜ。迫丸さんも、あの〝告白〟は聞かされちゃいなかったのかい？」

すると孝平は、苦笑ともつかない表情になりながら、

「ああ、もちろん……そら僕もびっくりしましたよ。え、そうは見えんかった？　いやいや、そらもう内心は大あわて。とにかくこのまま、裁判長の被告人尋問に入ろうもんなら、どんなことになるかわからず、それもあってあの番藤警部補の証人尋問を先にやってもらうことにしたんやが、そっちはあいにく不発に終わった」

「そうだったのか。とにもかくにも、六人殺しを認めるでもなく無実を訴えるでもなく、たった

一人は殺しましたが、あとは知りません、たぁ何て言いぐさだ。惨刻殺に尊属殺を逃れ、一人を故殺しただけということにすれば、死刑だけは免れる——ということか。おっと、これじゃ彼が本当に殺人犯ってことになっちまうが」

「まだもう一つ、彼のための適用条文はありますよ」孝平がふと言った。「『身体生命ヲ正当ニ防衛シ已《ヤ》ムコトヲ得サルニ出テ暴行人ヲ殺傷シタル者ハ自己ノ為メニシ他人ノ為メニスルヲ分《ワカ》タス其罪ヲ論セス』——刑法三一四条」

彼は町内一同が持たせてくれた荷物を抱え上げると、聞きなれない文章をそらんじた。

「何だい、そりゃあ」

「いわゆる正当防衛——かりにこれが認められれば、彼を無罪にすることはでけんこともない。弁護人としてはむしろこちらこそ採るべき戦略かもしれへん。しかし、もし彼が無実であればもちろんのこと、本当は六人殺しの犯人であったとしたら、それは許されることなんか……」

「おい、あんたまで何てことを言い出すんだ。いくら何でも、あの子がたとえ一人にせよ人を殺しただなんて、およそゾッとしない話だぜ」

筑波新十郎は顔をしかめ、それから孝平の膝の上を見やると、

「何だい、そのえらく嵩《かさ》の高いのは？　ええっ、これが折詰弁当？　とはまたずいぶんと大きいじゃないか。ええっ、仕出し弁当とはいいながらご町内一統の持ち寄り惣菜《ばんざい》だって？　そりゃありがたい話だが、あんたは緊張してそんなには食えねぇだろうから、ちょっとばかりいただくぜ。この鰻巻《うまき》と煮〆《にしめ》……それにこの箱寿司というやつが東京ではありつけないもんでね。ああ、こりゃうまいうまい」

などと言いながら、勝手に折詰のただ中に箸を侵入させた。

「おいおい、それは僕も好物やがな……あっ、そこの南瓜《なんきん》と鶏肉《かしわ》の煮《た》いたんだけは取らんといて！　かなんなぁ、ほんまに」

「ああ、こう来ると一杯やりたくなってきたが、さすがにそういうわけにはいかんか。惜しいなぁ、京の伏見《ふしみ》に灘五郷《なだごごう》はもとより、広島の西条《さいじょう》も東京に比べりゃ目と鼻の先というのに」

「当たり前やがな。ここは裁判所やいうことを忘れてもろたら困りまっせ」

呆れる孝平をよそに、新十郎は弁当を存分に味わった。そのあと真顔に戻って、

「……それで、例の切り札はあとに取っておくのかい。てっきり、さっきの警部補に使うのかと思ったが、あのざまじゃあ無駄になるところだった。で、いつ使うね、あれを？」

「早ければ、このあとすぐ……午後の審理ででも」

迫丸孝平は、自分もにわかにもりもりと弁当を平らげ始めながら答えた。

4

午後の法廷は一時十五分から、裁判長による被告人尋問によって始まった。

「……それでは刻限も来たれば再び開廷といたし、これより審問すべし」

兼重晋之輔はセイウチひげをうごめかしながら、口を開いた。

「本来なればその順序は、被告人その身の来歴より本案の犯罪に至るまで順次申し立つるべきところなれど、その方は検察官の公訴状に記しある罪状を突如として否定し、自ら手にかけたは一名のみと申し立てた。警察官、予審判事、検察官の面前でなしたる供述をひるがえし、諸官の労苦によって作成せられたる公の書面を無にせんとし、ひいては司法の権威を愚弄《ぐろう》したるるはまこ

とに不届き至極であるによって、まずその件につき取り調べることとする」

言葉の端々に憤怒《ふんぬ》と不快、そして困惑がにじみ出ていた。そして彼を含む判事たち——そろいもそろって、官軍側の長州出身《ちょうしゅう》らしかった——が、法の正義を守り、過酷な拷問や刑罰を行なわせず、ましてや冤罪に泣く人をつくるまいというような精神にはまるきり欠けていることを表わしていた。

「被告人はまず五月三十一日未明に、天王寺村逢坂なる堀越質舗において何があり、その方は何をなしたかについて、つまびらかに申し述べよ」

「はい……」

証人台についた堀越信は罪状認否でも聞かせた、あの細く鋭い声音《こわね》で話し始めた。

「あれは、あの日の一時ごろと覚えておりますが、寝床で本を読みながら寝入ってしまったあと、ふと目覚めて用足しに行ったところ、奥座敷の方から物音がしたので見に行ったら、父の甚兵衛とせいさんが死んでおり、びっくりして表——店の方に戻ったら、玄関から土蔵前、階段にかけての暗がりに、人が血まみれで倒れているではありませんか。すると、今度は二階から兄嫁のモヨさんの悲鳴と助けを求める声がしまして、あわてて階段を駆け上がると、ちょうどモヨさんが何者かに襲われている最中で、それはもうむごたらしさと血なまぐささの極み。それでも必死のモヨさんからかろうじて赤子の千代吉《ちよきち》を受け取って、大急ぎで階下《した》に逃げのびたのです……」

その内容は、以前、孝平と新十郎が順慶町《じゅんけいまち》の長春《ちょうしゅん》病院で、宣教医のウォレス・テイラー博士立ち会いのもと聞いたものと、ほぼ同一だった。

だが、それに続く陳述は、彼ら二人ばかりか法廷内の全員を驚かせるものだった。

「ところが、千代吉を抱いたまま一階に下りたと思ったら、物陰からいきなり誰かが斬りかかってきました。何とか逃れることはできたものの、相手はなおも襲いかかってきます。赤子を連れたままではどうにもならず、一度は斬られると覚悟しました。ところが、そうなる寸前、相手の男は刀を振りかざしたまま、派手に転んでしまったのです。とっさのことでよくわかりませんでしたが、床にこぼれた血に足を滑らせたか、誰かの死骸に足を引っかけでもしたか。それとも、まだ息のあった誰かが足にしがみついてくれたのかもしれません。

とにかくその拍子に、その男は刀を取り落としてしまい、それはそのまま床を滑ってゆきました。そこで千代吉を安全な場所に置いて刀を取りに走ったのですが、男もすぐに立ち直って駆けてくる。幸い、転んだ拍子に足をひねったか腰でも打ったのかよろけ気味で、危ういところでこちらが先に刀を拾えたのですが、だからといってとっさには何もできません。そうしましたら、こちらの弱気を見抜かれたとみえて、男は千代吉の方に走って行くではありませんか。

卑怯にも赤ん坊を人質に取るか、それとも手っ取り早く殺してしまおうとしたのです。そして、男の手が千代吉にのばされ、あの子をわしづかみにしようとしたとき、わたくしは手にした刀を相手めがけて振り下ろしていたのです。そのときのことは、そのあとも含めてよく覚えておりません。わけもわからず振り回した刀に手ごたえがあったのやら、相手がどうなったのやら。ただあれほど騒がしく、悲鳴や怒号に満ちていた家内が静まり返っていたのを覚えております。

気がつくと、自分でも知らないうちに抱き上げた赤ん坊が火のついたように泣いておりました。そのとたん、寂しいとか哀しいより、ただもう怖い恐ろしいとなって、次に何が起きるかもしれない、ことによったらあの男がよみがえって斬りかかってくるかもしれない、そうなったら今度こそ殺されてしまうというので、千代吉とともに蔵に隠れ、朝まで震えて過ごしたのです……」

そのあとに静寂と沈黙があった。ややしばらくして、兼重裁判長の苛立たしげな声が、

「そこまでにしておけ。それが、その方の言いたいことの全てか」

「全てというわけではありませんが……あの晩起きたことについては、その通りです」

信の答えに、裁判長はさらに何か言いかけたが、左陪席の水津穎作から何ごとか耳打ちされて、

「それで……その方は、自分とその赤子に襲いかかったその男を返り討ちにしたというのだな」

信は「はい」ときっぱりうなずいた。裁判長は重ねて、

「それで、その男がお前たち一家を皆殺しにしたのだと？」

「はい……」

信の答えを聞いた兼重裁判長は左右の陪席判事を見やってから、

「では、それはいったい誰なのだ？　当夜の堀越質舗が表の門を除き、玄関から木戸雨戸まで全て内側から錠を下ろされていたことからすると、六人殺しならぬ五人殺しの下手人は、その方とともに一つ屋根の下に起居座臥《ききよざが》しおった中にいることになるが……それは誰であるか？」

これまでのノロノロした口調とは打って変わり、つんのめるような早口になりながら訊いた。

これにには傍聴人も記者たちも、固唾《かたず》をのんで被告人の答えを待たずにはいられなかった。いや、三人の判事も検事も、書記や廷丁たちまでもが例外ではなかった。

そして、迫丸孝平や筑波新十郎もまた——。なぜといって、これまであんなにも堀越信と親身に接し、警官や司法官たちとは違って、歪みのない真実を探ろうとした彼らにして、初めて聞かされる〝真実〟であったときては、目を見開き耳を研ぎすまさないではいられなかった。

だが、彼の答えはきわめて簡単であり、と同時に実に意外なものだった。

「それは——存じません」

何だと？　声にならないざわめきが、法廷内に波を打った。それに一瞬遅れて、

「何だと？」

同じ言葉を声に出し、怒気に顔を赤らめたのは、言うまでもなく兼重裁判長であった。

「じ、自分が殺した相手を存ぜぬ、とは、そもどういうことであるか！」

水津・宇佐川の両陪席判事も追従するように同様の表情を見せ、被告席をにらみつけた。手塚検事も彼らほどではないにせよ驚きを隠せないようすだった。

「と言われましても、何分暗がりでの夢中の出来事で、しかも何もかもがメチャクチャになった中のことであり、父甚兵衛とせいさんが亡くなったこと、それにモヨさんが目の前で殺されたこと以外は、はっきりと確かめることができませんでした。兄の作治郎も、番頭の佐吾太さんも手代の欣二さんも無残に斬り刻まれ、玄関から階段にかけて横たわっていたのですから」

堀越信は訥々と、だが裁判長の恫喝《どうかつ》まがいな態度にはひるむことなく答えた。そのあとに、

「それに――」

「それに、何だね」

手塚検事が、あくまで冷静に問いかけた。信は「はい」と小さくうなずくと、

「自分が殺した相手が誰かわかっていたとしても、申し上げることはできなかったと思います」

思いがけない言葉を口にした。一瞬、あっけにとられたような間があいたあと、

「何だと、この期に及んでまでも、なお罪を逃れるつもりであるか！」

またしても威嚇《いかく》めいて声をあげた裁判長を、検事はさりげなく手で制すると、

「それは、どういうことかね」

「はい……わたくしが、その人物を殺したことで罪を問われるのは自分のしでかしたことから少しもかまいませんが、同じ家の中から、突如乱心したにせよ、あるいは何か怨みつらみがあった

にせよ、ずっといっしょに暮らしてきたものたちを手にかけたものが出たなどというのは、とても耐え難いことです。誰が殺して誰が殺されたかなんて考えたくもありませんし、たとえ知ったとしても忘れてしまいたい、忘れられないとしても一生口にしたくはないからです」

おお……という嘆声まじりのざわめきが、大げさでなく傍聴席に広がった。それは驚きやとまどいにも増して、よくわからないながらの共感と理解を含んでいた。

記者たちはさすがにそれにとどまらず、いっせいに筆を走らせ始める。中でも筑波新十郎は、

――さながら仏国ルーアン城にて糾問《きゆうもん》に臨みしヂャンヌダークの如し

と手帳に印象を書きつけて、このたとえはさすがに男女違いでふさわしくないと消してしまった。だが、それほどに、当初、年齢とは思えないほど幼くひ弱に見え、その分だけ実は殺人鬼ではと恐れ忌まれた被告人は、何やら常ならぬ印象を人々に与えた。ついでながらオルレアンの乙女《ラ・ピュセル》ジャンヌ・ダルクの名は、明治初期から女傑、烈女として親しまれていた。

一方、法壇の高みでは異端審問官ならぬ三人の判事が鳩首《きゆうしゆ》協議していたが、これは事態をどう解釈し、収拾するかより、自分たちの怒りをどこにぶつけるかに関してのものだった。

そのとき、検察官席の手塚太郎が、ふとこちらを見た。それは非難や怒りを込めた視線ではなく、弁護人としてこのあとどうするか問われている気がした。そこで彼は度胸を決めると、

「あの、裁判長閣下……弁護人としては、被告人の驚くべき陳述に関し、その真意をただし、事件の状況を明らかならしめるための質問を試みとう存じますが、ご許可願えますでしょうか?」

とたんに判事席からは、ムッとしたような不興げな視線が返ってきた。信が投じた一石から生

じた混乱が尾を引いていたのだろう。一拍置いて兼重晋之輔が口を開きかけるのとほぼ同時に、

「当方としては異存ありませんが」

と手塚太郎検事から声が飛んできた。機先を制された格好で、裁判長はまたムッとしたが、

「よかろう。ただし手短にな。そして、くれぐれも銘じておくが、これ以上神聖なる法廷を混乱させることは決して許さぬぞ」

「ありがとうございます……それでは、堀越信君」

迫丸孝平は、したくもない一礼を法壇の頂《いただき》に送ると、被告人席に向き直った。

「ではまず、君に訊きたいことがある。君は公訴状によれば、『作治郎とは異腹乍ら兄弟たる身なるに家僕の如く日々頤使せらるゝを遺憾不満としてか何時しか同居の家族並びに雇人に対する故無き悪念怨恨を増悪せしめ』とあるが、本当にそんな扱いを受けとったんかいな？」

「いいえ。もちろん店の手伝いはいつもしていて、近所の人からは丁稚さんのように思われていたようですが、別にそのことがいやでもありませんでした」

「ほう、だから怨みを抱く理由はなかった、と。そらそやろね、狭いながら自分の部屋も与えられ、勉強もさせてもらえたんやから」

孝平の言葉に、何のことだ？　と言いたげな空気が広がり、とりわけ新十郎は二人を注視した。

「どうして、そのことを」

とまどう信に向かって孝平は、

「いやなに、堀越質舗の中二階の小部屋、あれはてっきり女中の額田せいさんのもので、君は店舗部分に手代の岡欣二さんらと寝ていたのだと思っていたら、実は君の部屋やったんやね。あの『ウィルソン第一読本』は君にこそふさわしいんやから、そのことに早く気づくべきやった……」

（なるほど、そういうことか！）

筑波新十郎は、鉛筆と手帳を手にしたまま膝を打った。

（それでこそ、あそこにあんな本があった理屈も通るし、あのとき天王寺署の留置場で彼らが交わした奇妙な英語まじりの会話のわけも……だが、ここでそれを明かすことに意味があるんだろうか、信少年が一家の中で虐待や冷遇を受けていなかったと証明する以上に？）

彼の疑問は、そのあとのやり取りで明かされることになった。

「実は、この事件では当初、外部から電報配達を名乗って堀越質舗に入りこみ、そのあと犯行をなしたとの説がありました。そのような声や物音を聞いたとの証言が近隣のものからあったからです。しかし、これは玄関の戸が内側から施錠され、また家内では誰も――といっても被告人堀越信のみですが――『電報！』との呼び声を聞いたものがないことから否定されたからです。われわれだけではないかもしれませんが、女中部屋はその名の通り額田せいさんのものであり、被告人は店員岡欣二氏らと起き伏ししていたのだと考えていた。そして、その勝手な思いこみから、もし外部から偽の電報配達の声がし、また戸をたたくなどのことがあったなら、被告人堀越信が気がつかぬはずはないと考えてしまったのです。

しかし、被告人がずっと奥の、しかも中二階の部屋にいたのなら気づかなかったとしてもおかしくない。そのあと異変に気づいての被告人の行動は全く間然するところのない、ごく自然なものと呼んで過言ではないものなのです……」

（そういうことか！）筑波新十郎は小躍りしていた。（それで、辻つまが合う。長春病院で話したときコマル氏が信に抱いた疑惑も晴れたわけだ。もっとも二階の座敷で妻モヨと寝ていたはずの作治郎が一階で背中を斬られ、階段の上方に頭を向けて倒れていたいきさつはまだわからんわ

けだが……それに、あれが信の部屋だとしたらせいはどこで寝ていたんだ？　同じ使用人だから
と番頭や手代と枕を並べるわけにもいかんだろうし……）

　これまで孝平とともに追ってきた事実を反芻《はんすう》し、検討した。

だが、判事たちはそんなこととは夢にも知らぬらしく、キョトンとやり取りを見つめ、それについていけないことにムッとしたようす。たまりかねたか兼重裁判長が、

「これ弁護人、そうした問いに何の意味があるのか。意味無くんば打ち切りを命じるぞ」

「とんでもない」孝平は答えた。「事件発生当初は問題にされ、そのあとなぜか雲散霧消《うんさんむしょう》した、謎の――いえ、偽りの電報配達について再度、注意を喚起したかったまでで。午前中の証人、番藤百之進警部補がまだおられるなら、ぜひお耳に入れ、ご意見を聞きたく――」

「そんなことは知らぬ。おったとしても、とうに終結した捜査に付け加えるものなどあるまい」

　裁判長は、さもうるさそうにさえぎり、冷たく言い放った。だが、それとは正反対の反応を示した一団があった。筑波新十郎だけにとどまらない各社の新聞記者たちだ。

――なに、夜中の電報配達だって？

――おいおい、今さら犯人の外部侵入説を蒸し返しか？

――そうなると、根本から事件の構図が変わってくるぞ。

　こりゃ書かなくっちゃ、書くとも、書かいでか！――そんな空気が記者席に広がったことを判事たちは気づいていたかどうか。少なくとも手塚検事は鋭く感じ取っていたようだった。

「そして、今ひとつ――」孝平はさらに続けた。「もう一問、被告人への質問をお許しくださいますよう。それと申しますのは――堀越信君」

「はい」

孝平同様、裁判長の許しを得るより早く、信は答えた。新十郎らが何かただならない予感を覚える中、迫丸孝平は訊いた。

「君は一家六人殺しの犯人でこそないものの、彼らを殺めた一人には手を下したと告白した」

「はい……そうです」

「それではたずねます――そのとき用いた刀を、君はいったいどこへやったのか、と」

堀越信だけでなく、傍聴人や記者たち、判事や検事までの目に驚きがはじけた。迫丸孝平はそんな中、あくまで穏やかに、飄々《ひょうひょう》とさえしながら一同全員に問いかけた。

「あらゆる報告書を読み、証言を聞き、また現地に足を運んでも、凶器となった刀はその存在はおろか、痕跡も、風聞すらも見出すことはできませんでした。当初、この事件は強盗犯か、とある激化一派によって行なわれたという推測があり、その下《もと》では凶器はそのまま持ち去られたと考えるのが自然であり、その行方は問題となりませんでした。

しかし、もしもこれが外からは出入りのできぬ『逃路《にげみち》なき』場の犯罪であったなら、刀は必ず堀越質舗の中で見つからなければなりません。にもかかわらず、見つからなかったとしたら――凶器はいったいどこに消えたのでしょうか？」

第八章　官吏ノ職務ニ対シ其目前《ソノモクゼン》ニ於《オイ》テ形容若《モシ》クハ言語ヲ以《モッ》テ侮辱シタル者ハ……

1

曾《かつ》て本紙記者は堀越質舗《ほりこししちほ》事件に就《つい》て兇手消失の不思議、長町《ながまち》捜索の不思議、冊子発見の不思議、六人殺害の不思議を列挙せるに茲《ここ》に新たなる不思議を加ふるに至れり即ち兇刃不明の不思議にして検事主張の如く一家鏖殺《おうさつ》の罪を犯せしにせよ或は又被告人申立ての如く防禦《ぼうぎょ》的に已《や》むを得ず一人のみに斬付けたるにせよ人命損ねたる兇刃《きょうじん》は現場に於て発見せられざる可《べか》らず然《しか》るに警察の取調書予審判事の調書検事の公訴状には六人斬殺の兇器として刀が明記されつゝも其《そ》の行方については一言の記載も無かりし故《ゆえ》に弁護人迫丸《さこまる》氏が此の点を指摘せられしは実に尤《もっと》もの次第と言ふ可し果して次回公判に於て無惨の死骸あり下手人既に就縛《しゅうばく》しあるにも不拘《かかわら》ず兇器無き不思議不可解が解明さるゝや否や司法の鼎《かなえ》の軽重《けいちょう》問はるゝ処《ところ》に非《あら》ずや……

――大阪重罪裁判所における堀越質舗事件の第二回公判が開かれたのは、旬日後のことだった。初公判は、迫丸孝平《こうへい》が提起した六人殺しの凶器の行方についての疑問をもって幕切れとなり、それを受けての今回は、事件の管轄である天王寺《てんのうじ》署の司法主任の再度の召喚から始まった。

「……さようでございます、裁判長閣下。ただ今、ご覧に供しております刀こそが本件において用いられた凶器でありまして、とりもなおさず……とりもなおさず、そのぅ――これこそは、六つの人命をむざと奪ったのが、それなる被告人であることを証するものなのであります！」

相変わらず高慢にそっくり返った兼重《かねしげ》裁判長にうながされるまま、番藤百之進《ばんどうひゃくのしん》警部補は、べらべらとした饒舌《じょうぜつ》で証言をくりひろげた。

途中、「とりもなおさず」のくだりで急に口ごもり、それまで胸の前にささげ持っていた制帽を、あわてたようすでそばの台に置いた。

そのとたん、記者席と一部ながら傍聴席から失笑がもれたのは、彼が前回ここに立ったとき新聞記事をのぞき見していたのがバレたのを思い出したからだった。

警部補は、ふりむきざま彼らをキッとにらみつけた。また神妙な面持《おもも》ちで判事たちに向き直ると、媚《こ》びるような表情で何か言いかけた。言いかけて言葉に詰まったのは、やはり盗み見用の書き付けを用意していなかったせいに違いなく、

「えー、それで……あのぅ、つまりはそういうことであります」

いったんは手放した帽子をつかむと、こっそりと首下から風を送った。

（まったくしょうがねぇな）

筑波新十郎《つくばしんじゅうろう》は、せっかく構えた鉛筆の先を宙に遊ばせながらつぶやいた。

（だが、案の定、ないはずの刀を持ち出してきやがったな。コマルさんに指摘されなきゃどうするつもりだったんだろう。まぁ、どうするつもりもなかったんだろうが）

新十郎のあきれた思いをよそに、兼重裁判長は書記に命じ、証拠品として提出された日本刀を法壇まで持ってこさせた。うやうやしく捧《ささ》げ持たれたそれに、三人の判事は通りいっぺんな視線を投げかけただけで、手に取ってみようともしなかった。

何だか要領を得ないようすで、決して軽くはない刀を高々と掲げ続ける書記に裁判長は、

「もうよい」

と物憂《ものう》げに指示すると、法壇前の机の上に戻させた。そのあと番藤警部補を、セイウチひげないじくりつつ見下ろすと、

「して、証拠品たるこの刀はいずこにおいて発見せられたか。またそこに至る経緯を説明いたせ」

「ははっ」

警部補はからくり玩具《がんぐ》の〝亀山《かめやま》のちょんべはん〟みたいにピョコンとお辞儀をすると、

「お答えいたします。この刀は、堀越質舗の蔵において発見せられ、られられ……ました」

危うく舌を嚙みかけながら、きっぱりと証言した。

裁判長は「ほう」とやや身を乗り出して、

「質庫から……ということは、もしや質草の中にまぎらしてでもあったか」

訊かれたとたん、警部補はまたぞろ〝ちょんべはん〟になってみせながら、

「ははっ、ご明察まことに恐れ入ります。さよう、まさにおっしゃる通りにて、当該刀は、同質舗が顧客より預かりし種々雑多な品の中に隠匿《いんとく》してあったのでございます」

「隠匿というからには、偶然そこにあったのではなく、何者かの故意によってじゃな。するとそ

の何者かとは誰か」

「それはもちろん、あれなる被告人堀越信《まこと》であります」

番藤警部補はここぞとばかりに被告席をグイと見すえ、さらに続けた。

「すでにご承知のごとく、被告人は酸鼻《さんび》をきわめし犯行のあと、一人土蔵内に立てこもりました。そのとき彼は手ぶらであったか。もしそうであるならば家屋内のどこかから凶器の刀が見つからなくてはならない。そうではなく、かといって付近のどこかに遺棄隠匿しうる余地がなかったことを考えますと、これはもう蔵の中に持ち入ったと考えるほかない。そして現に、このように発見せられたのであります」

「うむ。相わかった」

裁判長は満足げにうなずき、うなずきついでにかえりみた左右の陪席《ばいせき》判事からも同意の会釈《えしやく》を返された。だが、そこに一言、問いを差しはさんだものがあった。検事の手塚太郎《てづかたろう》だった。

「なるほど、質屋の蔵に収められた客からの預かりものはまさに千差万別、刀剣類が中にあっても不思議ではなく、そこに凶器を隠すというのも究竟《くつきよう》と言えよう。しかし、そのことがこれまでの捜査報告ならびに取調口供録《こうきようろく》、予審調書その他に記載がないのはどうしたことか。むろん、これは検察官たる本職の見落としでもあるのだが」

「い、いえ、決してそのようなことは」

早手回しに検事に反省されては、かえって警察の立場がない。番藤警部補は狼狽《ろうばい》したようすで制帽を握りしめ、かといってそれをパタパタとあおぐわけにもいかず、タラリと一筋流れてきた汗をそのままにしていた。

「それとも何か。前回のごとく、自分の天王寺署異動より前のことであるによって、くわしくはあずかり知らぬと言うのか」

　手塚検事はたたみかけるように言った。その物静かだが鋭い口調に、新十郎をはじめとした傍聴人たちは、なるほどこの怜悧《れいり》な風貌は伊達ではないわいと思い知らされたことだった。

「い、いいえ。とんでもございません」警部補はかぶりを振った。「本証拠品は、本官の着任後に本官の指示により発見せられたもので、その間の事情につきましては、いかようにもご説明が可能でありますっ」

(ということは、七月一日以降か……しめた!)

　新十郎は内心小躍りしつつ、孝平の方を見た。彼もまたこちらをちらとふりかえったが、緊張のためか引き結ばれた口元が、ほんの少しゆるんだようだったのは見まちがいではなかった。

「検察官、証人はこのように申しておるが、どうか」

　裁判長は、まるで警部補との間を取りなすように検事席を見やった。これには手塚検事も、

「それなれば、本職からはこれ以上は格別」

と矛《ほこ》を収めないわけにはいかなかった。裁判長は上機嫌でうなずき、だが一転ぶっきらぼうというか、むくれた面《つら》になると、

「弁護人、尋問の時間にいささか残余あるによって、証人に尋ねたいことがあれば差し許す」

と恩着せがましく言った。当然の権利であるはずの反対尋問《クロス・エグザミネーション》——この当時は「対審《たいしん》」と訳した——は代言人《だいげんにん》には認められず、裁判官の気分でお情けのように許されたり、許されなかったりした。

「これはまことに、ありがとうございます。なるほど、これが公訴状に記されたところの『予《かね》て用意の刀』でありましたか」

孝平は、口先と顔の皮一枚だけは感謝の意をあらわして、

「職務ご多忙の司法主任殿をお煩《わずら》わせするは、まことに恐縮にて……まずはその刀をじかに拝見しとう存じます」

「ああ？　まぁよかろう」

孝平の「裁判官ニ対シ尊敬ヲ欠ク」ことなど、みじんもない態度にまんまと引っかかってか、裁判長はあっさりと許可し、書記に「渡してやれ」と命じた。

孝平は、両手でそれを受け取ったものの、何しろ本人はもちろん親代々持ち慣れてはこなかった代物だけに、ズシリとした重みに一瞬よろけかけた。フン、と小馬鹿にしたように鼻を鳴らした番藤警部補に、さも感心した表情で向き直ると、

「なるほど、これがあの質庫から……」

と感心したように言いかけた。それを受けて、

「そうじゃとも。灯台下暗《もと》しというが、これはまさに大発見であった」

やけに自慢げな警部補に「おぉ、それは……」と愛想笑いを向けると、刀を水平に構え、ゆっくりと鯉口《こいくち》を切った。そして彼は、目玉が切れそう――は大げさにしても、鼻のてっぺんぐらいは傷つけそうなぐらい間近に寄せて観察しながら、

「私はこの手のものに明るくないので、よくわかりませんが、人を斬った刀というのは、もっと血脂《ちあぶら》とか、歴然たる痕跡が残っているものではないのですか」

とたんに番藤警部補はフンと鼻を鳴らして、

「それは俗説で、そもそも鋼《はがね》の刀身に血や肉がしみこむわけがないし、そんなものは事後によく拭《ぬぐ》えばすむことだ。そして、被告人には一晩たっぷり、そのための時間があったではないか」

確かにそうだが、血をぬぐった布なり紙なりはどうしたのか、すでに見つかったのかについて問いただしてもよかったが、今はその点を追及するのをやめておいた。

付け加えると、この刀には全く何の痕跡もなかったわけではなく、錆《さび》とも土の汚れとも、それこそ血痕ともつかないものが数か所見出せた。

そのことを確認し、パチリと刀を鞘《さや》に収めた。そのあとまた警部補に愛想笑いを向けると、いきなり彼ではなく裁判長席に向かって、

「つきましては、この刀とその発見につきまして、かねて申請しておりました証人の召喚をお願いいいたします」

「な、なに、この刀についての証人であると？」

意表を突かれたようすで判事席がざわめく。しばし鳩首《きゅうしゅ》協議のあと、手塚検事が、

「検察側としては異存ありません」

と同意してくれた。それを受けて、兼重裁判長は書記が差し出した書類をしぶしぶ繰ると、

「ふむ、大阪府南《みなみ》区鰻谷中之町《うなぎだになかのちょう》、両替商・水町満左衛門《みずまちまんざえもん》――？　こんな者が凶器の刀に関して何を語ろうというのか……まぁよい、当裁判所に来廷しておるならば、ただちに呼び出すがよかろう。これ廷丁《ていてい》！」

2

「この裁判、どないなるんやろな」

筑波新十郎の隣の席でふともらしたのは、朝日《あさひ》と並ぶ東雲《しののめ》新聞の競合紙、さまざまな新聞が消

えていった中でかろうじて生きのびた大阪日報の探訪《たんぼう》だった。裁判所と府庁回りとのことで、新十郎とは最近よく顔を合わせるようになった。

「さぁて……長州《ちょうしゅう》っぽの裁判長たちは、何だかイラついてるようだけどね。予想に反して長引きそうだというので」

「まぁ、刑事裁判はよほどの重大事案でも一日で結審するのが普通やからな。何し、警察や予審判事の調べで筋書きはできとって、それを判事がなぞるだけやねんから」

新十郎は「言うねぇ」と小さく噴き出して、

「そういや、去年十一月に行なわれた花井《はない》お梅《うめ》の裁判も、午前と午後で全ての審理を済ませ、夕刻には検事の論告と弁護人の弁論を行なって幕引きだったな」

するとと大阪日報の探訪は、にわかに興味深げに、

「おまはん、あのお梅を見たんか」

「ああ、まぁチラッとだけどね」

「稀代の毒婦という評判は大阪《こっち》にまで伝わったが、実物はどやった」

「いや、とんでもない。幼いときに養女に売られて芸者になったあげく、『ホンのハズミ』で相手を刺しただけの哀れな女さ。それが、一日きりの裁きの三日後には無期徒刑の判決……控訴はしたものの容《い》れられず、今は市ケ谷《いちがや》監獄住まいの身というわけさ」

「そんなことやろと思た」大阪日報の探訪は苦笑した。「しかし、その伝《でん》で言うたら、あのこぼいさんみたいな被告人も罪の有る無しにかかわらず、ずいぶんと数奇な運命ちゅうことになりそうや」

新十郎は「ああ」とうなずきかけて、「しっ」と唇に指を当てた。

「証人のお出ましのようだぜ。それはさておき、ちょっと頼みたいことがあるんだが……」

何ごとか大阪日報の探訪の耳に吹きこんだあと、あらためて証言台に視線を戻すと、

「おっと、こりゃまた粋《イキ》な……いや、こっち流だと粋《スイ》か」

舌を巻いたのも無理はなかった。廷丁に導かれて証言台にやってきたのは、白髪まじりの頭を左右は刈り上げ、てっぺんはきれいに撫でつけた中年――というより初老にさしかかった痩せ形の男性。だが、そのいでたちが殺人公判の証人としてはいささか似つかわしくなかった。

――涼やかな能登上布《のとじょうふ》の着物から八王子《はちおうじ》の襟をのぞかせ、帯は博多《はかた》織の正絹《しょうけん》、その上から透き通るような七本絽の羽《は》織《おり》をまとっている。蜻蛉玉《とんぼだま》を通したその紐から鮫革に珊瑚の緒《お》締《じ》めの莨《たばこ》入れ、烏表《からすおもて》に印伝《いんでん》の鼻緒を据えた雪駄《せった》に至るまで一分の隙もないとはこのことだった。この分では上から見えない襦袢《じゅばん》も布地や仕立てを選びに選び、別染めに出すなどの一趣向が凝《こ》らしてあるに違いない。

この男――水町満左衛門のことは、迫丸孝平から聞いて知っていた。彼が堀越質舗の主人、作《さく》治郎《じろう》を知るきっかけとなったマリヤ観音像をめぐる訴訟で、手助けをしてくれた好事家だ。

そればかりか、かつては唐金屋《からかねや》の屋号のもと巨富を動かして名を轟《とどろ》かし、今は町人学者として尊敬され、また流行《はや》り唄の作詞作曲でも知られる彼がここに出廷してきた理由も知ってはいるのだが、それでもこの姿には意表を突かれた。無粋な田舎《いなか》侍あがりには、とうてい理解できないと思えば、いっそ痛快ではあった。

型通りの手続きのあと、証言台に立った満左衛門は裁判長の質問になめらかな島之《しまの》内《うち》言葉で自己紹介し、次いで孝平の方に向き直った。

「それでは、証人」

「はいな」

せいいっぱい重々しく言った孝平に、満左衛門はとぼけた、洒落《しゃれ》のめしたような答えを返した。そのやり取りに法廷内の空気はちょっと和らいだが、判事席だけはとまどい七分、憤慨《ふんがい》三分といった反応だったのは、彼らの出自と石頭からしてやむを得なかった。

「事情はすでにお聞きかと思いますが、まずはこの刀についてご鑑定願います」

「よろしゅおます。それではちと拝借」

と刀を受け取るや否や、目にも止まらぬ居合の技で白刃《はくじん》を抜きはらったから、誰もが驚いた。とりわけ法壇上の三人の動揺は大きかった。

見直せば、さっきまで微笑みをたたえていた満左衛門の口にはいつのまにか懐紙《かいし》がくわえられ、その目は打って変わった厳しさで刀身を見つめている。

腕はまっすぐ前にのばし、柄《つか》をぴったりと垂直に立て、隅々にまで視線を注ぎ、ときに目を細めて全体をながめる。やがて刀をゆっくり倒すと、手妻《てづま》のように袂《たもと》から取り出した紫紺《しこん》の袱紗《ふくさ》を左の手のひらに広げた。そこに刀身を載せると、またじっくりと観察し始める。

（ははぁ、なるほど……こりゃずいぶん堂に入ってるな）

筑波家は無役といえど天下の直参《じきさん》、御家人《ごけにん》だったので、新十郎にも彼が何をしているかぐらいはわかった。これは刀の「姿」すなわち全体の形状を見たあと、「地鉄《じがね》」「刃文《はもん》」「帽子」といった鍛錬や焼入れの過程で生まれた痕跡を読み取っているのだ。

満左衛門は続いて刀身を裏返し、あるいは窓から射す日の光にかざし、そこに刻まれた製刀の過程と刀工の個性を読み取ろうとした。やがて息詰まるような数分間の果て、沈黙と静寂を切り裂くように切っ先が空《くう》にきらめく弧を描いた。

人々がハッとしたときには、刀身は鞘に納まり、水町満左衛門はもとの飄々《ひょうひょう》とした表情とたたずまいでそこに立っていた。コトリとかすかな音をたてて、証言台に刀が置かれる。

ホーッというため息がひとかたまりの気動となって廷内を揺るがした。このとき初めてわれに返ったらしい判事席から声が飛ぶ前に、

「水町証人、鑑定の結果はいかがでしたか。その刀から何かおわかりになることはありましたでしょうか」

孝平が訊くと、満左衛門はにこやかにうなずき、「さいでおますな……」と考えこんでから、

「鎬《しのぎ》の幅広く、また高さのある大和伝《やまとでん》の造り込みで、中鋒、鍛錬いずれも詰まっていること、また刃中には幾分穏やかな直刃《すぐは》を焼いておるところからすると、陸前国《りくぜんのくに》の名匠、二代山城守国包《やましろのかみくにかね》の流れをくむような……この場で茎《なかご》の銘を確かめるわけにも行きまへんよって、大外れならおわびのほかありまへんが、これはどうやら幕末の作。わてにはどうにも奥州《おうしゅう》仙台の気配が感じられてならん……もしそやとしたら、いろいろと世の動く中で、はるばるとこの浪花《なにわ》にやってきたもんやと感慨深いもんがおますな」

どこか夢見るような口調で鑑定結果を述べた。戊辰《ぼしん》戦争だの奥羽越《おううえつ》列藩同盟だののことはおくびにも出さなかったが、それは今の藩閥《はんばつ》専制政府の支配下に生きる人々に、あり得たかもしれない〝もう一つの今〟を思い出させずにはおかなかった。

迫丸孝平は、そのことを法壇上の支配者の手先たちに気づかせまいと、ことさら早口で、

「なるほど、ご慧眼《けいがん》まことに恐れ入ります。それでこの刀の由来はわかりましたが、そのことから、これがどこで見つかったならそれは不自然、誰の手に渡っていたというならそれはあり得ない——というようなことは判断がつかないものでしょうか」

孝平の問いかけに、えっ？……というとまどいが法廷内に流れた。わざわざこの場違いな通人――「商売以外のことは何でも知ってなはる旦那《だん》さん」と評判の唐金屋満座衛門だったが、どうやら刀剣にも一家言あるらしい――を証言台に立たせた理由が、かいま見えたからだった。

もし、その刀が大阪は東成郡天王寺村《ひがしなりぐんてんのうじむら》にある質屋の蔵にあっておかしいということになれば、六人殺しの凶器とそれを用いた犯人についての警察の主張はくつがえるのではないか――弁護人はもしかして、そのことを問いただしたいのではないだろうか――？

だが、とすぐに誰もが気づかないわけがなかった。その質問はあんまりムチャではないか。刀の産地や時代、誰の手になるものかがわかっても、それがどこにあるべきか、あるべきでないかまで決められるものなのか。誰もがそのことに気づき、この若手代言人はひょっとしてアホなのではないかという空気が広がりかけた折も折、

「そんなもん、わかるわけがおまへんがな。今や書画骨董ばかりか日本の刀剣、甲冑《かっちゅう》までもが、海を渡って外国《あちやら》のガラクタやない、コレクタアの手に入る時代だっせ。それどころかちょん髷《まげ》時代やそのはるか昔から、名刀宝刀と聞けばはるか遠国から購《あがな》い求めに来たものやし、刀鍛冶の流派もあちこちに広がっていったんやさかい、どこの刀はどこにしかない、てなことが言えますかいな。ましてここは天下のお宝が集まる大阪だっしゃないか」

満左衛門はもののみごとに、弁護人の願望まじりの質問を粉砕してしまった。

「そうですか……そうしますと、被告人の犯行を示す証拠品たるこの刀が、堀越質舗の蔵から発見されたというのは、きわめて妥当である――そういうことになりますか」

孝平はわざとらしいほどの落胆を表わして言った。それを受け、何をわかりきったことを、という軽侮が、官憲側はもとより傍聴人や記者たちまでにも起きかけたときだった。

「いいえいな」

水町満左衛門は言下に、あっけらかんと首を振ってみせた。そのあと、たたみかけるように、

「そらあり得へんことですわ。この刀が全国どこで見つかってもおかしない、いうのと、それはまるきり話が別ですがな」

その予想外の返答、あまりにもはっきりした否定に、誰もがあっけにとられずにはいられなかった。そんな中、孝平はもうはっきりとわざとらしい驚きをまじえながら、

「ほう、どこで見つかっても不思議ではないが、堀越質舗の蔵にあったのは不思議である……とおっしゃいますと？」

孝平の問いかけに、満左衛門は待ってましたとばかり「はいな」と口を開いて、

「と申しまんのは、わが唐金屋は八代続いた両替商でおますのやが、何し御一新《ごいっしん》で銀目取引が廃止になるわ国立銀行条例というのがでけるわ、そもそも貸付相手やったお大名も無《の》うなってはどもならんようになりましたよって、今はもっぱら貸金と為替《かわせ》、それに銭両替に商《あきな》いを絞りこんどります。息子は『いずれは唐金屋を近代的な銀行《バンク》にしたい』てなことを言うとりますが……いやまぁ、そないなことはともかく、それだけでは大勢の奉公人に飯も食わせられず、第一わての趣味道楽にもさしつかえますもんでっさかい、いろいろとよそさんのお手伝いや周旋斡旋、管理などをさしてもらいましてコンミッションちゅうやつを頂戴しとります。その一つが、今日のこのお裁き、ただいま鑑定さしてもろた刀ともつながりまして、と申しまんのは、とある伝手《つて》から伝手をたどり、今度のむごたらしい件で宙に浮いてしもた堀越《ほりこ》っさんとこの質庫の管理を頼まれましてな。聞けば無理もない話で、そのまんま無人の家に置きっぱなしにしとったら、いつ盗人《ぬすっと》に入られるや知れず、預かりもんはお客に返すなり流すなり、貸金のやり取りもきっちりやらんと

いけまへん。それでお役所の許しもいただきまして蔵を総ざらい、中の品物と下げ札に質物台帳を照らし合わせ、きちんと目録につけさしていただきました。それらをもとにおいおい受け出していただくなり、こちらで引き取らしてもろて処分するなりさしていただいとる次第で」

　切れ目の全くない滑らかきわまる饒舌に、傍聴人や司法官たちばかりか、彼をここに呼び出した孝平までもが圧倒され、絶句してしまった。だが、すぐに気を取り直すと、

「そない……あ、いや、そうしますと水町証人、その質物の確認と帳簿の照合作業はどない……あ、いや、いかがでしたか。その刀についてわかったことは何ぞおまし……何かありましたか」

　自分も地元民だけに、満左衛門の大阪言葉に引きこまれてしまいながら、孝平は問いかけた。

「はいな。ここ数年間の台帳を調べた結果……というのも、わずかな利ィだけ入れてずーっと預けっぱなしにしてるお方も、ままいたはりまっさかいな。ともかくわての見た限り、そこには刀剣のたぐいはただの一振りも含まれてはおりまへなんだ」

　あっさりと重要な事実を明かしてみせた。堀越信が六人殺しの犯人であるにせよ、あるいは最後の一人だけを正当防衛として殺《あや》めたにせよ、その凶器はもともと堀越質舗内にあったと考えるのが妥当で、だとすれば質草として蔵の中にあった可能性が大きいが、そんなものは存在しなかったというのだ。

　だが、そのことは証拠品として提出された日本刀そのものが、あの家に存在しなかったことを意味しない。単に質草として預かられてはいなかったというだけだ。そこで、孝平は、

「しかし質入れの品とは無関係に、蔵の中に刀がまぎれこんでいた——もっと言うなら、誰かが隠していたとは考えられませんか。それなら台帳に載っていなくても不思議でないわけですが」

　その点を確認すべく問いかけたところ、満左衛門は即座に首を振ってみせた。

「いやいや、不思議も何も……さっき蔵の中の品物と下げ札を、と言いましたやないか。それらと質物台帳に寸分食い違いがなかったとまでは言いまへんし、どうにも行方の知れんものもおました。けれども台帳にない品物が質庫にあった、てなことは一件もごわりまへなんだ。あれば目録に書き記しております」

「確かですか」

「確かだす」

満左衛門は答えた。傍聴席のとある一角にふと視線を投げると、

「もしお入り用だしたら、台帳と下げ札、現物の照合一切を記したその目録を提出させていただきますので、いつでもお申し付けを」

「では、そのときにはそのように……」孝平は軽く一礼すると、「すると、いま鑑定していただいた刀は、質庫内にはなかった？」

「へえ。そらもう唐金屋の暖簾《のうれん》に賭けて」

水町満左衛門はあくまでにこやかに、商人の誇りをみなぎらせて請け合った。孝平はさらに、

「ちなみに、それはいつのことですか」

「こうつと……あら六月の二十九日でしたな。住吉《すみよ》っさんのお祭りの前日やったさかい、まちがいおまへん」

住吉祭《すみよしまつり》——大阪三大祭りの一つ、住吉神社の夏の祭礼はこのころ六月三十日に行なわれていたが、その日付が口にされたとたん廷内がざわめいた。

となると、おかしなことになってくるからだ。堀越信が凶器の日本刀を持ったまま蔵に立てこもり、翌朝丸腰で警察に保護されたのなら、刀はそこに残されたままのはずで、番藤警部補はつ

いさっき、七月一日の着任以降に刀を発見したと証言した。

だが、質庫の管理を委託された唐金屋がその直前に調べたところでは、そんなものは実際にも目録上も存在しなかったというのだ。今こうして法廷に持ちこまれている二代山城守国包の流れらしき刀も、それ以外に凶器となり得るものも……。

この点について、特に手塚検事から疑問があがり、

「本職としては、この点、当該司法主任に確認を求める」

検察官からの要望では致し方なく、兼重裁判長はしぶしぶ番藤警部補を呼び出し問いただした。

だが、むろん彼はあくまで自分の主張を曲げず、報告書にも明記したことだと突っぱねた。

逆に、満左衛門を不法侵入だと責めたが、そこはぬかりない彼は町内一同からの管理依頼状、彼らと唐金屋の連名で治安裁判所に提出した書類の写しを取り出して、相手を沈黙させた。

さらに水町満左衛門からは、奇妙なものの提出があった。

「ちょっと失礼いたします。これ吉太郎《きちたろう》、例のものをこれへ――」

傍聴席をふりかえった彼の指示で、小太りだがどこか面差しの似た三十前後の男が立ち上がり、何やら布でくるんだものを差し出した。そういえば、さっき視線を投げかけたのも同じ人物で、

「唐金屋を近代的な銀行にしたい」息子とは彼のことなのかもしれなかった。

吉太郎と呼ばれた男は、膝の上にかなり大きな風呂敷包みを載せており、そこにはもしかしたら入り用になったらいつでも出せるよう、堀越質舗の質物台帳や唐金屋が独自に作成した目録がしまわれているのかもしれなかった。

ともあれ、布包みはその手から満左衛門を介し、さらに書記によって中身が法壇に披露された。

何やら黒光りした武骨な物体に、「これは……?」と首をのばした判事たちに向かって、

「堀越質舗の質庫の錠前でごわります。正しくは旧・錠前《じょうまえ》と申しますか……」

水町満左衛門はにこやかに答えた。

——じょ、錠前？

——それも殺しのあった質屋の蔵の、かいな。

廷内にとまどいのざわめきが広がる中、満左衛門にかわって孝平が口を開いた。

「この錠前は、もともと堀越質舗の蔵の扉に、ふだん閂《かんぬき》とともにかかっていたとされるものでありますが、かの惨劇のあと被告人堀越信が中に立てこもって以降は、外されて用いられていなかったと考えられております。それは理の当然で、蔵の中に入ってから扉の閂鎹《かすがい》に閂を通し、その上から錠前を掛け、その穴に鍵を挿《さ》し入れて施錠することは不可能だからであります。また可能であったところで、その鍵の始末をどうするかいうことになります。——ところで、証人」

と満左衛門に向き直って、

「何でこれを外して、しかもこんなところに持ってこられたのですか。管理を任されている質庫が鍵も錠もないままでは物騒だし、誰かが入りこんで盗みでもはたらいたりしたら責任問題になるのではありませんか」

「いや、その心配はおまへん。その錠前はもともと役に立ってぇしまへんでしてんから」

「役に立ってなかった？　どういうことですか」

それは初耳だとばかり、孝平が聞き返す。それを見ながら、新十郎は内心ほくそ笑んでいた。

（「どういうことですか」も何も、おれたち二人で見分に行ったのにな。ハッタリや嘘は苦手な人だから、こういう小芝居は何だか危なっかしくていけないが）

彼の脳裡には、孝平を半ば強引に引っ張り、竹矢来《たけやらい》を引っこ抜いて堀越質舗の中を、その生々しい惨劇の痕跡を実見したときの光景がよみがえっていた。

一方、そんな彼の思いをよそに、証人と弁護人の問答はなおも続いて、

「さいな、それと申しまんのは、彼処《あこ》の質庫の締まりとなるものは門と錠前だけでかんじんの鍵があらへん。警察のお方が封印をしてくれはりまして、それは手つかずでしたが……あ、それを開くお許しはちゃんといただいとりまっさ。とにかく質屋はお客から預かった質草が大切な宝。蔵はそれを守る城郭で、その門を守るためには鍵が欠かせまへん。ところがそれが見つからず、よほど大事にしもうてあるのやなと家じゅう店じゅうを捜してみたが、やっぱり見つかりまへん。どうやら警察の方々が踏みこんでからしばらくはそのままで、扉も自由に開け閉めでけるようになっとったらしい。あとで、錠前だけは掛けられたものの鍵が無《の》うてはほんの形ばかり。とにかく不用心なこって、幸いそれまで盗人に入られるようなことはなかったようなが、これからそうとも限らんし、もしもということになればわてらに管理を任してくれはったご町内の衆に顔向けならんことにもなります。そこで錠前と鍵を新たにあつらえまして、現に今もちゃんと錠を下ろしてありますのや。そうでなかったら、うっかり場を離れて、ここまで来れるわけおまへんわ」

「そらそうでっしゃ……あ、いや、それはそうでしょうね」

孝平は、また相手の言葉つきに引きずられながらも、同意した。それから実は警察がこじ開けたままにされていた堀越質舗の管理、とりわけ蔵とその中身について、唐金屋こと水町満左衛門を紹介したのはほかならぬ孝平たちだったのだが、それはおくびにも出さないようにしていた。

その目的は、もちろん近所の人々から持ちかけられた安全安心の願いにこたえるためだったが、そのほかに西洋とは違い〝現場《げんじょう》保存〟ということに興味も関心もない警察にかわってそれを行なうことであり、そこから事件解決の端緒《たんしょ》をつかむことであった。

「それで」孝平は言葉を続けた。「これはもう代がわりして無用の品となったわけですな。一方、この錠前と対をなしていたはずの鍵はとうとう見つからずじまい――？」

「さいでおます。質屋に限らず、商売人にとって蔵の鍵は命にも等しいもんでおますよって、ないということはない。何かあったら身にかえても守るはずですのやが……いったいどないしましたんやろ」

商売の根本にかかわるだけに、ふだんは通人の自由気ままに隠された真剣さをかいま見せた。

「いや全く、おっしゃる通りで……あ、失礼、弁護人が水町証人から話をうかがうのはここまでけっこうです。どうもお疲れさまでした」

迫丸孝平は妙にせかせかと質問を締めくくり、満左衛門はそれを受けて、

「さよか、ほんならこれで」

と答え、スタスタと歩み去りかけた。夜店でもひやかしたあとのような気軽さだった。

ちょうど兼重裁判長ら判事三人組がえんえんと続く満左衛門への質問に業を煮やし、今にも制止の声をかけそうなふんい気を漂わせていた。それを察知し、先手を打っての尋問終了だった。

裁判長のご機嫌やいかにと見上げると、今のやり取りの持つ意味があまり理解できずに、何とか難癖をつけようと両陪席判事と何やら話し合っているようすだった。

その結果、また彼らに何か文句や厭味《いやみ》めいたことを言わせる隙を与えず、孝平は口を開いた。

これまで以上に深々と頭を下げると、

「裁判長ならびに陪席判事閣下、そして検察官閣下、弁護人に証人尋問をお許しくださったご仁《じん》慈《じ》に、衷心《ちゆうしん》感謝申し上げます。まことにありがとうございました！」

「あ、いや」

まんざらでもないようすで兼重裁判長がうなずくのを、筑波新十郎は見逃さなかった。

（よほど頭を下げられるのが好きと見える。そんなことだから、この証人がかんじんの質問には答えていないことに気づかないいんだ。いや、案外この場のみんな、疑問にも思っていないのかもしれんな——何で満左衛門旦那が、あんな蔵の錠前なんか持ってきたのかを。より正確にはコマルさんが持ってこさせたんだが）

内心つぶやいた折も折、迫丸孝平は裁判長の上機嫌に乗じるように、またよけいな疑問を起こさせまいとするかのようにたたみかけた——。

「それでは、引き続きまして、弁護人より事前に申請いたしました、次なる証人を尋問することについてご許可を願います……」

3

「証人、姓名を述べよ」

「森江春七《もりえしゅんしち》」

「身分年齢職業は」

「大阪府士族……いや平民、四十一歳。四天王寺《してんのうじ》門前にて医療器具と理科教育品の輸入と製造販売店を経営しております」

やや小柄でずんぐりした和服の人物——当人は自分の名を〝シュンヒチ〟と発音した——は、㊁の印を染め抜いた風呂敷包みをかたわらに置くと、証言台についた。㊁は森江の江——それは彼の店の商標であり、そこの店頭にはそれとともに、

医理化学
器械専売　　森江春七商店

という看板を掲げて、さまざまに珍しい品を取り扱っていた。まずは恐ろしげな銀ピカの外科用具、哺乳器や蒸気吸入器に義手義足、ほかに巨大な円盤がぐるぐる回って放電するウィムズハースト起電機やら太陽系儀《オーラリー》、さまざまに珍奇な博物標本やら蒸気機関などの模型類をガラス戸の向こうに並べて目を引いている。

そう、彼こそは天王寺火葬場で堀越一家が荼毘《だび》に付された際、その場を取りしきっていた町内の世話役だった。そして、被害者たちの死体をちゃんと検《あらた》めたいと駆けつけたものの、寸前で果たさなかった迫丸孝平と筑波新十郎の熱意に打たれたか、思わぬ〝手土産《てみやげ》〟を託してくれたのも……。

だが、むろんそんなことは判事たちの知るところではない。兼重裁判長は森江証人に関する書類に目を通すと、

「ふむ……被告人堀越信に対する情状証人であるか。ではまず本職よりその方に相尋《あい》ねるが……」

弁護側が申請し召喚させた証人にもかかわらず、先に尋問を始めてしまった。理屈の上では、そして慣例としても迫丸孝平に優先権があるべきなのだが、法的には根拠がない以上、いつ反古《ほご》にされてもおかしくなかった。

「それでは証人、被告人について思うところがあれば申し述べよ」

言われて森江春七は、「はあ」とうなずくと、

「私は堀越質舗の方々と格別付き合いが深いということもなく、葬礼を手伝《てつど》うたのも住まいが同町内ゆえの義理のようなもんでしたが、ただ被告人の信君だけとは多少かかわりがおました。というのは信君はよう当店を訪れてくれまして、熱心に実験用具や標本などをながめておったからです。もちろん、ちょっこらちょっと子供に買えるようなもんやおませんが、見てばかりでは悪いと思たんか、ごく安い絵札や鉱石とかを買《こ》うてくれ、かえって申し訳ないぐらいでおました」

そうした思い出を語りながら、ちらちらと被告席に視線を投げる。そこには何かしら必死な思いがあって、信を救おうとしているようだったが、当の本人はただ哀しげに、あきらめたような微笑を浮かべるばかりだった。そんな二人を見て、

(なるほど、そういうことだったのか)

新十郎は独り納得していた。そういうかかわりがあったのなら、あのときの彼の行動にも腑《ふ》に落ちるものがあった。

森江春七はなおも言葉を重ねたが、あいにく法壇上の判事たちは、それぐらいで動かされるような心は持ち合わせていなかったらしく、

「つまり、それは……何が言いたいのか」

右陪席の水津《すいつ》穎作《えいさく》がもどかしそうに訊いた。

「それは、つまり」森江春七は答えた。「彼が堀越家の中で奉公人のようにこき使われたり、そのことに怨《うら》みを抱いてるようには見えなんだ、いうことでおます。小遣いはちゃんともらえておったようですし、ひどく腹をすかしているようすもなければ、ましてや折檻《せっかん》されたような跡も見受けられず、稀《まれ》に家族の話をすることもおましたが、そこにも何か含むようなところはありゃいたしませんでした。ですので、日ごろの憤懣《ふんまん》をつのらせてというようなことは、とうてい……」

「しかし、だからというて」

と、今度は左陪席の宇佐川乃武三《うさがわのぶぞう》がさえぎるように口をはさんだ。

「他人の家のことを奥深くうかがい知ることができるわけでもあるまい。たかだか、たまに店の客として会うぐらいでは人柄などわからぬのが当たり前だし、ましてある夜突如として狂を発することなどあり得なかったと、どうして断言することができるのか」

「し、しかし……」

「もうよい」

兼重裁判長が物憂げに、生あくびをしながら言った。

「これにて、証人森江春七に対する尋問を終了する。弁護人、何かこの者に訊きたいことがあれば、質問を差し許すぞ。ただし、いま述べられたがごとき情状についてであれば、時の費《つい》えでもあり無用である。どうだ、それ以外で何かあるか」

「ございます」

迫丸孝平は瞬時に答えた。堀越信に対し情状酌《しやくりよう》量を求める証人を申請したのは、裁判所側に弁護側尋問を認めさせる名目に近く、そちらを先取りされたとしても何の痛痒《つうよう》もなかった。

彼がこの証人尋問で訊きたいこと――それはもちろん、あの〝手土産〟に関することだった。

孝平はまず、それが発見されたいきさつを森江春七の口から説明してもらい、それが堀越質舗の番頭にして主人・作治郎の義兄に当たる毛島佐吾太《けじまさごた》の棺《ひつぎ》に、あとからまぎれこむ可能性は、ほぼないことを傍聴人たちに納得させた。判事たちが納得したかどうかは怪しいものだったが……。

それでも孝平は質問を重ね、火葬が終わったとき、問題の物体が灰と骨片の集積のどのあたりにあったかを証人に正確に思い出させ、聴くものたちの頭にも強く思い浮かぶように努めた。

だが、どうしても隔靴掻痒《かっかそうよう》のもどかしさは免《まぬが》れなかった――ところへ、

「ああもう、辛気臭い。やっぱりこれで説明させてもらいますわ」

森江春七は言うなり、かたわらの風呂敷包みから、かなり大きな人形を取り出した。とたんにギョッとした空気が、高波となって廷内に打ち寄せ、ご婦人たちからは悲鳴さえあがった。

というのも、それはただの人形ではなく、半身断ち割って骨格や筋肉、血管などを表わし、はたまた目玉や歯並みをむき出しにした生々しくも精巧に作られた人体解剖模型であったから、誰もがびっくり仰天したのも無理はなかった。

ことに彼が見せたいらしい腹部はぽっかりと大穴が開けられて、作り物とはいえ毒々しく彩られ、不気味にのたくる臓器を丸見えにしていたからたまったものではない。とりわけ判事席の三人などぶざまに椅子をガタつかせてのけぞったほどだった。

春七は、人々のそうした反応がかえってうれしいらしく、

「えー、代言人の先生よりご質問のありました物体は、最前から申しましたように遺灰の胸骨の内側、生前で言うならみぞおちのへんにあったんでございますが、つまりこれをこの森江商店にて新発売の医用模造人体によりますならば、ほれちょうど、このあたり、胃袋の中にあったんやないかと考えられるんでございます」

などと解説しながら、人体模型の該当部分を指さし、傍聴席や法壇に向けてグーッと突き出したものだから、男女を問わず気の弱いものは悲鳴をあげつつ身を引く始末だった。

そんな中、手塚太郎検事だけが興味津々《しんしん》といったようすで、

「どれどれ……ほう、これはなかなかよくできておる」

と身を乗り出したのは、やはり医家の出であり、しかも藩医としては異色なことに蘭方医《らんぽうい》だっ

たからだろうか、と新十郎はひそかに考えていた。

――この森江春七が、棺桶《かんおけ》とその中身の焼け残りから例の物体を見つけ、わざわざ拾い出して届けてくれたときには、奇特というか度胸のある人もあったものだと思ったが、こうした医療機器、理科教材を扱っていたとわかれば納得がいった。

あのあと会ってみて、この人ならばと見込み、孝平ともども証人としての出廷を頼んだのだが、こんなことまでやってくれるとは思わなかった。そう、まさかあの高慢な判事たちを閉口させ、

「もうよい、もうよい」

と顔をそむけつつ、手まで振らせるとは。ややしばらくして兼重裁判長は咳払いすると、

「もうわかったから証人はその模造人体とやらを引っこめよ。――それで弁護人は、この証人の証言から、いったい何が言いたいのじゃ」

「つまり、問題の物体は被害者の一人、番頭毛島佐吾太の体内、それも胃袋に収まっていたということであります。死後これを口にねじこみ、食道を通して奥の奥まで至らせることは不可能でしょうし、また腹を裂いて胃腔《いこう》に入れたのなら火葬の前に知れたはずで、つまり毛島佐吾太は生前、それも一家が皆殺しとなり、自らも斬り殺されようというさなかに、おそらくは自らの意思によってこれを強引に嚥下《えんげ》したとしか考えられないのであります」

孝平はよどみなく答え、その横で森江春七が何度もうなずいた。裁判長はさらに言葉を続けて、

「いや、それはわかったが、それがいったい何を意味するというのじゃ。そもそも毛島佐吾太は何を呑みこんだと……」

「これでございます」

その言葉も半ば、迫丸孝平はあの〝手土産〟をポケットから取り出し、それをくるんだ手帛《ハンカチーフ》

を開いた。あのときは黒焦げで、灰やら何やにまみれて正体の知れなかったそれは、今やきれいに洗いぬぐわれ、磨きまでかけられて、まるで様変わりした姿をあらわしていた。

「これは……鍵か？」

裁判長が、高襟《ハイ・カラア》のすき間からのばした首をかしげた。

「さようでございます。それもただの鍵ではなく……」

迫丸孝平はそこまで言いかけて、森江春七に向き直ると、

「証人、この鍵に見覚えはありませんか。いや、この鍵そのものではなく、これと似たようなものをご存じではないかと、おたずねするのですが」

「これと似たようなもん……？」

春七は、あのときもきっとそうだったように、死人の腹から出た鍵を平然と手に取り、ためつすがめつ観察していたが、やがて「あっ」と小さくだが声をあげて、

「この鍵の抓《つま》みの部分の、丸に十字の轡《くつわ》形は、このあたりの商家や店屋でよう見る型でんな。ほかならぬ当店も西洋式の錠前に取り換える前は、もっぱらこの印つきの鍵を使《つこ》てました。今でも古い物置の錠前と対になるのはこれで……確か松屋《まつや》町《まち》の錠鍛冶、轡金八《きんぱち》の作やなかったかいな」

後に菓子と玩具の街として知られることになる松屋町は、江戸時代は石工や仏具鋳物師《いものし》、武具馬具商、そして錠鍛冶職らが住まい、明治になってからは鉄鋼や鋳物、ガラスの製造、金属加工や窯業《ようぎょう》など手工業が栄え、金物やゴムの小売店も並んでいた。

「たとえば、これなんかも？」

そう言いながら孝平が指し示したのは、さきほど水町満左衛門が法廷に持ちこんだ錠前だった。どうしたものか、証言台に置き忘れられたままのそれを手渡され、森江春七はすでに自分が手に

した轡形つきの鍵としばし見比べた。

和錠には取り外しの利く留め金をはめこむと、中の板バネがはさまって固定され、開錠のときのみ鍵を使うものがあるが、これは施錠のときも同様に鍵を必要とする型のようだった。

「これは……?」

森江春七は物問いたげに孝平を見、彼は無言でうなずいた。それにつられたように右手に持った鍵が、左の手のひらに載せた錠前に近づく。

鍵が錠前の穴に挿し入れられ、ゆっくりと回されようとする。弦《つる》と呼ばれる上部の棒はそれによって固定され、あるいは解除されるはずだった――が、

「?――」

春七を、そしてほかの誰もをとまどわせたことに、何も起きはしなかった。鍵は何かに引っかかったように動かず、あるいは空回りするばかりで何の反応もなかった。何より錠前の内側でカチリと響く、あの心地よい手ごたえがなかった。

「どうしたのだ、いったい?」

法壇の上からとまどった、期待外れだと言わんばかりの声が飛んだ。この道具立て、この成り行きならば、錠前と鍵が一致し、施錠機構が正しく作動すると決めこんでいたかのようだった。

「さっきから見ておれば、弁護人はいったい何をしておるのだ。そもそも何がしたいというのか」

左陪席判事の宇佐川乃武三が、いらだたしげに言った。

「それは――」

迫丸孝平は答えた。記者席の筑波新十郎とちらと視線を交わしてから、

「堀越質舗を襲った惨劇のさなか、最も手ひどく斬りつけられ、凄惨な最期をとげた番頭・毛島

佐吾太氏が必死の思いでのみこんだ鍵が、質庫の錠前とは一致しなかったということであります」

——その不一致が何を意味するというのか、今この場で気づいているものはきわめて稀だった。

4

バタ！　バタ！　バタ！　法廷の窓という窓に鎧《よろい》扉が下ろされた。次いで窓掛《カーテン》が引かれると、ただでさえ弱まりかけていた午後遅くの光はすっかりさえぎられて、廷内は数時間早めにやってきた夜のとばりに包まれた。

「何や何や、何が始まるんや」

「おいおい、わからんと窓閉め手伝うてるんかいな」

「いや、何や知らんけど、面白そうやなと思てな」

「わしはつい勢いで」

などと言い合う傍聴人たちの顔も、互いにもうよくは見えない。最後のカーテンが引かれるとともに、判事たちの驚き呆れる顔にもサッと黒い影が横殴りに覆いかかった。

彼らの理解では、森江春七に対する尋問のあと、あと一人の証人を召喚しておしまいとなるはずだった。法廷での尋問権を独占的に握っている判事たちからすれば、これでも破格のお情けといってよかった。

さっきのような横紙破りな尋問となったら、今度こそ代言人も彼が呼んだ証人も追い出してやる——そう傲慢《ごうまん》に決めこんでいたところが、傍聴人や記者たちまで巻きこんで、あれよあれよという間にこんなことになってしまった。

こんなこと——法廷の中は外光を断たれて暗く、窓を閉め切ったせいで熱気がにわかにこもりつつあった。加えて、これから何が起きるのかという緊張もあって息苦しいほどだった。

そんな中で何かが組み立てられ、箱のようなものが弁護人席と被告人席の間に据えられるのがわかった。だが、それが何であるかは、暗がりの中ですられたマッチが〝箱〟の中に差し入れられ、内部に灯を点じるまでわからなかった。

〝箱〟の正面から突き出した、真ん丸い一つ目がカッとまばゆく輝く。凸《とつ》レンズだ。と同時に、法廷の一方の白壁がもやもやと明るくなり、やがてくっきりとした四角を描いた。やがてその正体を知った傍聴人や記者たちの間から、

「おっ、幻燈《げんとう》か？」

「裁判所で幻燈会とはシャレたぁる」

「ここらが今どきのお裁きのハイカラなとこで」

と声があがった通り、箱の正体は幻燈機だった。それ自体は今どき珍しくもなかったが、その光源はありがちの石油ランプや昔ながらの蠟燭《ろうそく》などではなく、最新式の石灰光《ライムライト》だった。酸化カルシウムすなわち生石灰《せいせっかい》に酸水素炎を噴き付けるもので、それにより得られる強力な光は、完全暗室には程遠い法廷の、ただの壁面という劣悪な映写条件を補ってあまりあった。

ガスボンベとバーナーの調子を見守り、レンズの焦点を合わせるのは森江春七。容易に想像されるように、この幻燈機は、さきほどの人体模型と同じく彼の店の取扱商品であった。

一方、その投影先である壁の近くには大小の二つの人影がいつのまにか立っていて、その大きい方、洋服姿の人物がこんなことをしゃべり始めた。

「裁判長閣下をはじめとする判事ならびに検察官、書記、巡査、その他のお役人様方、そして傍

聴においでの皆々様、私、写真師の葛城思風《かつらぎしふう》と申します。もっとも、本日は本名の『葛城米吉《よねきち》』として裁判所からお呼び出しあり、恐懼《きょうく》しつつまかり越した次第でございます。こちらは私の助手で……ほれ田辺《たなべ》君、ごあいさつしたまえ」

　言われて、小さい方の人影がピョコンとお辞儀し、そのあと幻燈機の方に小走りに移っていった。葛城思風はそのようすを見送ってから、

「さて、これからごらんに入れますのは、皆さまもふだんおなじみのガラス絵ではなく、乾板《かんぱん》に写し取られた陰画《ネガ》を、幻燈専用乾板に密着焼き付けした『写真幻燈』であります。その原版と申しますのは、代言人迫丸孝平氏ならびに日ごろご愛顧いただいており、先日も記念写真を撮影させていただいた東雲新聞社殿の依頼にて、当葛城写場《スタヂオ》より出張撮影いたしたもので――まずはこの一枚からどうぞ」

　思風の言葉を受けて、助手の田辺少年が幻燈機に種板《スライド》を挿入した。やがて、驚くほどの鮮明さと生々しさとともに映し出されたのは――堀越質舗の質庫の扉だった。


――場所が場所とはいえ、幻燈会にしては異例の演《だ》し物だった。

　白壁に映し出されたのは、日本各地の名所旧跡でもなく、異国の都会や奇勝絶景でもなく、かといって歴史上や物語の中の名場面でもなく、滑稽《こっけい》な漫画諷刺《ふうし》画でもなく、ありふれて面白くもない建物の一部だった。そこへもってきて、何の彩色もされていないのだから味気ないことこのうえない。

　これでは、まるで大工や建具屋の仕事の見本帳や――などとささやかれ、いや、それはそれで使い道があるのと違うか、などとどうでもいいやり取りが交わされたが、それも迫丸孝平のこん

な言葉によって雲散霧消《うんさんむしょう》してしまった。

「これが、あちらの被告人堀越信が赤子を連れて立てこもり、一夜を明かした質庫の表の戸にして、唯一無二の出入り口であります……。

　立てこもったと言いましても、内側から簡単な締まりをしただけで、多年にわたりこの中の質草を守ってきた閂と錠前は用いられることなく、外に放置されておりました。それは理の当然で、というのも、蔵の中にいたまま重い閂を閂鎹に通し、さらにそこに錠前を掛け、鍵を挿し入れて回すようなことはできないからであります。

　ところで、この土蔵前では堀越質舗の番頭・毛島佐吾太氏が斬殺せられて絶命しておられたわけですが……では、次の写真をお願いします」

　その言葉に、延内の暗がりに緊張が走ったのは、よもやそんなはずはないものの、幻燈の画面に凄惨な死と流血の現場が映し出されるのではないかという不安ゆえだったかもしれない。

　だが、田辺少年の手で入れ替えられた写真幻燈の種板は、さっきと全く同じ蔵の扉をとらえたもので、構図も大きさも何も変化がない――わけではなかった。全体が光り輝いているようであり、それと対照的に影が強く濃く刻まれていた。

　すると今度は、葛城思風が説明役を買って出て、

「これは、当葛城写場が新しく取り入れんとする閃光撮影――マグ子《ネ》シユム・フラシ・パーダー（マグネシウム閃光粉）を焚いて真昼のごとき明るさをもたらすものですが、いかがでしょう、さきほどの写真と異なって、何か模様のようなシミとも汚れともつかんものが蔵の扉の表面に見えてはおらないでしょうか」

　言われて人々は、よりよく見ようと首をのばし目を凝《こ》らしたが、そのシミないし汚れの正体に

気づいて、暗がりの中ながら何とも言えない表情を浮かべた。たとえぬぐい去ってもふき取ろうとしても、容易に消すことのできない惨劇の痕跡だった。

静まり返った廷内に、「では、次」と思風の声が低く響き、田辺少年が幻燈機を操作した。

第三の写真もまた同じ被写体、同じ構図――今度は明暗の具合が一枚目に立ち返ったが、扉に描かれた模様は二枚目よりいっそうクッキリとあらわれていた。

「これは、さきほど証言台に立たれた、森江春七氏のお店よりご提供いただいた舶来の理化学装置の力を借りて撮影いたしたもので……何と言いましたかいな、えーっと、ストペクロ……いや、スペトクロプスコー……いかん、これでは落とし咄《ばなし》のステレンキョ、テレスコだ」

ふだんよく回る舌をもつれさせたところで、森江春七が割って入って、

「それも言うならSpectroscope《スペクトロスコープ》、分光鏡ですがな。これをば応用した装置でもって太陽光線の中に含まれる紫外線《ウルトラ・ヴァイオレット》でもって問題の扉を照らし出したのがこれだす。ちなみに暗熱線もしくは紅外線（赤外線）と並んで人間の目に見えぬこの光線を当てると、一見して区別のつかなくなった血痕もありありと浮かび上がらせられると聞いておりましたが……その真贋《しんがん》はごらんの通りでおます。先のものよりよりはっきりと、血のついていない部分がわかると存じます」

まるで血のついている部分より、そうでない方が重要であるかのような奇妙な言い方をした。

人々はそれに導かれるように、写真幻燈の中の血塗られていない個所に注目した。すると不定形に飛び散った血痕に、まるで定規でも引いたように空白になった部分があるのがわかった。

ちょうど扉の高さの半ばあたり、正確な水平線を描いて左右にのびた血の空白――それが、どういうことの結果であるかは、誰の目にも明らかだった。

窓のカーテンが引かれ、鎧戸が開かれると、法廷内に光と風がよみがえった。陽光はいつのまにか、ずいぶん翳《かげ》っていたが……。

「以上をもちまして」

何やら夢から覚めたような人々の耳に、迫丸孝平の声が響いた。

「――弁護人としての証人尋問を終了させていただきます」

傍聴席からはほっとため息がもれ、記者席ではいっせいに鉛筆や筆がサラサラと走り始めた。法壇上の判事たちは苦り切った表情で空を見つめたり、仏頂面で書類を繰ったりしていた。

そんな中で、やおら口を開いたものがあった。手塚検事だった。

「それで、君――弁護人は、これまでの証言や証拠からいったい何を立証しようというのかね。事件当夜、堀越質舗内でいったい何があったと言いたいのかね？」

これまで、慇懃《いんぎん》のようでよそよそしく「貴殿」呼ばわりしていたのが、いつのまにか「君」に変わっていた。

5

「私の考えるところはこうです」

迫丸孝平は、そう前置きして語り始めた。

「五月三十一日の未明――ことによったらまだ三十日が終わっていなかったかもしれませんが、いつも通り一日の仕事と家族団欒《だんらん》を終え、最も夜更かしなものも寝についてしまったあと、突然何者かが店の表に立って『電報です』と告げた。その声にまず目覚めたのは、玄関近くの見世の間で寝ていた手代《てだい》の岡欣二《おかきんじ》でした。眠い目をこすりながら玄関の引き戸を開け、門の閂を外して電報配達人であるはずの何者かを中に迎え入れようとしました。

だがその何者かは、電報配達という名乗りは真っ赤な偽り、いきなり岡欣二に刀を向け、真正面から斬りつけたのです。彼はそのまま玄関に倒れこみ、そこで息絶えた。

続いてやられたのが主人の堀越作治郎で、そのとき一階にいた彼は、侵入者と手代の欣二の死体に気づいて、とっさに二階か奥に逃げようとし、階段の前まで来たところで追いつかれ、背後から斬られた。彼が二階に頭を向け、うつ伏せで死んでいたのはこのせいです。

さて、このあとの殺害の順序は今のところ不明ですが、今は隠居の堀越甚兵衛《じんべえ》と女中の額田《ぬかだ》せい殺害について先に述べると、犯人は岡欣二・堀越作治郎殺しのあと、そのまま奥座敷に向かった。甚兵衛はそこで寝ていたところを殺され、近くにいたせいは廊下に逃げようとしたところを切られた。犯人が単独であったとすると、このあと二階に駆け上がっての凶行となるわけですが、そのあまりの手際の良さ、迅速さから考えて、犯人は二人あるいはそれ以上いたと考えた方がいいように思われます。もとより身内の犯行などではあり得ません。

二階に向かった犯人は、途中にある小部屋には気づかなかったか、あるいは後回しにすることにして階段を駆け上がり、そのまま夫婦と赤ん坊が仲良く寝ていた座敷に躍りこみました。この時点で、夫婦はおそらく階下の騒ぎを察知していたのでしょう。なので一階で襲われた人々のように出合い頭《がしら》に斬りつけ、あるいは寝込みを襲うようなわけにはいかなかった。そのおかげで妻であり母でもあるモヨさんはわが子千代吉《ちよきち》を抱いて室外に逃れ出、このときやっと何ごとかと二階に駆けつけた被告人に託すことができた。

被告人信は、彼女から受け取った千代吉を抱っこして、大急ぎで一階に逃れました。しかし侵入者は――私は侵入者たちと思いますが、そんな歳若いどころか、いっそまだ幼い二人を見逃すつもりはなかった。二階から彼らを追って降りてきたのか、あるいは一階での殺しをすませた犯人であったかが、容赦なく襲いかかってきた。
と、それを寸前で止めようとしたのが、番頭の毛島佐吾太でした。彼は丸腰であったにもかかわらず、侵入者たちと果敢に戦い、すきを見て被告人と赤ん坊の千代吉を蔵の中に入らせ、かくまうことにしました。むろん、それだけでは簡単に捕まってしまう。というのも質庫の内側からの締まりはごくひ弱なもので、簡単に破られてしまうからです。そうなったら元も子もない。

そこで番頭佐吾太がやったのは、実に勇気ある大胆なことでした。いったん外した閂を再びはめこみ、そこに掛けられた錠前に鍵をかけ、その上でその鍵を飲みこんだのです。こうすれば錠前を壊すかでもしない限り、蔵の中に入ることはできないし、このさなかに頑丈な錠前を叩き壊す余裕はない。そこで、やむなく侵入者もしくは侵入者たちは子供二人こそ取り逃がしたものの、それ以外の大人たちは皆殺しにできたことに満足し、堀越質舗をあとにしました。

しかし、驚くべきことに、この時点ではまだ毛島佐吾太は生きていたのです。満身創痍《まんしんそうい》の体に鞭打って立ち上がり、玄関の引き戸も施錠した。かりに侵入者が立ち返ってきても入れないようにするためでしたが、さすがに戸外の門までは手が回らなかったものと見えます。そして彼は再び土蔵の前に戻り、その中にいる二人を守り抜こうとするかのようにそこに居座り、そしてついに絶命した――そのように考えられるのです」

そこまで話し終えると、孝平はやっと一息ついた。だが、そこへすぐ、

「待ちたまえ」手塚検事が言った。「弁護人が言うのでは、一家の嫁である堀越モヨが襲われたとき、夫たる作治郎はすでに一階で殺されていたことになる。だとしたら、弁護人の話の中で彼

女を守って戦ったのは誰なのか。隠居甚兵衛は一階の奥座敷で殺され、手代の欣二に至ってはまず最初に血祭りにあげられている。だとしたら、二階にいて応戦したのはいったい誰なのか」

「それこそが毛島佐吾太なのです。二階の寝間でモヨ・千代吉とともに寝ていたのは夫・作治郎ではなく、モヨの実兄である佐吾太だったのです。そう考えれば、全ての辻つまが合うのではありませんか」

そう断言したとたん、廷内に異様などよめきが起きた。あまりにもおぞましい状況がサラリと口にされたことに対し、好奇心というよりは恐怖や不安をかきたてられたようだった。

（ああ、とうとう言っちまったか）

筑波新十郎はそんな中、独りひそかに手に汗を握っていた。

（だが、ことここに至っちゃあ突っ走るしかない。がんばってくれよ、コマルさん！）

彼のそんな危惧《きぐ》を裏づけるように、兼重裁判長が怒りを爆発させた。

「黙れ黙れ、代言人。神聖なる法廷を何と心得おるか」といきなり芝居がかりで、「すると貴様は、かの家では夫婦にはあらで兄妹が同衾《どうきん》していたとでも言うのか。もし本当にそうなら人道に悖《もと》る禽獣《きんじゅう》どもだが、そのような忌わしいことがあったなどと軽々しくこの場で断定していいと思っておるのか」

縁日で売る鬼の面さながらに、顔を真っ赤にしながらわめきたてた。孝平はあくまで冷静に、

「それは確かに。ですが私はそのような近親相姦とも言うべきことが行なわれていたとは言っておりません」

「それはどういうことじゃ！」

なおもいきりたつ裁判長に、二人の陪席判事も同調した。と、そこへ、

「それはもしや……夫婦と見えたものが夫婦でなく、兄妹と見えたものが実は夫婦であった――とでも？」

手塚検事が、何か心づいたように声をあげた。孝平はうなずいて、

「はい。検事殿のご推察通りかと思います。作治郎とモヨは本当は夫婦ではなかった。そして彼女は毛島佐吾太の実の妹でも何でもなく、実際には彼の妻であったのではないかと」

「そんな馬鹿な！」

「でたらめを申すな」

判事席から罵声が飛んだ。孝平はそれにひるむことなく、

「お言葉ですが、堀越作治郎が一階で殺されていたのは、彼は実際は見世の間で寝起きしていたからではないでしょうか。手代岡欣二に続いて夜中の来訪者に気づき、それが実は殺人者と知って二階に逃げようとしたところ、背後から斬られたと考えるのが一番自然に思われます」

「では……堀越作治郎とは、いったい何者だったのじゃ。一家の主人、そして質屋のあるじのように見えながら、その実番頭や手代のための場所で起き伏ししていたとは」

兼重裁判長が、怒りを困惑に切り替えながら訊いた。

「それは私にもわかりません」孝平は首を振った。「ですが、この家にはもう一組、表向きと実際とが食い違っていたと思われる男女がおります。隠居甚兵衛と女中せいです。われわれは当初中二階にあった女中部屋が文字通り彼女の部屋だと考えていましたが、そこが実は被告人堀越信のそれだったとすると、彼女はふだんどこで寝起きしていたのか。見世の間には男たちがいますし、いくら彼女でもそこで夜を過ごすわけにもいかない。

ならば二階のもう一つの座敷にでもいたのか。しかしその部屋が使われていた痕跡はなかっ

たし、女一人の部屋としては広すぎます。ではどこで暮らしていたのか。それより先に解かなければならない疑問は、なぜせいが奥座敷の近くで殺されていたかということです。でもこれはちょっと見方を変えれば簡単に解けてしまう問題なのです。毛島佐吾太とモヨが本当の夫婦だったように、隠居甚兵衛とせいもまたそうだったのではないか。もしそうなら、不可解かつややこしい話ですが、堀越一家というのは装《よそお》っていた家族構成と実際のそれが全く食い違っていたのではないでしょうか」

「つまりあくまで弁護人は、犯人は外から来たのであり、堀越一家の誰でもなく、まして被告人堀越信ではありえない、とそう主張するのだね」

「そういうことです」

　迫丸孝平は答えた。手塚検事はさらに続けて、

「すると、まさか君は蔵の中に保護された赤ん坊の千代吉は、佐吾太とモヨの間に生まれた子供であるとでも言うつもりかね」

「たぶん、そうかと」孝平はうなずいてみせた。「そのように考えれば彼がわが身を犠牲にし、鍵をのみこむことまでして守ろうとしたものの正体が見えてくるのではないでしょうか」

　手塚検事は「正体、ね」と苦笑まじりに、

「だが、君は肝心要《かなめ》のことを忘れている。あくる朝、町内の人々に続いて天王寺警察署の一行が踏みこんだとき、扉からは閂と錠前が外されており、蔵の中には簡単に入れる状況だった。これはいったいどう説明するつもりかね」

　それは、と孝平は一瞬口ごもったが、やがて意を決した口調で、

「何者かが蔵の扉の錠前を壊して外し、閂も抜いて、最初からかかっていなかったように装った

のだと思います」

「じゃあ、現場に残されていた錠前というのは何だったんだ。君が言うように強引に外したのなら、もう使いものにならないぐらい壊れているはずだが、そんな形跡はなかったじゃないか」

手塚検事はなおも食い下がった。孝平はむろん引き下がるつもりはなく、

「そのことには何の疑問もありません。事件発覚後、現場に残されていた錠前は本来使われていたものとは全く別の、言わば偽物です。それが証拠に、毛島佐吾太の遺灰の中から発見された鍵とは合わなかったではありませんか」

あのときの錠前と鍵の不一致は、そういうことだったのか！　そんなつぶやきが、法廷内にどよめくように広がった。

「弁護人」手塚検事はなおもたずねた。「だがその何者か、というのはいったい誰のことなんだ。そのことをはっきりさせない限り、君の議論は真実性を持たないぞ」

「それは……私の口からは申し上げられません」

孝平は、これまでの雄弁さとは異質な用心深さで答えた。記者席では新十郎が、

（そうだ、言うなよ。何とか逃げ切ってくれよ。先々は別にして、今はともかくおくびにも出さないほうがいい）

と、またしても手に汗を握っていた。

そう、堀越信を冤罪《えんざい》から救い、真実を明らかにする過程で最も大きな危険。それは警察による事件への介入と、事実の隠蔽《いんぺい》どころか歪曲と捏造《ねつぞう》に触れないわけにはいかないことだった。

だが、そのときだった、法廷の外で激しく罵倒する怒鳴り声が聞こえたかと思うと、廷丁の制止も聞かず、入廷してきたものがあった。それは天王寺署司法主任の番藤百之進警部補だった。

「やい、三百代言、公事師《くじし》。黙って聞いておればいい気になりおって。何者かが質庫の錠前を壊し、門を抜いたあと、かわりの錠前をつけておいた？　何を阿呆なことを言っておるか。万々あり得ないことだが、そんなことがもし実際にあったとして、それができるのは最初に現場に踏みこんだわれわれ警察――といっても本官はまだいなかったが――以外考えられんではないか。先刻の刀に関する証言のときといい、陛下の警察官たるわれわれが、そのような不法なことをしたとでも言うつもりか！」

今の孝平の推理をどこかで聞いていたのか、大変な怒りようだった。どうやら凶器の日本刀について証言したあとも、お呼びがかかる可能性があるのに備えて居残っていたらしい。

（よりによって、一番まずい奴が来ちまったな）

新十郎は、内心舌打ちしないではいられなかった。

（いっそ今度の件に最初からかかわって、錠前と門の工作のことも知ってる警官なら、逆にことを荒立てまいとしたかもしれないのに、こいつは後から来て生半可《なまはんか》にしか知らない分、始末が悪い。だもんで、自分と自分の属する組織が侮辱された気にでもなって沸騰《ふっとう》しちまったんだ。せっかく手塚検事が、意図してかどうかは知らないが、警察の連中の前に踏みこんだ「町内の人々」に触れて、そこに未知の曲者がまぎれこんでいた含みを加えといてくれたというのに……）

そんな思いに、唇を嚙んだ折も折、

「静粛に！　法廷の静謐を乱し裁判の神聖を冒すものは、何ぴとといえども捨て置かぬぞ。控えよ！」

兼重裁判長の形ばかり威厳に満ちた声が、法壇から降ってきた。続けて、

「番藤警部補、これ以上の僭越《せんえつ》は許さぬぞ。さよう心得よ」

「ははっ！」

番藤警部補は、体も折れんばかりにお辞儀をした。裁判長は、満足げにひげをしごきながら、

「わが法廷への乱入ならびに不規則なる発言、まことにけしからんと言えばけしからんが、その心情を察するに余りある。あろうことか、政府の尖兵にして人民の扶育者《ふいくしゃ》たる警察が証拠の捏造に関与したがごとき言われようをしては……」

大仰な物言いの中に、何かしら嗜虐《しぎゃく》的なものが感じられた。それを察知した新十郎と孝平は、

――まずいな、コマルさん。

――ああ、大いにまずいですな、筑波はん。

目くばせにそんな言葉をのせて、視線を交わし合った。新十郎のそれが焦燥と無力感をにじませていたのに対し、孝平にはどこか腹のすわった余裕のようなものが感じられなくもなかった。

法壇上では、兼重裁判長らが頭を寄せ合い、話し合っていた。だが、あるいはほくそ笑み、あるいは小さく噴き出しながらの態度からは、どうせろくでもない結果が出るに決まっていた。

「されば、代言人迫丸孝平――前へ出よ」

薄笑いを浮かべたお談義のあとで、兼重裁判長が命じた。そら来たぞと進み出た孝平に、

「その方に相たずねる。その方は本法廷における弁論によって何を主張し、何をなさんとするか。被告人の所業に関し上《かみ》の慈悲を乞い、刑の減軽を求むるつもりであるか。さなくんば――」

「はい。あくまで無実を立証し、無罪判決を得るべきものと考えております」

裁判長の言葉も半ば、孝平が言ったその瞬間、

「黙りおろう！」

すさまじい怒号もろとも拳が振り下ろされ、法壇が大きく揺らいだ。

「迫丸孝平、その方は裁判所所属の身でありながら無稽《むけい》の空説をあやつり、いたずらに依頼人たる被告人の便宜を図らんとして不要の証人を召喚し、無用の証拠を提出し、あまつさえ不正ありと虚妄《きよもう》の讒謗《ざんぼう》をなして審理を有利に覆《くつがえ》さんとした。そもそも警察官、予審判事、検察官、また裁判官らが営々として積み上げげた断罪に向けての法手続きを否定し、無罪を主張することは刑法一四一条の官吏侮辱罪に該当する。

よって当裁判所は迫丸孝平を逮捕し、この場より留置場に連行することを命じる。廷丁、ただちにこやつを拘束せよ！」

その言葉が飛ぶが早いか、孝平の両腕を左右からがっちりとつかむ強い力があった。

「裁判長、それは！」

席を蹴って立ち上がる手塚太郎検事の叫びが、ひどく遠くに聞こえ、記者席から駆け寄ろうとした筑波新十郎が、巡査に蹴倒されるのが見えた。

騒ぐ傍聴人や記者、制止しようとする廷丁、薄笑いを浮かべた判事たち――それら全てから強引に引き離されてゆく中で、堀越信の白い顔が視野をよぎった。それはひどく悲しげで、それでいて強い意志に満ちているように思えてならなかった。

刑法第一四一条　官吏ノ職務ニ対シ其目前ニ於テ形容若クハ言語ヲ以テ侮辱シタル者ハ一月以上一年以下ノ重禁錮《キンコ》ニ処シ五円以上五十円以下ノ罰金ヲ附加ス

二　其目前ニ非《アラ》スト雖《イエド》モ刊行ノ文書図画又ハ公然ノ演説ヲ以テ侮辱シタル者亦《マタ》同シ

第九章　重罪裁判所のDeus Ex Machina《デウス・エクス・マキナ》

1

「ヒイハア、ちょ、ちょっと待ってくれ」

筑波新十郎《つくばしんじゅうろう》は息を切らし切らし、すでに十数歩先を行く権三《ごんざ》の背に呼びかけた。そのまた先を行く地元の案内人がそれを聞きつけてふりむきざま、

「大丈夫ですか。もう少しですが、ここらで小休止しましょうか」

――ところは奈良県吉野郡《よしのぐん》の山深く。あたりはむせかえるような濃厚な緑また緑に囲まれ、空は青く晴れ渡っているにもかかわらず、足元は黄昏《たそがれ》どきのようにほの暗い。さっきまでやかましかった蟬《せみ》の声もふとやんで、恐ろしいような、どこか荘厳なような静寂に包まれていた。

そんなただ中に置いてけぼりにされそうで、つい弱音を吐いた新十郎だったが、案内人の返事に、これは地獄で仏とばかり喜んだとたん、

「大丈夫でっせ。もう少しなら、このまま一気に行ってしまいまひょ」

彼が答えるより一瞬早く、権三がそう答えてしまった。車夫稼業で健脚自慢の彼はともかく、新十郎にすれば決して言ってほしくはない返事だった。それを受けて案内人は、

「そうですか、そんなら」

クルリと背を向け、休むことなく歩を進めた。権三はこちらをふりかえりもせず、

「あんさんも、よそもんのわてらにいろいろお骨折り、ほんまご苦労だんな」

「いやなに、庄三郎《しょうざぶろう》旦那のお客人とあれば当たり前のことですよ」

「そうだっか。ほんならわれわれも馬力かけんとな」

などと勝手に会話を交わし、なおいっそう歩調を速めさえしたからたまったものではなく、

「ヒィハァ、何てこと言うんだ、覚えてろよ、ヒィフゥ、覚えてられなきゃ手帳につけとけ、フゥハァ……うわっと！」

息切れを悲鳴に転調させながら、新十郎はあわてて手近の木の枝にしがみついた。雨の跡か地下水でも湧き出ているのか、ぬかるんだ斜面に足を取られたせいだった。

ズボンの裾は半脚絆《レギンス》でくるみ、靴の上から草鞋《わらじ》履き——登山用の鋲打靴《ナーゲル》はまだほとんど普及していなかった——と和洋折衷《せっちゅう》ながら足元は万全のはずだったが、ふだん街から街を探訪《たんぼう》にすっ飛んでゆくのとはやはりわけが違っていた。

「だ、大丈夫ですか？」

「何やえらい格好してはりますが」

叫びを聞きつけた案内人と権三が心配そうにふりかえり、こもごも問いかけた。

権三はいつもの饅頭《まんじゅう》笠に代わって鳥打帽《とりうちぼう》、案内人は菅《すげ》の角笠とかぶりものこそ別だが、あとは半纏《はんてん》に股引《ももひき》、大津脚絆《おおつきゃはん》に地下足袋《たび》、草鞋という昔ながらの山歩き姿。軽装のおかげか日ごろの鍛錬の成果か、ほとんど疲れたようすもない。

片や新十郎は何とか体勢を立て直し、二人に追いつくべくレギンス越しの脛栗毛《すねくりげ》に平手で鞭《むち》をくれた。買いたてなのに、もうくしゃくしゃになった麦藁《むぎわら》帽を頭にのっけながら、

「いやなに、ちょいと足を滑らせただけさ。こんなところでへバってちゃ申し訳ないからね。何しろこちとら、お天道様《てんとうさま》の下をこうやって自由に闊歩《かっぽ》できてるんだから、一刻も早く手がかりを

つかまなくっちゃ……さ、早いとこ行きましょうや！」

と、今度は息も切らさず歩き始めた。そんな彼の脳裡に誰が思い浮かび、誰に対して申し訳ながっているかは言うまでもなかった。

東雲《しののめ》新聞の同僚たちに送られて旅立ったのが、ずいぶん昔に思えた。東京で、そして大阪で空気のように親しんだ都市の喧騒は今や遠い夢、はたしてそこへ帰れるのかおぼつかなかった。

ほどなくして、新十郎たちは小高い場所に出た。眼下に広がる一種異様な景色に、思わず息をのんだ彼と権三に、案内人の男が言った――。

「あそこに見えるのが、堀越村の跡です。降りてごらんになりますか？」

「それは、もちろん！」

言下に新十郎は答えていた。これまでの疲れなどすべて吹っ飛んだような表情で、

「ここまで来たからにゃ、何かつかんで帰らなきゃあ、大阪のみんなはもちろん、土《ど》倉《ぐら》庄三郎氏にも面目ないからね！」


――それは、筑波新十郎が車夫の権三を伴い、堀越質舗《ほりこししちほ》一家の本籍地を訪ねる旅に発って四日目のことだった。

第二回公判で、代言人《だいげんにん》迫丸孝平《さこまるこうへい》によって指摘された奇妙な仮説。大阪の一角で使用人を含めひっそりと暮らしていた彼らは、表向きとは別の顔を持っていたのではないか――だが、その問題提起を踏まえて被告人堀越信《まこと》の無実を主張した結果、彼は裁判長によって官吏《かんり》侮辱罪の現行犯とされ、投獄の憂《う》き目《め》を見てしまった。

正直、ここまでやるとは思わなかった。公判が進むにつれ、わかってきたことだが、兼重《かねしげ》裁判

長ら評定官《ひょうじょうかん》三人組はいずれも長州《ちょうしゅう》出身で、つまりは藩閥《はんばつ》専制政府の手先であった。

司法権の独立はまだ確立されておらず、裁判官の身分も保証されていなかった。各地で相次いだ騒乱事件で、政府の意向に沿って厳罰を下さない判事は容赦なく左遷され、見せしめとされた。今は警視総監として全国の警察に君臨する三島通庸《みしまみちつね》が、県令時代に県民を容赦なく酷使し、逆らうものは弾圧したことを原因とする明治十五年の福島事件、その翌年に新潟《にいがた》で大臣暗殺、内乱陰謀が計画されているという密告から始まった高田《たかだ》事件は、それぞれ「国事犯」として独立性の強い高等法院で裁かれた。

しかし、その結果は厳罰極刑を期待した政府を満足させず、たった一片の「治罪法第八十三条ニ記載スル事件（皇室・国事ニ関スル罪）ニ付高等法院ヲ開カサル時ハ通常裁判所ニ於テ裁判スルコトヲ得」という布告、つまりは閣議決定だけで、行政が介入しやすい一般の裁判所で審理させるようにし、高等法院を〝開かない〟ことで有名無実化してしまった。

それでも公正な裁判を行なおうとした判事たちは容赦なく更迭《こうてつ》された。立法議会がまだないのだから、三権分立の概念など夢想ですらない。この結果、各地の自由民権運動は法の名のもとに挫折《ざせつ》を余儀なくされていったが、それでもかろうじて行政の介入を防ごうとしたのが、ほかならぬ大阪控訴院《こうそいん》だった。

明治十八年起きた大阪事件で、何としても革命指導者の大井憲太郎《おおいけんたろう》らを絞首台に上げたい伊藤《いとう》内閣は、死刑含みで制定された爆発物取締規則の適用を画策したが、現場の裁判官たちがこれを拒否し、六十名もの被告人に最高でも軽禁獄六年という、はるかに寛大な判決を昨年言い渡した。

あの長州三人組が、そのことへの報復として送りこまれてきたとしたら……これまでの横暴ぶりも腑《ふ》に落ちる。

そんな愚劣な理由で不当な判決が下されるとあっては、あの少年ばかりか、孝平も救われない。これはもう堀越村を訪ねて、実地に確かめてみるほか、あとに打つべき手はなかった。

だが……一家の出身地であるその村は地図上に記されていてこそあれ、今や実質的には存在していなかった。というのも明治十五年に起きたという山崩れで一村まるごと壊滅し、住めない食えない状態となって無人境と化してしまったからだ。

彼らが故郷を離れて大阪の地にたどり着き、質屋を営《いとな》むに至ったのは、そうしたきっかけだったとわかった。村は無人の廃墟と化し、今さらそこに行ったところで話を聞く相手もなく、したがって何の手がかりも得られそうにない……だが、本当にそうなのだろうか。

関西一帯に販路を広げつつある東雲新聞といえど、隅々まで記者や通信員を配置しているわけではなく、筆が立って耳の早い地元投書家からの情報に頼っていた。むろん、それだけでは確証に欠け、掘り下げようもなかった。

こうして、新十郎は一つの決断に踏み切らざるを得なかった。駄目はもともとで現地まで行ってみようと。幸い、出張ついでに吉野紀行を書くことを条件に雑報主任の了解は得られた。主筆中江兆民《なかえちょうみん》の後押しがあったことも大きかった。

こうして彼は明治十八年暮れに開業した阪堺《はんかい》鉄道の難波《なんば》停車場から汽車に乗った。〝ミナミの五階〟こと眺望閣が左の車窓を流れてゆくのを横目にながめながら、

「なぁ、権の字。あの琴鶴《ことづる》って妓《こ》とコマルさんの間柄って、どういうんだろうな」

「琴鶴てあの民権芸者の……何だんねん、急に」

いきなりそんなことを訊かれ、権三は呆れ顔になったが、すぐに「ははぁ」と察して、

「何でも、あの代言人のセンセと父親《てておや》同士が知り合いの幼なじみやそうで、あの芸者はんの方は

元は武家やと聞きましたが、それ以上はよう知りまへん」

「えらくくわしいな」

「いやまぁ、あのセンセ宅までお送りしたときに、あこのお吉《きち》婆さんに聞いたまでで……それもこっちが尋《たん》ねもせぇへんのに」

「なるほど、そういうことか……そうか、幼なじみか」

そんなことを話しながらの鉄路の旅は、しかしほんのわずかで終わり、今年五月に大和川《やまとがわ》から延伸《えんしん》したばかりの吾妻橋停車場《あづまばし》（後の堺駅）からは、ひたすら徒歩の旅となった。

何しろ、奈良県内には鉄道というものがまだ全くない。泉州《せんしゅう》堺《さかい》から西高野《にしこうや》街道を手始め、いや足始めとして河内長野《かわちながの》から高野街道へと向かうほかなかった。

古来、大阪と奈良を結ぶ道筋は暗《くらがり》越奈良《ごえなら》街道が唯一であり、それは今も変わりない。新十郎は堀越一家もてっきりこの急《きゅう》峻《しゅん》を越えてきたものと思いこんで、つまらない戯文をひねくったことがあった。むろんその可能性もないではないが、浪花《なにわ》の地から吉野、高野山への道中は南を目指すものと決まっていた。

高野街道の分岐点である橋本《はしもと》から大和街道に入り、五条《ごじょう》を経て東熊野《ひがしくまの》街道に入る。その古風な名前にもかかわらず、昨年すなわち明治二十年に開通したばかりの新しい道路であった。

紀《き》の川《かわ》の源流域に当たる吉野郡川上《かわかみ》村出身の山林王・土倉庄三郎が立案して周囲に呼びかけ、莫大な資産の三分の一を投じ、他の地主へは出資への返済の個人保証までして、まず五条から楢《なら》井《い》村までの十七キロを開通させた。それまで杣人《そまびと》が踏み分けた獣道同様の道しかなかったのを改良し、先に整備されていた吉野・宮滝《みやたき》―五社峠《ごしゃとうげ》―川上村―北山《きたやま》村ルートにつなげることで、大阪から熊野までの物資輸送が可能になったのだ。

土倉庄三郎は天保《てんぽう》十一年（一八四〇）の生まれ。維新後の混乱と荒廃、とりわけ金剛山《こんごうさん》寺が廃《はい》仏毀釈《ぶつきしやく》されたため、あやうく薪《たきぎ》として売り飛ばされようとしていた吉野山の桜を買い戻したことで知られる。とりわけ教育に熱心で、地元である川上村大滝に小学校を設立し、生徒には洋装の制服をプレゼントするなどした。同志社の新島襄《にいじまじょう》とも親交深く、多額の寄付を行ない、梅花《ばいか》女学校や後には日本女子大にも出資した。

そしてこの林業界の大立者には、もう一つ特異な顔があった。自由民権運動のスポンサーとしてのそれである。板垣退助《いたがきたいすけ》の再興愛国社に入党し、彼の洋行の際に費用を出したのは土倉だとされる。近畿《きんき》自由党を母体とする立憲政党に参加し、大滝の屋敷にはしじゅう政客が往来した。

明治十七年には民権運動の激化の一つで、政府転覆を叫び妙義山麗《みょうぎさんろく》に蜂起した群馬事件にからんで、罪人蔵匿《ぞうとく》容疑で大阪府警察に連行されたほどだ。それだけの反骨漢だけに新聞事業にも関心を抱き、日本立憲政党新聞が現在の大阪日報に改題するまでは援助を行なっていた。

そんな土倉庄三郎が、新十郎の調査行に協力しないわけがなかった。東熊野街道の開発によって、もともと交通の便が悪く、山崩れによる廃村のあとは途絶していた道が通れるようになったこともあり、わざわざ案内人を立てて旧・堀越村へと入らせてくれたのだった、が……。

どうにか先ほど以上の弱音を吐くこともなく、村の跡に入りこむことができた新十郎は、そのあまりの凄惨さに息をのみ、続く言葉どころかうめき声すら失わずにはいられなかった。

「こ、これは……」

――まるで巨人の足に踏みにじられたような家また家。田畑はとっくに草茫々《ぼうぼう》に覆われ、あるいは干からび罅《ひび》割れて跡形もなくなっているが、かつて人々の住まいをなしていた屋根や壁、床、柱に梁《はり》はへし折られ、ことごとく叩きつぶされながら、なお元の姿を彷彿させた。雨風にさらされ、朽《く》ち崩れながら、まだ自然の中に溶けこんではいなかった。

「あそこが、問題の一家の家だったようですよ。堀越村といっても、実質ここともう一軒ぐらいしか人家はなく、あとはそこ所有の田地だけだったようで……」

案内人がそう言って指さした先には、ひときわ大きな茅葺《かやぶき》屋根の残骸があった。豪農や富農とまでは言えなくとも、まず中農といってよい造作のそれは、巨大な岩塊の下敷きとなっていた。悪意と怪力に満ちた巨人が、まるで小石でも扱うように投げつけたとしか思えない無残さだった。

「なるほど、これじゃ故郷を捨てて流れ流れてゆくほかないわけだ。他に田畑があるわけじゃなし、北海道開拓に出るか海外に移民するか……あるいは都会に出、思い切って商売替えするか」

そんなことをつぶやきながら一歩踏み出した足が、何かをジャリッと踏みつけた。みるとそれは瀬戸物《せともの》の椀《わん》だか皿の破片で、あわてて足を引っこめて見回すと、ただの木切れに見えたものが実は鍬《くわ》や鋤《すき》の成れの果てだったりした。

「こいつぁ、ひでぇ……」

新十郎は見慣れた風景が突如崩壊し、人々の日常を奪い去ったときの情景を、そのときの人々の恐怖や悲しみを思わずにはいられなかった。だが、そんな感傷など何の役にも立たない。せめて何か手がかりをと思ったものの、この瓦礫《がれき》の下から何をどうやって発掘すればいいのか。

(やはり、ここまで来たのは無駄足だったかな。だが、それではコマル氏に申し訳のしようがない。せめて、せめて何か……)

新十郎が気ばかり焦らせ、やみくもにかつて堀越家だった残骸の周りを、小腰をかがめて仔細に見分し始めてまもなくだった。

「うわーっ！　コ、コ、コ、骨《こつ》や……それも人間の！」

背後で権三が、聞いたことのない悲鳴をあげた。

驚いてふりかえると、権三が白く細長いものを手にしながら、腰を抜かしていた。腕か、それとも脚の骨と思われるそれをいったんは投げ捨てかけ、だがすぐにその罰《ばち》当たりさに気づいたようにそっと地面に置き、両手を合わせた。

「コツ？　ああ、ホネのことか」

ちょうどそのとき、新十郎は瓦礫の中に見出した板戸を何気なく持ち上げかけていたのだが、権三の叫びに気を取られ、その下を確かめなかった。

「いま行く」

言い置いて、板戸を元に戻そうとして息をのんだ。

――そこにまぎれもない人間の骨があった。疑いようのないことに、頭蓋骨と右上腕部の骨で、こちらに向かって突き出した指もほぼそろっていた。首から下は見えないが、板戸の下敷きになった上から瓦礫が積み重なり、救いを求める手をさしのべながら圧死したと思われる。

恐ろしさに、新十郎は思わず板戸を持つ手を放しかけ、それでは骨を砕いてしまうとあわてて持ち直し、そっと地面に伏せた。

「うわっ、こっちにも！　それにこれもコツやないか！」

権三がまたも叫び、同様な発見はその後も相次いだ。

新十郎たちは足元に集められた人骨を見下ろしつつ、一言も発することができずにいた。ややしばらくして、彼と権三をここまで導いた案内人の男が、我に返ったように言った。

「これは……庄三郎旦那に伝えた方がいいでしょうか」

「ああ、そのようだな」

筑波新十郎は、悪夢から覚めたようにブルッと顔をひと振るいし、答えた――。

――そのあとから黄昏どきにかけて、旧・堀越村はにわかに繰り出された人数にごった返した。

それは、ここが山崩れに襲われて以降――いや、それ以前と比してもあり得ない風景だった。

行き交う人々の中に、ひときわ風格と威厳を感じさせる長身痩軀の人物がいた。五十の坂には
まだ二つ三つ間のありそうなその人物は、取材手帳を手に考えあぐねる新十郎を手招きすると、

「どうやら、お見込みにまちがいないようですな。白骨の出たのは元の堀越家の家。もう一軒は
毛島《けじま》という家らしいですが、これは地滑りにのまれたようで痕跡すら見つからぬとのこと」

「やはり……そうですか」

麦藁帽を取ると、眉間《みけん》にしわを寄せた新十郎に、

「さよう」

山林王・土倉庄三郎は、広い額の下の目をきらめかせた。

「ここで見つかった死体は、少なくとも四つ……着衣から判断するに大人の男二人、女一人、そ
れに子供が一人。堀越一家のことを知る人間は私の周囲にもほとんどいないのですが、かろうじ
て彼らを見かけたものの話とも一致します」

「堀越甚兵衛《じんべえ》、作治郎《さくじろう》、モヨ……そして信」

新十郎は指を折りつつ、口の中でそれらの名をとなえた。

「どうかされましたかな？」

けげん顔で問いかけた庄三郎に、

「いえ、もしここで見つかったのが堀越家の人々なら、ほかのものたちとともに大阪で質屋を営《いとな》

み、そして殺されたのはいったい誰なのかと思いましてね……」

筑波新十郎はそう答えると空を見上げ、大阪があるはずの北西に向かって心につぶやいた。

（あんたの読みが当たっていたようだぜ、コマルさん）

2

――その〝コマルさん〟は、覚めない悪夢の中にいた。そうとしか言いようのない空間に閉じこめられていた。

徐々に視力が奪われてゆくような暗さと、皮膚から臓腑《ぞうふ》まで滲《し》み入って爛《ただ》れ腐れそうな湿気。それにも増して辛いのは、ただ生きているだけで身も心も萎《な》えさせてゆく暑熱と、もはやどこに源《みなもと》があるのか、自分自身が汚物なのかもしれないと疑わせる鼻をつく臭気だった。

最初の一つはともかく、あとの三つ――とりわけ最後の臭気はそうめったと夢に出るものではない。最初は吐き気がしそうだったが、必死に感じないようにしているうちに慣れた。それが自分自身が周囲に同化してしまった結果だと知ると、ますます絶望的な気分になった。

迫丸孝平が裁判所の留置場に入れられて数日がたっていた。あんな風に堂々と論陣を張り、証拠や証人を立て続けに出せばどうなるか見当はついていたが、事件の真相を明らかにし、堀越信の無罪を勝ち取るためにはああするしかなかった。傍聴人や記者の前に全てぶちまければ、裁判官も強引に有罪判決――ましてや死刑宣告を下すことはできないだろうと望みをかけていた。

そもそも公判廷に傍聴人を入れるということにすら、「讞獄《ゲンゴク》ノヿ《コト》慎重ニス可《べ》クシテ軽率ニス可《べ》カラス」と司法当局者は難色を示していた。明治八年二月に人民一般に民事裁判の傍聴を許したものの、刑事裁判については司法手続きを公開するのは不都合という考えから、判決宣告の傍聴だけを新聞記者に許可すると定められた。

「断獄庭内新聞紙発兌人《ハツダニン》ノ外《ホカ》間雑人《カンゾウニン》擅《ホシイママ》ニ出入スルヲ許サス　但《タダシ》戸長等傍聴ヲ請フ者ハ之ヲ聴ス」と定められた禁が解かれたのは、明治十三年七月。拷問制度が廃止された翌年のことだから、何が不都合だったかは明らかだ。

　だが、甘かった。まさか被告人の無実を主張したとたん官吏《かんり》侮辱罪に問われ、その現行犯として逮捕収監されようとは。裁判官は代言人に対していつでも懲戒権を行使できるし、検事もまたその機会を虎視《こし》眈々《たんたん》と狙っている。

　たとえば、数年前のことだが、民権派の代言人として知られた立川雲平《たつかわうんぺい》（島崎藤村『破戒』の市村弁護士のモデル）は神戸始審《ししん》裁判所洲本《すもと》支庁で裁かれた刑事被告事件で、「本件は無罪なること疑ふべからず　若《も》し有罪とならば太陽は西より出でん」と主張したため立会検事より官吏の職務を侮辱したものと起訴され、重禁錮一月罰金五円に処せられたうえ、代言停業三か月を食らった。

　あの代言人としては日本一著名な星亨《ほしとおる》でさえ、検事の言いがかりのような尋問妨害に対し、「長たらしい御談義は聞かずとも宜《よろ》し」と皮肉ったばかりに処罰を受けたぐらいだから、孝平も卑屈なまでに言葉を選んで揚げ足を取られまいとした。手塚《てづか》検事はそんな暴挙に出そうにないという読みもあった。それが、

　――あくまで無実を立証し、無罪判決を得るべきものと考えております。

と口にした瞬間、判事席から懲戒の鉄槌が振ってこようとは……太陽が西から出るとも長たらしい御談義とも言っていないのに！

　獄中の依頼人を訪ねたことはあったし、接見のための部屋などないから必要なときは自ら牢に

入って話もした。だが、自分が囚人になるとは思ったこともなく、全ては想像の外だった。

あらゆる苦痛と屈辱、不愉快と不便、何より不自由が襲いかかってきて、たまらなくみじめだった。かりに再び法廷に立つことができたとしても、この体験が恐怖や不安となり、権力への反抗やそのための勇気をくじかれない自信はなかった。

強引で嵩《かさ》にかかった訴訟指揮、民の声など聞く耳持たぬ傲慢《ごうまん》な官吏根性に抗《あらが》おうとするとき、今のこの惨《みじ》めさ苦しさと、再びそこに落としこまれる恐怖にひるまずにいられるか——。

いや、それとてもここから解放されてからの話だ。今はいつここを出られるか。汗と垢にまみれ、得体のしれない虫にたかられ、皮膚も臓腑も足腰も全てが不調を訴え、寝ても座っても立っても落ち着けない状態から逃れるめどさえつかないのだった。

救いは全てを逃れて眠ることだけだったが、そこで見る夢の中で懐かしい日常へ、あるいは囹《れい》圄《ご》の身とは無縁の別世界に逃れられても、目覚めれば落胆し失望するばかり。近ごろは夢さえ厭《いと》わしいものになっていた。

今日はことに体調が悪い。ひどくけだるく、熱っぽいようで寒気もするが、人を呼んでも何もしてくれないのはわかっている。こんな絶対不利の状況下、なお弱みを見せたくはなかった。

せめてもの居心地の良さを求めて、尻の下に敷いた布のかたまりのしわを延ばし、背後の壁と背中の間にはさんだ。町内の人々が金を出し合ってあつらえてくれた背広は、もはや原形を失っていた。投獄された当初は、ていねいに折りたたんでいたが、すぐそれどころではなくなった。

ホワイトシャツやズボンは汗みどろ埃《ほこり》まみれになり、ハイ・カラアは見る影もなくゆがみ、ネクタイはどこかに飛んで行ってしまった。そのことが琴鶴やお吉婆さんらに何とも申し訳なく、期待にこたえられなかったみじめさが、ひときわ身にしみた。

面会や差し入れは極度に制限されていて、新十郎とはほとんど顔を合わせられず、ことに直近は訪ねてくること自体絶えたのが気になっていた。

（筑波はん、今時分はどないしとるのやら。こらもうアカンと見捨てられたか、どこぞで何か調べ回ってるのやら……そんなことより、ここをいつ出られるのか、出られても監獄送りか）

だが、実のところ彼が気にしているのは、自分のことよりも事件そのものだった。

あらゆる証拠が、信の無実を指し示していた。土蔵の扉は彼と赤ん坊の千代吉《ちよきち》が中に入ったあと、毛島佐吾太《さごた》の手で外から閂《かんぬき》を掛け錠《じょう》を下ろされ、彼はその鍵を呑み下して、侵入した賊から二人を護《まも》り抜き、自らはズタズタに斬りさいなまれた。だが、そのあと絶命するまでの間に、彼は奇妙な行動に出る。玄関の戸を施錠し、そこでようやく息絶えたのだ。

賊が立ち返ってくるのを防ぐため、と彼自身法廷では述べたが、それだけではない気がする。そのせいで外部からの侵入ではなく内部犯行説が生まれ、信の逮捕につながったのは否めないわけだから、佐吾太は彼に疑いをかけたくなかったのか、そうでなかったのかわからなくなる。

質屋六人殺しの犯人――おそらくは犯人たち――は明らかに外部からやってきたのに、玄関を内側から閉めたことによってわざわざその印象を薄めてしまった。そんな凶悪な賊をかばう理由などないはずなのに、いったいなぜそんなことを――？

「そうか！」

孝平は思わず声をあげ、咳きこんでしまった。あの事件のあと大々的に行なわれた長町《ながまち》裏の大捜索だ。それと六人殺しを強引に結びつけるべく、明らかな捏造《ねつぞう》証拠として、堀越質舗の建物外に忽然と出現した（ことになっている）雑誌「社会燈《しゃかいとう》」だ。

筑波新十郎の話では、警察は最初、長町裏の貧民窟《ひんみんくつ》に潜伏した旧自由党系や自由民権運動の激化組——彼らの目からすれば〝不逞《ふてい》の一味〟が、資金稼ぎのために堀越質舗を襲ったと見ていた。しかし、それがもともと完全なでっちあげであったとしたら？　「社会燈」はそのための小道具だったとしたら……孝平はともすればふらつきかける頭で考え続けた。

気がつくと信の懐中にねじこまれていたという「社会燈」は、あの夜の侵入者によって持ちこまれ、誤ってではなくわざと屋内に落とされたものではないか。その邪悪な目的を察した毛島佐吾太によって拾い上げられ、信とともに土蔵内に封印されたのではなかったろうか。

だとしたら、玄関を閉じ、建物全体を「逃路《にげみち》なき」空間——英語で言うLocked room《ロックドルーム》にしたのは、賊が外部から侵入し、犯行のあと出て行ったという可能性を封じ、自由と権利を求める人人に濡れ衣を着せ、それを口実とした弾圧を行ない得なくするためだったのではないか。

まさか、現場に突入した警察が錠前を破壊し、閂を外し、あとで偽の錠前とすり替えようとは予測しなかったろうから、毛島佐吾太の行動に矛盾はない。ただ、なおわからないのは——

一、そうまでして〝不逞の一味〟を冤罪《えんざい》からかばった毛島佐吾太とは何者なのか。
二、そもそも堀越質舗一家が無残に殺されなければならなかったのはなぜなのか。
三、そして、この恐ろしい大量殺人を実行したのは、結局どこの何者だったのか。

いや、三つ目についてはおおむね見当がついていた。だが、それを明らかにすれば、今度こそ代言人としてではなく、人間としての存在を抹消されるに違いなかった。

被告人の無実を主張した結果、投獄され、なお無罪を勝ち取るため真実を暴けば殺される——新十郎から教えられた「ルーモルグの人殺し」で謎を解くヂユピン氏や権三が愛読する東京の新聞小説に登場する礼克《ルコック》探偵長、散倉《ちらくら》老人が聞いたら、日本とは何と恐ろしい国か、自分たちのような〈探偵〉は息することもできないと驚き嘆いただろう。

だとしたら――どうしたらいいのか。いっそこの牢屋から出ない方が八方丸く収まるのではないか。堀越信という無実の少年が死刑に処せられるのを見過ごしにすれば、の話だが……。

むろん、そんなわけにはいかない。そしてあのか弱い被告人に関しては、一つ大きな疑問があった。それは、あの奇妙な自白――家中の誰かが、あの夜狂気を発し、皆を片っ端から斬殺し始めたので、やむなく殺害したという話が、どこからわいて出たのかということだった。

それやこれやを考えると、ここに目を覆い耳をふさぎ、口を閉じてうずくまっているわけにはいかなかった。何より、自分という弁護人が不在の法廷がどうなっているのか、とんでもない方向に転がっていこうとはしていまいかと考えると、いても立ってもいられなかった。

そのあたりが限界だった。壁にゆだねた背中が大きく傾《かし》ぎ、ゆっくりと倒れこんでいった。

*

「ほほう、そういたしますと堀越質舗は明治十七年に現在の地で開業し、その際一家を構成しておりました堀越作治郎、その父・甚兵衛、作治郎妻モヨ、モヨの兄・毛島佐吾太、並びに作治郎の異母弟にして本件の被告人たる信は同十六年の同月同日に、奈良県吉野郡堀越村よりの転入の届け出が出ておるのでございまするが、しばらくの間は作治郎・甚兵衛父子《おやこ》に女中の額田《ぬかだ》せいのみであり、佐吾太・モヨの兄妹はなぜかそのあとに合流した――ということは、夫婦別居ちゅうことであったわけですな。さらに前後しまして同店手代《てだい》の岡欣二《おかきんじ》が加わり、堀越信に至ってはいつ同居し始めたものやら判然とせぬと……なるほど、なかなかに流転《るてん》変転、数奇なる運命をたどってきたものと見えまするな」

鶯茶《うぐいすちゃ》の色紋付に焦げ茶の袴《はかま》といういでたちのその人物は、まるで切れ目というもののない饒《じょう》舌《ぜっ》を法廷内に垂れ流していた。

「なお、当方は同店手代の岡欣二、女中の額田せいについても堀越質舗への奉公に際し、いつどこから転出したかについて問い合わせましたが、いまだに回答を得ておらないのははなはだ遺憾であり、裁判長閣下をはじめとする各位におかれましては、今しばらくのご猶予《ゆうよ》をお願いしたいのでございます……」

　ようやく小休止をはさんだ、その機会を逃すまいとするように、

「弁護人――ええっと、富塚金蔵《とみづかきんぞう》であったか」

　兼重《かねしげ》裁判長は机上の書類を一瞥《いちべつ》すると、色紋付に袴の人物に呼びかけた。

「その方の申し条は、本件審理に何の関係があるというのか。最前から事件発生地と同じ町内の住民、東成郡《ひがしなりぐん》役所の職員、戸口調査記録などを問いただして、何をしようというのであるか」

「さればでございます」

　迫丸孝平から弁護を引き継いだ中年の代言人は、判事席の不興げな顔・顔・顔にひるみもせず、愛想のいい商売人のような笑顔――ただし目は笑っていない――を向けた。

「巷間《こうかん》言うところの質屋六人殺しに対するご公正なるお裁きをお下しいただくよう、私ども人民よりこいねがうに当たりましては、非業の死をとげた被害者がいかなる人々であったかを知らなくてはならず、また彼らの無念をも晴らすものと存じます。これあってこそ犯行の起因・決心・予備・結果を白日《はくじつ》の下《もと》に……」

　と、この当時の刑事裁判で重視された犯罪の四要素を挙げて、

「明らかにし得ると愚考つかまつるからでございます。して、次に問いただしたく存じますることは――」

と、ぬけぬけと次の話につなげてしまった。これには判事たちも露骨にウンザリした表情を浮かべたし、傍聴人や記者席からはため息さえもれたほどだった。

富塚金蔵――あの白磁のマリヤ観音《かんのん》をめぐる訴訟で、相手方代言人として迫丸孝平と争った男である。あの件で孝平は堀越作治郎という男と知り合い、それが今回の事件にかかわるきっかけとなった。その彼が畑違いもいいところの殺人公判に立つことになろうとは誰もが――本人すらも予期しない事態だった。

あの手この手で証人尋問を行ない、さまざまな証拠を明らかにし、ただでさえ裁判官たちの不興を買っていた孝平が、被告人の無実を主張したという罪で逮捕されたあと、そのまま公判中断どころか結審とし、検事の論告から判決まで行ってしまおうという暴論まで行なわれた。弁護人の弁論は法的に保証されているわけでもなく、その気になればいくらでも口封じできた。

さすがにこれには立会検事の手塚太郎《たろう》が反対した。孝平の出獄を待つか代理の弁護人を立てるかということになり、兼重裁判長は後者を選んだ。これを受けて大阪の民権派代言人が何人も名乗りをあげたが、彼らの申し出はことごとく却下された。なお、この背後では土佐堀《とさぼり》の料理旅館《自由楼《じゆうろう》》の女将《おかみ》が動いたという噂がある。

唯一認められたのが、なぜか志願の手をあげた富塚で、これには誰もが驚いたし、裁判長たちは刑事裁判に不慣れなうえ計算高いと悪名高い彼ならば、くみしやすしとほくそ笑んだのだが……すぐに後悔のほぞを噛むはめになった。

富塚金蔵は手腕巧緻《こうち》にして狡知《こうち》に長《た》け、相手の弱みを突き穴を抜ける達人で、孝平のような生まじめ一方の代言人など、赤子の手をひねるようなもの。役人どもには平気で頭を下げ、決して尻尾をつかませることも揚げ足を取らせることもさせずに、ぬけぬけと自分の主張だけは通す。

なおタチの悪いことには、自分側が不利とわかればひたすら争点をぼやかし、論点をすりかえる。さほど「貪婪《どんらん》」ではないが「狡黠《こうかつ》」であることはまちがいなく、役人たちが最も手を焼く種類の代言人だったのだ。

孝平にかわって弁護人席についた金蔵は、血なまぐさい事件の実相にはほとんど触れず、もっぱら堀越一家とそこの雇人について、くどくどと質問をくり返し、その身元や日ごろの行動について明らかにしようとした。少なくとも、そう請け合った。

ところが調べれば調べるほど、彼らの実態は曖昧模糊《もこ》としてわからなくなってくる。生々しくも無残な死体と化しておきながら、人間像がぼやけてくる感じなのだ。

それは、筑波新十郎が奈良の奥地でくり広げている調査と表裏一体をなすものであったが、金蔵は果たしてそれを意識していたのかどうか。それともただの引き延ばしの手段だったのか。その何とも食えない顔つきを見ている限り、どうにも判断がつきかねるのだった。

「えー、それではこれにて」

一つの長々しい尋問が終わり、司法官たちも一般市民もホッとしたとたん、富塚金蔵はとびきりの笑顔を浮かべ、双眸《そうぼう》には何とも言えない人の悪さをたたえながら続けた。

「当方の質問を終了しようと思いましたのではござりますが、いま思い出した疑問があり、なお二、三につき、いや、あと一つだけ申し述べさせていただきとう存じます……」

とたんに失望のため息が廷内に満ちたが、海に千年山に千年、野にも千年と呼ばれる古狸《ふるだぬき》にはこたえはしなかった。面《つら》の皮《かわ》千枚張りと噂される顔の裏側で、ひそかにつぶやいたことには、

（こんなもんでどないやな、迫丸君。必要とあらば何ぼでも裁判を引き延ばせるが、そうかというて、まず間違いのう死刑判決との見込みがくつがえるわけやないからな。ここらで出てきても

らわんとどもならんで、なぁコマルさん！）

3

「コマルさん……コマルさん……」

——どこかで誰かが自分の名を呼んでいた。

またその呼び方か、と夢うつつながらムッとした。陰でそっと言うならともかく、面と向かって呼ばれたくはないあだ名だ。

なのに近ごろは、筑波新十郎氏までもがこう呼びだしたから閉口だ。すると、その思いが伝わったかのように、

「コマルさん……迫丸のぼんぃ……迫丸センセ……」

と、だんだんに変わってきたかと思うと、いきなり耳元で、

「孝平ちゃん！」

「ミスター・サコマル！」

びっくりするような大声で、同時に呼びかけられた。

「！」

孝平は驚きのあまり、声なき叫びをあげ、はじかれたように起き上がってしまった。

気がつくと、そこは相変わらずの牢内。なぁんだ、また夢かと失望しかけたが、彼のそばにいて名を呼んでくれた人間がいるのはれっきとした事実だった。

「目ガ覚メマシタカ。ヨカッタヨカッタ」

そう呼びかけたのは何と外国人、それも宣教医のウォレス・テイラー博士だった。

「テイラー先生！」

と叫びつつ見れば、博士のそばに付き従うのは白衣白帽の看病婦――とすれば当然、長春《ちょうしゅん》病院の人かと思えば違っていた。その正体に、孝平は声をあげずにはいられなかった。

「琴鶴……琴ちゃん！」

「しっ、静かに」

民権芸者の琴鶴ことお琴は、小声で孝平を制して、

「何とか出してもらえそうやさかい、もうちょっとの辛抱や」

「ソウ。安心シテクダサイ」

聞けば、大阪組合代言人の同業者、とりわけかつての法律書生時代の仲間たちが次から次へと運動して、処分を取り下げさせるべく奔走《ほんそう》してくれた。今回の官吏侮辱罪での逮捕にはさすがに裁判所内部でも異論が多かったようで、手塚検事も上層部に進言してくれたらしい。

もともと彼女を含む孝平周辺の人々は彼への面会を求めていたが、なかなか認められていなかった。ところが今日、テイラー博士ともども看病婦姿で押しかけて健康診断名目で申し込んだところ、同胞には強面《こわもて》だが外国人、ことに白人にはてんで弱い役人根性もあって認められた。

だがまさか、本当に孝平が健康を害していたとは知らず、もう少し訪問が遅れていたら危なかったかもしれない。

「オオ、コレハイケマセン」

孝平の容態を見たテイラー博士は、ここへやってきたときと同様、役人たちを相手に早口の英語とカタコトの日本語でまくしたて、とりあえず彼の身柄を牢屋の外に出すのに成功した。

「それにしても」

畳敷きである以外何もない部屋ではあったが、やっと明るい場所に出られ、しかも思いがけず知り合いに会えた喜びから、孝平はやや元気を取り戻しながら言った。

「琴ちゃんのその格好は――？」

「ああ、これ」

と琴鶴は照れ臭そうに、それでいて誇らしそうに自分の白衣を見やると、

「これは別に、前の鹿鳴館《ろくめいかん》装束みたいな季節外れの〝お化け〟いうわけやのうて、ほんまに病院のお手伝いをさしてもろてるのよ。暇を見てのできるときだけやけど、《自由楼》の女将さんの勧めもあってね。それで、今日もテーラ先生のお供についていって……」

彼女は他の大阪庶民たちと同様、博士のことをテーラ先生と呼んだ。

「お供て、どこに？」

「堀川《ほりかわ》の未決監」

あっさりと答えた琴鶴に、孝平はのけぞりそうになった。

「えっ、ということは彼の……？」

北区扇町《おうぎまち》の堀川監獄（後の扇町公園）は若松町監獄、中之島《なかのしま》監獄を統合して大阪最大の既決囚・未決囚の収容施設となっていた。

驚く孝平に、琴鶴は「そやの」とうなずいてみせると、

「孝平ちゃんがこんなことになって、東雲新聞の筑波はんも吉野の奥まで調べものに旅立ってしもて、心配してたんよ。そこへ代理の代言人の富塚センセから、どうもあの子の様子がおかしいと聞いて、センセもご心配のようやし、今日行ってみたんやけど……」

「そんなことが……」

孝平は自分の知らぬ間に、いろいろと動いてくれていた人々のことを知り、感謝せずにはいられなかった。今はそれよりも、目の前の彼女の大胆きわまる行動の結果の方が気になって、

「そ、それで、彼は——堀越信君はどんな按配《あんばい》やった？」

琴鶴は博士をかえりみると、それまで安堵一色だった表情を困惑と不安に塗り替えながら、

「それが……」

真剣そのものの、畏怖《いふ》さえ含みつつ言いかけたところへ、廊下が騒がしくなった。

「あっ、コラッ待て！」

と看守らしい声がしたかと思うと、ドタバタと駆け込んできた人影があった。その姿を、開いたままの牢屋の扉越しにかいま見たとたん、孝平は思わず叫んでいた。

「筑波はん！」

「おう、お久しぶり！　堀越一家について調べに、ちょいと奈良の吉野にまで行ってきたんだが、そこでとんでもない事実をつかんでね。大阪に着いた足ですっ飛んできたんだよ。鉄格子のこちら側に出ててくれたとは話が早い。むりやりにでもあんたと面談する手間が省けたよ」

筑波新十郎はそこまでまくしたてたところで、初めてテイラー博士と琴鶴に気づき、

「あんたたちは、またいったいなぜここに——？」

目を丸くするとたずねた。琴鶴はそれに答えて、

「はいな。うちらも、あの信いう子について、ちょっとばかりとんでもないことをお知らせしに」

「ちょ、ちょっとばかりとんでもないこと⁉」

孝平と新十郎は異口同音に言い、顔を見合わせた。そのあと琴鶴に視線を向けながら、

「それというのは、いったい――？」

4

――絶対必敗の裁判の最終局面が始まろうとしていた。いかなる真実も論理も力を持たない場での、それはあまりにも絶望的な戦いだった。

その日の大阪控訴院・重罪裁判所は、久々に開かれた堀越質舗事件の公判にわき、傍聴席は文字通り立錐《りっすい》の余地もなかった。

そこに詰めかけたのは、すでに証人として立った唐金屋《からかねや》こと水町満左衛門《みずまちまんざえもん》、理科教育品店のあるじ森江春七《もりえしゅんしち》、写真師・葛城思風《かつらぎしふう》と助手の田辺《たなべ》少年、宣教医ウォレス・テイラー博士、代言人の富塚金蔵、さらには土佐堀《自由楼》の女将、芸者琴鶴ことお琴から賄《まかな》いのお吉婆さんまでもが顔をそろえ、大物では奈良の吉野からはるばるやってきた山林王・土倉庄三郎、そして東雲新聞主筆の中江兆民の姿まであった。

例によって、入廷は弁護人と被告人が最初、書記、検事、そして判事たちという順だったが、かなり間を置いて現われた兼重裁判長ら三人の評定官は、法壇の上から迫丸孝平と堀越信――とりわけ前者を見下ろしたとたん、軽く驚きを示した。

彼の弁護人としての再登板を知らなかったわけではあるまい。ならば、自分たちが理不尽にも下した懲罰に打ちひしがれた姿、やつれた面差《おもざ》しを見たためだろうか。

そうではなかった。以前とあまりにも変わらない彼の見た目に拍子抜けしたからだった。まるであの逮捕命令と収監の直前で時間を飛ばし、直接ここへ飛んできたかのようだった。

留置場暮らしの間に洋服は汗とほこりにまみれ、見る影もなくなっていたはずだった。それを捨てて新たにあつらえたとか、もともと愛用していた和服に戻ったというならまだしも、頭のてっぺんからつま先まで、今度の公判で見慣れたいでたちそのままで現われたからだった。

傍聴席では、お吉婆さんがどうだいとばかりに胸を張っている。それも当然で、町内総出で、すっかり元の姿を失った洋服一式を西洋式の洗濯にかけ、蚤取り眼《のみまなこ》で染み抜きをし、鶏鏝火熨斗《アイロン》を掛け、丹念に修繕《つづくろい》をし、寸分の型崩れも残さないという作業の総指揮を執ったのが彼女だった。

その目的は、官憲の弾圧のあとかたも見せず、身も心も何一つ変わりなく健在なところを見せつけるところにあった。もっとも、新たに服を注文するには拠出金を集めるのがもはや不可能というご町内の事情が最も大きかったのだが。

ともあれ、迫丸孝平は帰還を果たした。記者席にはもちろん筑波新十郎の日焼けした顔がある。役者はそろい、大詰めの幕は開いた。あとはそれぞれがこの舞台で役割を果たすばかりだ。

「それではこれより開廷といたす。本法廷における事実の審問はすでに終結したるをもって、異存なくんばこれより事実の弁論に移ることとする。まず検察官、被告人に対する論告をなすべし」

兼重裁判長は、ことさら威厳を示そうとしてか、ひどくもったいぶった言い方をし、おかげでかえって空々しく、しかも聞き取りにくくなってしまった。

「承知いたしました」

手塚検事は、それを受けておもむろに立ち上がった。公訴状をかかげると、傍聴席と記者席を見回す。次いで淡々と、決して揺らぐことのない犯罪への怒りをにじませながら語り始めた。

「さて……今回の被告事件に対しては、警察署及び予審において被告人及び諸証人自由の白状にて犯跡判然たるものがあり、にもかかわらず公判廷において被告人がおのが罪の認定をにわかにひるがえしたが、みだりにこれを認めるべきでないことは言うまでもない。弁護人は被告人が土蔵の中に閉じこめられ、自らその扉に閂《かんぬき》を掛け錠前を下ろすこと能《あた》わざりしことをもって、とうてい本件の兇手たり得ず、したがって無実なりと主張するが、検察官としてはこれに一顧《いっこ》も与えることはできぬ。何となれば、いったんは仕掛けられた錠前を破壊し、あとから別のものを付け直したといっても、もともとあったものはどこに消えたのか。真の犯人によって持ち去られ、湮滅《いんめつ》されたと主張するなら、それは詭弁《きべん》に過ぎぬ。あくまでその現物を証拠として提出しなくては何の証明にもならぬからである。

　また、弁護人は被害者の一人、毛島佐吾太の火葬遺体より発見せられたる鍵が、現場に遺留されありし錠前と合わざりしことをもって、これは真の錠前には非《あら》ずと主張したが、そもそも証人森江春七の申し立てに一片の虚偽錯誤がなかったとしても、ただそれは火葬後の灰の中より鍵が発掘されたことのみを証するもので、死者が生前その鍵を嚥下《えんげ》したことの証明にはならない。当該鍵については、単にそれが近隣にて愛用せられたる錠鍛冶《じょうかじ》の作なりというにとどまり、それ以上何を示すものでもない。いわんや、それが本来の蔵の鍵であったか否かという証拠は、何一つないのであるから、証人水町満左衛門が提出した錠前と一致しなかった事実は、畢竟《ひっきょう》何の証明にもなっておらぬのである。もう一つ付け加えれば、もともとの錠前を破壊し取り外したとして、そのかわりに現場に残されていた錠前はどこから調達されたものであるか。空中より忽然とわいて出たというのでなければ、事件発覚の混乱のさなかにどこかの錠前屋に買い求めにでも行ったか。まことに笑止というほかない。

　さらに弁護人は、証人葛城米吉《よねきち》の撮影になる写真を本法廷にて披露し、特殊の方法でもってそこに写し取られし血痕の状態をもって、惨劇のさなかには蔵の扉に閂が掛けられていたと主張したが、これは被告人が蔵の中に立てこもる前に付着したものと考えては如何《いかん》。被告人は家人殺害のあと、門を外し土蔵内に入ったとすれば、その部分だけ血しぶきが付着していなかったとしても何の不思議もないのではないか。なお付け加えるが、そもそも弁護人が血の跡と見たものが果たしてそうであったかは、はなはだ疑問であろう。事件発生よりすでに多大の時間が経過し、扉に付着せるものが人血なりしと確証するのは困難ではないか。もし然《しか》らずとすれば、お気の毒ながら弁護人の推理は根底よりくつがえされることを、あらかじめ申し上げておく次第である。

さらに肝心かなめの凶器についてであるが、某新聞紙のごときは『兇刃不明の不思議』をことさら言い立て、弁護人は質庫の見分結果と質物台帳に関する証言より推して、さような日本刀は存在し得ぬと主張したが、果たして然《しか》るや。被告人には土蔵立てこもりの際に、ひそかに蔵の窓から刀を外に投げ出すなり吊り下げるなりして一時隠匿し、後日これを見分後の質草に紛れこませることも不可能ではなかったはずである。たとえ当人にはかなわぬとも、他人の手を介するなどして――これに関しても弁護人の立証には瑕疵《かし》ありと考えざるを得ぬ。

もし弁護人が、警察当局より法廷に提出された刀をあくまで凶器として認めないのであれば、かの刃に付着した汚点を何と説明するつもりか。土蔵の扉の痕跡とは逆に、これが人血でないとでも証明し得るなら別であるが……。

最後に本法廷における被告人の突然の食言《しょくげん》についてであるが、六人殺しならぬ一家五人殺害犯について、あくまでその名を秘匿しながら、いちはやく実父甚兵衛の死体を発見した旨述べたのは、たとえ故殺罪を免《まぬが》れ正当防衛が認められたとしても、尊属殺の適用を受ければ極刑を避け得ぬという卑怯《ひきょう》未練の態度と解せられ、その犯情まことに悪《にく》むべきというほかない。

そもそも被告人のほかに犯人ありとして、質庫の金品を奪うでなく、外部から怨恨を買う事情もなき一家を撫で斬りにするがごとき起因を生じ、決心を抱き予備より結果に至るものがあり得るか。否、断じて否と考えるほかはない。よって検察側としては公訴状の通り、刑法の故殺並びに惨刻殺また尊属殺に対する罰条のうち最も重きに従い、死刑に処すべしと論告するものである。

……以上であります」

手塚検事は言い切ると、静かに着席した。この裁判のあり方、ことに兼重裁判長の訴訟指揮には疑問を抱きつつ、検察官として公訴状を一言一句揺るがせにしない判決を求める態度だった。

水を打ったような静寂の中で、裁判長の声がこのときばかりは威厳を帯びて響いた。

「それでは弁護人、検事の論告に弁論するところあらば申し述べよ」

迫丸孝平は静かに立った。そして手塚検事とは対照的にものやわらかな、親しみ深い口調で、

「ただ今の検察官のご論告になりたるところをうかがいまして、いくつか弁駁《べんばく》したいところがあり、まずは弁護側が申請した証人よりの証言につき、付言いたします。まず土蔵の扉に付けられておりました錠前が破壊され取り除かれたあと、代わりの、すなわち偽の錠前はどこから入手されたかでありますが、これは質庫に保管されていた質草を転用したものと推察されます。質屋というものは時と場合によりおよそ役に立たないものも預かって金を貸すものでありまして、水町証人が提出しました質物台帳と現物の照合結果を精査しましたところ、雑品の中にそれらしき“鍵のない錠前”を発見しましたことをここにご報告申し上げます。

検察官はまた、蔵の扉に血が飛散したのは、閂が外される前ではなかったかと指摘されました。しかしそれならば血まみれの閂が抜き去られる際に、その受け金たる閂鎹《かすがい》にも血が付着しても不思議ではありませんが、あいにくそのような痕跡はなかったのであります。必要とあらば、これについても証拠を提出いたします。

そもそも扉に付着し、葛城証人の写真術にてとらえられた痕跡が果たして人血なりやというお疑いに関しましては、あのあと森江証人協力のもと、酒石酸《しゅせきさん》の濃溶液、炭酸水を加えて反応を見、またハイユム氏液、ホフマン氏液、癒瘡木丁幾《ゆそうぼくチンキ》をもって血球を確認したところ、人間のものと思われるものを見出し、さらに分光鏡《スペクトロスコープ》にて調べてみるとフラウエンホーフ氏線（フラウンホーファー線）のDとEの間に酸化ヘモグロビン特有の二条の吸収線を見出したことからも誤りなしと思われます。

なお、あの際、水町証人が鑑定されました刀を、その前に私が受け取りましたことはご記憶と存じますが、実はあの際、誤って刃の汚点の一部を爪で掻き落としてしまい、偶然持ち帰りましたそれを、右の検査のついでに二百倍の食塩溶液、虞利設林《グリセリン》に濃硫酸と蒸留水を加えたルーッシン氏合液、同じく蒸留水、食塩、昇汞《しょうこう》を加えたホフマン氏合液に溶かして顕微鏡で見たところ、蔵の扉の血痕とは異なって、血球の直径〇・〇〇七七密迷《ミリメートル》とされる人間よりかなり小さく、形状も異なっており、家畜それも鶏に近いのではないかという鑑定結果であったことを、遅ればせながらご報告申し上げる次第です」

——に、鶏の血⁉　そんなことが、今の理学《サイエンス》ではわかるのか。

——ほたら何か、鶏を割《さ》くに焉《いず》んぞ牛刀、ならぬ人斬り包丁を用いん、ちゅうことかいな！

とたんに驚きに満ちたざわめきが廷内に波打った。孝平は続けて、

「だとすれば、水町証人が『二代山城守国包《やましろのかみくにかね》の流れをくむ』奥州仙台《おうしゅうせんだい》あたりのものと鑑定された刀は、斬ったは斬ったにしても相手は人間ではなかったということになり、本件における六人殺しの凶器として用いられたとは考えにくくなってくるのです……」

この期に及んでの新事実の開陳だった。何しろ、あの証人尋問の直後、孝平は逮捕収監されてしまったのだからしかたがない。

それは、生まれたばかりの裁判医学の世界で、ごく最近広まった人血鑑定の新知識であり、さすがの手塚検事もとまどいを隠せなかった。判事らに至っては理解すらできず、法廷に提出した刀の血痕を〝誤って〟掻き落としたなどという見え透いた嘘に気づくようすもなかった。

困惑と沈黙の中、孝平は視線をめぐらし、記者席の新十郎、傍聴人中の同志たちを見やった。彼らからのうなずきと、音なき拍手を受け止めると、

「しかしながら、これらは全て些末《さまつ》な問題に過ぎません。検察官は被告人のほかに犯人たり得る起因・決心・予備・結果を有するものなしと断言されましたが、弁護人はこれを全面的に否定するものであります」

え？　という驚きの将棋倒しが巻き起こった。孝平は声を励まし、続けた。

「何となれば、堀越質舗の一つ屋根の下で暮らしていたのは、堀越一家ではなかったからです。夫でもなければ妻でもなく、父でもなければ子供でもなく、兄でもなければ妹でもなく、主人はもとより番頭も手代も女中も全て偽りの姿だったからであります。

そして被告人は堀越甚兵衛の子ではなく、作治郎の弟でもなく、そもそも信でもなかった。であるならば、被告人の動機として擬《ぎ》せられた家族間の愛憎なり怨恨なりは全くあり得なくなるではありませんか。むろん親子関係がないならば尊属殺も成り立つはずもない……」

「黙れ、黙りおろう！」

兼重裁判長が壇上からどなりつけた。手塚検事はそれを手で制して、

「被害者たちは堀越一家ではなかった、とはどういうことかね」

「はい……これは奈良県吉野郡の方々の協力にて判明したことですが、彼らの本籍地とされ、今は山崩れにより廃村となった地の堀越家住宅跡より多数の白骨死体が発見、おそらくはこれが堀

越甚兵衛以下、作治郎・モヨ夫婦、ならびに末子・信と考えられ、不慮《ふりょ》の天災により一家全滅となったと考えられます。また、同村内におけるモヨの実家、兄・佐吾太の毛島家住宅も倒壊が判明いたしました。これは同郡役所および奈良県警察本部のすでに確認するところで、それに関してはあちらの土倉庄三郎氏の協力を得たことをここに報告し、感謝申し上げます」

その言葉を受け、傍聴席の偉丈夫《いじょうふ》が軽く腰を浮かし、一礼した。と同時に周囲に軽い驚きが広がったのは、彼を知る人がこの場にも少なからずいた証拠だった。

「つまり、それは……」

手塚検事が、ついそちらに気を取られながらも言った。孝平は「はい」とうなずいて、

「堀越質舗にて生計を営んでいたものたちは、みなよそから大阪の地に散り散りばらばらにやってきて、どのような手蔓《てづる》か手引きがあったのかはわかりませんが、村ごと消えた堀越一家の姓名を名乗った。最も年寄ったものは隠居の甚兵衛となり、若いものは主人・作治郎に、若い女はその妻モヨを名乗ったが、あいにく彼女には別に夫があった。しかしその男は作治郎を名乗るには年が合わず、その名と役割は先に取られていた。で、モヨの兄として堀越村に実在した毛島佐吾太になるほかなかったわけです。同様だったのは甚兵衛役の人物と男女の関係だった中年女で、彼女も適当ななりかわりの対象がなかったがゆえに、額田せいという堀越家とは何の縁もない存在を名乗り、女中として入りこむしかなかった。だが実際の立場は違っていて、女中部屋ではなく奥座敷の隠居部屋で起き臥《ふ》ししていたわけです。手代の岡欣二もまたせいと同様で、全く架空の人物ではないにせよ消息の知れない人間の名を借りたものでしょう。

偽りの家族ではありましたが、しかしその中でも変化はあった。真《まこと》の夫婦である毛島佐吾太と堀越モヨ――いずれも自称ですが――の間に子供が生まれ、千代吉と名づけられたのです。そう

考えれば、彼があんなにも満身創痍《そうい》になりながら、あの赤ん坊を守り、一家の秘密を隠し通そうとしたことも何の不思議もありません。

とはいえ、いま思えば近隣の人々の評判が、彼らの秘密をあぶり出していました。

隠居の甚兵衛は某俳優似の風貌と言われていたが、セリフすなわち声を知るものがなかった。主人の作治郎は物静かで感情を表に出さず、モヨも美声なのに知るものはわずか、毛島佐吾太もまた言葉少なかったといいます。岡欣二は愛想良しだが口が利けないのかと疑われ、額田せいは年の割に色っぽい半面、不愛想でとっつきが悪い――これらに共通するのは『無口』です。

何のための無口かといえば、奈良の吉野から大阪に移り住んだ一家としてふるまうには、言葉つきや訛《なま》りから見破られるのを避けねばならず、むやみとおしゃべりをするわけにはいかなくなった。素性を隠したものたちが隠れ住むには商家を構えるのはうまい手だったでしょうが、競《せ》りだ仕入れだ、客の相手だというのでは不都合で、そんなに千客万来とはいかず、ひっそり生計を立てていける質屋というのはちょうどよかったのでしょう。

ただ質屋というのは、隠れ住むには不適当な点が一つあります。盗品が持ちこまれたり後ろ暗い人間の金策に重宝される関係上、警察や裁判所とのかかわりが生じることです。現に、私はある民事事件で――その相手方代言人は本件で私の代理を務めてくれた富塚金蔵氏でしたが――堀越作治郎を証人として要請し、しかし得られるはずの証言を拒否されて敗訴の危機に陥りました。

いま思えば、証人として裁判に深くかかわることで、素性が洗い出されることを恐れたのでしょう。もっともその裏切りのせいで、私は彼に興味を抱き、こうしてこの法廷に立つことになったのですから、その判断は正しかったかどうか――それはともかく」

孝平は居ずまいを正し、新十郎と視線を交わすと再び口を開いた。

「殺されたのは全員、公訴状に記されたのとは全く別人――とあれば、裁判のあり方も変わってくるのではないでしょうか。したがって被告人の処遇もまた……」

「黙れ黙れ！　その正体が何であれ、それなる被告人堀越信が六人の人命を奪ったことは自明であり、その罪には何の変わりもない。貴様、再び官吏侮辱罪に問われたいか！」

兼重裁判長がわめきたてた。陪席判事二人も追随し、拳を振り上げ、声を荒らげかけたとき、

「お待ちなさい」

手塚検事がすかさず押しとどめた。

「弁護人の発言のどこが官吏侮辱に当たるのでしょうか。前回の被告人の無罪主張をそれに当たるとするのにすら私見では異論があるのに、今回の弁論に寸毫《すんごう》でも法廷や評定官諸氏を貶《おとし》める内容がありましょうや」

裁判長らがグッと言葉に詰まったのを横目に、今度は孝平に向かって、

「そもそも、ここにいる被告人は『堀越信』ではない――そういうことかね」

「さようです」

孝平がわが意を得たりとうなずくと、検事はしかしそれには迎合せずに、

「しかし、氏名不詳の人間が氏名不詳の人間――たとえそれが無戸籍であったとしても、生きた人間を殺《あや》めたならば、それは必ず罪に問われねばならぬ。それはおわかりだろうね」

あくまで冷厳に言い、孝平が「それは、もちろん」とうなずきかけた折も折、

「そうとも、その小僧、こわっぱめが……」

右陪席《ばいせき》の水津穎作《すいつえいさく》が顔を真っ赤にし、左陪席の宇佐川乃武三《うさがわのぶぞう》がそれに同調しようと大口を開きかけたときだった。

「いえ」

迫丸孝平の声が、彼らをさえぎるように響きわたった。

「被告人は小僧でも、こわっぱでもありません。それにつきまして、評定官並びに検察官、書記の方々にご確認いただきたいことがあります。できれば一時、裁判の公開を停止いたし、傍聴人及び記者諸君には退廷を願いたいのですが、いかがでしょうか」

答えはなかった。彼の要請を拒んだというより、意図も意味も測り兼ねた結果の沈黙だった。

「裁判長におかれまして、さようお取り計らい願えないようならば……それでは」

孝平は傍聴席をふりかえり、「あれを」と大きくうなずいてみせた。

と同時に、傍聴席で二人の女性――《自由楼》の女将と琴鶴が立ち上がり、前に進み出た。とっさのことであっけにとられたか、廷丁《ていてい》の制止し得ないうちに二人は被告席までやってきた。

琴鶴の腕にはたたまれた白い布が抱えられ、人々が何かと見る間にパッと投げ上げられた。布は生き物のように宙を横に飛び、波打つように舞い降りた一端を、女将が巧みに受け止めた。

二人の女性は少し間を空けて立ち、高々と腕を差し上げた。まばゆいばかりな白布はカーテンのように垂れ下がり、床すれすれで止まった。ついさっきまで堀越信と呼ばれていた若者は背後から覆い隠され、その姿はうっすらとしたシルエットとなって透かし見られるばかりだった。

「あんた……ほんまにええのやね。覚悟がないなら、やめてもかめへんのだっせ」

女将が白布の向こうに優しく話しかけた。するとシルエットはうなずいたらしき動きを見せて、

「はい……でも、私やります」

と、か細いがしっかりとした声をあげた。

それを受けて琴鶴が孝平を見つめ、真剣そのものの目で何かを伝えた。それを確かめてから、

「では、君……頼みます」

孝平が言うと、ひどく華奢《きやしや》に見えるシルエットは体をくねらせ、手足をうごめかしだした。

「お、おい、いったい何を……」

法壇の上からの狼狽《ろうばい》もあらわな声に、スルスルという衣ずれの音が重なった。やがてシルエットは全ての衣服を脱ぎ捨てたらしく、いっそう細くたおやかな姿をほの見せながら動きを止めた。

布の向こう側に居並ぶ裁判長たちの顔にはっきりと驚愕が浮かんだ。冷静そのものの手塚検事すら目を見開き、茫然となっていた。

こちらからは何も見ることのかなわない傍聴人や記者たちも、純白の帷《とばり》の向こうで、何が起きつつあるかに気づいた。まさか、いや、いくら何でもそんなことが……。

その疑問への答えは、あまりにも野暮で素《す》っ頓狂《とんきよう》な声とともにもたらされた。これまでの傲慢さはどこへやら、兼重裁判長は叫んだ——。

「き、貴様、女か！」


そのあとに、長く長く感じられる間があった。実際には数十秒ほどであったか……。

ただ茫然とする人々の耳に、またひとしきり衣ずれの音が聞こえだした。やがてそれもやむと、白布はクルクルと折りたたまれて手品のように琴鶴の腕の中に収まった。

あとかたもなく消えたカーテンの向こうには、元の通り粗衣をまとった若者が立っていた。さっきまでと何一つ変わりはないはずなのに、まるで別人のように見えた。

いや、少なくとも前回の公判まではひ弱で線の細い、ありていに言えば貧相な男の子だったはずだ。満十六歳と少しというのに首をかしげるほど、幼くも見えた。

それが今はすっかり違っていた。体はなだらかな曲線をなし、痩せて顔色も青白かったのが、やわらかな白蠟《はくろう》を盛ったようにつややかな肌をしている。色白はそのままだが、頰にはかすかに赤みがさして、全体からは甘やかな香りさえ漂わせていた。いつのまにか長く伸びた黒髪も、その性別を雄弁に主張している。

彼の——いや、彼女《ヽヽ》の肉体の中で、何か劇的な変化が起きたのだ。それも、孝平が収監されている間に。

富塚金蔵がかわって弁護を担当したときには、すでに変調があったようだが、無頓着な彼のことだから、ことの真相には思い及ばなかったのだろう。

それに気づいたのは、富塚の報告で堀川監獄の未決監に〝堀越信〟を訪問したテイラー博士、より正確には博士に看病婦として同行した琴鶴だった。表向きは健康診断、実は獄中で不当な扱いを受けさせないための監視が目的だったが、その何度目かに彼女が異変に気づいた。

それは、彼女自身にもかつて訪れた肉体の変化であり、ちょうどそれを境に少女・お琴は芸者の琴鶴へと変わっていった。だからこそ気づけたのかもしれなかった。

その足で、琴鶴は博士ともども留置場に駆けつけ、孝平に驚くべき発見を告げた。ほどなく釈放された彼は、新十郎と相談のうえ、最終弁論の場でのこの大芝居を仕掛けたのだった……。

迫丸孝平は、まだ驚き覚めやらぬ廷内のざわめきが静まるのを待ってから、口を開いた。

「ただ今、ご確認いただいたように、被告人は堀越甚兵衛の実子でもなければ同作治郎の異母弟でもなく、そもそも彼らを含めた堀越質舗の一家は全て別人であり、本来その名を有する人々はこの世を去っていた。つまり公訴状に記された殺人の罪は存在しなかったことになります。むろん六つの人命が奪われたのは事実であり、罪は問われるべきですが、その罰を負うべく告発された被告人は、堀越信の名とも経歴とも無縁であったばかりか、性別からして異なっていた。にもかかわらず、この少年——いや、少女を裁くことは至当でしょうか。法の正義にかなうものでしょうか。裁判長におかれては、何とぞこの点につきご明判を垂れさせんことを希望いたします。

——以上にて、弁護側の弁論を終わります」

深々と頭を下げて締めくくったが、そのあとの法壇上の混乱と激昂ぶりこそ見ものであった。兼重裁判長らは孝平や被告席の少女を憤怒《ふんぬ》の目でにらみつけ、そのとばっちりは、呆れてながめる手塚検事にまで及んだほどだった。そのあげく、

「国権の執行たる裁判を蔑《なみ》し、神聖なる法廷を汚す言動の数々、もはや許し難い。被害者一家に関しては無稽《むけい》の空説《くうせつ》をとなえ、みな名を変え素性を偽り、被告人に至りては今さら男子に非ず女子なりと、われら内閣の信任をいただき、政府の御用を勤める司法官を愚弄した段、断じて許し難し。ここにその重き罪科を問うて今度こそ……」

兼重裁判長がそこまで言い放ったときだった。思いがけない方向から大喝一声があった。

「待った！」

決して怒気をはらんではいないのに、有無を言わさぬ威厳のある声だった。

「ただ今の発言、当控訴院の長として、一司法官として、まことに黙過しがたし。本審理はこの児島《こじま》が預かる！」

人々が驚いてふりかえると、法廷の一隅《いちぐう》の壁龕《へきがん》のようになった個所に設《もう》けられ、ふだんは誰も腰掛けることのない席の前に一人の初老の紳士が立っていた。

児島？　児島って誰だ——突然の名乗りにとまどったざわめきの中に、

「おいおい、まさか……」

「ええっ、ほんまかいな！」

と驚きがはじけ、次いで衝撃と畏敬を帯びた視線が向けられた、その人の風采はといえば——頭頂近くまで秀でた額、穏やかなようで炯々《けいけい》と輝く両眼、そして何よりの特徴は顔の下半分をふさふさと覆う、半ば白く半ばは黒い髭《くちひげ》に髯《ほおひげ》、鬚《あごひげ》だ。それも相まって、まるで古武士そのものといった威厳と風格の持ち主だった。

狼狽もあらわにその人物を見つめていた兼重裁判長らは、とたんに鳩首《きゅうしゅ》協議どころか、巣の中で餌《えさ》を奪い合う雛鳥《ひなどり》のせわしなさで言葉を交わした。そして、その席——裁判官のため設けられた傍聴席にちらと畏怖の視線を投げると、

「すでに午後となりぬれば、暫時《ざんじ》休廷とする。このまま合議に入るゆえ再度開廷のときまで一同待機せよ！」

とムチャなことを言い、あわただしく法廷を出て行った。

5

——その後、公判の再開までには実に三時間を要した。ようやく再開された法廷は孝平や新十郎らの予想を超え、そして期待を大きく上回るものだった。

法壇上には、これまでの顔にかわる判事たちが並んでいた。裁判長席にはさきほど判事傍聴席から一喝した古武士めく紳士が座し、重厚にして思いのこもった判決文を読み上げていた。

「……もとより六個の人命が奪われしは甚《はなは》だ重大なる事実にして、その犯人を法網に掛けずして解き放つは司法官の職責を負うものとして断じて許されざることと雖《いえど》も、冤罪最も防ぐべし。し

かも本件における被害者はいずれも公訴状に記された姓名とは別人にして、しかも父子に非ず夫婦に非ず兄妹にも非ず雇い雇われる身にも非ず、と判明したからには、殺害に至る事情動機は従前に推定せられたるものと一変すると考えざる可からず。まして堀越信の名で訴追されし被告人はその名や家族関係のみならず、男子に非ず女子なりとなれば一家斬殺の手口想定とも適合せずと見るが妥当なりと思料《しりよう》せられる。従って治罪法第三百三十五条『犯罪ノ証憑《ショウヒョウ》充分ナラサル時ハ裁判所ニ於テ無罪ノ申立ヲ為スベシ』の付帯条文たる『第二百二十四条第三以下ノ場合』に基づき——」

　裁判長席の紳士は、いったんここで呼吸をととのえると付け加えた。

「被告人は免訴、とする。その身柄はこの場において釈放せられる」

　言うまでもなく、免訴とは起訴された事件につき、有罪無罪の判断をしないで裁判を打ち切ることで、さすがにこの裁判長ならではの名判決というか、このほかにはあり得ない判断だった。

　——児島惟謙《いけん》、大阪控訴院長。本来の読みは惟謙《これかた》。宇和島《うわじま》藩士の子ながら奉公に出されるなど苦労多く、脱藩して赴いた長崎で坂本龍馬《さかもとりようま》や五代友厚《ごだいともあつ》と知り合った。京都では勤王《きんのう》の志士として活動し、戊辰《ぼしん》戦争にも加わった。維新後は江《え》藤新平《とうしんぺい》率いる司法省入りし、司法の正義と独立、人権尊重をかかげる彼のもとで法律一筋に歩んできた。

　江藤司法卿が薩長《さつちよう》藩閥の腐敗に対して決起し、斬首刑にされた無念を継いで、その人柄は剛直、権力の介入にも屈することはなかった。大阪事件では直接の担当ではなかったが、「国事犯を軽罪裁判所で裁き、死刑を宣告せよ」という要求を拒否できたのは、児島がいてこそだった。

　〝護法の神様〟とまで呼ばれたその本領は、この三年後、大審院長として司法権の独立を守り抜いた大津事件——ロシア皇太子ニコライの暗殺未遂犯の裁判で発揮されることになる。だが、今日このときの彼こそはまさにDeus Ex Machina《デウス・エクス・マキナ》（機械仕掛けの神）、正義を下す時の氏神《うじがみ》であった。

免訴の言い渡しのあと、廷内はほっとした空気に包まれた。やがて、児島惟謙とその信任する判事たちが、何の気負いもなくてらいもなく去ってゆくなり、筑波新十郎がすっ飛んできて、

「やったな！　もうコマルさんとは誰にも呼ばせないな」

「筑波はんにもな」と孝平は受けて、「しかし、今回ばかりはどうなることかと思《おも》たよ」

「ま、この件については書きまくるから、官吏侮辱罪でも新聞紙条例違反でも付き合うよ」

「刑期や罰金を半分分けにしてくれるならともかく、そんなことで付き合ってくれてもなぁ」

言いかけて、孝平は新十郎の脇を突っついた。新十郎がふりむいた先では、手塚検事が苦笑いしながら書類をそろえ、立ち去ろうとするところだった。

そんな中で微動だにしないものがあった。いや、正確にはほんのわずかずつ首をめぐらしていたのだが、あまりにもゆっくりであるために静止しているように見えたのだ。

つい先刻まで堀越信の名で呼ばれ、六人殺しの犯人として死刑判決を受けようとしていた少女である。

絶望に沈んでいた瞳には今や光が点じられていたが、あまりに急なためか喜びに満たされてはいない。それどころか一種の厳しさに満ちて法廷内を凝視し、何かを観察しているようだった。

孝平も新十郎もそのことに気づいたが、とっさには声をかけられなかった。ところへ、

「どないしたん、そんな怖い顔して何見てるん？」

と声をかけたのは琴鶴だった。すると、少女は夢から覚めたかのようにハッとしながら、

「あのぅ……見てたんです」

「見てたて、何を？」

琴鶴が訊く。すると少女は真剣そのものの表情で答えた――。

「はい……あの男たちの誰かが、ここに来ていないかと」

「あの男たちって……まさか」新十郎は息をのんだ。「まさか、あの晩、君の家に押し入って、六人の命を奪った犯人のことかい？　君はその顔を覚えているとでもいうのかい？」

「ええ、覚えています。そのうち佐吾太さんに斬りつけた男のことは、とりわけはっきりと」

「何やて！」

今度は孝平が声をあげる番だった。彼は震えを帯びた声で、

「そ、それで、ひょっとして、そいつはここに……？」

いつのまにかその場に居合わせた少なからぬ人々が、一種異様なふんい気に気づき、彼らのやり取りを見守っていた。その答えを固唾《かたず》をのんで待っているようだった。

「いいえ、ここにはいませんでした。これまでの裁判でもなるべく見つけようとして、毎回目を皿のようにしたんですけど。とうとう一度も現われませんでした」

少女はきっぱりと答えた。むしろすっきりしたかのようだった。

「そ、そうか……そりゃそうだろうな。ノコノコこんなとこにやってくるはずがないやね」

新十郎は落胆三分、安堵七分といった感じで言った。そのあと何か思いついたようすで、

「待てよ、だとしたら逆にこれを利用して……こりゃことによっちゃ、ことによるかもしれんぞ」

わけのわからないことを言い出した。そこへ孝平が叫んだ。

「筑波はん、あんたまさかこのことを新聞に……？　あかん、絶対にあきませんで！」

第十章　自由自治五年のエピローグ

1

――少女は真夜中に、ふと目覚めた。

とっさに寝間着の前を押え、床の片端に体を寄せて身を縮める。それはずっと長い間に身にしみた反射的な行動だった。

（――――！）

とたんに何もない寝床の端から転げ落ちそうになり、あわてて逆方向に寝返りを打った。

そこにあるはずの壁がなかった。ぴったりと体の前半分をくっつけてわが身を守るはずの冷たく薄汚れた板がなかった。

それだけではなく、彼女の体は何やらふかふかとしたものに受け止められた。それは石のように硬く、眠りも安らぎも許さない板の床ではなかった。

そのとき初めて気づいた。ここは警察や裁判所の留置場ではなく、巨大な監獄内の未決監でもなく、病室のベッドの上であることを。この部屋には鍵がかかっておらず、窓には鉄格子はないし建物の外には高い塀もなく、隣にあるのは時に優しい鐘の音を聞かせてくれるキリスト教の教会であることを。

――島之内《しまのうち》、長春《ちょうしゅん》病院。

釈放されたとはいえ、堀越質舗《ほりこししちほ》に戻るわけにもいかず、決して短くはなかった拘禁生活による心身の疲労を癒《いや》すために、ここに連れてこられた。最初に千代吉《ちよきち》（彼は引き続きここで世話されていた）とともに長春病院に来たときは、安心した半面、自分の真の性別を隠すのに必死になっていた。

相手は医者だけに、診察されたらいっぺんにバレてしまう。だから体調が悪くとも言い出すことはできなかった。だが、心配は序の口で、警察に逮捕されてからというものは、正体が暴露されたらという恐れだけでなく、具体的な身の危険を感じずにいられることは一瞬もなかった。

幸い、テーラ先生ことテイラー博士や代言人《だいげんにん》の迫丸《さこまる》さん、それにあの新聞記者の筑波《つくば》さんたちが絶えず目を光らせてくれていたおかげで（そして、六人殺しの凶悪犯と見られたおかげで）独房暮らしがずっと続いたけれど、今のように安心して眠れる夜は一度もなかった。

でも、あの芸者さんにして看病婦という琴鶴《ことづる》さんには見破られてしまった。そればかりか急速な体の変化におびえる自分に、安心していい、むしろ喜ぶべきことなのだと教えてくれた。

それやこれやで、今こうして全てから解き放たれ、本来の自分にも立ち返ることができたのには、本当に夢のような気がしてならないのだった。

本来の自分……だけど、それはいったい何だったのだろう、と少女は思い返す。

――あれはたった四年足らず前、明治十七年の十月三十一日のこと。

その午後八時、秩父《ちちぶ》の釜伏山《かまぶせやま》、次いで城峯山《じょうみねさん》に号砲が轟《とどろ》いた。それが「困民党《こんみんとう》」の名のもとに集まった農民や士族による前代未聞の蜂起《ほうき》の始まりだった。

大半が山林で、田畑はわずかな秩父郡において、主な産業は養蚕《ようさん》であり、生糸《きいと》の輸出振興を国策とした政府の方針にもかなうものだった。少女の実家も〝お蚕様《かいこさま》〟によって暮らしを支えられ、朝早く起きての桑《くわ》の葉の刈り取りに始まり、夜遅くまで世話に明け暮れていた。

だが、西南《せいなん》戦争などに血税を乱費し、極度のインフレ状態と財政難に陥った藩閥《はんばつ》専制政府は、大蔵卿松方正義《まつかたまさよし》によるデフレ政策と数々の増税を強行。米や農作物の価格は暴落し、各地の農民は土地を手放したり娘を身売りしたあげく、ついには故郷も失って離散した。そこへフランスでの生糸相場の大暴落によって、秩父地方の人々の困窮は何重にも重なった。

彼らが頼った高利貸は、年利二割を上限とした当時の利息制限法すら無視したあくどいやり口で借金を肥大化させた。払えなければ裁判所に駆けこんで「差し紙」を取り、それを受け取った農民は身代《しんだい》限り、つまり破産となった。地域の戸長は頼りにならず、郡役所も裁判官も警察も彼らの味方ではなかった。

すでに政府への反抗は各地で相次ぎ、弾圧も激しさを増していた。それらに刺激され、何より自分たちの生活を破壊しつくされたことから、ついに最大規模の蜂起に至ってしまったのだった。十一月一日、下吉田村《しもよしだむら》の椋《むく》神社に三千人を超える武装した農民が集結、そこから出撃して役所や裁判所、警察署、金融会社を襲ったが、その主な目的は、借金帳簿の滅失と租税軽減の要求であった。

決起に当たっては、大宮郷《おおみやごう》の名主の家柄でありつつ侠客《きょうかく》であり、代言人も務めた田代栄助《たしろえいすけ》を総理とし、同じく岩村田町《いわむらだまち》の代言人で自由党員の菊池貫平《きくちかんぺい》を参謀長とするきっちりとした組織系統を持っていた。

さらには菊池の起草で「私《ワタクシ》ニ金品ヲ掠奪スル者ハ斬」に始まり、女色や酒宴を禁じ、「私ノ遺恨ヲ以《モッ》テ放火其《ソノ》他乱暴ヲ為シタル者ハ斬」とした軍律が布《し》かれた。それは明治政府の暴虐に比べ際立っていたし、江戸の打ちこわし勢以来の伝統を継ぐものとも言えた。

——合わせて、このときを「自由自治元年」と定め、蜂起の性格を明確に示した。

一万人に達したとも言われる農民集団は、破竹《はちく》の進撃で警官隊を撃退し、秩父郡内を制圧して郡庁に「革命本部」を置くに至った。だが電信での急報を受けた政府は、上野《うえの》駅から警察隊・憲兵隊、さらに東京鎮台《ちんだい》の兵を送り、四日にはほぼ鎮圧されてしまった。

残忍過酷な取り調べの結果、田代栄助ら首謀者七名が死刑判決を受け、三千六百人が処罰された。国事犯としてではなく兇徒聚衆《きょうとしゅうしゅう》罪《ざい》での裁きであり、あくまで単なる「暴徒」としての扱いだった。ちなみに、これだけの大規模な行動であり、農民側に多大の死者を出しながら、警察側の殉職者は五人に過ぎなかった。

――少女が全てを失ったのは、まさにこのさなかだった。

彼女の生家もとうに貧窮のどん底に落ちこんでいた。高利貸しに矢の催促を受け、あげく差し紙を食らった。父も兄も蜂起に参加せずにはいられず、彼女に止めるすべはなかった。

あげく、たった数日の反乱で家族も友人も全て失うことになった。そのあとはただ無我夢中で生き抜き、飢えたことも死にかけたことも何度となくあった。思い出すも忌わしいことだが、甘言や食べ物にだまされて売られかけたことは何度もあった。

そのことから自ら髪を切り、男のなりをして何とか生きのびた。そんな最中に、偶然「埼玉の暴動」――困民党が頼みにしたものの何の役にも立たなかった自由党すら、秩父の農民蜂起を矮小化してこう呼んだ――の生き残りに出会い、そこから各地で抵抗運動をくりひろげる人々に次次と紹介され、またその途中でだまされかけたりしつつ、西へ西へと逃亡をくり広げた。

そしてたどり着いたのが、大阪の地であり、その一角にひっそりと建つ堀越質舗であった。

ここには各地で生活のために闘い、結局は敗れて咎人《とがびと》となり、官憲に追われて名も経歴も捨てざるを得なかった人々が息をひそめ、肩を寄せ合って住んでいた。奈良の吉野の奥で山崩れのため一村丸ごと滅んだ堀越家の人々の名を借り、たまたま天王寺村逢坂《てんのうじむらおうさか》にあった家を居抜きで手に入れ、そこで質屋を営みながら……。

――一家の最年長で、隠居の堀越甚兵衛《じんべえ》を名乗っていたのは、明治初年に各地で相次いだ士族反乱の生き残りだった。反乱というが、明治政府自体がいつ倒れてもおかしくない脆弱《ぜいじゃく》さを持ち、それにとって代わろうという側にも反乱や謀反《むほん》という意識はなく、むしろ〝第二維新《いしん》〟を断行するぐらいの気概に満ちていた。ただ、彼らは負けて藩閥専制政府が残っただけだ。西南戦争に呼応して、鹿児島からずっと離れた大分で決起した中津隊《なかつたい》に参加し、その壊滅が最後の戦いとなった。

――その息子であり、質屋の主人・作治郎《さくじろう》の役割を振られたのは、明治十五年の福島事件で県令三島通庸《みしまみちつね》による住民の酷使・搾取《さくしゅ》と、刃向かう者への容赦ない弾圧に立ち上がった青年であった。そのとき三島配下の福島帝政党員に襲われて警察に捕縛され、激しい拷問を受けた。

その時の体験が、今の無感情さの由来であったかもしれないが、本人はそうしたことについてほとんど語ることはなかった。同じ三島通庸が栃木県令になったときの暗殺計画、加波山《かばさん》事件にかかわった可能性もあるが、今はもう確かめるすべもない……。

――彼の妻ということになっていたが、真実は毛島左吾太《けじまさごた》を名乗る人物の伴侶《はんりょ》であり、彼との間に千代吉という息子をもうけたモヨの前歴については誰も知ることがなかった。ただ、少女のようなたまたまの幸運に恵まれず、欺《あざむ》かれ、穢《けが》され、踏みにじられたあげくに、後に毛島左吾太となる彼と出会い、ともに大阪をめざしたことだけは確かだった。

――手代《てだい》の岡欣二《おかきんじ》を称する若者はといえば、名古屋事件からの逃亡犯。といっても多分に巻きこまれ型で、藩閥専制政府に一泡噴かせる計画に加わったつもりが、軍資金集めのため五十回もくり返された強盗事件のいくつかに見張り役として付き合わされた。幸い逃げおおせたものの欠席裁判で重罰を宣告され、やむなくたまたま遭遇した行路病者《こうろびょうしゃ》の身元をもらって大阪へと流れてきた。

――女子衆《おなごし》の額田《ぬかだ》せいを名乗る女もまた数奇な運命をたどってきた。明治九年、三重県飯野《いいの》郡（後の松阪市）に始まり、愛知・岐阜・堺《さかい》各県まで波及して受刑者四万を超えた地租改正反対一揆「伊《い》勢《せ》暴動」で家族を失い、流れ流れて大阪まで来た果てに、甚兵衛と実質的に夫婦仲となった。だがあいにく、彼女に充《あ》てるべき役どころはなかったため、そして彼女自身が目立つことを好まなかったため、欣二同様に身元を捏造したのであった。

――そして番頭・毛島佐吾太となった男は、かつて豊後国府《ぶんごのくにふ》内藩《ないはん》の豪農の子として何不自由なく暮らしていた。本国で十年ほど前に出た『ウィルソン第一読本《ファースト・リーダー》』の原書や、刊行され始めたばかりの地理書『輿地誌略《よちしりやく》』など、最新の教科書をそろえてもらい、新しい時代に胸躍らせる少年だったが、十代のある日、不幸に見舞われた。

明治三年に九州を揺るがした日田《ひた》竹槍騒動が鎮圧された直後、新政府が次々と繰り出す雑税の廃止減免を求めた農民たちが府内藩でも一揆を起こし、打ちこわしや焼き討ちをくり返しながら数万の勢力となって藩庁に押し寄せた。ちなみに廃藩置県は、この翌年のことだ。

　意外にも、彼らの要求はあっさりと受け入れられた。さまざまな税の廃止のほかに、米一俵の分量、人夫の労賃の制定、庄屋や組頭をなくすことなどを記した「御用捨《ごようしゃ》物御墨附《おすみつき》」が渡された。

　この太っ腹さに騒動は収拾したが、そのあと手のひら返しがあった。翌年になって藩庁は態度を豹変、一揆側の取り調べを開始した。各村の代表や有力者六十人を捕え、三角割木の上に座らせて石を抱かせるなどの拷問を加えた。そして農民側から自主的に「御墨附」を返上させたのだ。

　免職された庄屋らのかわりに藩庁の役人が郷長となり、農民の監視を強めた。そして一揆の責任者とされたものたちは、あるいは絞罪に問われ、流《る》・徒《と》・杖刑《じょうけい》といった前近代的な処罰をうけたのだった。

　少年の父も激しい拷問と尋問を受け、どうにか命永らえて帰宅を許されたものの、その精神には変調が生じていた。明らかに応答がおかしく、突然叫びだしたりおびえて突っ伏したり。わけもなく物を投げ、出入りの者に殴りかかったことすらあった。

　だからと言って、誰にもなすすべはなく、いずれ落ち着いて元の旦那に戻ってくれるだろうと淡い期待を抱くほかなかった。

　そして、ある夜のこと、ついに惨劇は起きた……。


　少年は、石油ランプの火屋《ほや》の下についたネジを回すと、灯芯を長く出した。と同時に、にわかに明るさを増した炎が、座り机の上に広げられた本のページを照らし出した。

　――そこには、冒頭からして、まるで呪文のような文章が書かれていた。

The ape and the ant.《ゼ・エープ・アンド・ゼ・アント》 The ape has hands.《ゼ・エープ・ハス・ハンズ》 The ant has legs.《ゼ・アント・ハス・レグス》 Can the ant run?《キャン・ゼ・アント・ラン》――猿《さる》と蟻《あり》。

猿には手があり、蟻には足がある。蟻は走ることができるか？

未知の世界への好奇心と、未来への希望と期待にあふれた勉強の手を休め、少年は便所に立った。ぶじに用を足し、戻ってきた道すがら――

その先に、少年はあるものを見た。思いがけず、そして恐ろしく、何よりおぞましく忌わしい何かを。

少年は息をのんだ。のんだきり、息ができなくなった。思わず二、三歩後ずさった拍子に、足が何かを引っかけ、けたたましい音を立てた。

それは、藩庁から帰されて以来、明らかに様子のおかしくなっていた父が、ついに狂疾《きょうしつ》を発した姿だった。旧幕時代、帯刀の身分ということで許されていた刀でもって、手当たり次第、出合い頭《がしら》に家人に斬りつけているおぞましい光景だった。母や兄、兄嫁、女中や下男――そして少年には姪に当たる、やっと這い這いをし始めたばかりの赤ん坊までもを。

いったんはその子を突き殺そうとした父は、寸前にその場に入ってきた少年に気づいた。そのとたん、父はまるで当然のように、わが子めがけて刀を振りかざし、襲いかかってきた。

少年はあわてて身をかわし、父の狂刃から逃れようとした。だが、逃れても逃れても切っ先は目前に迫り、このままでは刀の錆《さび》にされるのが関の山。ならばいっそ、と捨て身で父に躍りかかり、刀を奪い取ろうと必死の格闘をくり広げた。だが、その結果――。

古風な燭台に立てられた蠟燭《ろうそく》がジジジ……と瀕死の虫のような音を立て、やがてフッとその焰《ほむら》を消した。

と同時に、灯影に照り映えていた刃が輝きを失い、それを持つ少年の悲痛に引き攣《つ》った表情も闇にのみこまれた。

だが、それらの存在までが消えてしまったのでない証拠に、何か異様な気合とともに、何かが何かを突き刺し、切り裂いたような音がした。

と同時に、血なまぐさい臭気とともに、生温かい霧のようなものがあたりに立ちこめた。

気づいたときには、父は少年の目の前に倒れていた。無我夢中で刀の柄《え》をつかみ取り、なおも揉み合っていたさなかに、どうしたはずみか父の胸を深々と突き刺してしまったのだった……。

暗闇の中に一人いて、少年は自分が今どんな姿をしているのか見ることができなかった。だが、その手がついさっきの厠《かわや》帰りのように、さっぱりと清らかでないことだけはわかっていた。いくらぬぐってもこすり合わせても、ヌルヌルとした感触から逃れることはできなかった。


――どこかで赤ん坊の泣く声が聞こえた。

そのあと、自分ともども助かった赤ん坊を抱いて蔵に逃れた少年は、騒ぎを聞きつけて集まってきた近所の人々に取り押えられた。一家皆殺し、膾《なます》斬りになったただ中で、返り血を浴び、血《ち》脂《あぶら》にまみれた刀を提《さ》げた彼がどんな目で見られたか、想像に難くないだろう。

この家の主人の異変を知っているものからすれば、彼の弁明は信じられないものではなかった。だが、役人たちに聞く耳を持つ理由はなかった。お上《かみ》に逆らった地主の息子が、父殺しの大罪人として処刑され、その土地を吸い上げることができるのはきわめて好ましいことだった。

「はい、そこまでも知られておりますなら、もう逃れぬものと覚悟いたし、一切を包み隠さず申し上げるでございます。さよう、当家において私が殺害の罪を犯しましたこと、確かにまちがいありませぬ。生誕以来大恩を受け日ごろより親愛の情を抱いてまいりました者の命を断ちたるは、真に兇悪の極みでありまして我が身ながら恐ろしく厭《いと》わしい次第でありますが、あえて弁明申し上げるならば一家のうちに突如狂疾《きょうしつ》を発せしものあり、とりわけ赤子を斬殺せんとして襲いかかりしものに万やむを得ず応じたもので、しかしそのせいでかえって人殺しよと指弾されて襲われ、つい応戦するうちにその子を抱いて土蔵に立てこもるのやむなきに至った結果でありまして……」

奇妙に歪められ、ものものしく書き換えられながらも必死に説き聞かせた告白は、結局のところ罵声《ばせい》と嘲笑と、激しい殴打暴行によって報いられただけだった。

そして、あれだけ必死に助けた姪が結局は死んだことを聞かされたとき、少年は破獄と逃走を決意した。十中八九、百に九十九も成算のない中、檻《おり》の締まりを壊し番人を倒して脱出し――そしてかれこれ十七年逃走し続けてきた。

ちなみに新聞などに書かれた年齢は、実際のそれより数歳水増しされたものだ。役者が役どころに合わせるのは当然で、それは堀越質舗という一座に加わる以上、避けられないことだった。

少年はほどなく少年ではなくなったが、その敵は「明治政府の奴役人《どやくにん》ども」で一貫していた。彼は博徒や侠客と呼ばれる無頼の人々に助けられたが、それは彼らもまた藩閥専制政府と闘っていたからだった。地方の自由党や民権運動は実はこういった人々――明治初年に反旗をひるがえした不平士族と一脈通じる「草莽《そうもう》」によって支えられていたのだ。

後に堀越作治郎になった青年とは、来阪以前からの知り合いだということだったから、かつての少年は明治十五年の福島に現われていたのかもしれず、翌年新潟の高田で大臣暗殺計画をでっちあげられ、大量検挙された自由党員の中にまじっていた可能性があり、翌十七年の群馬事件、加波山事件、そして秩父事件や名古屋事件、さらには愛知県で企てられた火薬庫爆破に端を発する自由革命計画、飯田《いいだ》事件にもかかわっていたとしてもおかしくない……。


そんな作り話とも何ともつかない思い出話を、少女は折に触れ聞かせてもらった。それは沈黙と秘密に満ちた一家で、性別まで偽って暮らす彼女への気遣いであり慰めだったのかもしれない。自分がかつて勉強した『ウィルソン第一読本』その他を買い与えてくれたところを見ると、少年の姿をした彼女にかつての自分を見ていたのかもしれない。

あるいは……彼は少女に、かつての悲劇の中で失った〝姪〟をも重ねていたのかもしれない――そんな風にも思えるのだった。

そうだったとしたら、あのとき自分は満身創痍《そうい》となりながら、彼女を千代吉といっしょに蔵の中にかくまい、瀕死の状態で閂《かんぬき》を通し錠《じょう》を掛け、鍵を呑みこむことまでした理由もよくわかる。あれは、かつての彼の体験の再現であり、あのときの自分と赤子にはいなかった守護者の役割を果たそうとしたのではなかったか。

だとしたら……いや、きっとそうに違いない。

だから少女は、自分が一家殺しの犯人として逮捕され、どう転んでも無実とは信じてもらえそうにないと悟ったとき、そしてもしあくまで自分はやっていないと主張すれば、きつい責め問いで衣服を剝《は》がれ、正体を暴かれるだろうと気づいたとき、彼の物語を彼に代わって語ることにした。

(だって、あのときは)

少女は、今となってはややおかしみを感じつつ、心につぶやかずにはいられなかった。

(まさかあの代言人さんや記者さん、テーラ先生、それに証人に立った人たちが、あんなにもがんばってくれて、無罪を勝ち取ってくれようとしてくれるとは思わなかったんだから)

そして、現に無罪判決でこそないものの免訴という決定が下り、彼女は解放された。殺人犯の汚名からも、死刑を目前にした被告人の立場からも、何より堀越信という偽りの名前からも……。

回想の果て、少女が安堵に包まれて、再び眠りの世界に返ろうとした——そのとき。

(そういえば、今年は私たちの年号でいえば、自由自治五年に当たるんだった……)

ふいに奇妙なことに思い当たった。その元年に当たる明治十七年には秩父事件のほかにも民衆の蜂起《ほうき》があった記念すべき年であり、翌年以降も藩閥専制政府への抵抗が続いたことは言うまでもない。記念といっても、ひたすら敗北と鎮圧のくり返しでしかなかったが……。

そのことに、少女はやりきれない心の痛みを覚えずにはいられなかった。だが、そのとき、彼女の病室のすぐそばで何か物音がした。物音というより人の気配、息づかいのようなものが。

2

それは確かに息づかいだった。その源《みなもと》はどこかとたどると、部屋の片隅によどんだ暗がりの中、なおいっそう黒々とした塊《かたまり》がうずくまっているのが見えた。

ふいに塊がスーッと縦に伸びた。まるで立ち上がったかのように。そしてそのまま少女に近づいてきた。最初はゆっくりと、だが次第に速く――にわかに荒くなった呼吸も、ペタペタした足音さえも、もう隠すつもりのないように。

キィンというかすかな金属音。少女はそれが何であるか知っていた。あの夜聞いた音、鞘《さや》から抜き放たれた刀がたてた響きだ。

（あいつがやってきたのか……）

最も忌わしく厭わしい予測が脳裡に走り、少女はもう身じろぎもできなかった。

あのとき、あの人によって千代吉とともに救われた命。留置場、未決監へと絶えまなく続いた危難から逃れ得たわが身。警察署から予審廷、法廷へと送られる中で秘め抜いてきた女性としての自分――。それらを今夜失おうとしているとしたら、こんな残念なことはなかった。

だが、残念と言えば、一つ屋根の下で暮らしたあの人たちこそ、どんなにか残念だったろう。だとしたら、私も――少女は、つい弱気になるのを止められなかった。

もしあっちへ行ったら、まず毛島左吾太だったあの人にお礼を……そこまで考えたとき、

（そうだ、千代吉のことを託されていたんだった。ここで自分が殺されるわけにはいかない！）

そのことに思い当ったときには、黒い塊は手にした刀を高々と振りかざしていた。少女はもう間に合わないと目をつぶった。

だが、その刹那《せつな》、堅く閉じたまぶたをやすやすと突き抜けるような光が輝いた。まるでカーテン越しに朝の光を見るような……。

これには驚き、何ごとかと目を開くと、まだ光の余燼《よじん》のようにあたりはボーッと明るかった。

それを受けて、一人の男の顔がぽっかりと浮かび上がった。そのとたん誰かの声が、

「ご、権三《ごんざ》！」

それが、東雲《しののめ》新聞お抱えの人力車夫の名とは知る由《よし》もない少女だった。何しろ裁判所の玄関前まで行って、一度も中に入ったことがないのだからしかたがない。

けれど、この男が誰かと激しく争っていることだけはわかった。そして、たった今の叫びには聞き覚えがあることも。

それが誰の声なのか気づいたときには、あれほどまばゆかった光は急速に衰え、あたりは再び闇に包まれた。その向こうからは、男たちが激しく争う声と物音が聞こえてくるのだった。

だが、それもほんの数秒のこと、一つ、また一つとランプやカンテラ、蠟燭が灯され、さっきの閃光とは比べものにならないものの、闇の中の格闘を照らし出した。もっともすでにそれは勝負がついており、さっき権三と呼ばれた男が、床の上にもう一人の男を組み敷いていた。

そのそばには、ほかに二人の男がおり、権三に加勢して男の腕をつかみ、足を押えていた。

「やっぱり今の声は筑波さん……それに迫丸先生まで！」

二人は少女の呼びかけにふりむくと、しっかりとうなずいてみせた。

権三が取り押えた男の顔を、新十郎が持ち上げ、そこに孝平がカンテラの灯を差し向けた。照らし出されたのは、この期に及んでも、周囲に嘲笑と冷笑をまき散らさないではいられない男の歪んだ表情だった。踏みつぶされてもなお逃れて生きのびようとする虫のように、ジタバタと身もだえする姿だった。

やや離れた床に突き刺さっているのは、まぎれもない日本刀。いくつもの灯りに照り映えて、血のような朱色の光をゆらめかせていた。

少女はさきほどの権三と同じく、この男の名を知らない。けれども、この男の顔には見覚えがあった。眼の底に刀で彫りつけられたように、記憶の中に刺青《いれずみ》でもされたように忘れることはできなかった。

「こいつです！　あの真夜中、私たちの家に押し入ってきて、片っ端からみんなに斬りつけ、皆殺しにしたのはこの男です！　ほかにも仲間がいましたが、一番むごくて先頭に立っていたのはこの男でした……」

こんなに感情、むしろ激情をあらわに、魂から絞り出すように叫ぶ彼女を見るのは初めてだった。あの惨劇の一夜から、いや、堀越家の一員として暮らし始めてから、いやいや、髪を切って男として生き始めてから、ずっと押し殺してきた思いが、一気に火を噴いたかのようだった。

だが、そんな重さを軽妙にいなすかのように、筑波新十郎《しんじゅうろう》がことさら明るい口調で、

「大阪府警察本部付、探偵掛巡査・阿久津又市……御用の筋じゃ、神妙にせぇ、とでも言えばいいのかな」

「下手人を捕えるべき探偵が実は下手人とは、礼克《ルコツク》探偵長や散倉《ちらくら》老人もびっくり。まさに前代未聞、世界的に稀《まれ》なる趣向いうとこでんな」

と、これは車夫の権三。新十郎や孝平《こうへい》では腕っぷしの点でいささか頼りなく、寝ずの番の助っ人に駆けつけてくれたものだった。

「それにヂユピン氏もな」新十郎が付け加えた。「大阪一の腕利き探偵、したたかさと酷薄なやり口で知られた阿久津又市《あくつまたいち》も、一家皆殺しのつもりがこの子が生き残り、しかも自分の顔を見覚えてるかもしれないとなれば、極力顔を見られたくなく、警察署では死角に身をひそめ、まして裁判をのぞきになど行けなかったろう。だが、そのせいで『犯人の顔は覚えているが、この法廷

には来ていない』との彼女の宣言をもれ聞き、つい焦りに焦り、あらためて口封じにやってきた……というところだろうよ」

権三は「なるほど」と感心し、賊を取り押えた手からは力を緩めないまま、

「ところで、さっきの真昼のような光は何でんねん。ここで目ェつぶれ、という合図をもらわなんだら、目ェつぶしてたかもしれまへんで」

ややとまどい気味に訊いた。孝平はそれに答えて、

「あれがマグネシユム閃光粉《フラシ・パーダー》の威力や。葛城思風《かつらぎしふう》さんとこから撮影用の道具一式を借りて、ここぞいうときに僕が焚《た》いたんや」

「へぇ……まさかついでに、写真撮ったりはしはらしまへんでしたやろな」

「そうしたいのは山々だったけど、そこまでのことはね」新十郎は答えた。「紙面に写真がそのまま載せられるようなら、そうしたかもしれないがね」

「そうでっか……そこまでまだ文明が進歩してなんで幸いでしたわ」

と権三がなぜか安心したように言ったとき、その腕の下で阿久津又市が、

「こら、いつまで人の体の上でゴジャゴジャおしゃべりしとんのじゃ。連れて行くんやったらさっさと連れて行かんかい」

「おう、そうだった。そいじゃ権の字」

「任しといとくなはれ。ほれ、立たんかい！」

新十郎の言葉に権三は威勢よく答えると、グイッと探偵吏《り》の腕をつかんで引き起こし、それを巧みにねじって抵抗を封じた。そのまま歩き出そうとしたとき、

「イテテテテ……何さらすんじゃ。こちらは警察官としてお上《かみ》の御用を務める身や。覚えとけよ。

たとえ不法侵入の現行犯で突き出されても、どうせじきに放免じゃい。そないなったらえらい目にあわしたるさかい、覚えとけよ！」

顔じゅうを口にして悪罵《あくば》と呪いの言葉を吐き続けた。

すると迫丸孝平は、無言で床に刺さった刀を引き抜くと、しげしげとそれをながめたあとで、

「はたして、そうかな」

と、いつもにはない冷ややかさをたたえつつ言った。これには、さすがしたたかな阿久津探偵もにわかに口ごもり、言い返すことができなかった。

いかに上の命令とはいえ、その結果として犯した罪をもみ消すためとはいえ、こうもまんまと罠にはまった形で捕えられたとなれば、いったいどういうことになるか。そして、かりに六人殺しではないにせよ、適当な罪状で投獄されたとして、善人悪人を問わずに憎まれている探偵吏が牢内でどんな扱いを受けるか——当人がそのことに思い当たっていないはずはなかった。

孝平はしかし、すぐにいつもの笑顔を取り戻すと、少女に向かって、

「お騒がせしたね、信君——いや、もうその名前では呼ばん方がええのか。とにかく、これでもう安心やよって、ゆっくりしぃや。……ほな、おやすみ！」

そう言い置いて、カンテラの灯を消した。ほかの灯りもそれに続き、少女とその周囲は優しく物静かな夜のとばりに包まれていった。

3

「——結局、あの六人殺しの裏はこういうことだったんですよ」

後日、筑波新十郎は迫丸孝平に向かって、こんな風に切り出した。東雲新聞社を訪ねてきた孝平に、中江兆民《なかえちょうみん》主筆をはじめとする編輯局《へんしゅうきょく》の人々を紹介したあと、文選場、植字場、ステレオタイプ所、用紙截断方《せつだんかた》、印刷機械室などを案内する道すがら、

「堀越質舗に暮らす人々のうち、赤ん坊を除く全員が、瓦解以降に各地で起きた士族反乱や農村一揆、そして自由民権運動の激化事件に絡んで故郷を追われ、家族友人を失い、自分の名前やそれまでの人生を捨てなければならなかった人々であったことは、警察をはじめとする当局者のすでに知るところとなっていた。そのように戸籍を偽り、他人になりすましたものたちは当然捨て置けない。だが、それ以上に彼らを生かしておけない理由が、権力側にはあった。彼らは軍隊や警察の圧迫や暴力を生身で受け止めていたし、裁判官を含む役人たちの不公正や強いものへの阿《あ》諛追従《ゆついしょう》ぶりもよく知っていた。何より不都合なことは、反乱や一揆、事件を起こした人たちが暴徒や愚民、不逞の輩《やから》などではなく、その主張が誰にも共感できるものであることが、彼ら自身の体験を通じて世に知られてしまうことだった……。

一方、ここ大阪は今や政治の火薬庫と化しつつある。昨年末の保安条例によって、おれみたいなただちょっと口が悪く筆が辛辣《しんらつ》なだけの新聞屋までもが東京を追い出され、大挙集結してしまったからね。国会開設、憲法制定を前にして反政府勢力の大同団結、福島事件から秩父事件に至る敗北に次ぐ敗北によって息の根を止められた自由民権運動の復活の火の手は大阪からあがるかもしれない――そこで当局は、この二つを一挙に始末しようとしたわけですよ」

「なるほど、そこで」

迫丸孝平は大きくうなずき、その続きを引き取った。

「長町《ながまち》裏あたりの貧民窟《ひんみんくつ》に潜伏した旧自由党の一味が、裕福な質屋一家を襲い、金品を強奪して

皆殺しにした——いうストーリー、筋書きを作ろうとしたわけですな。そのために雑誌『社会《しゃかい》燈《とう》』をわざとらしく落としておき、両者の関係性をでっちあげようとした。しかし、土蔵の扉が閉じられ、そこの鍵は胃袋の中という事態によって皆殺しはかなわず、質庫を荒らして強盗を装《よそお》うこともでけへんようになった。そこで、『堀越信』として生きていたあの少女に全ての濡れ衣を着せるつもりが、あそこは逃路《にげみち》なき『密　室《ロックドルーム》』であったため、さまざまな事後工作を加えて、何としてもあの子を犯人に仕立て上げようとした——いうわけですな」

「手落ちだったのは、殺害に用いた日本刀を長町裏捜索の際見つけたことにするか、あとで法廷に提出すりゃよかったのに、何で無関係な刀に 鶏《にわとり》 の血を塗ったくるような小細工をしたのやら」

「おそらくは、その刀が持ち主であるところの阿久津ないし仲間の警官に明確に結びつく官用の備品だったからでしょう。まさか人とそれ以外の血の区別がつく——少なくとも民間のわれわれにそんな知識や技術があるとも思わなんだから、提出を求められてやむなくお茶を濁《にご》した……」

「しかし、それもこれも代言人迫丸孝平の奮闘努力によって論破された。おかげでおれもいい記事が書けましたよ」

「いやいや……」と孝平は手を振って、「筑波はんの法廷外からの応援や、臆せず証人台に立ってくれはった人らのおかげですわ。それに富塚金蔵《とみづかきんぞう》氏には当分頭の上がらんことになりそうで」

「それに、あんたの幼なじみというから何ともうらやましい琴鶴《ことづる》さんと、何より《自由楼》の女《おか》将《み》にもね」新十郎は言い添えた。「とりわけあの女将が、大阪に来て早々警察にとっ捕まった、宿の客というだけのおれを釈放させるため手を回し、迫丸さんを差し向けてくれただけでなく東雲新聞まで紹介してくれたのには、ずいぶん奇特な人もあるもんだと感心したもんです。聞けばあの人は相当の女傑、もともと当地の自由民権運動の裏でずいぶん動いてくれてたそうですな」

「そうらしいですな。堀越信という名を捨てたあの娘も、長春病院を出たあとは女将の世話で新しい人生に入るそうです。学校にも通わしてもろて、生活《たつき》の道もつけてもらえるということでね」

「へぇっ、そりゃよかった」

新十郎が安堵の声をあげたときだった。二十歳前後らしい面長で目の細い青年がやってきて、

「筑波さん、ちょっと……東京からの荷物が届いておりますが、梱包《こんぽう》を解いてしまっていいですか」

新十郎は「おお、やっと着いたか」と喜びの表情となり、

「じゃあ、さっそく頼むよ。すぐ使えるようにしときたいからね。何なら迫丸さんも見ませんか」

と孝平を誘って新聞社の表まで出て行った。するとそこでは、えらくバカでかく、しかも妙に平べったい代物が据えられていて、今の青年や手伝いのものたちによって荷解きが始まっていた。

やがて、その中から現われた、黒光りする奇体な姿の物体を、孝平はしげしげとながめると、

「これは――ひょっとして自転車でっか？」

「ご明察」

新十郎はうなずき、〝だるま車〟と呼ばれるペニーファージング式の自転車を、慣れたようすでヒョイッと立ててみせた。

「東京ではもっぱらこれで取材に走り回ったものでね。元の勤め先が銀座煉瓦街《れんが》から移転することになって、処分するか大阪に送るか決めろ――と言ってよこしたもんだから、引き取ることにしたんですよ。何せ、取材のたびにテクテク歩いちゃいられないしね」

新十郎は陽気に答えた。孝平はしかし、さらにいぶかしんで、

「そらそうでっしゃろけど、筑波はんには、まるで専属のようについてる権三いう車夫が――」

すると、新十郎は表情を曇らせて、

「ああ、権三ね。あの男なら辞めました。というか、いきなり姿を消したと言うか」

「えっ」

「ええ……くわしい事情は知りようもないんだが、あの男もまた堀越一家と同様な人生を送ってきたということです。故郷を捨て、名を変え、体一つが資本の人力車夫となってね」

「そ、それは……」

孝平は絶句してしまった。新十郎は続けて、

「いま思えば、権三はせっかく社員一同で記念写真を撮る機会というのに、どうしてもいっしょに写ろうとはしなかった。阿久津を待ち伏せした晩も、ただ閃光撮影用のマグネシユムを焚いただけと知って安心してたでしょう？　ありゃ自分の顔が写真として残り、何かの拍子に自分の過去を知る者の目に触れることを恐れていたんだ。そのことに早く気づいてやるべきだった……」

「そういうことでしたか……」

そんな権三にとって、今回の事件は他人ごとではなく、危機感をかきたてられる結果となってしまったのかもしれない――そんな思いにかられた孝平だったが、ふとあることに気づいて、

「え……でも筑波はんは、来年には東京追放が明けるはずでは――そないなったら、この自転車はまた東京に送り返さないかんやないですか」

そう、保安条例による皇居から三里以内立ち入り禁止は、新十郎の場合一年半。明治二十二年六月になれば、この愛車の始末を考えなくてはならないはずだった。

「いや、確かにそうだが」新十郎は頭をかいた。「そのときどうするかはまだ決めてませんしね。この大阪にもすっかり馴染みができたし、それに……」

「それに？」

「迫丸さんは、あの琴鶴ちゃんともう夫婦約束とかしたんですか？」

いきなりの、まるきり思いもかけない質問に孝平はのけぞって、

「えっ、えーっ⁉　いえ、そんなことは全然、考えたこともおまへんでしたが」

そう答えると、新十郎は「そうですか」と安心したかのようにニヤッと笑って、

「そりゃよかった……ってことは、ますますおれが大阪を去る必要はなくなったわけですな！」

「は、はぁ……」

何だかよくわからないまま、孝平はうなずいた。一方、新十郎は妙にうれしげにしていたが、ふとさきほどの青年がまだいるのに気づいて、

「ああ、幸徳《こうとく》君！　君は兆民先生のところに住みこむことにしたんだってね。それじゃ先生に渡したいものがあるから、あとで編輯局に来てくれないか。ああ、じゃ頼んだよ」

青年が「はい」と立ち去ったあと、再び孝平に向き直ると、

「話しませんでしたっけね、彼は幸徳伝次郎《でんじろう》君といって、東京追放後の横浜《よこはま》でしばらくいっしょだったんです。いったん故郷の高知に帰っていたんですが、どうしても勉強がしたいというんで大阪に出てきたそうですよ」

「そうでしたか……若いというのは、やはりええもんですな」

妙に感慨深げな孝平に、新十郎は噴き出して、

「何言ってんですか、まだそんな歳でもなし……これからこそ大いにやりましょうや、仕事に勉強に趣味にとお互い張り合って……それに恋もね！」

「こ、恋⁉」

彼に思い切り背中をどやされ、だがまだその意味がわからずに、とまどう孝平であった。

＊

——翌明治二十二年（一八八九）、大日本帝国憲法が発布され、そのお祭り騒ぎの中で人々の自由と民権にかける思いは、見せかけの近代化に急速に取りこまれてゆく。そんな中で、大阪壮士倶楽部《おおさかそうしくらぶ》を組織し〝浪人政府〟を呼号するまでに至った大阪での運動もみるみる色あせていった。明治二十三年には帝国議会が開かれるが、あれほど誰もが待ち望み、そのために闘った国会開設も、いざ実現してみれば失望以外の何ものでもなく、大阪から出馬し民衆からの圧倒的支持を得て当選した中江兆民も、ほどなく議席を去ることになった。

やがてその兆民も東京に帰ると、東雲新聞も魅力を失って部数を落とし、やがて廃刊となってしまった。その兆民から「秋水《しゅうすい》」の号を授かった幸徳青年が大逆《たいぎゃく》事件で処刑されるのは、さらに十九年と少しのち。ここに完全に一つの時代が終わったのだった……。

——迫丸孝平は、明治二十六年に代言人が弁護士と改称されて以降も、刑事弁護を主として在野法曹としての仕事を続けた。どうしたわけか謎めいた奇妙な事件を持ちこまれることが多く、あげく大阪の版元から「昨今《さっこん》流行《はや》りだした探偵小説を書きませんか」と持ちかけられたりして、やはりあの事件のせいかとこぼしていたという。

——筑波新十郎は、東雲新聞の廃刊後も大阪にとどまり、あの自転車を駆使して記者活動を継続した。やがて故郷東京に戻って下宿先の老夫婦に恩返しを果たした。記者としての権力批判は衰えることがなく、「東京贅六《ぜいろく》」の戯号で書いたコラムは広く愛された。なお後年、東西を股にかけたある大事件で孝平と手を組んだ事実は、知る人ぞ知るところとなっている。

そして、さらに時は流れて——昭和四年（一九二九）の初め、兵庫県川辺郡《かわべぐん》小浜村《こはまむら》（現・宝塚市）。四年前に退官後、この地で悠々自適の日々を過ごしていた手塚太郎《てづかたろう》元検事を訪問した珍客があった。

大阪地方裁判所検事正、名古屋控訴院検事長、長崎控訴院長などを歴任し、関西《かんさい》大学の前身である関西法律学校の創立にもかかわった手塚太郎は、すでに六十六歳となっていた。だが、この日訪れた人物は、彼の長い検事生活の中で二番目に強い印象を刻むものだった。

> 東京市本郷区龍岡町十五番地
> 東京帝国大学　明治新聞雑誌文庫主任者
> 戯称　廃姓外骨 再生外骨　（宮武）外　骨　是本名也
> 讃岐平民　慶応三年正月生
> **電話小石川　二六九番**

女中が取り次いだ名刺の奇抜な文字列に、しばし小首をかしげた手塚は、と軽く驚き、ほろ苦い笑みのようなものを浮かべた。少し考えてから「通しなさい」と告げたが、そのあともやや後悔したり困惑しているようすが見て取れた。

やがて書斎に招じ入れられたのは、頭はてっぺんまで禿げ上がり、度の強い縁なし眼鏡をかけてモシャモシャと口ひげを生やした、いかにも風変わりな和服の人物。彼こそは反骨のジャーナリストにして無類のパロディスト、浮世絵研究から珍奇文化の発掘、官憲による言論弾圧史まで手がけた宮武外骨――苗字がカッコでくってあるのは、これほど人を差別するものはないという理由で宮武姓を廃し、また復活した関係というから振るっていた。

〝つむじまがり〟を自称するその精神は筋金入りで、東京で出していた「頓智《とんち》協会雑誌」で、明治天皇による大日本帝国憲法授与式をパロディ化した罪で三年八か月の刑を食らった。のち大阪に移って明治三十四年に諷刺《ふうし》雑誌「滑稽《こっけい》新聞」を創刊し、そこでも官憲との戦いをくり広げた。

その相手にされたのが、ほかならぬ手塚太郎だったのである。

外骨は、かれこれ二十五年ぶりとなる手塚へのあいさつもそこそこに、昨今の世相やら自分の履歴やらについて持論を述べ立てると、

「……あのといろいろあって、今は東京帝大の明治新聞雑誌文庫というところで仕事をしておってね。これは私が長年の間、読み終えたら火熨斗《ひのし》を掛けて捨てずにとっておいた古新聞類を、何よりの時代の証言として公《おおやけ》に寄贈しようと思ったら、帝大図書館も文学部も書籍に非《あら》ずば資料として価値なしと拒否されてしまった。そしたら何と法学部が引き取ってくれることになったんだが、やはり貴君の母校ともなると違ったもんだね」

「私の出たのは司法省法学校だがね。ま、後に東京大学に合流はしたが」

「宮武《みやたけ》……外骨《がいこつ》君か！」

手塚太郎はちょっといやな顔をしてみせたが、宮武外骨は悪びれもせずに、

「そうか、それは失敬。で、今はこのコレクションを完全なものにしようと全国を飛び回って、田舎《いなか》の蔵からどこかの家の襖《ふすま》の下貼りまで掘り返してかき集めている次第なんだ。そうして集まった昔の記事を読んでいたら、たまたま貴君がかかわった事件が出てきてね。手塚検事正といえば、僕の大阪時代の最も手ごわい敵だったたから懐かしくて、それで訪ねてきた次第さ」

「こちらは、少しも懐かしくはないがね」

手塚はあけすけに言った。この明治有数の奇人に悩まされた記憶が、今も生々しいかのように、

「例の大阪水上警察署長・荻欽三《おぎきんぞう》警視の汚職事件を君の『滑稽新聞』が取り上げた際、私との秘密の会見を勝手に素《す》っ破《ぱ》抜いたじゃないか。あんな困ったことはないよ」

するとと外骨はピカピカとよく光る頭に手をやり、苦笑いしながら、

「あれは、僕に告発を取り下げてくれと頼んでおきながら、結局は官吏侮辱罪に問うたからだろう。おかげで人生二度目の入獄……いやまぁ、そんなことはいい。今日はそんな話をしに来たんじゃないんだ。で、貴君のかかわった事件というのは、あのころ大阪で出ていた東雲新聞で一番くわしく報じられていて、しかも僕の東京時代の知人が手がけたと知って、ぜひ調べたくなったんだが、あいにく大きく欠号があってね。それならばいっそとご当人に話を聞きに来たわけさ」

そう言われたものの、手塚は思案投げ首といった体《てい》で、

「さて、どの事件だったたか……大阪では君の騒動といい、本当にいろいろあったからね」

「ほら、質屋一家殺し事件だよ。長州閥の判事が裁判を歪め、年若い被告人を無実にもかかわらず死刑台に送ろうとしたのを、かえって検事の貴君が救い、児島惟謙《こじまいけん》閣下まで降臨したという」

そこで手塚は初めて膝を打って、

「ああ、あの件か。だが、あれは別に私がどうということをしたわけでは……」

そう言いかけた折も折、二人のいる部屋の戸が開いて、まだ二十歳にも満たないような美しい女性が、赤ん坊を抱いて入ってきた。

「ああ、お前たち来ていたのかい」

「はい、お義父様《とう》……あら、お客様でしたの」

と、きれいな東京弁で言い、そのまま出て行こうとするのを、

「いや、いい」

と手塚は呼び止め、彼女から赤ん坊を受け取ると、腕の中のその子を打って変わった優しい目で見つめ、あやし始めた。そのかたわらから、

「お孫さんですか。男の子かな」

と外骨が言うのに、手塚は目を細めて、

「ああ、そうだよ。昨年の明治節に生まれて、名前もそれにちなんだ」

「ほほう、それにしても可愛らしいもんですな。さぁて、昭和生まれのこの子は将来何になってゆくのか、どんな未来が待っているのか……」

誰に対しても辛辣な外骨だったが、実子と養女をともに亡くしているせいか子供には屈託のない笑顔を見せ、おかしな顔をして笑わせることすらいとわなかった。

そんな彼のようすに機嫌を直したのか、手塚は「さぁな」と小首をかしげると、赤ん坊を母の手に返しながら、

「それで、何の話だったっけ。ああ、あの事件だね。そう、あれは明治二十一年……」

そして彼は語り始めた——自由民権運動が最後の光を放ったころ、大阪でくり広げられ、検事

として最も強い印象を残した殺人法廷の顚末《てんまつ》を、その中で目《ま》の当たりにした若き代言人と探訪《たんぼう》記者の戦いを。

あとがき――あるいは好事家のためのノート

伯林《ベルリン》一八八八年――ではなく大阪。読者《あなた》は煉瓦《れんが》造りもいかめしい西洋館の広々とした一室にいて、まもなく法廷《ここ》で始まろうとする裁判を今か今かと見守っています。あなたがいるのは芝居小屋で言えば平土間で、法壇上の司法官たちからは見下ろされる立場ですが、そこならばどこにでも座り放題。傍聴席でも記者席でも、弁護人席でも――お望みならば被告人席でも。

ただ、あらかじめ心得ておいてください。ここでは事実や証拠は問題とされず、論理もそれにもとづく証明もいかなる力も持たないことを。三権分立など権力者の脳内には存在せず、藩閥専制政府《おかみ》の意思が全てであり、それどころか無実の人間がそれゆえに無罪を主張することさえ許されない絶対必敗の殺人法廷であることを。

まだこの国に〈探偵〉なるものは、フィクションにおいてすら存在していませんでした。前年イギリスで誕生したばかりのシャーロック・ホームズが日本に紹介されるのは六年も先の話ですし、その先輩格であるポーのオーギュスト・デュパンやガボリオのルコック探偵《ムッシュー・ルコック》、同じくタバレ爺《ペール・タバレ》さんの活躍譚の翻訳は一部の新聞に連載されたばかりで、まだ広く行き渡ってはいなかったのです。

まだ推理という概念もなく、むろんトリックなどというものは発想すらない。何が手がかりとなり、何を見落としてはならないかは一つ一つ自身で考え、積み上げていかねばなりませんでした。

これは、そんな時代に一人の若者を、もはや動かせそうにない死刑台送りから救おうとした新聞記者と弁護士——という呼び名はまだなく「代言人《だいげんにん》」でしたが——の苦闘と挑戦の物語です。あるいは彼らが、それまで存在しなかった〈探偵〉になろうとする姿を描く探偵小説というべきかもしれません。


正直なところ、明治二十一年の大阪という、とっさには何のイメージも浮かびそうにない時と場所に、ある種特異点とも言うべきものが生じていたとは、長らく知るところがありませんでした。


もともと文明開化時代を背景に、新聞の探訪《たんぼう》記者と代言人を主人公にした物語を書こうという構想はあったのです。ただしその舞台は東京で、それはやはり華やかな開化錦絵《にしきえ》に描かれるのがもっぱら東京もしくは横浜の風物であり、それ以外の地を舞台にしてもなかなか読者に伝わらないと考えたからです。大阪には銀座煉瓦街のような開化のランドマークもなかったようですし。

この小説がまさにその煉瓦街から始まるのは初期構想の名残で、ことによったら筑波新十郎《つくばしんじゆうろう》はもとより迫丸孝平《さこまるこうへい》もまた東京の住人であったかもしれません。というのも、当時の東京において自由民権思想の発信基地となったのは、銀座に軒《のき》を連ねた旧幕臣系の新聞社や私立の法学校に学んだ代言人たちの事務所であり、もう一つ外国人居留地の伝道師や教師、医師たちが片翼をになっていました。同じく第一章で、新十郎が築地《つきじ》居留地でクリスマスを体験するくだりがあるのも、同じ名残と言ってもいいかもしれません。

しかしこのとき起きた、藩閥《はんばつ》専制政府によるとてつもない暴挙が、新十郎を含めた多くの人々を、そして物語そのものを大阪へと押し流します。とある国民的作家が常に礼賛し、光明と英知の時代であったかのように描いた〈明治〉の醜怪な素顔をそれは明らかにするものであり、それに先立つ数多い地方の悲劇を受けて噴き出した膿《うみ》でもありました。

それを知ったきっかけは、松本健一氏『幻影の政府　曽根崎一八八八年』でしたが、当方の無知が災いして一つの時代像をつかむには至りませんでした。それがあの時代をゆっくりと逍遥《しょうよう》するうちに、だんだんと見えてくるものがあったのです。

いろいろと資料も漁り、その主要なものは参考文献として後に掲げますが、中でも印象的だったのは、渡辺京二氏『幻影の明治　名もなき人びとの肖像』でした。氏はこれまで古い価値観にとらわれ、時代から取り残された人々による愚かで空《むな》しい抵抗と見られてきた士族反乱を、薩長閥の不当な支配にとってかわる〝第二維新〟を目指した戦いとして捉え直し、かの国民的作家の明治観についても厳しい批判を加えていました。

徹底的に事実にこだわり、先入観を打破しつつ、人々の声に身を傾けてきた渡辺氏が偏愛しておられたのが、山田風太郎《やまだふうたろう》氏の明治小説であったのは興味深いですが、『明治断頭台』をはじめとする超絶的な傑作群において描破されたカオスと暗黒、可能性に満ちながら結局は昭和の破滅につながる道筋には、私も当然影響を受けましたし、『明治殺人法廷』というタイトル自身がそのことを示しています。

もっとも、明治という時代に最初に強い興味を感じたのは、山風作品ではなく、十代のころ読んだ井上《いのうえ》ひさし氏の短編集『合牢者《あいろうもの》』でした。殺人容疑で投獄された男と、彼から自白を引き出すために囚人として潜入した警官の奇妙な友情と別れを描いた表題作のほか、お上《かみ》やスポンサーの御用聞きとして生きる元戯作者とその助手となった青年の悲劇を描く「君が代は」（秩父《ちちぶ》事件

について は、ＮＨＫ大河ドラマの「獅子の時代」より先にこちらで知りました）、その他「帯勲車夫」などに息が止まるほどの感銘を受けたものです。

　そのあまり「合牢者」については高校の文化祭で自ら脚色上演したほどです（主人公の特務課探偵掛巡査部長・矢《や》飼《がい》純之助《じゅんのすけ》が後に造幣局理事長になった百嶋《ひゃくしま》計《はかる》君、私は粟野《あわの》巡査副総長役でした）。ちなみに図書室に缶詰になって原稿を書かされ、一枚仕上がるごとにガリ切り（といってもボールペン原紙でしたが）に回されるという流行作家みたいな体験ができたのは後にも先にもこのときだけでした。

　ついでながら、この作品集には影響を受けすぎて、明治九年の銀座煉瓦街の新聞社から始まる『大策士』なる長編を書きかけ、百枚ほど書いて中絶しています。したがって本書は、それらの明治ものへのほぼ半世紀ぶりのリベンジというか再挑戦であると言えるかもしれません。

　本書の執筆に当たっては、『大鞠家殺人事件』に続いて橋爪紳也《はしづめしんや》博士の絶大なご助力を得ました。当方のいかなる愚問奇問にもすみやかに、そして鮮やかな回答をくださったそのご厚意なくしては、筑波新十郎は横浜から神戸経由大阪に来ることもできず、土《と》佐《さ》堀河《ぼりか》畔《はん》の料理旅館に泊まることもできず、奈良の奥地に向かうルートを見つけられなかったでしょうし、迫丸孝平は自分の住居兼事務所をどこに置けばいいかもわからず、被害者たちの遺体がどこで荼毘《だび》に付されるかも知らず、はたまた堀越信《ほりこしまこと》は自らをかくまってくれる病院を見つけることもできなかったでしょう。

　ここに記して心からの感謝をささげるとともに、同じ大阪人である橋爪さんが渉猟し集大成した愛すべき都市像を物語として再構成し、未知の読者の脳裡に生き生きとよみがえらせることができたとしたら、これに過ぎる喜びはありません。そして、日本推理作家協会賞と本格ミステリ大賞受賞の喜びを分かち合うことができた『大鞠家』に引き続き、本作品の連載から単行本化に至るまで尽力された東京創元社編集部の古市怜子さん、そして今回もコンビを組むことのできた玉川重機《たまがわしげき》画伯にこの場を借りて御礼申し上げる次第です。また執筆に際しては白土晴一《しらとせいいち》さん、山本巧次《やまもとこうじ》さんより編集部を通じご教示をいただきました。

さて、いささか気の早い話ではありますが、前作は昭和の大阪、今回は明治のそれと来たからには、次作は果たして――？　どうかお楽しみにお待ちください。

二〇二四年七月

芦辺　拓

【主要参考文献】

橋爪紳也『倶楽部と日本人　人が集まる空間の文化史』（学芸出版社）他多数
警視庁史編さん委員会編『警視庁史　明治編』（警視庁史編さん委員会）
神奈川県警察史編さん委員会編『神奈川県警察史　上巻』（神奈川県警察本部）
大阪府警察史編集委員会編『大阪府警察史　第一巻』（大阪府警察本部）
松本健一『幻影の政府　曽根崎一八八八年』（新人物往来社）
渡辺京二『幻影の明治　名もなき人びとの肖像』（平凡社ライブラリー）
荒木傳『なにわ明治社会運動碑　上』（柘植書房）
大岡欽治・中瀬寿一編『近代大阪の史跡探訪』（ナンバー出版）
「大阪の歴史」研究会編『大阪近代史話』（東方出版）
読売新聞大阪本社社会部編『実記・百年の大阪』（朋興社）
加藤政洋『大阪のスラムと盛り場　近代都市と場所の系譜学』（創元社）
糸屋寿雄『労働歌・革命歌物語』（青木書店）
尾崎行雄『民権闘争七十年　咢堂回想録』（講談社学術文庫）
谷正之『弁護士の誕生　その歴史から何を学ぶか』（民事法研究会）
大野正男『職業史としての弁護士および弁護士団体の歴史』（日本評論社）
石川一三夫・矢野達雄編著『裁判と自治の法社会史』（晃洋書房）
大阪弁護士会編纂『大阪弁護士会百年史』（大阪弁護士会）
崎山安喜郎『あかれんが変遷記　大阪裁判所百年のうらおもて』（創元社）
中村文也『明治幻燈　開化期法律書物語』（文化出版局）

森長英三郎『裁判 自由民権時代』（日本評論社）
島之内教会百年史編集委員会編『島之内教会百年史』（日本基督教団島之内教会）
『かわら版・新聞 江戸・明治三百事件Ⅲ 江戸開城から東海道線全通』（平凡社）
木下直之・吉見俊哉編『ニュースの誕生 かわら版と新聞錦絵の情報世界』（東京大学総合研究博物館）
福良虎雄編『大阪の新聞』（岡島新聞舗）
『復刻 東雲新聞』（部落解放研究所）
『新聞集成明治編年史 第7巻 憲法発布期』（財政経済学会）
『明治ニュース事典Ⅲ・Ⅳ』（毎日コミュニケーションズ）
『朝日新聞一〇〇年の記事にみる・4 外国人の足跡』（朝日新聞社）
藤森照信・熊田英企・林丈二・林節子『復元 文明開化の銀座煉瓦街』（ユーシープランニング）
文京区教育委員会編『文京区指定有形文化財（建造物）旧伊勢屋質店調査報告書』
深江泰正『合本版 古刀・新刀刀工作風事典』（グラフィック社）
清原芳治『草莽の志士後藤純平 大分県の幕末維新騒乱』（大分合同新聞社）オオイタデジタルブック版
『大阪市中近傍案内 浪華名所略図・復刻版』（中外書房）
『開通五十年』（南海鉄道株式会社）
篠崎昌美『続・浪華夜ばなし 大阪文化の足あと』（朝日新聞社）
熊田司・伊藤純編『森琴石と歩く大阪 明治の市内名所案内』（東方出版）
木本至『評伝宮武外骨』（社会思想社）
田中淳夫『山林王』（新泉社）

板垣退助監修『自由党史　下』（五車楼）
石川慨世編『国家保安　壮士退去顛末録』（正文堂）
岡本半渓『保安条例後日の夢』（魁真楼）
佐藤国男『三島通庸伝』（三島通庸伝刊行会）
岩原全勝編『重罪裁判傍聴記第一編・第二編』（栄久社）
秋葉亭霜楓編『花井於梅酔月奇聞』（猗々堂）
佐藤盈三編『花井梅女公判傍聴筆記』（精文堂）
「写真新報」（写真新報社）
「裁判医学会雑誌」（裁判医学会）

初出　「紙魚の手帖」vol.07〜16（二〇二二年十月号〜二四年四月号）

明治《めいじ》殺人《さつじん》法廷《ほうてい》

2024年9月13日　初 版

著 者
芦辺《あしべ》 拓《たく》

装画・挿絵
玉川重機

装 幀
岩郷重力+R.F

発行者
渋谷健太郎

発行所
株式会社東京創元社
〒162-0814 東京都新宿区新小川町1-5
03-3268-8231（代）
https://www.tsogen.co.jp

D T P
キャップス

印 刷
萩原印刷

製 本
加藤製本

©Taku Ashibe 2024, Printed in Japan ISBN978-4-488-02912-8 C0093

乱丁・落丁本は、ご面倒ですが小社までご送付ください。
送料小社負担にてお取替えいたします。

第1回鮎川哲也賞受賞作

Thirteen In A Murder Comedy◆Taku Ashibe

殺人喜劇の13人

芦辺 拓

創元推理文庫

◆

京都にあるＤ＊＊大学の文芸サークル「オンザロック」の
一員で、推理小説家を目指している十沼京一。
彼は元医院を改装した古い洋館「泥濘荘」で、
仲間とともに気ままに下宿暮らしをしていた。
だが、年末が迫ったある日の朝、
メンバーの一人が館の望楼から縊死体となって発見される。
それをきっかけに、
サークルの面々は何者かに殺害されていく。
犯人はメンバーの一員か、それとも……？
暗号や密室、時刻表トリックなど、
本格ミステリへの愛がふんだんに盛り込まれた、
名探偵・森江春策初登場作にして、
本格ミステリファン必読の書！

創元推理文庫

帝都に集結する名探偵五十人！

CHRONICLES OF THE DETECTIVES◆Taku Ashibe

帝都探偵大戦

芦辺 拓

◆

半七、銭形平次、顎十郎ら、捕物帖のヒーローが江戸を騒がす奇怪な謎を追う「黎明篇」。軍靴の音響く東京で、謎の物体を巡る国家的謀略に巻き込まれた法水麟太郎・帆村荘六らの活躍を描く「戦前篇」。新聞記者に少年探偵、敏腕警部らほか、全国から集った名探偵たちが巨大な陰謀に挑む「戦後篇」。五十人の名探偵たちの活躍を描く空前絶後のパスティーシュ三篇に、鮎川哲也の名作に捧げる短篇「黒い密室――続・薔薇荘殺人事件」を特別収録する。

鮎川哲也短編傑作選 I

BEST SHORT STORIES OF TETSUYA AYUKAWA vol.1

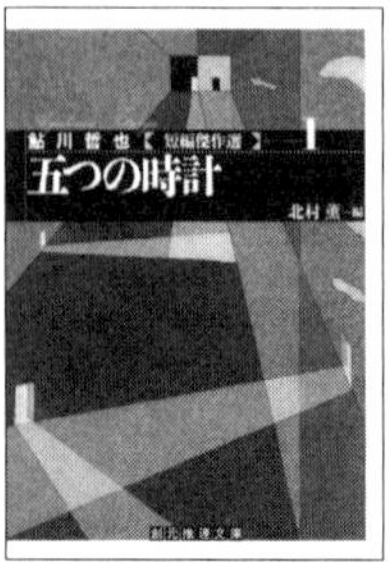

五つの時計

鮎川哲也　**北村薫 編**

創元推理文庫

◆

過ぐる昭和の半ば、探偵小説専門誌〈宝石〉の刷新に
乗り出した江戸川乱歩から届いた一通の書状が、
伸び盛りの駿馬に天翔る機縁を与えることとなる。
乱歩編輯の第一号に掲載された「五つの時計」を始め、
三箇月連続作「白い密室」「早春に死す」
「愛に朽ちなん」、花森安治氏が解答を寄せた
名高い犯人当て小説「薔薇荘殺人事件」など、
巨星乱歩が手ずからルーブリックを附した
全短編十編を収録。

◆

収録作品＝五つの時計，白い密室，早春に死す，
愛に朽ちなん，道化師の檻，薔薇荘殺人事件，
二ノ宮心中，悪魔はここに，不完全犯罪，急行出雲

創元推理文庫

〈昭和ミステリ〉シリーズ第二弾

ISN'T IT ONLY MURDER?◆Masaki Tsuji

たかが殺人じゃないか

昭和24年の推理小説

辻 真先

◆

昭和24年、ミステリ作家を目指しているカツ丼こと風早勝利は、新制高校3年生になった。たった一年だけの男女共学の高校生活——。そんな高校生活最後の夏休みに、二つの殺人事件に巻き込まれる！『深夜の博覧会 昭和12年の探偵小説』に続く長編ミステリ。解説＝杉江松恋

＊第1位『このミステリーがすごい！ 2021年版』国内編
＊第1位〈週刊文春〉2020ミステリーベスト10 国内部門
＊第1位〈ハヤカワ・ミステリマガジン〉ミステリが読みたい！ 国内篇

黒岩涙香から横溝正史まで、戦前派作家による探偵小説の精粋！

日本探偵小説全集

全12巻

監修＝中島河太郎

刊行に際して

現代ミステリ出版の盛況は、まことに目ざましい。創作はもとより、海外作品の夥しい生産と紹介は、店頭にあってどれを手に取るか、戸惑い、躊躇すら覚える。

しかし、この盛況の蔭に、明治以来の探偵小説の伸展が果たした役割を忘れてはなるまい。これら先駆者、先人たちは、浪漫伝奇の炬火を掲げ、論理分析の妙味を会得して、従来の日本文学に欠如していた領域を開拓した。その足跡はきわめて大きい。

いま新たに戦前派作家による探偵小説の精粋を集めて、新しい世代に贈ろうとする。

少年の日に乱歩の紡ぎ出す妖しい夢に陶酔しなかったものはないだろうし、ひと度夢野や小栗を垣間見たら、狂気と絢爛におののかないものはないだろう。やがて十蘭の巧緻に魅せられ、正史の耽美推理に眩惑されて、探偵小説の鬼にとり憑かれた思い出が濃い。

いまあらためて探偵小説の原点に戻って、新文学を生んだ浪漫世界に、こころゆくまで遊んで欲しいと念願している。

中島河太郎

1 黒岩涙香 小酒井不木 甲賀三郎 集

2 江戸川乱歩集

3 大下宇陀児 角田喜久雄 集

4 夢野久作集

5 浜尾四郎集

6 小栗虫太郎集

7 木々高太郎集

8 久生十蘭集

9 横溝正史集

10 坂口安吾集

11 名作集 1

12 名作集 2 付 日本探偵小説史

乱歩の前に乱歩なく、乱歩の後に乱歩なし

江戸川乱歩

創元推理文庫

日本探偵小説全集2 江戸川乱歩集

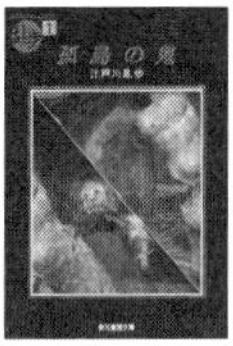

《収録作品》
二銭銅貨，心理試験，屋根裏の散歩者，
人間椅子，鏡地獄，パノラマ島奇談，
陰獣，芋虫，押絵と旅する男，目羅博士，
化人幻戯，堀越捜査一課長殿

乱歩傑作選
（附初出時の挿絵全点）

①孤島の鬼
密室で恋人を殺された私は真相を追い南紀の島へ

②D坂の殺人事件
二癈人，赤い部屋，火星の運河，石榴など十編収録

③蜘蛛男
常軌を逸する青髯殺人犯と闘う犯罪学者畔柳博士

④魔術師
生死と愛を賭けた名探偵と怪人の鬼気迫る一騎討ち

⑤黒蜥蜴
世を震撼せしめた稀代の女賊と名探偵，宿命の恋

⑥吸血鬼
明智と助手文代，小林少年が姿なき吸血鬼に挑む

⑦黄金仮面
怪盗A・Lに恋した不二子嬢。名探偵の奪還なるか

⑧妖虫
読唇術で知った明晩の殺人。探偵好きの大学生は

⑨湖畔亭事件（同時収録／一寸法師）
A湖畔の怪事件。湖底に沈む真相を吐露する手記

⑩影男
我が世の春を謳歌する影男に一転危急存亡の秋が

⑪算盤が恋を語る話
一枚の切符，双生児，黒手組，幽霊など十編を収録

⑫人でなしの恋
再三に亙り映像化，劇化されている表題作など十編

⑬大暗室
正義の志士と悪の権化，骨肉相食む深讐の決闘記

⑭盲獣（同時収録／地獄風景）
気の向くまま悪逆無道をきわめる盲獣は何処へ行く

⑮何者（同時収録／暗黒星）
乱歩作品中，一と言って二と下がらぬ本格の秀作

⑯緑衣の鬼
恋に身を焼く素人探偵の前に立ちはだかる緑の影

⑰三角館の恐怖
癒やされぬ心の渇きゆえに屈折した哀しい愛の物語

⑱幽霊塔
埋蔵金伝説の西洋館と妖かしの美女を繞る謎また謎

⑲人間豹
名探偵の身辺に魔手を伸ばす人獣。文代さん危うし

⑳悪魔の紋章
三つの渦巻が相擁する世にも稀な指紋の復讐魔とは

東京創元社が贈る総合文芸誌！

SHIMINO TECHO

紙魚の手帖

国内外のミステリ、SF、ファンタジイ、ホラー、一般文芸と、
オールジャンルの注目作を随時掲載！
その他、書評やコラムなど充実した内容でお届けいたします。
詳細は東京創元社ホームページ
（http://www.tsogen.co.jp/）をご覧ください。

隔月刊／偶数月12日頃刊行

A5判並製（書籍扱い）